Tous les enseignements communs

Objectif BAC

1re

W0273356

Français
Isabelle de LISLE

Histoire-Géographie
Arnaud LÉONARD

Enseignement scientifique
Nathalie THAU
Pierre BINZ
Sébastien DESSAINT

Mathématiques
Éric BARBAZO
Nadine BILLA

Anglais
Caroline GARNIER

Espagnol
Michaël SALAÜN

Allemand
Véronique VEYRIER-MILAN

hachette
ÉDUCATION

Crédits photographiques

Sauf mention contraire ci-après, tous les portraits d'auteurs et les documents sont crédités : © Photothèque Hachette. **p. 33 :** © National Gallery of Art, Washington ; **p. 39 :** © Shutterstock/Everett – Art ; **p. 41 :** Eluard © Collection Dupondt/akg-images ; Bonnefoy © akg-images/Marion Kalter ; Jaccottet/Photo © Louis Monier/Bridgeman Images ; Tableau de Delaunay © akg-images ; **p. 44 :** Francis Ponge © Louis Monier/Bridgeman Images ; **p. 45 :** Hélène Dorion © Louis Monier/Bridgeman Images ; **p. 56 :** Rabelais et Montaigne © Shutterstock ; Colomb © Shutterstock/Everett historical ; **pp. 58, 60 :** Érasme et D'Alembert © Shutterstock/Georgios Kollidas ; **p. 59 :** La Bruyère © National Gallery of Art, Washington ; **pp. 60, 76 :** Voltaire, Diderot et Rousseau © Shutterstock ; **p. 62 :** © Shutterstock ; **p. 64 :** Collection privée © FineArtimages/Leemage ; **p. 81 :** Yourcenar © PVDE / Bridgeman Images ; Sarraute © Sophie Bassouls / Bridgeman Images ; **p. 83 :** Photo © Mario Dondero / Bridgeman Images ; **p. 92 :** Eschyle © Eric Vandeville/akg-images ; **p. 93 :** Molière © Shutterstock ; Tableau de Rubens © National Gallery of Art, Washington ; **p. 97 :** Hernani © akg-images/Erich Lessing ; **p. 99 :** Beckett © akg-images/Pictures From History ; **p. 104 :** © Michel Quenneville.

p. 109 : caricatures révolutionnaires, DR ; **p. 114 :** Le Serment du Jeu de Paume © Photothèque Hachette ; **p. 116 :** Scène des massacres de Scio © RMN-Grand Palais (musée du Louvre) / Stéphane Maréchalle / Adrien Didierjean ; **p. 118 :** Le vote ou le fusil © Photothèque Hachette ; **p. 119 :** Allégorie de l'abolition de l'esclavage à La Réunion, 20 décembre 1848, © musée du quai Branly – Jacques Chirac, Dist. RMN-Grand Palais / Claude Germain ; **p. 120 :** L'arrestation de Louise Michel (pendant la Commune). © Saint-Denis, musée d'art et d'histoire / © Bridgeman Images / Leemage ; **p. 122 :** Napoléon III remettant au baron Haussmann le décret d'annexion des communes limitrophes, © Musée Carnavalet / Dist. RMN Grand Palais ; **p. 123 :** Le marteau-pilon, forges et aciéries de Saint-Chamond. © Écomusée du Creusot-Montceau, CUCM, service éco-musée, cliché D. Busseuil ; **p. 124 :** Carte : Domino ; **p. 125 :** Carte Domino ; **p. 127 :** © Leemage ; **p. 128 :** D.R. **p. 133 :** © Shutterstock ; **p. 139 :** © Shutterstock.

p. 186 : © Shutterstock/banderlog ; **p. 191 :** © Shutterstock/Dr. Norbert Lange ; **p. 192 :** DR ; **p. 495 :** chaîne des triangles de Dunkerque à Barcelone © BnF ; **p. 208 :** © Shutterstock/Georgios Kollidas ; **p. 209 :** © Photothèque Hachette ; **p. 211 :** principe de cosmographie et géographie universelle de Jean-Baptiste Delambre, planche 4 © BnF ; **p. 212 :** DR ; **p. 213 :** référentiel héliocentrique © Shutterstock/D1min ; référentiel géocentrique © Shutterstock/aapsky ; **p. 214 :** phases de la lune © Shutterstock/BlueRingMedia ; **p. 217 :** harpe © Shutterstock/Peter Voronov ; **p. 218 :** © Shutterstock/Sterjman ; **p. 222 :** © Shutterstock/Svetlana Verbinskaya ; **p. 223 :** © Shuttertock/Sakurra.

Conception graphique

Couverture : Stéphanie Benoit
Intérieur : Alicia Dassonville

Réalisation

Composition et mise en pages : Médiamax – Grafatom
Schémas Enseignement scientifique : Grafatom
Cartographie : Domino (pp. 124 et 125) et Hachette Éducation.

I.S.B.N. 978-2-01-722602-4

www.parascolaire.hachette-education.com

Achevé d'imprimer en juin 2023 en Slovaquie par Polygraf
Dépôt légal : juillet 2023 - Édition 01
10/6085/8

Sommaire

Retrouvez tous les cours
de la partie Maths sur notre site :
parascolaire.hachette-education.com

Français

Définition de l'épreuve

L'épreuve du Bac de français est constituée d'une épreuve écrite et d'une épreuve orale. Elle porte sur les objets d'étude de la classe de 1re et sur les œuvres au programme, renouvelées par quart tous les ans.

L'épreuve écrite

Durée	4 heures
Coefficient	5

Le sujet de l'épreuve écrite de français permet de choisir un exercice parmi les deux proposés : un commentaire ou une dissertation.
Cette épreuve est notée sur 20 points.
Plusieurs critères entrent dans la notation :
– la maîtrise de la langue et de l'expression ;
– l'aptitude à lire, analyser et interpréter un texte ;
– l'aptitude à mobiliser une culture littéraire (maîtrise des savoirs littéraires) ;
– la capacité à construire une réflexion argumentée et structurée et à prendre en compte d'autres points de vue que le sien ;
– l'aptitude à formuler une argumentation de manière précise, en respectant son déroulement logique.

Le commentaire

Le commentaire porte sur un texte littéraire, en lien avec un des objets d'étude de la classe de 1re. Ce texte ne sera jamais extrait d'une des œuvres au programme.
La méthode et les conseils relatifs au commentaire sont donnés **pages 12-13**.

La dissertation

La dissertation prend la forme d'une question littéraire sur l'une des œuvres au programme et sur le parcours littéraire associé.
Le sujet propose trois dissertations liées au même objet d'étude, chacune en rapport avec l'une des trois œuvres du programme et son parcours associé. Le candidat doit veiller à choisir le sujet qui porte sur l'œuvre étudiée en classe pendant l'année.
La méthode et les conseils relatifs à la dissertation sont donnés **pages 10-11**.

L'épreuve orale

Durée	20 minutes
Préparation	30 minutes
Coefficient	5

Cette épreuve permet d'évaluer la qualité d'expression orale du candidat mais aussi sa capacité à mobiliser ses connaissances, développer son propos et discuter avec l'examinateur. Elle vise également à valoriser son investissement personnel, sa faculté à justifier ses choix et à les expliquer.

Cette épreuve comprend deux étapes qui se succèdent et sont précédées d'un temps de préparation de 30 minutes (les textes officiels précisent que le temps consacré à l'accueil du candidat n'empiète ni sur celui de la préparation ni sur la durée de l'épreuve).
L'ensemble de cette épreuve est noté sur 20 points.
La méthode et les conseils relatifs à l'épreuve orale sont donnés **pages 14-15**.

Accueil du candidat, « descriptif des activités » et préparation

Le candidat arrive en salle d'examen muni d'un « descriptif des activités ». L'examinateur possède ce même descriptif, remis en amont par l'enseignant de français.
Ce descriptif rend compte du travail qui a été mené avec la classe pendant l'année : récapitulatif des œuvres et textes étudiés. Il est également composé d'une partie individuelle dans laquelle le candidat a indiqué l'œuvre qu'il a retenue parmi toutes les lectures obligatoires proposées par son professeur. Cette œuvre fera l'objet de la seconde partie de l'épreuve.
Pour la 1re partie de l'épreuve, l'examinateur indique au candidat sur quel texte il va être interrogé. Ce texte est toujours choisi parmi ceux mentionnés sur le descriptif comme ayant fait l'objet d'une étude détaillée. Il indique également la question de grammaire. La préparation de l'explication de texte peut alors commencer. Elle dure 30 minutes.

1re partie : exposé sur un des textes du descriptif

Cette première partie dure 12 minutes. Elle est notée sur 12 points répartis en fonction des trois temps de son déroulement :
– lecture de l'extrait à voix haute (2 points) ;
– explication linéaire du texte ou d'un passage d'une vingtaine de lignes sélectionné par l'examinateur (8 points) ;
– réponse à une question de grammaire qui s'appuie sur un passage extrait du texte à expliquer (2 points).

Sur quel texte peut porter l'explication linéaire ?

Pour chaque objet d'étude, le candidat a étudié cinq textes au minimum de façon détaillée :
– trois extraits au moins de l'œuvre au programme ;
– deux extraits sur le parcours associé.
En tout, il y a donc au moins cinq textes pour chacun des quatre objets d'étude : ce qui correspond à vingt textes au minimum à travailler pour l'épreuve.

2nde partie : présentation de l'œuvre choisie et entretien

Cette partie de l'épreuve dure 8 minutes. Elle est notée sur 8 points.
Elle se déroule en deux temps successifs :
– la présentation de l'œuvre retenue par le candidat et l'explication argumentée de ce choix ;
– l'entretien au cours duquel le candidat doit répondre aux questions de l'examinateur, afin d'expliquer, de justifier et de défendre ses choix.

MÉTHODES

L'organisation de l'année et le jour J

Pour réussir l'écrit et l'oral de français, il est essentiel de bien savoir s'organiser, le jour J mais aussi au fil de l'année.

Travailler tout au long de l'année

Préparer l'oral

• **Réunir les documents nécessaires**

Vous vous présenterez à l'oral avec un « descriptif des activités » établi par votre professeur.

• **Pour chacun des objets d'étude,** vous devez réunir tout ce qui figurera dans le **descriptif** et tout ce qui pourra vous aider dans votre travail de révision :

– les **œuvres** au programme choisies par votre professeur et les lectures cursives qui les éclairent ;

– les **textes** expliqués en classe (la première partie de l'oral portera sur l'un d'eux) ;

– les **études** réalisées en classe ;

– une rapide **biographie** de chacun des auteurs abordés ;

– une **fiche synthétique sur les œuvres et les parcours étudiés** ;

– une **fiche sur chacun des livres lus de façon cursive** (personnages, intrigue, contexte, intentions de l'auteur) ;

– une **fiche synthétique sur les différents mouvements littéraires** rencontrés au cours des séquences.

> **Conseil**
> Faites bien la différence entre les textes étudiés précisément (explications de textes) et ceux simplement parcourus (lectures cursives, documents complémentaires).

> **Conseil**
> N'attendez pas la fin de l'année pour classer les documents dont vous avez besoin lors de l'épreuve orale ! Commencez à faire ce travail de rassemblement pendant l'année, à la fin de chacune des quatre étapes du programme.

• **Revoyez les différentes notions de vocabulaire** (formation et sens des mots), de grammaire (natures, fonctions, types de phrases et de propositions, valeurs des modes et des temps) et de conjugaison. Faites des fiches synthétiques sur les points à maîtriser.

• **Préparez l'entretien** en choisissant et en étudiant soigneusement l'œuvre littéraire que vous allez présenter. Préparez des fiches : sur chacun des personnages, sur le déroulement de l'histoire, sur les marques du genre, sur le mouvement littéraire et sur les principaux enjeux. Renseignez-vous sur l'auteur et sur les autres œuvres qu'il a écrites.

• **S'entraîner**

– **Lisez à haute voix** régulièrement les textes que vous avez expliqués en classe et entraînez-vous, seul(e) ou devant un(e) camarade, à les expliquer en une dizaine de minutes.

– **Exercez-vous aussi à présenter l'œuvre littéraire que vous avez choisie**. Imaginez les questions que l'on peut vous poser. Travaillez avec un(e) camarade et interrogez-vous mutuellement.

Préparer l'écrit

• **Pour chacun des deux exercices du bac (le commentaire et la dissertation),** constituez, au fil de l'année, un **dossier** comprenant :
– les **conseils méthodologiques** : les indications de votre professeur, les devoirs-modèles que vous avez examinés de près (voir par exemple pp. 16-20), les suggestions relevées dans des ouvrages comme celui-ci (voir pp. 10-15) ;
– les **comptes-rendus de vos devoirs** : comparez le corrigé proposé et ce que vous avez fait afin de voir dans quelle direction vous pouvez progresser ;
– vos **copies corrigées** : relisez attentivement les annotations de votre professeur et, lorsque vous abordez un nouveau devoir, notez, sur une feuille que vous garderez dans votre dossier, les qualités et les défauts de votre précédente copie afin de ne pas tomber dans les mêmes travers mais de bien présenter les mêmes points positifs.

Remarques sur les copies	Conseils pour progresser
Le sujet est mal compris.	Lire attentivement la consigne et en peser chacun des termes ; reformuler la consigne à la 1re personne du singulier pour mieux se l'approprier.
Le texte est mal compris.	Lire attentivement le texte sans se perdre dans les détails. Se demander ce que l'auteur a voulu dire et dans quel but.
Le devoir manque de rigueur.	Bâtir un plan clair et solide au brouillon : 1A, 1B, 1C ; 2A, 2B...
Le plan d'ensemble ne convient pas.	S'il s'agit d'un commentaire, définir clairement les intentions de l'auteur et revoir les principes de composition d'un plan (voir p. 12). S'il s'agit de la dissertation, lire attentivement la consigne et déduire le plan de la consigne elle-même (voir p. 10).
Le devoir est superficiel ; l'analyse ou/et la réflexion ne sont pas assez approfondies.	Creuser chacun des arguments ou chacune des pistes : quelles causes, quelles implications, par quels procédés... ?
La rédaction est négligée, confuse, incorrecte.	Écrire des phrases courtes. Surveiller l'orthographe. Relire. S'entraîner dans l'année en rédigeant régulièrement des petits paragraphes.

Être prêt(e) le jour J

• **Qu'il s'agisse de l'écrit ou de l'oral, prévoyez bien l'organisation matérielle :** la trousse, la convocation et la pièce d'identité en cours de validité, le transport jusqu'au centre d'examen. Prévoyez aussi de quoi boire et grignoter durant les 4 heures de l'écrit.

• **Pour l'oral, présentez les documents répertoriés sur le descriptif dans deux porte-revues :** l'un pour vous et l'autre pour l'examinateur. **Apportez les œuvres intégrales** étudiées ainsi que **celle retenue pour l'entretien**.
Ne négligez pas non plus votre tenue : anticipez son choix en fonction de la température prévue, et optez pour un vêtement confortable et adapté à la présentation d'un examen.
Enfin, prévoyez assez de temps pour votre trajet jusqu'au centre d'examen et pour trouver la salle où se déroule l'épreuve dans un lycée que vous ne connaissez peut-être pas. Évitez toute source de stress inutile !

La dissertation

La dissertation porte sur une des quatre œuvres au programme et sur son parcours associé. Elle permet de vérifier vos **connaissances** ainsi que votre **capacité à organiser et approfondir une réflexion.**

Choisir le sujet de dissertation

• Vous pouvez choisir de traiter le sujet de dissertation **si vous maîtrisez la technique de l'exercice, si vous comprenez clairement la question posée et si vous disposez de connaissances précises** sur l'œuvre et le parcours au programme.

• Une dissertation obtient **une bonne note** quand elle répond aux critères suivants :
– le sujet est compris ;
– le devoir répond à la question posée ;
– les règles de la dissertation sont respectées ;
– les connaissances sont solides et bien employées (plus de la moitié du devoir est occupée par des exemples précis) ;
– le plan est clair et cohérent ;
– le devoir est correctement rédigé.

À savoir

Mémorisez des citations courtes extraites des œuvres au programme. Elles vous aideront à illustrer vos arguments. C'est indispensable pour la poésie.

La lecture du sujet

La composition du sujet de dissertation

Le plus souvent, le sujet de dissertation comprend **3 étapes** :
1. Un **constat** qui lie la question proprement dite à l'œuvre et au parcours.
2. Le **problème à analyser**, sous la forme d'une question ou d'une affirmation à discuter.
3. Des **indications méthodologiques** rappelant, notamment, la place des exemples.

L'analyse du sujet

• Sans laisser de côté aucun des termes du sujet, **dégagez la question posée**. Gardez, autant que possible, dans votre introduction, les termes employés et assurez-vous de bien comprendre leur signification et leur portée, c'est-à-dire ce qu'ils impliquent.

• **Délimitez, ensuite, précisément le champ d'étude** : s'agit-il plutôt des personnages, du genre, des tonalités, des enjeux de l'œuvre ou du parcours ?

Les grandes lignes du plan

Le plan analytique (ou thématique)

• Lorsqu'une question commence par un mot interrogatif *(pourquoi, en quoi, comment…)* et admet grammaticalement une infinité de réponses possibles, il s'agit d'une interrogation « partielle » qui implique un plan analytique. Vous devrez dégager **deux ou trois réponses pertinentes à la question posée** et les présenter de la façon la plus logique et dynamique possible.

Rappel

Le plan, dans ses grandes lignes, se devine dans le sujet lui-même : **la dissertation doit présenter, de manière cohérente et organisée, les différentes réponses** possibles à la question posée.

• Quand la question est introduite par « Dans quelle mesure », il est possible de proposer deux réponses qui développent la réflexion, puis une 3e partie qui ouvre une perspective différente, voisine de la réfutation.

Ex. : « Dans quelle mesure *Le Mariage de Figaro* est-il engagé dans son temps ? »
1) Beaumarchais s'engage en dénonçant les privilèges.
2) Il s'engage en soulignant les qualités de Figaro.
3) Au-delà de son engagement dans son temps, l'œuvre nous touche encore aujourd'hui.

Le plan dialectique

• Quand la question posée par le sujet est « totale », elle n'admet grammaticalement que deux réponses possibles : **« Oui »** et **« Non »**. En formulant les deux réponses contradictoires, vous avez posé les grandes orientations de votre plan ; cependant, comme il ne s'agit pas de présenter un sondage d'opinion mais une pensée cohérente, vous devez **reformuler les réponses de façon à rendre leur cohabitation possible au sein de la même réflexion**.

• Dans ce type de plan, une **3e partie** (la synthèse), qui dépasse la contradiction des premières parties (la thèse et l'antithèse), est la bienvenue. Mais, si vous ne trouvez pas cette 3e réponse, renoncez-y plutôt que de proposer une perspective hors sujet ou, au contraire, répétitive par rapport à ce qui a été déjà dit. En ce cas, donnez de l'ampleur à votre conclusion en proposant une vision plus synthétique et élargie du problème.

L'introduction : 3 étapes

• **La 1re étape consiste à amener le sujet en partant d'une observation incontestable** : par exemple, présentez l'œuvre et montrez en quoi elle s'inscrit dans le parcours au programme.

• **La 2e étape pose le problème du sujet.** Une tournure comme « À ce propos, on peut se demander si… » peut exprimer le lien entre le constat initial et la question qui va être examinée au cours de la dissertation. Si le sujet comprend une citation, vous devez la reproduire dans son intégralité avant de formuler clairement la question.

• **La 3e étape annonce le plan** de façon précise et souple.

Conseils

• Ne commencez pas votre constat par une banalité du type « De tout temps, les hommes… ».
• Ne vous écartez pas des termes du sujet.
• Ne répondez pas à la question dès l'introduction, car cela rendrait le développement inutile.
• Ne présentez pas lourdement le plan : au lieu de « Dans une première partie, je… », préférez « Dans un premier temps », « D'abord », « Ensuite », « Enfin »…

La conclusion : 2 étapes

• **La 1re étape propose une réponse à la question du sujet** en rassemblant les différentes pistes abordées.

• **La 2nde étape élargit la réflexion à une problématique plus vaste** en privilégiant le domaine littéraire ou, plus généralement, artistique (pensez aux prolongements étudiés au cours de l'année). Une question, une citation sont également possibles, à condition, bien entendu, d'être pertinentes.

Conseils

• Ne réduisez pas la 1re étape à un résumé : il faut plutôt souligner la logique de la progression.
• Ne proposez pas, en guise d'ouverture, un proverbe, une évidence, une question trop large (« Quel est le rôle de la littérature ? »), une erreur historique…

MÉTHODES

Le commentaire

Le commentaire littéraire **éclaire les significations d'un texte et les émotions qu'il suscite** chez le lecteur ou le spectateur. Il porte sur un extrait se référant à l'un des quatre objets d'étude au programme.

Choisir le commentaire

Pour choisir le commentaire, il est nécessaire de **maîtriser la technique de l'exercice** et d'**avoir bien compris le texte**. Il est préférable que ce dernier vous plaise. Si le sens d'un mot vous échappe, vérifiez que le contexte vous permet de le comprendre sans risquer un grave contresens. Le fait de ne pas connaître l'auteur ne doit pas vous arrêter, car on n'attend pas de votre part un devoir érudit.

Les objectifs du commentaire

Le commentaire n'a pas pour finalité de mettre en lumière un sens caché mais de **montrer comment l'auteur a su toucher son lecteur**. Il s'agit de dégager objectivement ce que le texte dit au lecteur/spectateur, ce que ce dernier éprouve, et de **montrer les procédés littéraires** (genre, tonalité, style…) employés à cette fin.

La lecture du texte

Une lecture personnelle

Posez-vous les questions suivantes : **« De quoi parle le texte ? Quelles sont les intentions de l'auteur ? Quelles sont les émotions (rire, indignation, compassion…) ressenties ? »** Notez vos premières impressions : elles constituent, le plus souvent, l'armature de votre commentaire.

Une lecture renseignée

- Après cette première lecture du texte, faites appel à vos connaissances. Notez les informations mémorisées pendant l'année, en rapport avec l'objet d'étude défini par le sujet du commentaire, et qui vous semblent utiles ici.
- Si vous avez des connaissances relatives à l'auteur et à son œuvre, confrontez-les prudemment avec le texte. En effet, il est dangereux de plaquer un savoir sans discernement : les auteurs n'écrivent pas toujours le même texte !

Le plan

Les qualités d'un bon plan

Le plan doit être **cohérent** et aborder les différents enjeux du texte de façon progressive. **Commençant par les perspectives les moins importantes,** il met en avant, dans la dernière partie, l'enjeu principal de l'extrait. Chaque partie s'apparente à une définition du texte (« Ce texte, c'est… ») et aucune d'elles ne se réduit à un constat quant à la forme (genre, tonalité, procédés de style).

Méthodes

Deux méthodes sont généralement proposées, et sans doute la démarche la plus efficace se situe-t-elle à mi-chemin :

- **1re méthode :** noter, au fur et à mesure de la lecture linéaire, tout ce que l'on peut observer, puis opérer des regroupements pour dégager les lignes maîtresses du plan.
- **2nde méthode :** partir de ses impressions de lecture (personnelle et renseignée) pour bâtir les grandes lignes du plan, puis chercher, dans le texte, ce qui permet de développer telle ou telle perspective.

Conseils

S'il est, souvent, préférable de bâtir un **plan de dissertation en 3 parties,** un **plan de commentaire en 2 parties** bien équilibrées est, certainement, plus efficace qu'une progression en 3 axes peu cohérents et redondants.

L'introduction : 3 étapes

L'introduction comprend **3 étapes incontournables** qui doivent se différencier clairement tout en s'enchaînant avec souplesse :

- La 1re étape **introduit le texte** en le plaçant dans un contexte plus large : une situation historique, un mouvement littéraire, un genre… Le titre de l'œuvre (que vous devez souligner) d'où est tiré le texte, ainsi que le nom de l'auteur et la date doivent être rappelés.
- La 2e étape **présente le texte et ses enjeux :** son genre, sa tonalité, son thème, ce qui s'y passe, les intentions de l'auteur… Cette étape ne doit pas se réduire à un simple résumé du passage, car on attend que soit exposée la problématique de votre étude : « Comment la fiction est-elle au service de l'argumentation ? » ; « Comment le poète renouvelle-t-il la forme traditionnelle du sonnet ? etc. »
- La 3e étape **annonce le plan** d'une façon à la fois claire et souple.

Conseils

- Évitez les banalités sur le genre.
- Ne commencez pas votre introduction par « Ce texte… », car le déterminant démonstratif ne renvoie à rien qui précède.
- Évitez tout jugement de valeur : « Ce texte est particulièrement bien écrit… »
- Dans l'annonce du plan, préférez la 1re personne du pluriel à la 1re personne du singulier et ne parlez pas de « partie », mais dites plutôt : « Tout d'abord », « Dans un premier temps »…

La conclusion : 2 étapes

- La 1re étape **dresse un bilan** de ce qui a été analysé sans entrer dans les détails ni apporter de nouvelles perspectives. Il est possible de s'appuyer, à ce moment-là, sur une expression-clé du passage, ou sur le titre du poème, ou de l'œuvre.
- La 2nde étape **est une ouverture littéraire.** Il s'agit de situer le texte dans une perspective plus large (genre, mouvement littéraire, auteur…). Rapprocher le passage étudié d'un autre texte rencontré en classe est une bonne idée, à condition, bien entendu, qu'ils présentent de réels points communs.

Conseils

- Le bilan ne doit pas se réduire à un résumé.
- L'ouverture s'appuie sur des connaissances extérieures pertinentes : on évitera toute inexactitude.
- Les maladresses, lourdeurs et incorrections sont à proscrire car la conclusion sera lue en dernier.

L'oral

L'épreuve orale, qu'il s'agisse de l'explication de texte ou de l'entretien, porte sur le travail effectué durant l'année. Le sérieux des candidats est récompensé.

L'explication de texte

Explication de texte et commentaire : deux exercices proches

• **L'explication de texte à l'oral est proche du commentaire** proposé à l'écrit. La principale différence est que le texte est déjà connu puisqu'il a fait l'objet d'une étude détaillée en classe et figure sur le descriptif établi par le professeur et transmis à l'examinateur une quinzaine de jours avant l'épreuve.

• **Dans les deux cas, il s'agit de mettre en avant le sens du texte et les émotions qu'il suscite** en s'appuyant sur un relevé et une analyse des procédés littéraires employés. Comme le commentaire, l'explication de texte est organisée en **3 étapes** :
1. Une **introduction**, qui présente le texte et le situe dans l'œuvre.
2. Un **développement** construit.
3. Une **conclusion**, qui souligne ce qui est important dans le texte et s'achève par un élargissement (parcours, objet d'étude, prolongement…).

> **Conseil**
> **Composition de l'introduction :**
> 1. Présentation de l'auteur et de l'œuvre.
> 2. Situation du passage dans l'œuvre intégrale étudiée.
> 3. Présentation du texte et de ses caractéristiques.
> 4. Présentation du plan choisi (linéaire ou composé).

Les particularités de l'explication de texte à l'oral du bac

• **L'explication de texte linéaire est préconisée.**
Le **plan linéaire** suit le mouvement du texte pour éclairer la démarche de l'auteur. Cette progression nécessite d'opérer des rapprochements pour écarter les répétitions. Vous éviterez un commentaire mot à mot ou ligne à ligne car il risque fort de se réduire à une simple paraphrase. Vous commencerez par dégager le plan du texte pour montrer ses enjeux.

• **L'explication du texte est précédée de sa lecture à voix haute.** Notée sur 2 points, elle ne doit pas être négligée, et vous devez vous entraîner durant l'année pour qu'elle soit correcte (les liaisons, les pauses, la versification), fluide et expressive, sans être pour autant théâtrale.

• **L'explication est suivie d'une question de grammaire** portant sur le texte étudié. Votre réponse est notée sur 2 points, et vous ne devez pas négliger cette partie nouvelle de l'oral. Vous devrez maîtriser la terminologie et montrer que vous êtes capable d'analyser une phrase ou un de ses segments. N'oubliez pas d'examiner cette question durant le temps de préparation.

Les attentes de l'examinateur

- Une lecture correcte (liaisons, versification), fluide et expressive.
- Une expression orale juste et soignée qui ne consiste pas en la lecture de la feuille de préparation.
- Une bonne compréhension du texte, un plan clair qui met en avant ce qui est important et ne dissocie pas le contenu des procédés.
- Une étude qui s'appuie précisément sur des citations du texte.
- Une explication et une réponse à la question de grammaire qui témoignent du sérieux de votre préparation, de la solidité de vos connaissances et de vos méthodes.

Conseil

Portez des vêtements neutres et montrez-vous poli(e) en disant « Bonjour, Monsieur/Madame », « Au revoir » et « Merci ».

Méthode

Durant l'année

- **Lisez les textes à voix haute :** assurez-vous de bien prononcer les noms propres et certains mots particuliers, repérez les liaisons et, pour la versification, les diérèses. Entraînez-vous régulièrement.
- **Appropriez-vous les explications de texte** conduites en classe et complétez-les si nécessaire. Mémorisez-les et entraînez-vous à les noter au brouillon en une vingtaine de minutes et à les présenter en 10 minutes oralement. Il est très utile de travailler cela avec un(e) camarade.
- **Choisissez l'œuvre** que vous présenterez dans la 2nde partie. Mémorisez sa structure, ses enjeux. Renseignez-vous sur son auteur et son contexte.

Le temps de préparation : 30 minutes

- **Notez les grandes lignes de votre explication** en n'utilisant que le recto des feuilles que vous numéroterez. Ne rédigez pas l'étude dans son intégralité : vous n'en avez pas le temps.
- **Préparez soigneusement l'introduction et la conclusion** en pensant que le dernier point de votre conclusion peut constituer le point de départ de l'entretien.

La 1re partie de l'épreuve : 12 minutes

- **Annoncez le titre et l'auteur** du texte que vous allez lire à voix haute.
- **Lisez sans précipitation** et ne vous interrompez que si l'examinateur vous indique qu'il veut que vous passiez à l'explication.
- **Ne lisez pas votre brouillon ;** pensez à citer le texte (ne recopiez pas les citations sur votre brouillon) ; regardez l'examinateur. Évitez les tics de langage, les mots familiers, les phrases inachevées.
- **Répondez à la question de grammaire** en mobilisant vos connaissances.

La 2nde partie de l'épreuve : 8 minutes

- **Présentez avec conviction l'œuvre** que vous avez choisie.
- **Développez vos réponses** en vous appuyant précisément sur les documents rassemblés.
- **N'hésitez pas à montrer votre culture personnelle,** vos centres d'intérêt et votre sensibilité.

Le commentaire

SUJET

Objet d'étude : « Le roman et le récit du Moyen Âge au XXIe siècle »

Vous ferez le commentaire de l'extrait du *Colonel Chabert* d'Honoré de Balzac.

Honoré de Balzac, *Le Colonel Chabert*, extrait (1832).

Le colonel Hyacinthe Chabert, déclaré mort par erreur à la bataille d'Eylau, a contacté l'avoué Derville pour retrouver son rang et ses droits. Sa femme Rose, désormais remariée au comte Ferraud, le rejette et n'entend pas lui restituer ses biens. Le colonel refuse toute transaction avec elle et disparaît. Quelques années plus tard, l'avoué Derville retrouve le colonel.

En 1840, vers la fin du mois de juin, Godeschal, alors avoué, allait à Ris, en compagnie de Derville, son prédécesseur. Lorsqu'ils parvinrent à l'avenue qui conduit de la grande route à Bicêtre[1], ils aperçurent sous un des ormes du chemin un de ces vieux pauvres chenus[2] et cassés qui ont obtenu le bâton de maréchal[3] des mendiants en vivant à Bicêtre comme les femmes indigentes vivent à la Salpêtrière[4]. Cet homme, l'un des deux mille malheureux logés dans l'*Hospice de la Vieillesse*, était assis sur une borne et paraissait concentrer toute son intelligence dans une opération bien connue des invalides, et qui consiste à faire sécher au soleil le tabac de leurs mouchoirs, pour éviter de les blanchir, peut-être. Ce vieillard avait une physionomie attachante. Il était vêtu de cette robe de drap rougeâtre que l'Hospice accorde à ses hôtes, espèce de livrée[5] horrible.

« Tenez, Derville, dit Godeschal à son compagnon de voyage, voyez donc ce vieux. Ne ressemble-t-il pas à ces grotesques qui nous viennent d'Allemagne[6] ? Et cela vit, et cela est heureux peut-être ! »

Derville prit son lorgnon, regarda le pauvre, laissa échapper un mouvement de surprise et dit :

« Ce vieux-là, mon cher, est tout un poème, ou, comme disent les romantiques, un drame. As-tu rencontré quelquefois la comtesse Ferraud ?

– Oui, c'est une femme d'esprit et très agréable ; mais un peu trop dévote, dit Godeschal.

– Ce vieux bicêtrien est son mari légitime, le comte Chabert, l'ancien colonel ; elle l'aura sans doute fait placer là. S'il est dans cet hospice au lieu d'habiter un hôtel, c'est uniquement pour avoir rappelé à la jolie comtesse Ferraud qu'il l'avait prise, comme un fiacre, sur la place[7]. Je me souviens encore du regard de tigre qu'elle lui jeta dans ce moment-là. »

Ce début ayant excité la curiosité de Godeschal, Derville lui raconta l'histoire qui précède[8]. Deux jours après, le lundi matin, en revenant à Paris, les deux amis jetèrent un coup d'œil sur Bicêtre, et Derville proposa d'aller voir le colonel Chabert. À moitié chemin de l'avenue, les deux amis trouvèrent assis sur la souche d'un arbre abattu le vieillard qui tenait à la main un bâton et s'amusait à tracer des raies sur le sable. En le regardant attentivement, ils s'aperçurent qu'il venait de déjeuner autre part qu'à l'établissement.

« Bonjour, colonel Chabert, lui dit Derville.

– Pas Chabert ! pas Chabert ! je me nomme Hyacinthe, répondit le vieillard. Je ne suis plus un homme, je suis le numéro 164, septième salle, ajouta-t-il en regardant Derville avec une anxiété peureuse, avec une crainte de vieillard et d'enfant. Vous allez voir le condamné à mort ? dit-il après un moment de silence. Il n'est pas marié, lui ! Il est bien heureux.

– Pauvre homme, dit Godeschal. Voulez-vous de l'argent pour acheter du tabac ? »

Avec toute la naïveté d'un gamin de Paris, le colonel tendit avidement la main à chacun des deux inconnus, qui lui donnèrent une pièce de vingt francs ; il les remercia par un regard stupide, en disant : « Braves troupiers[9] ! » Il se mit au port d'armes, feignit de les coucher en joue, et s'écria en souriant : « Feu des deux pièces ! vive Napoléon ! » Et il décrivit en l'air avec sa canne une arabesque imaginaire.

1. Bicêtre : lieu près de Paris, où était établi un asile d'aliénés.
2. chenu : aux cheveux blancs.
3. obtenir le bâton de maréchal : arriver au plus haut grade.
4. la Salpêtrière : hospice accueillant des femmes indigentes, c'est-à-dire des pauvres.
5. livrée : costume de domestique.
6. grotesques d'Allemagne : allusion aux personnages fantastiques des contes d'Hoffmann.
7. Derville rappelle ainsi que la comtesse a acquis son rang grâce à son mariage avec Chabert.
8. L'auteur fait référence à l'histoire qui constitue l'ensemble du livre.
9. troupiers : simples soldats.

Corrigé rédigé

Introduction rédigée

[Présentation du texte] Grand admirateur de Napoléon, Balzac imagine le terrible destin d'un colonel d'Empire déclaré mort à Eylau. *Le Colonel Chabert*, un des récits de *La Comédie humaine*, raconte le vain combat du héros pour reconquérir sa place dans le monde. À la fin de l'histoire, vingt ans après les démarches entreprises, Derville, l'avoué qui l'a soutenu, et Godeschal, son successeur, rencontrent par hasard le colonel : atteint de démence, il n'est plus qu'un matricule interné à Bicêtre.

[Problématique] Soucieux de représenter les rouages de la société, Balzac se penche sur ce héros broyé par la Restauration. Mais s'agit-il uniquement de montrer la folie du personnage ?

[Annonce de la 1re partie] Nous verrons que la représentation de la démence du héros **[2e partie]** permet à Balzac de critiquer ses contemporains au nom de ses valeurs **[3e partie]**, tout en affirmant l'ambition esthétique de son projet romanesque.

I Une scène centrée sur la folie du colonel Chabert

I-1 Un passage centré sur le personnage éponyme

En effet, dans deux scènes séparées par une courte ellipse, le colonel est le point de mire de la narration. Dans la première rencontre, il est progressivement éclairé : d'abord présenté comme l'un des indigents, il attire l'attention des deux hommes en raison de *« sa physionomie attachante »*. Il n'acquiert une identité que lorsque Derville le nomme, mentionne sa femme, *« la jolie comtesse Ferraud »* et raconte un passé que l'expression *« l'histoire qui précède »* vient résumer. Simple objet des regards dans la première scène, le personnage devient, dans la seconde, pleinement acteur. Il parle plus longuement que ses deux visiteurs et multiplie les gestes. La focalisation sur Chabert tout au long de l'épilogue éclaire les symptômes de sa démence.

I-2 La représentation de la folie

Dès le début du texte, Chabert est l'*« un de ces vieux pauvres chenus et cassés »*. La construction syntaxique reprise et étoffée dans l'expression *« l'un des deux mille malheureux logés dans* l'Hospice de la Vieillesse » attribue au personnage toutes les caractéristiques des indigents et des déments peuplant Bicêtre. L'univers de Chabert se réduit à des actes et à des faits sans importance : faire sécher son tabac ou bien tracer des raies sur le sable avec un bâton. Seuls viennent rompre la monotonie de cette existence sans horizon, un déjeuner *« autre part »* le lundi, le spectacle d'un condamné à mort dont il ne mesure pas la gravité, une pièce de vingt francs. Le personnage est coupé de la réalité : il ne reconnaît pas son ancien avoué et semble avoir perdu le fil du temps. À la fin du texte, il lance un anachronique *« vive Napoléon ! »*. Dans le monde qu'il a dessiné autour de lui, tout est prétexte à amusement : l'exécution d'un condamné comme la comédie militaire qu'il joue aux deux visiteurs pour les remercier des vingt francs.

[Transition] En plaçant son personnage à la croisée des regards et en soulignant sa démence, Balzac éclaire le destin tragique de son héros et dénonce ses contemporains.

II Le personnage au service d'une dénonciation

II-1 La déshumanisation du personnage

Les mots *« vieux »* et *« vieillard »* sont connotés négativement tout au long de l'extrait. On les trouve associés à un lexique de la dégradation : *« vieux pauvres chenus et cassés »*. Plus loin, le groupe *« ce vieux »* est repris par *« le pauvre »* comme si les deux noms étaient synonymes. À la fin du texte, le manque de discernement qui caractérise ici la vieillesse est comparé à la *« naïveté d'un gamin de Paris »* et mis en scène dans un mime pitoyable. *« Je ne suis plus un homme »*, explique le personnage à ses visiteurs. Il efface jusqu'à son nom en refusant d'être appelé Colonel Chabert : *« Je me nomme Hyacinthe »*, puis *« Je suis le numéro 164, septième salle »*. Le pronom démonstratif *« cela »* (*« cela vit »*) employé par Godeschal résume cette déshumanisation.

II-2 Le regard critique de Balzac

Le glorieux colonel d'Empire s'est effacé comme ont disparu les idéaux révolutionnaires et impériaux. *La Comédie humaine* dépeint la société cruelle et ambitieuse de la Restauration. En mettant en scène un héros de l'Empire détruit, le romancier exprime ses regrets et ses critiques. Derville accuse violemment la comtesse Ferraud : sa comparaison crue (*« il l'avait prise comme un fiacre »*) retourne contre elle le procédé de déshumanisation. La critique du romancier devient plus féroce encore lorsque Godeschal présente l'épouse du colonel comme *« une femme d'esprit et très agréable ; mais un peu trop dévote »*. Ici, Balzac dénonce l'hypocrisie sociale et religieuse de la comtesse mais aussi de tous ceux qui abandonnent à la Salpêtrière *« les femmes indigentes »* et à Bicêtre les *« deux mille malheureux »*.

[Transition] Balzac ne se contente pas de tendre un miroir à la réalité : il prend position et défend ses valeurs, tout en manifestant un vrai projet esthétique.

III Une scène qui montre le rôle de l'écrivain selon Balzac

III-1 Un art de la mise en scène pour donner vie au personnage

La présence de deux visiteurs au lieu d'un seul rend possible un dialogue qui dynamise la scène. Le passé de Chabert est évoqué dans un discours narrativisé (*« Derville lui raconta l'histoire qui précède »*) et par quelques indices tels que le *« mari légitime »* ou le *« regard de tigre »*. Les marques d'oralité *« Tenez »*, *« mon cher »*, la répétition de l'exclamation nominale *« Pas Chabert ! »* contribuent à l'illusion de réel, de même que l'ancrage géographique (Ris, Paris, Bicêtre et la Salpêtrière) et que les détails réalistes : la *« robe de drap rougeâtre »*, *« la souche d'un arbre abattu »* ou les *« raies sur le sable »*. Par ailleurs, Balzac, en doublant la focalisation interne, donne au lecteur l'impression qu'il va se faire sa propre opinion : Godeschal, le nouvel avoué, et Derville, celui qui s'est retiré, écœuré par ce qu'il a vu, ne voient pas Chabert de la même manière.

III-2 Les ambitions littéraires

En effet, si Balzac entreprend de représenter le réel et de dénoncer ses contemporains, il affirme aussi un projet esthétique dont Derville se fait l'écho en se référant aux romantiques après que Godeschal a évoqué les grotesques d'Hoffmann : *« Ce vieux-là* [...] *est tout un poème ou, comme disent les romantiques, un drame »*. L'écrivain puise son inspiration dans la réalité, mais il la transfigure. Ces références montrent clairement une intention esthétique dont témoigne la composition même de l'épilogue : deux rencontres, deux ellipses (*« En 1840 »*, donc vingt ans plus tard, et *« Deux jours après »*), deux visiteurs, deux dessins avec un bâton. Sur l'*« avenue »* qui constitue le cadre des deux rencontres, Chabert est représenté assis, la première fois sur *« une borne »* et la seconde sur *« un arbre abattu »*. L'une et l'autre suggèrent la tragique destinée d'un héros insoumis.

Conclusion rédigée

L'épilogue du *Colonel Chabert* est caractéristique de l'écriture réaliste. En effet, Balzac emploie toute la palette des procédés narratifs et stylistiques pour donner vie à ses personnages. Mais il s'agit moins de promener, avec Stendhal, un miroir sur une grande route[1] que de créer un univers correspondant à *« une vision personnelle du monde »* (Maupassant). Le romancier prestidigitateur séduit son lecteur et l'amène à partager son point de vue critique. Toutefois, si le roman nous touche encore aujourd'hui, c'est parce que son auteur y sonde les profondeurs de la nature humaine. C'est aussi parce que la composition de l'épilogue et la mise en scène des personnages témoignent de la portée universelle de l'art.

1. Stendhal : *« Un roman : c'est un miroir que l'on promène le long d'un chemin »* (voir p. 79).

La dissertation

SUJET

Œuvre : *Gargantua* de Rabelais – Parcours « Rire et savoir »

« Faire rire, c'est faire oublier », écrit Victor Hugo et il ajoute : *« Quel bienfaiteur sur la terre, qu'un distributeur d'oubli ! »*.

Cette réflexion vous semble-t-elle éclairer le pouvoir du rire dans *Gargantua* de Rabelais ? Vous prendrez appui sur *Gargantua*, sur les textes rencontrés en lien avec le parcours « Rire et savoir » ainsi que sur vos lectures personnelles.

Corrigé (plan détaillé)

Introduction rédigée

Lorsqu'on aborde *Gargantua*, une question ne tarde pas à surgir : pourquoi François Rabelais, religieux érudit, médecin renommé, éditeur et auteur de savants traités, a-t-il entrepris de publier quatre ouvrages qui mettent à l'honneur le rire, parfois le plus gras ? À cette question, Victor Hugo propose une réponse : *« Faire rire, c'est faire oublier »*. Et d'ajouter aussitôt : *« Quel bienfaiteur sur la terre, qu'un distributeur d'oubli ! »*. Cette réponse, qui concerne Gwynplaine dans *L'Homme qui rit*, peut-elle éclairer aussi le pouvoir du rire dans *Gargantua* ?

Après avoir étudié la nature et les bienfaits de cet oubli, nous verrons que le rire, permet aussi de dénoncer le réel. Mais sans doute faut-il dépasser le divertissement et la satire pour chercher les bénéfices du rire du côté d'un art de lire et de vivre.

I *« Faire rire, c'est faire oublier »* : les bienfaits du divertissement

I-1 Le rire libérateur

Le rire permet de s'affranchir de la logique : La taille du héros est difficile à cerner. On le voit avaler des pèlerins perdus dans sa salade mais aussi se battre pied à pied contre les soldats de Picrochole.

Le rire bouscule les balises de la religion : lors de l'attaque du clos de Seuilly, Frère Jean substitue sans vergogne le *« service du vin »* au *« service divin »*.

La poésie n'échappe pas non plus au rire : Le chapitre consacré à la recherche du meilleur *« torchecul »* libère de la contrainte du rondeau.

L'affranchissement comme principe à Thélème : La règle est *« Fais ce que voudras »*.

I-2 Les vertus de l'inversion

Pour libérer les hommes d'une réalité sombre, le rire nous fait entrer dans un monde inversé, celui du carnaval qui, dans le calendrier chrétien, rompt les digues de la privation et de la soumission.

Ce **principe d'inversion** qui permet d'oublier le réel est aussi le ressort traditionnel de la comédie : Scapin chez Molière administre à son maître, enfermé dans un sac, une correction magistrale.

I-3 Le rire et la lecture

***Gargantua* est un vaste jeu avec les mots :** La jubilation du langage ouvre un champ de créativité où le lecteur vient partager les joies d'un univers redessiné par l'homme.

Chez Rabelais, plus que l'inversion, c'est souvent **l'invention** qui provoque le rire bienfaiteur : huit-cents mots de notre dictionnaire au moins font leur première apparition dans ses récits.

Le lecteur est entraîné dans un tourbillon libérateur : polynomie (plusieurs mots pour une seule chose), énumérations débordantes, jeux sur les sonorités.

II Faire rire, c'est révéler : la force de la satire

II-1 Les procédés de la satire

Rabelais adopte toutes les tonalités pour provoquer le rire et dénoncer.

– **Le vocabulaire scatologique :** la naissance du héros, son urine qui noie et ridiculise 260 418 Parisiens.

– **Les clins d'œil savants** : Gargantua urine en *« soubriant »*, l'étymologie (*sub-ridere* : rire en dessous) est un clin d'œil qui ne relève pas du rire populaire. L'allusion aux mouches (chapitre XVI) qui symbolisent pour les humanistes les théologiens de la Sorbonne et désignaient déjà chez Cicéron les visiteurs importuns, est un autre clin d'œil savant.

– **L'onomastique** (le choix des noms propres) : Lasdaller, un pèlerin « las d'aller », Maître Thubal Holoferne, discrédité par *« Thubal »* qui signifie « confusion » en hébreu et par son nom emprunté à un général de Nabuchodonosor mort peu glorieusement de la vérole.

II-2 Les cibles de la satire

Rabelais **dénonce un savoir figé**, une éducation rétrograde à laquelle celle proposée par Ponocrates s'oppose en tous points.

Il **s'en prend aussi aux théologiens de la Sorbonne**, prisonniers d'un dogme strict, coupé des textes sacrés. Sans suivre totalement la Réforme, il défend un retour à l'esprit des Évangiles et se moque de la superstition, celle qui enrichit le commerce des reliques et nourrit de mauvaises raisons les pèlerinages. L'un des pèlerins ne s'est-il pas en réalité mis en route parce que sa femme était laide ?

La soif de conquêtes (Picrochole, rappelant Charles Quint) : Alcofribas Nasier couvre Picrochole de ridicule alors qu'il loue les efforts de Grandgousier pour parvenir à une conciliation. En 1853, Victor Hugo se moquera à son tour de Napoléon III.

II-3 Satire d'Alcofribas Nasier par Rabelais

Rabelais se sert de son narrateur pour **parodier** la littérature de foire, les histoires extravagantes et les prouesses des récits de chevalerie.

Il **prend ses distances avec la culture populaire médiévale**. La description des repas du jeune héros trouve sa place dans le chapitre XXI consacré à l'éducation des sophistes, Ponocrates, le bon précepteur préconisant, quant à lui, un repas *« sobre et frugal »*.

Le **prologue** : Rabelais ressemble plutôt à Socrate *« toujours buvant à tous et à chacun, toujours se moquant »*, mais *« toujours dissimulant son divin savoir »*.

III Faire rire, c'est faire vivre : les valeurs humanistes du rire

III-1 Faire rire, c'est célébrer la richesse de l'homme

Pour l'humaniste italien Pic de la Mirandole, ***« l'homme est une grande merveille »*** : le combat meurtrier (chapitre XXVII) est l'occasion de montrer à la fois la complexité du corps humain et l'étendue du savoir médical.

La diversité des formes (chronique, épopée et facétie), les avalanches lexicales, les hyperboles et distorsions célèbrent l'homme créé géant à l'image de Dieu.

III-2 Faire rire, c'est promouvoir la fraternité

Le **rire** instaure une communion des esprits et montre que tous doivent œuvrer pour le bien commun : *« La charité ne cherche pas son propre avantage »*, dit Frère Jean ; *« Le temps n'est plus de partir ainsi à la conquête des royaumes au grand dommage de son prochain »*, dit Pantagruel.

Le **livre** met en pratique cette fraternité qu'il célèbre : en écrivant *« de rire »* plutôt que *« de larmes »*, Rabelais médecin vient au secours du lecteur.

III-3 Faire rire, c'est ouvrir un accès à la sagesse

« Il est vrai qu'ici peu de perfection / Vous apprendrez, si n'êtes enclin à rire » avertit l'auteur. Les surprises du récit, comme la prophétie qui l'achève, interdisent toute interprétation unique.

Faire rire, c'est **mettre en mouvement le lecteur**, l'inviter à lire et vivre à la recherche du *« plus haut sens »*.

Conclusion rédigée

Les récits « pleins de pantagruélisme » de Rabelais occupent dans notre histoire littéraire une place particulière car nous n'avons jamais fini d'en élucider le *« haut sens »* au-delà de toutes les significations accessibles : bienfaits de l'oubli grâce à la fantaisie, surprise et libération de l'inversion, plaisir des mots affranchis du dictionnaire, dénonciation des carcans et des superstitions en tous genres, critique des prétentions et des ambitions guerrières au nom des valeurs humanistes. Le rire célèbre la grandeur de l'homme, un homme confiant et ouvert aux autres mais conscient de ses limites. Laissons à Flaubert le dernier mot : *« C'est quelque chose, le rire : c'est le dédain et la compréhension mêlés, et en somme la plus haute manière de voir la vie. »*

1 Discours, genres et tonalités

Le « **genre** » et la « **tonalité** » sont deux notions **spécifiquement littéraires** qui permettent de caractériser un texte et d'en comprendre les enjeux ; le « **discours** » est, quant à lui, une notion beaucoup plus large.

1 Les discours

On appelle « discours » toute parole orale ou écrite. Cette notion prend en compte l'**intention du locuteur (auteur, narrateur, personnage)**.

Discours narratif	Le locuteur **raconte** une histoire, qu'elle soit réelle ou fictive. Un certain temps s'écoule.
Discours descriptif	Le locuteur **décrit** un paysage, un objet, une personne (portrait). À la différence du discours narratif, la description s'apparente à un arrêt sur image.
Discours explicatif	Le locuteur **explique** un phénomène, une situation, un fonctionnement.
Discours argumentatif	Le locuteur cherche à faire partager son opinion à son destinataire en le **convainquant** avec des arguments et en le **persuadant** avec des procédés littéraires touchant sa sensibilité.

2 Les genres

Un genre regroupe des œuvres littéraires qui présentent des **caractéristiques formelles communes**.

A Les genres rattachés au discours narratif

La frontière entre les histoires vraies et la fiction n'est pas étanche, et certains auteurs choisissent de recourir à la fiction (« l'autofiction ») pour raconter leur propre vie.

Les récits d'histoires vraies	Compte-rendu historique ou journalistique, autobiographie ou biographie fidèles.
Les fictions	Apologues (à visée didactique) : conte, fable. Récits (sans visée didactique) : roman, nouvelle.

B Le théâtre et ses sous-genres

Le théâtre est destiné à être **représenté sur une scène** (voir p. 88). Les sous-genres théâtraux sont fonction des époques et de l'intention du dramaturge (auteur de théâtre) qui peut souhaiter amuser ou émouvoir le spectateur.

Comédie	Personnages du peuple, mariage, fin heureuse.
Tragédie	Personnages de haut rang, destin, issue fatale.
Tragi-comédie	Personnages de haut rang, destin, fin heureuse.
Drame (XIXᵉ siècle)	Mélange des genres.

C La poésie

La poésie accorde une priorité à la beauté du texte et **utilise le langage d'une manière particulière**. Elle peut obéir à des règles (voir p. 33) ou, au contraire, s'en affranchir. Selon les époques et les poètes, elle joue un rôle différent mais elle cherche toujours à **susciter des émotions**.

D Les genres rattachés au discours argumentatif

L'**argumentation directe** prend la forme d'un essai ou d'un article de journal, alors que l'**argumentation indirecte** a recours à la fiction pour contourner la censure et/ou toucher son lecteur : roman, conte, fable, poème, pièce de théâtre…

3 Les tonalités

A Une tonalité qui joue la distance

Le rire établit une distance entre le thème traité et le lecteur ou le spectateur. La **tonalité comique** présente différents aspects qui peuvent s'associer :

> **Définition-clé**
>
> **Tonalité :** elle caractérise l'**effet produit** sur le destinataire. On distingue ainsi différentes tonalités en fonction de ce que ressent le lecteur ou le spectateur.

L'humour	Un sujet sérieux est traité de manière légère.
L'ironie	On laisse entendre le contraire de ce que l'on dit.
L'absurde	Les événements présentés et leur interprétation sont en décalage, si bien que ce qui se passe paraît incompréhensible.
Le burlesque	Un genre ou registre noble, comme l'épopée, est traité de façon ordinaire, voire vulgaire.
Le grotesque	Le bizarre et le monstrueux sont sources de comique.
La satire	Le rire est destiné à dénoncer.

B Des tonalités qui suscitent l'empathie ou le rejet

Différentes tonalités partagent cette proximité entre le thème traité et le lecteur/spectateur :

- **Tonalité pathétique.** Le texte touche le lecteur et l'invite à **avoir pitié** des personnages ou de la situation évoquée.
- **Tonalité tragique.** Le texte inspire au lecteur ***« terreur et pitié »*** (Aristote) en présentant des personnages victimes de la fatalité. La lutte qu'ils mènent est vaine, et l'issue fatale (la mort ou simplement l'échec) est programmée.
- **Tonalité épique.** Le texte met en avant les exploits d'un héros et les valeurs d'un peuple. Le registre épique caractérise le genre de l'épopée mais se rencontre également au théâtre et dans des romans.
- **Tonalité lyrique.** Le texte communique au lecteur les sentiments exprimés par l'auteur. Quand il s'agit de tristesse ou de nostalgie, on parle de **tonalité élégiaque.**
- **Tonalité polémique.** L'auteur prend position dans un débat d'idées et amène son destinataire à adopter son opinion en rejetant celles de ses adversaires.
- **Tonalité épidictique.** Le texte vante les qualités (un **éloge**) ou souligne les défauts (un **blâme**) d'un personnage ou d'une institution.

> **Conseil**
>
> Ne confondez pas **la tonalité comique,** qui vise à déclencher le rire, **et le genre de la comédie,** qui, lui, obéit à des règles formelles et ne provoque pas nécessairement le rire.

> **Conseil**
>
> Ne confondez pas **le genre de la tragédie** (théâtre) **et la tonalité tragique** (pas nécessairement au théâtre).

2 Les outils grammaticaux

Pour bien s'exprimer et bien comprendre les textes, il est nécessaire de **maîtriser les principaux outils grammaticaux** de notre langue.

1 Les classes grammaticales (natures)

A Les mots invariables

Adverbes	*Lentement, vite, loin, aujourd'hui, enfin…*
Prépositions	*À, après, avant, avec, dans, de, derrière, dès, devant, en, par…*
Conjonctions de coordination	*Et, mais, ou, donc, or, car, pourtant, ni…*
Conjonctions de subordination	*Puisque, étant donné que, si bien que, lorsque, quand bien même…*
Interjections	*Ah !, Oh !, Eh bien !, Hélas !, Parbleu !…*

B Les mots variables

- **Les noms** communs et les noms propres.
- **Les pronoms** **remplacent** un nom, un adjectif, une proposition.

  Ex. : « Es-tu prêt ? – Je le suis. » *(Le pronom* le *remplace l'adjectif* prêt.*)*

Pronoms personnels	*Je, tu, il, on, elle, nous, vous, me, moi, le, la, en, y…*
Pronoms possessifs	*Le mien, le tien, le sien, le nôtre, le leur…*
Pronoms démonstratifs	*Celui, celui-ci, celui-là, celle, celle-ci, ceux, ceux-là, ceci, cela, ce…*
Pronoms indéfinis	*Chacun, les uns, personne, rien, la plupart, les mêmes…*
Pronoms relatifs	*Qui, que, quoi, dont, où, lequel, duquel, à laquelle, desquels...*
Pronoms interrogatifs	*Qui, que, quoi, lequel, duquel, à laquelle…*

- **Les déterminants** accompagnent un nom dont ils **précisent** le genre et le nombre.

> **Conseil**
> Ne confondez pas les **déterminants** (placés devant un nom) et les **pronoms** (qui jouent un rôle de remplaçants).
> *Ex. :* Je leur ***(pronom personnel)*** demande leur ***(déterminant possessif)*** avis.

Déterminants démonstratifs	*Ce, cet, cette, ces, ce …-ci, cet …-là…*
Déterminants possessifs	*Mon, ton, son, ma, ta, sa…*
Déterminants indéfinis	*Chaque, tout, l'autre…*
Adjectifs numéraux cardinaux	*Un, deux, trois…*
Articles	Articles indéfinis : *un, une, des.* Articles définis : *le, la, les,* l'article défini élidé *l'* et les articles définis contractés *au* (= *à* + *le*), *du* (= *de* + *le*), *des* (= *de* + *les*). Articles partitifs : *du, de la, de l'.*

- **Les adjectifs** viennent **préciser le sens** d'un nom ou d'un pronom. Ils peuvent se mettre au **comparatif** ou au **superlatif**.

  Ex. : Pierre est **plus** petit **que** Paul. (comparatif)
  Pierre est **vraiment/très** petit. (superlatif)

- **Le verbe** exprime une **action** ou un **état**.

  Ex. : Écrire *(action)* ; paraître *(état)*.

2 Les fonctions

La fonction d'un mot, c'est **son rôle dans la phrase**.

Sujet du verbe	***Je*** *serai là demain.*
Compléments d'objet du verbe	COD : *Je lis* ***un roman****.* COI : *Tu ressembles* ***à ton frère****.*
Complément d'agent (voix passive) du verbe	*Il fut admiré* ***de tous****.*
Compléments circonstanciels (lieu, temps, manière, moyen, cause, but, conséquence, comparaison, concession, condition…)	*Il se lève* ***à sept heures*** (CC de temps) ***par habitude*** (CC de cause).
Attribut du sujet	*Il deviendra sûrement* ***médecin****.* *Ce travail est* ***intéressant****.*
Attribut du COD	*Je trouve ce roman* (COD) ***très étrange****.*
Complément du nom	*Un roman* ***d'aventures****.*
Complément de l'adjectif	*Ce coureur est beaucoup plus rapide* ***que moi****.*
Apposition au nom	*Voltaire,* ***l'auteur de*** **Candide**. ***Intéressant****, son travail l'a absorbé toute la journée.*
Épithète du nom (pour un adjectif)	*Il effectue un travail* ***intéressant****.*

3 La conjugaison des verbes

A Les temps de l'indicatif

Temps simples		**Temps composés**	
Présent	*Je finis*	**Passé composé**	*J'ai fini*
Futur	*Je finirai*	**Futur antérieur**	*J'aurai fini*
Imparfait	*Je finissais*	**Plus-que-parfait**	*J'avais fini*
Passé simple	*Je finis*	**Passé antérieur**	*J'eus fini*

B Les temps du subjonctif

Temps simples		**Temps composés**	
Présent	*Que je parle*	**Passé**	*Que j'aie parlé*
Imparfait	*Que je parlasse*	**Plus-que-parfait**	*Que j'eusse parlé*

C Les temps du conditionnel

Temps simples		**Temps composés**	
Présent	*Je raconterais*	**Passé 1re forme**	*J'aurais raconté*
		Passé 2e forme	*J'eusse raconté*

D Les temps de l'impératif

Il existe un **présent** et un **passé** de l'impératif. Les verbes ne se conjuguent qu'à trois personnes.

Ex. : Présent : *Cours, courons, courez.* – Passé : *Aie couru, ayons couru, ayez couru.*

E Les valeurs des modes

- **L'indicatif** est le mode des actions certaines.
- **Le subjonctif** exprime une action qui ne se réalisera peut-être pas car elle dépend d'une volonté, d'un souhait.

  Ex. : Je veux que tu viennes. *(Tu ne viendras pas nécessairement.)*
- **Le conditionnel** exprime une action incertaine car soumise à la réalisation d'une hypothèse.

  Ex. : Si tu étais prêt, nous **partirions**.

Il peut aussi avoir une valeur temporelle de futur dans le passé.

Ex. : Il a promis qu'il **viendrait**.

- **L'impératif** exprime l'ordre, l'interdiction, la prière ou le conseil.

F Les valeurs des temps

- **Le présent de l'indicatif**

Présent de l'énonciation	*Aujourd'hui, je **rédige** mon devoir.*
Passé récent ou futur proche	*Il **sort** à l'instant. Il **revient** bientôt.*
Présent d'habitude	*Il **se lève** toujours à sept heures.*
Présent de vérité générale	*Flaubert **est** un romancier du XIXe siècle.*
Présent de narration	*Napoléon **fait route** vers Milan.*

- **Le futur.** Il exprime **une action qui va se produire**. Parfois, le futur a une valeur proche de l'impératif (ordre ou conseil).

  Ex. : Tu **viendras** me voir à la récréation.
- **L'imparfait.** Il exprime **une action passée non limitée dans le temps**. C'est le temps de l'**arrière-plan**, de la description ; il peut aussi exprimer une **habitude** (imparfait itératif).
- **Le passé simple.** Il exprime **une action passée limitée dans le temps**. C'est le temps du récit. Il permet, notamment, d'exprimer des actions qui se succèdent.
- **Les temps composés** expriment une **action antérieure à une action exprimée au temps simple correspondant**.

  Ex. : Aujourd'hui, je **vais** au musée ; hier, **je suis allé(e)** au cinéma.

G La voix active et la voix passive

- **À la voix active,** le sujet est actif : il **fait l'action**.
- **À la voix passive,** le sujet est passif : c'est le **complément d'agent** qui effectue l'action exprimée par le verbe.

  Ex. : a) Le loup *(sujet)* dévore l'agneau *(COD)*.
  Le verbe est au présent de la voix active.
  b) L'agneau *(sujet)* est dévoré par le loup *(C. d'agent)*.
  Le verbe est au présent de la voix passive.
  c) L'agneau a été dévoré par le loup *(C. d'agent)*.
  Le verbe est au passé composé de la voix passive.

Conseil

Ne confondez pas, particulièrement aux temps composés, **voix active** et **voix passive.** On reconnaît une forme verbale passive à ce qu'elle est suivie, ou peut être suivie, par un complément d'agent (on peut lui adjoindre *« par quelqu'un »*).

H La forme pronominale

On parle de « forme pronominale » (réfléchie ou réciproque) lorsque le pronom sujet et le pronom complément désignent **la même personne**.

Ex. : **Tu te** regardes dans le miroir. *(forme réfléchie)*
Ils se parlent. *(forme réciproque)*

4 La phrase

A Les modalités

Modalité déclarative	La phrase se termine par un point et délivre une information.
Modalité interrogative	La phrase se termine par un point d'interrogation et exprime une question.
Modalité injonctive	La phrase se termine par un point ou un point d'exclamation et exprime un ordre.
Modalité exclamative	La phrase se termine par un point d'exclamation et exprime un sentiment, une émotion ou une sensation.

Définition-clé

L'**interrogation rhétorique** est une question qui n'attend pas de réponse. Elle manifeste une émotion, invite le lecteur à réagir.
Ex. : Qui pourrait imaginer une pareille situation ?

Pour mettre une phrase à la forme négative, on utilise deux mots, en général des adverbes, parfois un pronom.

Ex. : Je **n'**ai **pas** lu ce roman. – **Personne** *(pronom)* **ne** me parle sur ce ton.

B Les types de phrases selon le nombre de verbes conjugués

Phrase non verbale ou nominale	Elle ne comprend aucun verbe conjugué.
Phrase simple	Elle comprend un et un seul verbe conjugué.
Phrase complexe	Elle comprend plusieurs verbes conjugués, donc plusieurs propositions. Ces propositions peuvent être juxtaposées (placées côte à côte sans aucun lien), coordonnées (reliées par une conjonction de coordination) ou encore liées par un rapport de subordination.

C Les propositions

- **Les propositions indépendantes** se suffisent à elles-mêmes.

  Ex. : La syntaxe est simple ; les propositions indépendantes sont les plus nombreuses.
  (Cette phrase est composée de deux propositions indépendantes juxtaposées.)

- **Les propositions principales** dirigent une ou plusieurs autres propositions appelées « subordonnées ».

- **Les propositions subordonnées** dépendent des propositions principales.

  Ex. : [La syntaxe est élaborée] [**parce que** les propositions subordonnées sont nombreuses.]
  (Prop. principale) *(Prop. subordonnée)*

On distingue plusieurs sortes de propositions subordonnées : **relatives** (introduites par un pronom relatif), **conjonctives** (introduites par une conjonction de subordination) et **interrogatives indirectes** (introduites par un adverbe ou un pronom interrogatif).

Quelques subordonnées conjonctives circonstancielles :

Subordonnée de condition	***Si tu es d'accord***, *nous allons au cinéma.*
Subordonnée de cause	*Nous allons au cinéma* ***parce qu'il pleut***.
Subordonnée de conséquence	*Il pleut,* ***si bien que nous allons au cinéma.***
Subordonnée de but	*Nous appelons Zoé* ***pour qu'elle nous rejoigne***.
Subordonnée de comparaison	*Je me promène* ***comme le font les escargots***.
Subordonnée d'opposition	***Bien qu'il pleuve,*** *je me promène.*

• **Attention** à la construction de la **subordonnée interrogative indirecte** : le sujet n'est pas inversé comme dans l'interrogation directe.

Ex. : Quelle position défend l'auteur ? → Nous verrons **quelle position l'auteur défend**.

Bien qu'elles ne soient pas centrées sur un verbe conjugué, on parle de « proposition infinitive ou participiale » quand l'infinitif ou le participe ont un sujet différent du sujet principal.

Ex. : Ce matin, **j**'ai entendu [**les oiseaux** chanter]. – [**L'hiver** venu], **la cigale** eut faim.

5 L'énonciation

• **On appelle « énonciation » toute communication, orale ou écrite, avec des mots.** Elle suppose un **locuteur** et un **destinataire** et s'inscrit dans un certain **contexte spatio-temporel** (où et quand).

• **Différents indices de l'énonciation** renvoient au locuteur ou au destinataire : **pronoms personnels** *(je, nous, me, moi…)*, **pronoms possessifs** *(le mien, le tien…)* et **déterminants possessifs** *(ma, ta…)*. L'**apostrophe** peut aussi désigner le destinataire : *« Cher ami… »*

> **Rappel**
>
> **Attention !** tous les indicateurs de lieu ou de temps ne sont pas des indices de l'énonciation :
> • *aujourd'hui* et *demain* se définissent par rapport au moment où je parle (énonciation) ;
> • *ce jour-là* ou *la veille* ne se définissent pas par rapport au moment où je parle : ce ne sont pas des indices de l'énonciation.

• **La double énonciation.** Il arrive parfois que se superposent, dans un même texte, plusieurs situations d'énonciation. La double énonciation est **un phénomène courant au théâtre** car, tandis qu'un personnage s'adresse à un autre personnage, l'auteur parle à son public.

3 Les outils stylistiques

Le **style** d'un écrivain caractérise sa façon particulière de jouer avec les procédés grammaticaux et le lexique afin de donner plus de force ou d'émotion à ce qu'il exprime.

1 La phrase

A L'enchaînement des phrases

- **Enchaînement chronologique.** Dans un récit, les actions peuvent s'enchaîner chronologiquement. On peut alors relever les **indices temporels** *(alors, ensuite…).*
- **Enchaînement logique.** Les phrases peuvent également s'enchaîner de manière logique : les **connecteurs logiques** peuvent être des conjonctions de coordination *(car, mais…)*, des adverbes *(puis, pourtant…)* ou des conjonctions de subordination *(parce que, comme…).*
- **La parataxe.** Lorsque 2 phrases ou 2 propositions sont posées côte à côte sans que soit explicite le rapport qui les unit, on parle de **« parataxe »** ou d'**« asyndète »** (absence de liaison).

  Ex. : Il pleut ; nous travaillons. *(Lien implicite : de cause à conséquence.)*

B La syntaxe

L'énumération	Des termes de même nature se succèdent.	*Il avait lu Balzac, Flaubert, Zola…*
Le parallélisme	Des constructions ou des termes de même sens sont juxtaposés.	*« Il n'avait pas de fange en l'eau de son moulin, / Il n'avait pas d'enfer dans le feu de sa forge »* (Hugo).
Le chiasme	Il consiste à croiser des termes de même nature grammaticale ou de sens équivalent.	*« Il faut manger pour vivre et non pas vivre pour manger. »*
L'ellipse	Elle consiste à supprimer certains mots grammaticalement attendus.	*« Je t'aimais inconstant ; qu'aurais-je fait fidèle ?* [= si tu avais été fidèle] » (Corneille).
L'anacoluthe	Elle est une rupture de la syntaxe.	*« Exilé sur le sol au milieu des huées, / Ses ailes de géant l'empêchent de marcher »* (Baudelaire). *« Exilé »* devrait se rapporter à *« ailes »* et donc s'écrire *« exilées »* ; il se rapporte, en fait, au possesseur des ailes : le poète.

2 Le lexique

A Le sens des mots

- Un **champ lexical** regroupe l'ensemble des mots qui se rapportent à la **même notion**. On parlera, par exemple, du champ lexical de la joie, de l'amour ou, plus concrètement, de la ville ou du jardin.

Attention !

Il ne faut pas confondre le **champ lexical** d'une notion et la **famille** d'un mot : *familial,* et *généalogie, ascendant* appartiennent au champ lexical de la famille, tandis que *familial* et *familier* sont des mots de la même famille.

• Le **champ sémantique** d'un mot est l'ensemble des différentes significations possibles de ce mot. En effet, la plupart des mots ont plusieurs sens ; on dit qu'ils sont **« polysémiques »** et on parle de la **« polysémie »** d'un mot. Par exemple, le cœur désigne l'organe qui assure la circulation sanguine, un lieu central (« le cœur d'une ville »), le siège des sentiments, ou de la mémoire (« par cœur »), le courage (« du cœur à l'ouvrage »).

• On distingue le **sens dénoté,** objectif et commun à tous, du **sens connoté**, qui, plus subjectif, varie selon les locuteurs et les destinataires. Par exemple, une des connotations de *blanc* est « la pureté ».

Conseil

L'étude des procédés ne se réduit pas à un relevé ; il faut montrer comment les figures de style contribuent au sens du texte.

B Les procédés de comparaison

La comparaison	Deux éléments sont rapprochés par un outil de comparaison *(comme…).*	« *La Terre est bleue comme une orange* » (Eluard).
La métaphore	La comparaison est implicite ; l'outil de comparaison est absent, et, souvent, le comparé n'est pas là non plus. La métaphore filée se poursuit sur plusieurs termes.	« *Cette faucille d'or* » (Hugo), pour désigner la Lune.

C Les procédés d'animation

La personnification	Elle présente une chose ou un animal sous les traits d'une personne.	La Fontaine a souvent recours à ce procédé dans ses fables.
L'allégorie	Elle est une représentation concrète, donc plus compréhensible, des divers aspects d'une idée.	« *Mon beau navire ô ma mémoire* » (Apollinaire).

D Les procédés de substitution

La périphrase	Plusieurs termes viennent se substituer à un mot unique.	Ulysse, *l'homme aux mille ruses.*
La métonymie	Un mot est remplacé par un autre mot dont le sens est logiquement proche du premier.	*Les cordes* pour désigner les instruments à cordes.
La synecdoque	Elle est une forme de métonymie : on remplace la partie par le tout ou le tout par la partie.	*Boire un verre* pour désigner le contenu du verre.

E Les procédés d'opposition

L'antithèse	Des constructions ou des termes s'opposent.	« *Paris est tout petit / C'est là sa vraie grandeur* » (Prévert).
L'oxymore ou alliance de mots	Elle associe deux termes antithétiques.	« *Voilà un beau jeune vieillard pour quatre-vingt-dix ans !* » (Molière).
L'antiphrase	Une expression dit le contraire de ce que l'on veut signifier.	« *Ô ministres intègres !* » (Hugo). Ruy Blas dénonce la corruption.
La prétérition	Elle consiste à délivrer une information en disant qu'on ne va pas la donner.	*Je ne vous rappellerai pas que la tragédie naît au Vᵉ siècle avant Jésus-Christ.*

F Les procédés d'insistance ou d'atténuation

L'hyperbole	Elle amplifie les termes.	*Je meurs d'ennui.*
L'anaphore	Elle est une forme particulière de répétition : le mot (ou l'expression) repris(e) est situé(e) en tête de phrase ou de vers.	*« J'ai vu lever le jour, j'ai vu lever le soir, / J'ai vu grêler, tonner, éclairer et pleuvoir, / J'ai vu peuples et rois, et depuis vingt années / J'ai vu presque la France au bout de ses journées »* (Ronsard).
La gradation	Les termes suivent une progression.	*« Va, cours, vole, et nous venge ! »* (Corneille).
La litote	Elle dit le moins pour suggérer le plus.	*« Va, je ne te hais point »* (Corneille). Chimène avoue ainsi son amour à Rodrigue.
L'euphémisme	Il atténue le côté déplaisant d'une réalité ou d'une idée.	*Il nous a quittés* pour « Il est mort ».

G Les sonorités

Un son à lui tout seul n'est pas significatif ; c'est la répétition de ce son qui peut être évocatrice.

- **L'allitération** est la répétition d'une même **consonne** ou d'une même catégorie de consonnes ; on pourra, par exemple, parler d'« allitération en dentales » (répétition de *t* et *d*).
- **L'assonance** est la répétition d'un même **son « voyelle »** (*a, i…* mais aussi *an, on…*).

H Quelques suggestions d'interprétations des procédés

Le tableau qui suit donne de simples pistes : votre interprétation est, avant tout, liée au sens du texte.

Procédés	Interprétations : le procédé permet de…
Répétition, anaphore, parallélisme, chiasme, allitération, assonance…	• Insister sur un terme ou une idée. • Créer un certain rythme.
Allégorie, personnification	• Rendre le texte vivant. • Rendre l'idée accessible. • Toucher le lecteur.
Hyperbole	• Impressionner le lecteur. • Ridiculiser ce qui est évoqué.
Euphémisme, périphrase	• Éviter de dire, de façon crue, une réalité difficile.
Comparaison et métaphore	• Dire ce que l'on a du mal à exprimer avec les mots ordinaires. • Surprendre le lecteur pour le toucher. • La métaphore peut être une véritable métamorphose : le regard de l'écrivain modifie le monde.
Antithèse et oxymore	• Surprendre le lecteur. • Choquer le lecteur.

4 Les principaux mouvements littéraires

Les œuvres, d'une manière ou d'une autre, se définissent par rapport à des mouvements littéraires et esthétiques français ou européens.

IXe-XIVe siècles →	XVe-XVIe siècles →	XVIIe siècle →	XVIIIe siècle →	XIXe siècle →	XXe siècle
Littérature médiévale	Humanisme	Baroque, classicisme	Lumières	Romantisme, réalisme, naturalisme	Surréalisme, absurde

1 Le Moyen Âge

Au début du Moyen Âge, on ne distingue pas la poésie et le récit. La **chanson de geste**, qui glorifie les valeurs du chevalier guerrier (XIe siècle), fait progressivement place à une **poésie lyrique**, qui idéalise la femme (XIIIe siècle). Puis les longs récits en vers, guerriers ou courtois, sont remplacés par des poèmes plus courts (XIVe-XVe siècles).

2 Le XVIe siècle

La Renaissance, tout imprégnée des œuvres antiques, prend l'Italie comme modèle.

A L'humanisme

L'humanisme met l'homme au cœur de ses préoccupations et affirme sa confiance, plus nuancée après les guerres de Religion, dans l'humanité.

Auteurs-clés

- **Humanisme :** Rabelais (v. 1494-1553), Montaigne (1533-1592)…
- **Pléiade :** Du Bellay (1522-1560), Ronsard (1524-1585)…

B La Pléiade

Les poètes de la Pléiade défendent les qualités de la langue française et renouvellent la poésie.

3 Le XVIIe siècle

Le XVIIe siècle prend pour modèle l'« **honnête homme** », un homme sociable et cultivé.

Auteurs-clés

- **Baroque :** Cervantès (1547-1616), Shakespeare (1564-1616), Théophile de Viau (1590-1626)…
- **Classicisme :** La Fontaine (1621-1695), Molière (1622-1673), Pascal (1623-1662), Racine (1639-1699)…

A Le baroque

Le mouvement baroque s'étend dans toute l'Europe et touche la littérature française dans la première moitié du XVIIe siècle. On le reconnaît à son goût pour l'illusion, le foisonnement, l'exubérance, les jeux de miroir qui expriment toute la complexité du monde.

B Le classicisme

Le classicisme, qui prône la mesure et l'équilibre, est, sous le règne de Louis XIV, une réaction spécifiquement française à l'esthétique baroque.

4 Le XVIIIe siècle et les Lumières

Les Lumières sont d'abord un mouvement d'idées : le « philosophe » réfléchit par lui-même et se met en quête de la vérité ; il revendique sa liberté et dénonce les abus.

Auteurs-clés

Montesquieu (1689-1755), Voltaire (1694-1778), Rousseau (1712-1778), Diderot (1713-1784), Beaumarchais (1732-1799)…

5 Le XIXe siècle

Le siècle qui suit la Révolution française connaît une grande instabilité politique et de grands bouleversements sociaux, économiques et esthétiques.

A Le romantisme (poésie, théâtre)

Dans la première moitié du siècle, le romantisme, sous l'égide de Victor Hugo, rejette l'esthétique classique et affirme la primauté de la sensibilité.

Auteurs-clés

- **Romantisme :** Chateaubriand (1768-1848), Lamartine (1790-1869), Hugo (1802-1885), Musset (1810-1857)…

B Le réalisme (roman)

En réaction au lyrisme et à l'idéal romantique, l'écrivain réaliste veut représenter la réalité.

C Le naturalisme (roman)

Le naturalisme reprend le projet des réalistes et y ajoute une dimension scientifique.

Auteurs-clés

- **Réalisme :** Balzac (1799-1850), Flaubert (1821-1880)…
- **Naturalisme :** Zola (1840-1902), Maupassant (1850-1893)…

D Le Parnasse (poésie)

En réaction à l'idéal romantique, le Parnasse prône « l'art pour l'art » et le culte de la beauté.

E Le symbolisme (poésie)

Après Baudelaire et en opposition avec le naturalisme, les symbolistes expriment leur subjectivité et préfèrent suggérer plutôt que décrire avec précision.

Auteurs-clés

- **Parnasse :** Leconte de Lisle (1818-1894), Heredia (1842-1905)…
- **Symbolisme :** Verlaine (1844-1896), Mallarmé (1842-1898)…

6 Le XXe siècle

A Le surréalisme (poésie)

La Première Guerre mondiale bouleverse les mentalités, et le surréalisme exprime ce désordre. Refusant les formes et les principes traditionnels, il accorde une grande place à l'inconscient.

B L'absurde

- **Pour les philosophes et romanciers** Jean-Paul Sartre (1905-1980) et Albert Camus (1913-1960), la vie de l'homme est absurde et ne peut tirer sa grandeur que de l'action.
- **Au théâtre,** l'absurde rejette les structures traditionnelles (intrigue, place de la parole…).

C Le Nouveau Roman

Les nouveaux romanciers remettent en question les ressorts traditionnels du roman, dont les notions de « personnage » et d'« intrigue ».

Auteurs-clés

- **Surréalisme :** Paul Eluard (1895-1952), André Breton (1896-1966), Louis Aragon (1897-1982)…
- **Absurde :** Samuel Beckett (1906-1989), Eugène Ionesco (1909-1994)…
- **Nouveau Roman :** Nathalie Sarraute (1900-1999), Alain Robbe-Grillet (1922-2008)…

5 Étudier les enjeux et les formes de la poésie

Poursuivant, au fil des siècles, l'étude de la poésie commencée en 2nde, le programme de 1re porte sur les transformations de l'écriture poétique depuis le XIXe siècle et amène à réfléchir sur les différents enjeux du genre. Pour bien **comprendre les ambitions des poètes** des XIXe, XXe et XXIe siècles, il est utile de se tourner vers les mythes et conceptions antiques qui nourrissent les différents projets.

1 Le regard de l'Antiquité sur la poésie

A Poésie et vérité

• **Homère, l'aède aveugle qui voit la vérité.** La tradition représente le légendaire aède (poète) Homère comme âgé et aveugle. L'*âge* est synonyme de « **sagesse** » et de « **connaissance** » ; quant à la cécité, étant aussi l'apanage des devins, elle signifie que le poète, incapable de voir la réalité ordinaire, perçoit **une autre vérité**, atteint le véritable sens du monde.

Étymologie

Poème : issu du grec *poiema*, ce mot désigne à la fois un objet fabriqué et le résultat d'une véritable naissance. Fabriquer et/ou donner vie : au fil des siècles, la définition du poète évolue entre ces deux pôles. Tantôt il est un **simple artisan du langage**, tantôt il est un **véritable démiurge**, plus proche des dieux que des hommes.

• **Apollon : art et vérité.** Apollon est le dieu à la fois de la Connaissance et des Arts, deux domaines que nous dissocions aujourd'hui mais que la poésie réunit. **Dieu de la Vérité,** Apollon s'adresse aux hommes en empruntant la voix des oracles, notamment celle de la pythie à Delphes. **Protecteur des arts,** il est aussi à l'origine de la lyre et la légende dit qu'il en offrit une à Orphée, figure mythologique du poète. Ainsi, la mythologie grecque, en associant art et vérité, exprime une conception ambitieuse de la poésie.

B Le pouvoir des poètes

• **Les Muses : inspiration divine et tradition.** Les neuf Muses de la mythologie sont les filles de Zeus et de Mnémosyne, la déesse de la Mémoire. Filles du dieu des dieux, elles confèrent à la connaissance et à la poésie une essence divine ; filles de Mnémosyne, elles nous rappellent que **la poésie a le pouvoir de garder en mémoire et de transmettre nos traditions et nos valeurs**.

• **Orphée et le pouvoir de la lyre.** Dans l'épisode de sa descente aux Enfers à la recherche d'Eurydice, Orphée charme, avec ses chants, les arbres qui lui montrent le chemin, ainsi que Cerbère, le terrible chien à trois têtes ; il obtient d'Hadès le retour d'Eurydice, à condition de ne pas se retourner pour la regarder ; mais le poète ne parvient pas à obéir et la perd définitivement. Ainsi, le mythe, tout en exprimant le **pouvoir supérieur du poète**, nous montre sa **fragilité**, voire son **désespoir**. Des courants se rattachent à cette **poésie orphique**.

▲ Augustin Pajou, *La Muse Terpsichore*, v. 1768.

Rappel

Le sculpteur **Pygmalion,** qui s'est consacré à son art au point d'ignorer les femmes, sculpte une statue si belle qu'il en tombe amoureux. Aphrodite, touchée par le talent de l'artiste, donne vie à l'œuvre sous les traits de Galatéa et lui permet de l'épouser. De même, le poète cherche à donner vie à son œuvre, à concurrencer, en un sens, les dieux ou le Dieu créateur.

2 Les fonctions de la poésie

A Poésie, mémoire et société

• Filles de la déesse de la Mémoire, les Muses nous rappellent que l'une des fonctions de la poésie est de transmettre, de génération en génération, la culture d'un peuple.

• La versification et les divers procédés de reprise que l'on rencontre en poésie constituent des moyens mnémotechniques efficaces. À une époque où le livre n'existe pas, **les formes poétiques préservent la tradition, et le poète est chargé de célébrer les valeurs de son temps et le monde qui l'entoure**.

Ex. : C'est le cas pour l'*Iliade* et l'*Odyssée* d'Homère, mais aussi pour les épopées médiévales telles que *La Chanson de Roland* (XIe siècle) qui met en scène les valeurs de la chevalerie.

On retrouve cette célébration chez les romantiques et dans la poésie contemporaine, mais il s'agit souvent de louer la nature ou la femme.

B Le poète engagé dans les combats de son temps

Au fil des siècles, de nombreux poètes ont utilisé la force de la poésie pour exprimer leur engagement. Voici quelques exemples, au croisement de la littérature d'idées et de la poésie :

Théodore Agrippa d'Aubigné (1552-1630) dans *Les Tragiques* (1616)	Le poète protestant dénonce les massacres de la Saint-Barthélemy (1572) et l'intolérance religieuse.
Jean de La Fontaine (1621-1695) dans ses *Fables*	Dans **« Les Animaux malades de la peste »**, le fabuliste critique le roi qui agit selon *« ses appétits gloutons »* et s'appuie sur la caution de la Cour.
Victor Hugo (1802-1885) dans *Les Châtiments*	**Le poète** s'en prend à Napoléon III et joue sur tous les registres (pathétique ou satirique) pour transmettre sa critique véhémente.
Les **poètes de la Résistance,** tels Paul Eluard et Louis Aragon	Les poètes ont mis leur art au service de la lutte contre l'occupant allemand. Le poème « Liberté » de Paul Eluard (*Poésie et Vérité*, 1942) est parachuté sur le sol français par des avions anglais.

C Poésie et langage

• « L'art pour l'art »

La poésie se caractérise par son utilisation particulière du langage ; sous la plume du poète, les mots ne sont plus des instruments invisibles : ils prennent couleur et vie car le poète est à leur service. En ce sens, la poésie est inutile : elle n'a d'autre but qu'elle-même. Telle est la position que défend, avec verve et humour, **Théophile Gautier** dans la célèbre préface de son roman *Mademoiselle de Maupin* (voir p. 39).

Après Gautier, **les poètes du Parnasse** érigent en école littéraire ce principe de « l'art pour l'art ».

• Travail de la forme et émotions : la mise en page.

Le travail de la forme, caractéristique de la poésie, suscite en nous des émotions. D'abord, la mise en page du poème bref au milieu de sa page capte notre attention et nous isole de notre environnement.

Ex. : C'est le cas des *Calligrammes* (1918) de Guillaume Apollinaire qui donnent au poème une forme figurative.

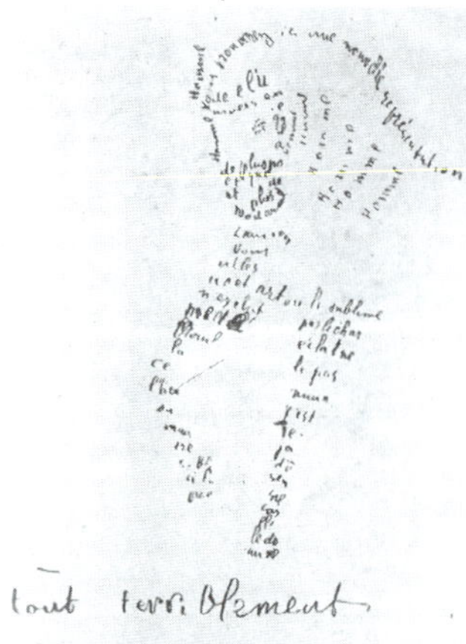

Calligramme de Guillaume Apollinaire. ▶

• **Travail de la forme et émotions : la musique.** Le poème est aussi (*« avant tout »*, écrit même Verlaine) musique ; les sonorités et les rythmes contribuent à rapprocher la poésie de la musique. Le poète, descendant d'Orphée, est également musicien.

• **Travail de la forme et émotions : les images.** Le poème peut aussi nous émouvoir grâce à ses images. Étonnantes chez les poètes surréalistes (*« La Terre est bleue comme une orange / Jamais une erreur les mots ne mentent pas »*, Paul Eluard, 1929), elles sont plus simples mais tout aussi émouvantes dans la poésie plus traditionnelle de Victor Hugo *(« Je ne regarderai ni l'or du soir qui tombe / Ni les voiles au loin descendant vers Harfleur »)*.

Citation-clé

« De la musique encore et toujours !
Que ton vers soit la chose envolée
Qu'on sent qui fuit d'une âme en allée
Vers d'autres cieux à d'autres amours »
(Paul Verlaine, « Art poétique », in *Jadis et Naguère*, 1884).

D Poésie et sentiments

Amoureux ou inconsolable, Orphée inaugure, avec sa lyre, la **poésie lyrique** : les vers sont destinés à exprimer, mieux que ne peut le faire notre langage ordinaire, les sentiments et les émotions. Avec ses mots, le poète nous fait partager ce qu'il ressent, et nous pouvons nous reconnaître en lui.

Ex. : Dans leurs poèmes d'amour, Eluard et Aragon (*Les Yeux d'Elsa*, 1942) sont les héritiers de cette tradition lyrique. On peut évoquer également Victor Hugo se souvenant, sur le mode élégiaque, de sa fille Léopoldine dans *Les Contemplations.*

E Poésie et connaissance (XIXe-XXe siècles)

• **Victor Hugo (1802-1885).** Chef de file du romantisme, Victor Hugo définit le poète comme un **prophète** chargé de comprendre la parole de Dieu *(« Dieu parle à voix basse à son âme »)* et de guider l'humanité *(« Peuples ! Écoutez le poète »)* (voir p. 39).

• **Charles Baudelaire (1821-1867).** La perspective chrétienne en moins, Baudelaire s'inscrit dans cette tradition du poète orphique **en quête d'un sens et d'un idéal**. Être supérieur comparé à un albatros (*« Le poète est semblable au prince des nuées »* dans *L'Albatros*), le poète aspire à l'idéal. Mais, comme pour Orphée qui perd Eurydice, cette quête d'absolu est vouée à l'échec, et le poète reste prisonnier du *« spleen »*, cet ennui profond qui l'étouffe comme un *« cachot humide »*.

• **Arthur Rimbaud (1854-1891).** Héritier de cette tradition et pourtant profondément révolutionnaire, Arthur Rimbaud ambitionne de se faire ***« voyant »*** afin de donner naissance à *« un verbe poétique accessible un jour ou l'autre à tous les sens »* et susceptible de *« not*[er] *l'inexprimable, de fix*[er] *des vertiges »* (voir p. 40).

• **André Breton (1896-1966) et les surréalistes.** Les surréalistes pensent, quant à eux, que la vérité se trouve dans **l'inconscient** et qu'il faut parvenir à libérer l'esprit de l'emprise de la raison pour réconcilier enfin les contraires (André Breton, dans *Vigilance*, parle de *« l'absence et la présence qui sont de connivence »*) et atteindre ainsi *« le cœur des choses »* (voir p. 42).

3 Les formes poétiques traditionnelles

A Les vers

• **Le décompte des syllabes.** À la fin d'un mot, le *e* se prononce quand le mot suivant commence par une consonne, mais il se fond dans la liaison quand ce dernier commence par une voyelle. À la fin d'un vers, le *e* ne se prononce pas.

*Ex. : « Le mon**de est** plein de gens qui ne sont pas plus sages ; / Tout bourgeois veut bâtir comme les grands seigneurs »* (La Fontaine).

• **La diérèse.** Parfois, la mesure du vers impose une modification de la prononciation d'un mot qui va s'allonger grâce à la **diérèse**.

Ex. : Ainsi, dans « La Grenouille qui se veut faire aussi grosse que le Bœuf », l'adjectif *« envieuse »*, qui est la clé de l'histoire, est allongé par une diérèse en même temps que la Grenouille grossit pour égaler le Bœuf : *« Envieuse, s'étend, et s'enfle, et se travaille. »*

• **Les principaux types de vers**

La poésie traditionnelle française a recours, essentiellement, à des **vers pairs** (nombre pair de syllabes) qui donnent une cadence régulière à la syntaxe. Les vers les plus courants sont l'**octosyllabe** (8 syllabes), le **décasyllabe** (10) et l'**alexandrin** (12).

Au XIXe siècle, Paul Verlaine vantera les mérites du **vers impair** :

Ex. : « Et pour cela préfère l'Impair
Plus vague et plus soluble dans l'air
Sans rien en lui qui pèse ou qui pose »
(Verlaine, « Art poétique », 1884).

Les vers sont souvent regroupés en strophes.
Lorsqu'un poète (La Fontaine ou Apollinaire, par exemple) a recours à plusieurs types de vers dans le même poème, on parle d'**« hétérométrie »**.

Types de vers	Types de strophes
dissyllabe : 2 syllabes	distique : 2 vers
trisyllabe : 3 syllabes	tercet : 3 vers
tétrasyllabe : 4 syllabes	quatrain : 4 vers
pentasyllabe : 5 syllabes	quintil : 5 vers
hexasyllabe : 6 syllabes	sizain : 6 vers
heptasyllabe : 7 syllabes	septain : 7 vers
octosyllabe : 8 syllabes	huitain : 8 vers
ennéasyllabe : 9 syllabes	neuvain : 9 vers
décasyllabe : 10 syllabes	dizain : 10 vers
hendécasyllabe : 11 syllabes	onzain : 11 vers
alexandrin/dodécasyllabe : 12 syllabes	douzain : 12 vers

• Selon le modèle classique, l'**alexandrin** est partagé en deux parties égales, les **hémistiches,** coupées par une **césure :**

Ex. : « Que toujours, dans vos vers, // le sens coupant les mots
Suspende l'hémisti//ch(e), en marque le repos » (Boileau).

• Les poètes romantiques, rejetant les modèles classiques, privilégient l'alexandrin ternaire : *« J'ai disloqué // ce grand niais // d'alexandrin »* (Hugo).

B Les rimes

• On peut distinguer les différentes rimes selon leur **qualité** :

Rimes pauvres	1 seul son commun *(rond/pont).*
Rimes suffisantes	2 sons communs *(rond/marron).*
Rimes riches	3 sons communs *(marron/larron).*

• On peut également étudier leur **disposition** :

Rimes plates ou suivies	Progression *aabb.*
Rimes croisées	Progression *abab.*
Rimes embrassées	Progression *abba.*

C Les procédés liés à l'enchaînement des vers

L'enjambement	La phrase – ou le groupe syntaxique – ne s'achève pas à la fin du vers ; la construction se poursuit dans le vers suivant.	« *Prophète ! si ta main me sauve* *De ces impurs démons des soirs* » (Hugo).
Le rejet	Un mot – ou un petit groupe de mots – est rejeté au vers suivant.	« *Serait-ce déjà lui ? C'est bien à l'escalier* *Dérobé. Vite ouvrons…* » (Hugo).
Le contre-rejet	Une phrase – ou une construction – commence tout à la fin d'un vers et se poursuit dans le vers suivant.	« *Souvenir, souvenir, que me veux-tu ? L'automne* *Faisait voler la grive à travers l'air atone* » (Verlaine).

D Quelques types de poèmes

- **La ballade,** apparue au Moyen Âge et adoptée par la **poésie lyrique**, est proche de la chanson. Elle comprend, le plus souvent, trois strophes de même structure (vers et rimes), un refrain (un vers qui se répète en fin de couplet) et un envoi.
- **L'ode.** Inspirée de l'Antiquité, l'ode fait son entrée dans la littérature à la Renaissance, notamment avec Ronsard. Utilisée pour écrire un **éloge** (*Ode à Cassandre* de Ronsard), c'est-à-dire **célébrer un personnage** ou un événement, elle comporte des strophes semblables (nombre et mesure des vers).
- **Le sonnet.** Forme importée d'Italie à la Renaissance, le sonnet est, sans doute, **la forme poétique la plus courante de la poésie française**. Écrit en alexandrins, il est composé de deux quatrains (strophes de quatre vers) et de deux tercets (strophes de trois vers). Les tercets sont unis par la rime et par la syntaxe.

4 La poésie libérée des contraintes

A Le poème en vers libres

- Au cours des siècles, les auteurs ont pris des libertés avec la versification ; déjà au XVIIe, l'hétérométrie et le jeu des enjambements libèrent la poésie de son carcan sous la plume de La Fontaine. Mais c'est dans la seconde moitié du XIXe siècle, avec Baudelaire (un épilogue en vers libre composé pour la 2e édition des *Fleurs du Mal*) et surtout Rimbaud (avec deux poèmes des *Illuminations* : « Marine » et « Mouvement »), que cette forme nouvelle apparaît.
- Au XXe siècle, certains poètes comme Apollinaire puis les surréalistes se débarrassent également de la ponctuation. **C'est alors au lecteur de participer à la création du poème** en y ajoutant son interprétation et son rythme. Au XXIe siècle, le vers libre est très répandu.

B Le poème en prose

La paternité du poème en prose est souvent attribuée à Baudelaire, qui a fortement contribué, avec son *Spleen de Paris*, à le faire connaître. En réalité, on rencontre des poèmes en prose chez le romantique Aloysius Bertrand (1807-1841).
Henri Michaux (*Plume*, 1938) et Philippe Jaccottet (*Cahier de verdure*, 1990) adoptent souvent cette forme poétique.

Rappel

Le poème en prose doit être distingué de la prose poétique que l'on peut rencontrer dans les romans. **Il forme, en effet, un tout, élaborant lui-même ses propres règles.**

6 La poésie au XIXe siècle

Après que les romantiques, autour des années 1830, ont rejeté la rigidité de l'esthétique classique, tout devient possible, et les poètes de la seconde moitié du XIXe siècle inventent de nouvelles formes qui préparent la poésie moderne.

Victor Hugo (1802-1885)	Théophile Gautier (1811-1872)	Charles Baudelaire (1821-1867)	Stéphane Mallarmé (1842-1898)	Paul Verlaine (1844-1896)	Arthur Rimbaud (1854-1891)

1 Le romantisme

A L'origine

• **Un mouvement venu d'Allemagne.** L'œuvre *De l'Allemagne* (1810) de Madame de Staël contribue à introduire en France le **romantisme allemand** ; l'auteur renoue également avec la tradition médiévale.

• **L'influence anglaise.** Les **romans anglais** qui font la part belle à l'imagination (le roman gothique) ou qui décortiquent les sentiments (Jane Austen, *Orgueils et Préjugés*) constituent, sans doute, aussi une source d'inspiration pour les écrivains français du début du siècle.

• **Les précurseurs**

Au XVIIIe siècle, la sensibilité examinée *(Les Confessions)* ou exprimée *(La Nouvelle Héloïse, Rêveries d'un promeneur solitaire)* par **Jean-Jacques Rousseau** annonce le romantisme.

François-René de Chateaubriand (1768-1848) est souvent considéré comme un préromantique : ses fictions montrent la place des sentiments et ses *Mémoires d'outre-tombe* expriment ses relations avec la nature, ses émotions, voire son malaise.

B Les caractéristiques du genre

• **Le « *mal du siècle* ».** Enthousiasmée par l'idéal révolutionnaire et les conquêtes napoléoniennes, la jeunesse de la Restauration (retour de la monarchie en 1815) ne trouve pas, ensuite, sa place dans une société qu'elle juge médiocre.

• **L'expression de soi**

L'artiste romantique, percevant le monde comme un reflet de sa sensibilité, **projette sur la nature ses sentiments exacerbés**. « *Chaque paysage est un état d'âme* », écrit le Suisse allemand Amiel. Ainsi, Lamartine évoque l'automne pour exprimer sa tristesse :

> *Ex.* : « *Salut, derniers beaux jours ! Le deuil de la nature*
> *Convient à ma douleur et plaît à mes regards* »
> (« L'Automne »).

La poésie devient la forme favorite de **l'épanchement lyrique**.

Citation-clé

« *Condamnés au repos par les souverains du monde, livrés aux cuistres de toute espèce, à l'oisiveté et à l'ennui, les jeunes gens voyaient se retirer d'eux les vagues écumantes contre lesquelles ils avaient préparé leurs bras* » (Musset, *La Confession d'un enfant du siècle*, 1836).

Rappel

Chez les romantiques, le **rythme binaire** classique de l'alexandrin (2 hémistiches de part et d'autre de la césure) est atténué par des enjambements ou remplacé par une cadence ternaire : « *Demain, dès l'aube, à l'heure où blanchit la campagne* » (Victor Hugo).

• **Une conception ambitieuse de la poésie**
Renouant avec Orphée (voir p. 33) et faisant du poète un prophète capable de pressentir l'avenir et de guider l'humanité, Victor Hugo a une conception ambitieuse de la poésie.

Ex. : *« Peuples ! écoutez le poète !*
Écoutez le rêveur sacré !
Dans votre nuit, sans lui complète,
Lui seul a le front éclairé ! »
(« Fonction du poète »,
in *Les Rayons et les Ombres*, 1840).

▲ Caspar David Friedrich, *Deux Hommes contemplant la Lune*, v. 1825-1830. Metropolitan Museum of Art, New York.

Chargé d'une mission, le poète doit agir dans son siècle. Le *« rêveur sacré »* est aussi un homme engagé contre la misère et l'oppression. Ainsi, en écrivant « Mélancholia », Victor Hugo défend la cause des enfants contraints de travailler, *« Accroupis sous les dents d'une machine sombre »* : *« Jamais on ne s'arrête et jamais on ne joue »*. Dans *Les Châtiments*, le poète en exil dénonce, sur une tonalité satirique (« Fable ou Histoire ») ou pathétique (« Souvenir de la nuit du 4 »), le coup d'État de Napoléon III.

• **Les auteurs**
Poésie et théâtre (voir p. 98) sont les genres privilégiés de la génération romantique dont **Victor Hugo** est le chef de file, accompagné notamment d'**Alphonse de Lamartine**, **Alfred de Musset**, **Alfred de Vigny** et **Gérard de Nerval**.

2 « L'art pour l'art » et le Parnasse

Théophile Gautier, romantique à ses débuts, prend ses distances par rapport au mouvement qu'il a soutenu en demandant **à la poésie de ne pas avoir d'autre but qu'elle-même (« l'art pour l'art »)**. Il sera suivi, dans la seconde moitié du siècle, par les parnassiens, un mouvement dont la revue *Le Parnasse contemporain* est très admirée. **Le travail de la forme** est, pour eux, une priorité ; il débouche, parfois, sur une surenchère de procédés, mais certains poèmes ne laissent pas indifférent, comme « Les Conquérants » de José Maria de Heredia ou « Midi » de Charles-Marie Leconte de Lisle.

Ex. : *« Il n'y a de vraiment beau que ce qui ne peut servir à rien ; tout ce qui est utile est laid ; car c'est l'expression de quelque besoin ; et ceux de l'homme sont ignobles et dégoûtants, comme sa pauvre et infirme nature. L'endroit le plus utile d'une maison, ce sont les latrines »*
(Gautier, préface de *Mademoiselle de Maupin*, 1835).
Le poète pose, ici, les fondements de « l'art pour l'art » et dissocie le beau de l'utile.

3 Dans le sillage du romantisme

A Charles Baudelaire (1821-1867)

• **Le déchirement entre « Spleen et Idéal ».** Héritier d'Orphée et du *« rêveur sacré »* selon Hugo, Baudelaire conçoit le monde comme *« une forêt de symboles »*. En conciliant les sensations, le poète pourra participer à *« l'expansion des choses infinies »* (« Correspondances »). Mais, écrasé par le *« spleen »* (un ennui profond), il ne parvient pas à atteindre l'idéal.

• *Les Fleurs du Mal* **(1857).** Le recueil des *Fleurs du Mal*, qui valut à Baudelaire un procès et une censure, rassemble des poèmes qui expriment ce **douloureux déchirement entre « Spleen et Idéal »**, mais aussi des vers pleins de sensualité et d'autres qui posent un nouveau regard sur la réalité quotidienne (les *Tableaux parisiens* dans l'édition de 1861). Le titre du recueil montre que **la beauté de la poésie réside dans la poésie elle-même et non dans l'objet évoqué**.

• **Les poèmes en prose.** Le recueil posthume du *Spleen de Paris* (voir p. 37) marque une étape dans l'histoire de la poésie française en réunissant des poèmes en prose.

B Le symbolisme

Dans la seconde moitié du XIXe siècle, le symbolisme oppose à l'esprit positiviste en vogue son **goût pour la sensibilité et l'irrationnel**. Le monde ne se réduit pas à ce que nous percevons, et le symbole permet d'accéder à une vérité nouvelle. Le chef de file du symbolisme est Jean Moréas, mais les grands poètes qui s'apparentent à ce courant affirment, avant tout, un projet personnel en dehors de tout mouvement réglé.

C Arthur Rimbaud (1854-1891)

• Enfant précoce et poète adolescent, Rimbaud, après avoir rejeté la poésie à la mode (le Parnasse) qui l'avait un moment séduit, révolutionne le genre poétique en se lançant dans une expérience sans précédent (voir aussi p. 35).

• À 17 ans, il publie *Le Bateau ivre*, un long poème dans lequel, sous l'identité d'un navire, il se libère de toutes entraves, *« dispersant gouvernail et grappin »* pour découvrir *« la nuit verte aux neiges éblouies »* et voir *« quelquefois ce que l'homme a cru voir »*. Dans la lettre dite « du Voyant », écrite en 1871, il annonce que « Je *est un autre* » et que ***« Le Poète se fait voyant par un long, immense et raisonné dérèglement de tous les sens »***.

• Âgé de 21 ans, il renonce finalement à cette expérience de la folie (*« l'histoire d'une de mes folies »*) pour abandonner la poésie et partir en Afrique, sans prêter attention à la publication de ses poèmes.

D Paul Verlaine (1844-1896)

Compagnon de Rimbaud qu'il finira par blesser d'un coup de revolver, Verlaine cherche à émouvoir le lecteur par sa **musique** (voir p. 35) et ses images tout en **nuances** *(« Car nous voulons la Nuance encor, / Pas la couleur, rien que la nuance »,* « Art poétique »*)*.

Ex. : « Il pleure dans mon cœur
Comme il pleut sur la ville ;
Quelle est cette langueur
Qui pénètre mon cœur ? »
(Verlaine, « Il pleure dans mon cœur… », in *Romances sans paroles*, 1874).

E Stéphane Mallarmé (1842-1898)

Stéphane Mallarmé poursuit le travail de la forme entrepris par les parnassiens avec un projet beaucoup plus ambitieux. En quête du Livre par excellence, un idéal de beauté et de vérité, il propose des **poèmes ciselés et abstraits, proches de l'hermétisme**.

7 La poésie aux XXe et XXIe siècles

Avant même le grand bouleversement de la Première Guerre mondiale, les poètes, *« las de ce monde ancien »*, ont inventé de nouvelles voies tout aussi ambitieuses.

Guillaume Apollinaire (1880-1918)	**Blaise Cendrars** (1887-1961)	**Paul Eluard** (1895-1952)	**André Breton** (1896-1966)	**Yves Bonnefoy** (1923-2016)	**Philippe Jaccottet** (né en 1925)

1 Avant la guerre : « l'esprit nouveau »

• Guillaume Apollinaire (1880-1918)

Tout en exprimant ses sentiments dans une poésie lyrique, Apollinaire évoque la **modernité (« l'esprit nouveau »)** du siècle. La libération de la forme entamée dans la seconde moitié du XIXe siècle se poursuit et se généralise aux autres arts (le cubisme en peinture, par exemple). Apollinaire abandonne la ponctuation et explore les liens entre poésie et dessin en composant ses *Calligrammes* (1918).

Ex. : « À la fin tu es las de ce monde ancien
Bergère ô tour Eiffel le troupeau des ponts bêle ce matin
Tu en as assez de vivre dans l'antiquité grecque et romaine
Ici même les automobiles ont l'air d'être anciennes
La religion seule est restée toute neuve la religion
Est restée simple comme les hangars de Port-Aviation »
(Apollinaire, « Zone », in *Alcools*, 1913).

• Blaise Cendrars (1887-1961)

Se souvenant d'un voyage en Russie effectué à 16 ans, Frédéric-Louis Sauser, dit Blaise Cendrars, publie, en 1913, *La Prose du transsibérien et de la petite Jehanne de France*, un long poème illustré par Sonia Delaunay. Le vers libre métamorphose la forme ancienne de la ballade : **au croisement de la tradition et de la modernité**, la poésie réside dans le **mélange des arts**.

• Tradition et modernité. La poésie du début du siècle approfondit les **voies déjà ouvertes**. On retrouve ainsi, avec Saint-John Perse (Alexis Leger, 1887-1975), un lyrisme hérité des romantiques mais renouvelé par la quête d'une harmonie profonde entre la nature et l'Homme. S'inscrivent dans ce courant d'une poésie sensible et ambitieuse les poètes Pierre Reverdy ou Max Jacob.

Ex. : « Crusoé ! – ce soir près de ton Île, le ciel qui se rapproche louangera la mer, et le silence multipliera l'exclamation des astres solitaires »
(Saint-John Perse, « Images à Crusoé », in *Éloges*, 1909).

▲ Robert Delaunay, *Tour Eiffel*, 1910, Basel, Kunstmuseum.

2 Après la guerre : le surréalisme

A Le dadaïsme

Après l'euphorie des premières années du siècle, la Première Guerre mondiale provoque un sentiment d'absurdité. L'horreur et l'inutilité des combats appellent une révolte qui se traduit dans les arts. Le dadaïsme, conduit par Tristan Tzara, tourne en dérision les valeurs et les formes traditionnelles.

B Le surréalisme

Ainsi baptisé lors de la parution du *Manifeste du surréalisme* (1924), le surréalisme est un courant conduit par André Breton qui poursuit l'entreprise de destruction amorcée par Tzara tout en proposant de nouvelles valeurs. **L'amour et l'inconscient permettent d'atteindre une surréalité** que la raison et la conscience nous empêchent de rejoindre. S'affranchissant de la logique, poésie et peinture explorent de nouveaux territoires. Aux côtés de poètes comme **Paul Eluard** (1895-1952) ou **Louis Aragon** (1897-1982), on trouve les peintres Magritte ou Dali, le cinéaste Buñuel.

3 La Seconde Guerre mondiale : poésie et engagement

Durant la guerre, nombreux sont les poètes qui s'engagent du côté de la **Résistance** : Paul Eluard, Louis Aragon, René Char, Robert Desnos (mort en déportation)... Leurs poèmes célèbrent les héros de la lutte contre le nazisme et défendent les valeurs de la liberté. Leur engagement ne se réduit pas à la diffusion clandestine de leurs œuvres ; ils participent également aux missions sur le terrain.

Ex. : « Un homme est mort qui n'avait pour défense
Que ses bras ouverts à la vie
Un homme est mort qui n'avait d'autre route
Que celle où l'on hait les fusils »
(Paul Eluard, « Gabriel Péri », in *Au rendez-vous allemand*, 1945).

4 La diversité de la poésie contemporaine

A Des chemins variés

Francis Ponge (1899-1988) prend le parti des choses (*Le Parti pris des choses*, 1942. *La Rage de l'expression*, 1952). Chez lui, la croûte du pain *« façonnée »* dans le *« four stellaire* [...] *en vallées, crêtes, ondulations, crevasses »* acquiert une dimension cosmique, tandis que l'on admire avec l'orange le *« fragile et rose ballon ovale »* et *« la forme parfaite du fruit »*. Le poète modifie notre regard sur le réel.

D'autres poètes, comme **Raymond Queneau** (1903-1976) et le groupe de l'**Oulipo** (Ouvroir de littérature potentielle), inventent de nouvelles contraintes formelles pour stimuler l'écriture poétique. La littérature devient jeu chez **Georges Perec** (1936-1982) ou **Jacques Prévert** (1900-1977) sans perdre de sa force émotive.

B Et aujourd'hui ?

La poésie n'est pas lettre morte malgré le triomphe du genre romanesque ; on peut évoquer **Philippe Jaccottet** (1925-2021), **Yves Bonnefoy** (1923-2016) ou **Hélène Dorion** (née en 1958) et rappeler que des revues et de nombreux sites, des manifestations comme « Le Printemps des poètes » ou des rencontres de slam continuent de faire vivre la poésie.

1 *Cahiers de Douai* de Rimbaud

A Le contexte

• **Le contexte historique.** La guerre éclair de 1870 contre la Prusse marque la **fin du Second Empire**. Fuyant les élans patriotiques (« Rages de Césars »), Rimbaud est bouleversé par la violence, de quelque camp qu'elle provienne (« Le Dormeur du Val »). Les *Cahiers de Douai*, composés en 1870, témoignent de ce contexte historique chaotique.

• **Le contexte biographique.** À la déclaration de guerre, Arthur Rimbaud est un adolescent de 15 ans. Il a déjà composé en 1869 « Les Étrennes des Orphelins » ; élève brillant et précoce vivant avec son frère et ses sœurs sous l'autorité d'une mère très sévère, il est devenu un **jeune homme révolté et fugueur**. Son professeur de français, George Izambard, lui a fait découvrir les poètes de son temps. Séduit par le romantisme, le jeune Rimbaud rejette les mesquineries et la vie bourgeoise étriquée qu'il mène à Charleville-Mézières. Il fugue à deux reprises en 1870 et c'est à cette époque qu'il écrit les poèmes qu'il confiera au poète Paul Demeny après les avoir recopiés lors d'un séjour à Douai. Empruntant dès 1871 une voie poétique beaucoup plus radicale dont attestent *Une saison en enfer* (1873) et *Les Illuminations*, Rimbaud demande à son ami de brûler les *Cahiers de Douai*. Ce dernier n'en fait rien et les poèmes seront publiés 17 ans plus tard.

> **Auteur**
>
> **Arthur Rimbaud (1854-1891).** Héritier des romantiques, Rimbaud est une figure essentielle de la modernité poétique.
>
> 

• **Une poésie ambitieuse.** Après Hugo qui *« jette sa flamme / Sur l'éternelle vérité »* et Baudelaire le déchiffreur d'*« une forêt de symboles »*, Rimbaud empruntera le **chemin d'Orphée** (voir p. 33) et se fera *« voyant »* grâce à *« l'alchimie du verbe »*. À 20 ans, il renoncera à toute forme de poésie.

> **Info-clé**
>
> Dans « Alchimie du verbe » (*Une saison en enfer*, 1873), Rimbaud présente le **projet poétique** auquel il a renoncé : *« J'inventai la couleur des voyelles ! – A noir, E blanc, I rouge, O bleu, U vert.* […] *je me flattai d'inventer un verbe poétique accessible, un jour ou l'autre, à tous les sens. »*

B Les principaux repères

• **Des poèmes de forme traditionnelle.** Les vingt-deux poèmes des *Cahiers de Douai* sont de facture conventionnelle. Le lycéen brillant met en pratique les règles qu'il a apprises, recourant principalement à l'**alexandrin** et à l'**octosyllabe**, adoptant souvent la forme du **sonnet**.

• **L'héritage du romantisme.** Rimbaud admire Victor Hugo et on entend l'écho du vers et de la **sensibilité hugolienne** dans « Le Forgeron » : l'alliance du grotesque et du sublime réclamée par les romantiques, le goût pour la démesure et les scènes épiques. Quant à « Première soirée » ou « Roman », ils nous rappellent certains poèmes des *Feuilles d'automne*. Rimbaud s'efforce de partager ses émotions avec son lecteur qu'il s'agisse de la compassion (« Le Dormeur du Val » contre la guerre, « Les Effarés » contre la misère), des découvertes amoureuses ou encore d'une harmonie avec la nature (« Sensation »).

• **La tentation du Parnasse.** Lorsque Rimbaud parviendra à quitter Charleville-Mézières en 1871, il se tournera vers les poètes parnassiens (voir p. 39) qu'il admire beaucoup. « Ophélie » garde la mémoire de cette tentation de **la forme avant tout**. Mais le détournement est un appel plus fort encore si l'on pense à ce que cache la « Vénus anadyomène » au titre parnassien.

• **Une poésie satirique.** Sous la plume de l'adolescent révolté, la poésie est une **arme pour dénoncer** Napoléon III (« Rages des Césars »), la guerre, la vie bourgeoise incarnée par « *des rentiers à lorgnons* », la religion représentée par un Tartuffe « *bavant [s]a foi de sa bouche édentée* ».

• **Vers de nouveaux horizons.** Le jeune poète s'écarte déjà des règles strictes de la poésie : il affectionne notamment les **rythmes brisés, enjambements et rejets**, comme dans « Le Dormeur du val » ou « Ma Bohème ». Dans ce dernier poème, il n'hésite pas à introduire un lexique familier au milieu de termes recherchés : « *muse* », « *féal* » mais aussi « *Oh la la* », « *unique culotte* ». La polysémie de « pied » dans le dernier vers lie intimement les deux registres. Par ailleurs, certains poèmes des *Cahiers de Douai*, témoignent d'un projet plus vaste : dépouillé de toute parole et de toute pensée vaine (« Sensation », v. 5), le poète rejoint l'« *amour infini* » et la « *nature* ».

C Parcours : « *Émancipations créatrices* »

• **L'intitulé du parcours.** La formule associe deux perspectives qu'il vous appartiendra de distinguer et d'associer à la fois. Tout d'abord, le poète se libère, il se révolte « *dispersant gouvernail et grapin* » (« Le Bateau ivre ») puis il aborde de nouveaux horizons.

• **Émancipations.** Les codes moraux, sociaux et poétiques sont rejetés par Baudelaire puis Rimbaud. Le poète qui a pu être vénéré (Ronsard, du Bellay à la Renaissance), se préfère « *maudit* ». Guillaume Apollinaire ouvrira *Alcools* (1913) en se disant « *las du monde ancien* » et, après la Première Guerre mondiale, les surréalistes adopteront le rejet et la provocation.
Les poètes se libèrent des thèmes attendus mais aussi des codes de la poésie. Victor Hugo « *disloqu[e] ce grand niais d'alexandrin* » et, à 16 ans, **Rimbaud fissure le carcan des conventions poétiques** avant d'adopter dans *Les Illuminations* le vers libre et le poème en prose. Apollinaire affranchira la poésie de la ponctuation et les surréalistes de la logique.

• **Créations.** Libéré des usages, le poète s'aventure sur des territoires nouveaux. Les images créent de nouveaux paysages (« *le sang rose des arbres verts* », « *Soleil et chair* ») et permettent d'entendre ce « *chant mystérieux [qui] tombe des astres d'or* » (« Ophélie »).

2 *La Rage de l'expression* de Francis Ponge

A Le contexte

• **La guerre.** Le recueil de 1952 réunit des pages écrites durant la Seconde Guerre mondiale et Ponge lui-même, politiquement engagé, s'interroge sur l'écart entre « *la situation politique de la France et du monde en un moment historique si important* », et son travail sur le « *bois de pins* ».

• **Le surréalisme et le rejet de la tradition littéraire.** Les surréalistes (voir p. 42) s'affranchissent de l'ambition littéraire. Francis Ponge, qui les côtoie, affirme quant à lui : « *je ne me veux pas poète* », son projet étant « *d'aboutir à des formules claires, et impersonnelles capables de rendre compte du monde* ».

Auteur

Francis Ponge (1899-1988) est un poète au parcours singulier dont témoigne notamment *Le Parti pris des choses* (1942).

• **La difficulté de l'expression et le travail sur le langage.** La biographie de Francis Ponge révèle que s'exprimer est souvent pour lui un défi, voire un échec. L'écriture n'est pas un épanchement spontané mais un combat, une « *rage* ». Écartant l'écriture automatique des surréalistes, il opte pour la **rigueur d'un travail sur le langage**.

• **Le processus de création disséqué.** Après le romancier Marcel Proust qui fait de la littérature le principal sujet de son œuvre, les écrivains du XXe siècle ont souvent écrit en se regardant écrire.

B Les principaux repères

• **Le titre et l'enjeu du recueil.** Frappant, voire violent, le titre annonce à la fois un thème – l'écriture – et un sentiment – la rage –. Ici, l'« expression » ne désigne pas l'« expression de soi » mais celle du monde, c'est-à-dire sa **connaissance**. Quant à la « rage », elle est celle d'un travail qui reprend sans relâche les formulations pour les rendre plus justes à tel point que l'élaboration du texte devient la matière même du recueil.

• **La composition du recueil.** Le recueil réunit **six approches de la nature** : paysages (berges de la Loire, calanque de la Mounine), animaux (guêpe et oiseau), végétaux (œillet, mimosa, bois de pins). Chaque section présente des **recherches** (définitions du Littré par exemple), des réflexions sur le travail même de l'écriture (*« nous sommes autre chose qu'un poète et nous avons autre chose à dire »*), de **multiples variantes** qui permettent de suivre le cheminement de l'expression sans que s'impose une solution définitive : par exemple, pour le bois de pins, *« si l'on adopte cette variante »*, on obtient plus de cent dispositions des *« éléments indéformables »*.

• **La poésie comme moyen.** Ponge n'affecte pas de finalité esthétique ou émotionnelle à son texte. Mais le travail sur le langage, la signification des mots, les sons, les rythmes sont autant de moyens pour approcher la singularité de la fleur, de la guêpe ou du paysage : *« Surgissez, bois de pins, surgissez dans la parole »*. La lecture du texte, c'est-à-dire de cette **quête d'exactitude**, offre à vivre ce surgissement du bois, avec toutes *« ses épingles à cheveux odoriférantes »*.

> **Citation-clé**
>
> *« Que mon travail soit celui d'une rectification continuelle de mon expression (sans souci a priori de la forme de cette expression) en faveur de l'objet brut »* (« Berges de la Loire »).

C Parcours : *« Dans l'atelier du poète »*

• **Le poète artisan.** Le terme « atelier » rapporté au poète fait de ce dernier un artisan (voir p. 33) : le poète lime les mots, les ajuste, les relie. On pense aux **parnassiens** (voir p. 39) ou à **Stéphane Mallarmé** (voir p. 40) ciselant ses sonnets jusqu'à l'hermétisme.

• **Les finalités du travail poétique.** Quand les parnassiens recherchent la virtuosité et *« l'art pour l'art »*, que Raymond Queneau met en avant le plaisir du jeu, Mallarmé pense *« donner un sens plus pur aux mots de la tribu »* et Francis Ponge ambitionne de **rendre compte de l'infinie complexité du monde**.

• **L'atelier comme thème.** Comme ces peintres qui, jouant de la mise en abyme, peignent des ateliers d'artistes, Ponge fait de l'écriture, des simples notes aux variantes en passant par les recherches, le sujet même de son recueil.

3 *Mes forêts* d'Hélène Dorion

A Le contexte

• **Un recueil publié en 2021.** Hélène Dorion incarne un genre vivant, une **poésie sortie des musées et des anthologies**, tournée vers les lecteurs d'aujourd'hui. Ainsi, l'écrivaine affectionne les **lectures publiques** qui lui offrent un contact direct avec ses lecteurs. Son site helenedorion.com accompagne la lecture de *Mes forêts* avec des entretiens radiophoniques et des morceaux de musique.

> **Auteur**
>
> **Hélène Dorion** (née en 1958) est une auteure québécoise de quelques romans et de nombreux recueils de poésie traduits en plusieurs langues.

• **L'universalité.** Le choix d'Hélène Dorion pour le Bac de français ouvre notre littérature à la francophonie. Éditrice, l'écrivaine est elle-même à l'écoute des autres poètes. Quant aux traductions en différentes langues et le prix Catullo qu'elle obtient en 2021 en Italie, ils ne font que souligner sa **volonté d'élargir le lectorat de la poésie**.

• **La voix de nos préoccupations.** La prise de conscience des menaces qui pèsent sur notre planète et de la nécessité de revoir nos modes de vie sous-tend la poésie d'Hélène Dorion pour qui le lien avec la nature est aussi un lien avec nous-mêmes.

B Les principaux repères

• **La place de la nature.** Le **titre du recueil** montre d'emblée la place de la nature chez Hélène Dorion. Les ouvertures des sections vont dans ce sens avec des mots comme *« galets »*, *« écorce »*, *« horizon »* ou *« aube »*. Les vers, quant à eux, dévoilent *« un remous de fourmis / sur la pierre »* (« Un lit ») *« mille voix de vents »* (« L'onde du chaos »).

• **Une nature fragile.** Quand Hélène Dorion nomme la nature, elle nous révèle sa **richesse** jusqu'au moindre brin d'herbe tout en indiquant sa **fragilité** ; elle nous fait entendre *« le bégaiement des feuilles »* (33), mais aussi *« la branche qui tombe »* (47), *« des mangeoires [qui] se balancent / comme des girouettes égarées / au milieu d'un vaste bouquet fané »* (26).

• **La place de la modernité.** Opposé à la nature, le lexique de la modernité *« fait refus et rejet / un temps de pixels »*, *« un bruit de ferraille »* qui *« déchire le paysage »*. Hélène Dorion pose un regard attristé sur *« la chambre du siècle »* pour dessiner *« du portable au jetable / le jardin où périt un monde / où l'on voudrait vivre »*.

• **L'écriture de soi.** Le déterminant possessif présent dans le titre introduit une **proximité plus qu'un rapport d'appartenance**. Dans le sillage du paysage état d'âme des romantiques, Hélène Dorion s'associe en profondeur à la nature : *« mes forêts sont des rivages / accordés à mes pas   la demeure / où respire ma vie »* (53).

• **Le rôle de la poésie.** Le mot « poème » apparaît souvent sous la plume d'Hélène Dorion car il est chez elle, comme chez de nombreux poètes (voir p. 35), un **chemin de connaissance**. En effet, le poète écrit *« des phrases / pour dire un monde plus vaste / que celui des maisons »* ; il accède également à une vie plus intense, un *« instant aigu »* : *« si peu me fait vivre / quand c'est plein d'étoiles / et que s'avance le poème »* (42).

C Parcours : *« La poésie, la nature, l'intime »*

• **L'intitulé de parcours.** En juxtaposant trois mots recouvrant des **domaines a priori éloignés** les uns des autres, cet intitulé invite à s'interroger sur les **ponts** susceptibles de les relier. Sans doute la poésie est-elle non seulement un moyen pour exprimer à la fois la nature et l'intime mais aussi un chemin qui mène de l'un à l'autre et permet leur réconciliation.

• **Un héritage du romantisme.** Une des fonctions de la poésie est l'**expression des sentiments et des émotions**. Ainsi, les tonalités lyrique et élégiaque dominent chez Lamartine ou Musset, deux poètes romantiques. La poésie offre ses images et ses rythmes pour communiquer l'intime, le partager avec le lecteur. La nature (« Automne » ou « Le Lac » de Lamartine) se fait le miroir des sentiments ; en l'évoquant le poète peut mettre des mots sur ce qu'il éprouve.

• **Poésie et connaissance.** Orphée est une figure du poète associée au pouvoir des mots et à la connaissance (voir p. 33). Hélène Dorion s'inscrit dans la lignée de ceux pour qui **le poète déchiffre le monde grâce à des vers** comme autant d'*« aiguilles qui percent la terre »*.

Citation-clé

« Les forêts s'embrasent / dans le clair-obscur / révèlent des chemins de sève » (« Le rocher », partie 1 « L'écorce incertaine »).

9 Étudier la littérature d'idées

Si la pensée mathématique abstraite ou la démarche scientifique expérimentale (la physique, par exemple) démontrent des vérités vérifiables, **les sciences humaines** et **la littérature d'idées,** quant à elles, **confrontent des opinions.**

Texte argumentatif : l'auteur veut **emporter l'adhésion de son lecteur**

- **Art de convaincre** → Toucher la raison → par des arguments et des démonstrations
- **Art de persuader** → Toucher la sensibilité → par des procédés littéraires → genres, tonalités, figures de style, contact avec le destinataire

1 Littérature d'idées : enjeux et démarches

A Définition et enjeux

• **Un texte à comprendre dans son contexte.** Plus que tout autre, le texte d'idées (ou texte argumentatif) doit être situé dans son contexte car c'est souvent celui-ci qui explique les prises de position de l'auteur. Ainsi, on ne peut lire convenablement une fable de La Fontaine comme « Les Obsèques de la Lionne » sans connaître, au préalable, le fonctionnement de la Cour. Par conséquent, lorsqu'on aborde un texte d'idées, il est essentiel de **s'interroger sur l'identité de l'auteur et des destinataires visés ainsi que sur le contexte du propos.**

• **Un texte qui cherche à emporter l'adhésion du lecteur/spectateur.** Avec la seule force de la logique et des mots, il s'agit d'**amener quelqu'un à adopter un point de vue** qui n'était peut-être pas le sien au départ. La naissance de la démocratie athénienne (ve siècle av. J.-C.) est aussi celle de la **rhétorique** qui permet de régler les conflits sans user de violence. La rhétorique antique distingue trois sortes d'éloquences :

L'éloquence judiciaire	Le discours s'adresse à des juges ; il s'agit d'accuser (le **réquisitoire**) ou, au contraire, de défendre (la **plaidoirie**) une personne ou une situation.
L'éloquence délibérative	Le discours s'adresse à une assemblée et pèse les différentes positions possibles avant de se prononcer pour une solution.
L'éloquence épidictique	Le discours trouve sa place dans une cérémonie au cours de laquelle il fait l'**éloge** ou le **blâme** d'une personne ou d'une situation. On peut citer, pour exemple, l'éloge de Jean Moulin par Malraux à l'occasion du transfert des cendres du résistant au Panthéon.

B Les démarches

• **Convaincre,** c'est toucher la **raison** du destinataire en présentant une **thèse** étayée par des **arguments**, eux-mêmes illustrés par des **exemples**. Lorsque le locuteur s'oppose à une thèse, on parle de « **réfutation** ».

• **Persuader.** Toucher la raison du destinataire s'avère souvent insuffisant si, par ailleurs, on n'atteint pas sa **sensibilité**. Tel est l'art de persuader grâce à des **procédés** littéraires : genres, tonalités, ressources grammaticales et stylistiques.

• **Délibérer.** La délibération suppose une discussion, une **confrontation** des différents points de vue. Elle peut prendre la forme d'un dialogue ou ne concerner qu'un seul individu qui, envisageant différentes perspectives, cherche à prendre la décision la mieux adaptée.

2 Argumenter et raisonner : l'art de convaincre

A Les arguments

• **La place des arguments.** Présentés comme des constats indiscutables et illustrés par des exemples qui montrent leur solidité, les arguments viennent soutenir ou, au contraire, réfuter une thèse.

• **Arguments particuliers**

L'argument *ad hominem* consiste à viser la personne que l'on critique plutôt que l'opinion qu'elle défend.

> *Ex.* : En répondant à d'Alembert qui tentait d'apaiser sa colère contre Rousseau, Voltaire définit son ennemi comme *« un petit bout d'homme pétri de vanité »*.

On parle d'**« argument d'autorité »** quand on fait référence à des auteurs réputés.

B Les raisonnements

• **Le raisonnement inductif** part d'observations particulières pour en tirer une conclusion plus générale.

> *Ex.* : *« Jetez les yeux sur toutes les nations du monde, parcourez toutes les histoires. Parmi tant de cultes inhumains et bizarres, parmi cette prodigieuse diversité de mœurs et de caractères, vous trouverez partout les mêmes idées de justice et d'honnêteté, partout les mêmes notions de bien et de mal. »* Dans ce passage de l'*Émile* (1762), Jean-Jacques Rousseau s'appuie sur *« toutes les nations du monde »* pour tirer une morale universelle.

Rappel

Le **syllogisme** est un raisonnement déductif complexe et aisément détourné. Il comprend trois étapes : les **deux prémisses** et la **conclusion**.

Ex. : « Tous les hommes sont mortels ; or Socrate est un homme ; donc Socrate est mortel. »
Un syllogisme faux : « Tout ce qui est rare est cher ; or un cheval pas cher est rare ; donc un cheval pas cher est cher. »

• **Le raisonnement déductif,** à l'inverse du raisonnement inductif, **part d'une considération générale pour l'appliquer ensuite à un cas particulier**.

• **Le raisonnement par analogie** consiste à **rapprocher la situation à laquelle on s'intéresse d'une autre qui ne prête pas à débat afin d'en tirer des conclusions**.

> *Ex.* : Molière a recours de façon amusante à ce type de raisonnement dans *Le Médecin malgré lui*, lorsqu'il compare les médecins aux cordonniers : *« Un cordonnier en faisant des souliers ne saurait gâter un morceau de cuir qu'il n'en paie les pots cassés ; mais ici l'on peut gâter un homme sans qu'il en coûte rien. »*

• **Le raisonnement par l'absurde.** On parle de « raisonnement par l'absurde » quand l'auteur **tire les conséquences absurdes de la thèse qu'il veut réfuter**.

> *Ex.* : Dans *Le Meilleur des mondes* (1932), Aldous Huxley s'en prend aux dérives de la science en envisageant les conséquences effrayantes de son développement.

• **Le raisonnement concessif** consiste à **admettre certains des arguments de la thèse adverse** pour mieux conforter sa propre position.

3 L'art de persuader

A Le contact avec le destinataire

Les indices personnels	Pronoms personnels de 1re ou 2e personne, déterminants *(mon, votre)* ou pronoms *(le mien, le vôtre)* possessifs.
Les apostrophes	*Ex. : « Peuples ! Écoutez le poète ! »* (Hugo).
Les interrogations rhétoriques	*Ex. : « Qui ne fait châteaux en Espagne ? »*
Les modalisateurs	Les *peut-être* et les *sans doute* expriment la subjectivité de l'auteur.
Le vocabulaire affectif	Il exprime l'implication de l'auteur et touche le destinataire.

B Les figures de style (voir p. 28)

La comparaison, la métaphore	Elles touchent la sensibilité du lecteur et l'invitent à participer à la démarche argumentative.
Les figures de répétition, les procédés d'amplification et le jeu sur les rythmes	Ils donnent de la force au propos.
Les figures d'opposition (paradoxe, antithèse, oxymore)	Elles attirent l'attention du lecteur et peuvent le choquer pour l'amener à réagir.
La litote et l'ironie	Elles établissent une connivence entre l'auteur et le lecteur, qui doit déchiffrer les sous-entendus.

C Les tonalités

- La tonalité caractérisant, par définition, l'effet d'un texte sur son destinataire, il n'est pas étonnant de voir les auteurs en jouer pour toucher leurs lecteurs ou spectateurs.
- Ainsi, Marivaux (*La Vie de Marianne*, 1731) a recours à la **tonalité pathétique** pour émouvoir ses lecteurs et dénoncer une société souvent égoïste et hypocrite.
- De même, les **tonalités comique** (Rabelais par exemple) ou **satirique** (*Les Caractères* de La Bruyère) invitent le lecteur à se ranger du côté de l'auteur en considérant les travers de tel caractère ou l'absurdité de telle situation.
- Quant à la **tonalité polémique**, fortement présente chez Olympe de Gouges, prenant position dans un débat, elle se met aisément au service d'une thèse.

D Les genres : argumentations directe et indirecte

- Les auteurs ont recours à des genres variés pour défendre leurs positions :

– l'**argumentation directe** expose **explicitement** la thèse (le genre privilégié est l'**essai**) ;

– l'**argumentation indirecte** passe par le **détour de la fiction** (conte, fable, roman, théâtre...).

- Si des siècles de rhétorique ont démontré l'efficacité des procédés de style et des tonalités dans l'argumentation, on peut s'interroger sur l'efficacité du détour par la fiction. Que retenons-nous de *Candide* : la réflexion philosophique et la critique sociale ou bien les pérégrinations du personnage éponyme à la surface du globe ? En effet, si, d'un côté, la fiction séduit le lecteur et maintient son attention, d'un autre côté, ne l'accapare-t-elle pas au détriment de la thèse elle-même ?
- Il ne faut cependant pas oublier de prendre en compte la censure qui fait de l'argumentation indirecte une arme susceptible de franchir les contrôles.

10 L'argumentation directe

L'argumentation directe **défend des idées sans le détour de la fiction.** Elle prend principalement la forme de l'essai.

Montaigne, *Essais* (1580-1588)

Pascal, *Pensées* (1670)

Montesquieu, *De l'esprit des lois* (1748)

Diderot et l'*Encyclopédie* (1751-1772)

Rousseau, *Discours sur l'inégalité* (1755)

1 Lire ou étudier une argumentation directe

A Thème, thèse, arguments et exemples

Un essai traite d'un **thème**, et il est important de le dégager clairement. Dans l'extrait que vous lisez, s'agit-il de penser l'histoire (Montesquieu, *Considérations sur les causes de la grandeur des Romains et de leur décadence*, 1734), la politique (Montesquieu, *De l'esprit des lois*, 1748), la nature humaine (Montaigne, *Essais*) ? Dans le cadre de ce thème, l'auteur défend une **thèse** et s'appuie, pour cela, sur des **arguments** et des **exemples**.

B Un contexte historique

L'essai trouve sa place dans un débat d'idées, et l'auteur prend position par rapport à d'autres points de vue.

Ex. : Voltaire, dans l'article « Homme » du *Dictionnaire philosophique* (1764), s'oppose à la position que Rousseau expose dans le *Discours sur l'origine et les fondements de l'inégalité* (1755) : « *L'homme abandonné à la pure nature n'aurait pour tout langage que quelques sons mal articulés* [...]. *Il n'aurait pas plus de connaissance de Dieu et de l'âme que des mathématiques ; ses idées seraient renfermées dans le soin de se nourrir. L'espèce des castors serait très préférable.* »

C Un contexte biographique

Ajoutons au contexte historique les données biographiques. Ainsi, on comprendra mieux le combat mené par Olympe de Gouges en faveur des enfants non reconnus par leur père quand on connaît les circonstances de sa naissance. De manière générale, il est important de **mesurer le degré d'implication personnelle de l'auteur** et la part de **subjectivité** de ses propos.

Citation-clé

Écrire pour se comprendre : « *Me peignant pour autrui, je me suis peint en moi de couleurs plus nettes que n'étaient les miennes premières. Je n'ai pas plus fait mon livre que mon livre m'a fait, livre consubstantiel à son auteur, d'une occupation propre, membre de ma vie* » (Montaigne, *Essais*, livre II, 1588).

2 Diversité des formes et des projets

A Le choix de la forme brève

Le moraliste du XVIIe siècle **La Rochefoucauld** exprime ses préceptes et réflexions avec des **maximes**. La forme brève séduit, permet une lecture plus libre, favorise la méditation. Le lecteur est, en effet, invité à s'arrêter pour savourer la formulation autant que l'idée exprimée.

La forme concise et fragmentaire des ***Caractères*** de La Bruyère autorise un rythme de lecture personnel : il est possible de piocher un portrait ou un autre et de s'y arrêter pour réfléchir.

Les ***Pensées*** de **Pascal** réunissent également des fragments variés qui s'offrent à notre réflexion.

Ex. : « Que chacun examine ses pensées : il les trouvera toujours occupées au passé et à l'avenir. Nous ne pensons presque point au présent ; et, si nous y pensons, ce n'est que pour en prendre la lumière, pour disposer de l'avenir. Le présent n'est jamais notre fin ; le passé et le présent sont nos moyens ; le seul avenir est notre fin. Ainsi nous ne vivons jamais, mais nous espérons de vivre ; et, nous disposant toujours à être heureux, il est inévitable que nous ne le soyons jamais » (Pascal, *Pensées*, 1670).

B L'éloge paradoxal

Les auteurs, pour capter l'attention de leur lecteur au cours d'un essai, peuvent recourir à des anecdotes ou à des digressions, comme le fait Montesquieu dans *De l'esprit des lois* en abordant, sur le mode de l'**éloge paradoxal**, la question de l'esclavage.

> **Définition-clé**
> **Éloge paradoxal :** éloge qui, en réalité, sert à dénoncer un fait, un comportement…

Ex. : « Si j'avais à soutenir le droit que nous avons eu de rendre les nègres esclaves, voici ce que je dirais : "Les peuples d'Europe ayant exterminé ceux de l'Amérique, ils ont dû mettre en esclavage ceux de l'Afrique, pour s'en servir à défricher tant de terres.
Le sucre serait trop cher, si l'on ne faisait travailler la plante qui le produit par des esclaves" » (Montesquieu, *De l'esprit des lois*, 1748).

C L'essai comme instrument d'interrogation

- Lorsqu'on parle d'« essai », on pense à des traités qui défendent une thèse, comme l'*Émile* de Rousseau ; il existe, en effet, de nombreux ouvrages composés pour défendre un point de vue.
- Mais la notion d'« essai » recouvre aussi une autre perspective : celle de la **réflexion**. L'auteur s'interroge, fait le point sur son existence. L'essai est plus proche alors de la méditation que de l'argumentation. C'est le cas des ***Essais*** de **Montaigne** : l'écriture est un **instrument de réflexion plus que de démonstration**, laissant la place à l'interrogation et au doute.

Si cette introspection peut intéresser le lecteur, c'est qu'il partage la même *« humaine condition »* que Montaigne. L'expérience et les réflexions personnelles acquièrent une portée universelle.

- Au XVIIIe siècle, la deuxième phrase de l'œuvre autobiographique de Rousseau, *Les Confessions*, rappelle qu'en s'étudiant soi-même on peut atteindre l'universel : *« Je veux montrer à mes semblables un homme dans toute la vérité de la nature ; et cet homme, ce sera moi. »*

11 Le dialogue argumentatif

Forme privilégiée du débat, le dialogue, quelle que soit sa forme littéraire, se prête bien à l'argumentation.

1 Le fonctionnement argumentatif du dialogue

A L'art de convaincre et d'interroger

• **Le dialogue didactique.** La fonction du **dialogue entre un maître et son disciple** est, en général, **didactique** : la forme dialoguée est alors davantage une mise en scène attrayante relevant de l'art de persuader.

Ex. : C'est ce qui se passe dans les *Entretiens sur la pluralité des mondes* (1686) de Fontenelle, au cours desquels le philosophe amène la Marquise à réfléchir. Dans sa préface, l'auteur présente son ouvrage destiné à transmettre ses connaissances en sciences physiques : *« J'avertis ceux pour qui ces matières sont nouvelles que j'ai cru pouvoir les instruire et les divertir tout ensemble. »*

Étymologie

« Heuristique » et **« maïeutique »** viennent, respectivement, des mots grecs ***eurestikos*** (« qui permet de découvrir ») et ***maieutikos*** (« art d'accoucher »).

• **Le dialogue heuristique** est, quant à lui, une **recherche** et non une démonstration. La confrontation des points de vue soulève des questions, et le lecteur nourrit sa réflexion ; le débat ne lui apporte pas une solution préfabriquée mais le guide dans ses analyses.

Ex. : Ainsi, les deux personnages, « Moi » et « Lui », du *Neveu de Rameau* de Diderot se quittent sans être parvenus à une conclusion commune.

Platon confère au dialogue heuristique une force particulière, celle de la **maïeutique :** Socrate interroge son interlocuteur et l'amène à dégager et approfondir ce qu'il savait implicitement.

B L'art de persuader

• **Des idées incarnées par des personnages.** Le dialogue est un moyen efficace pour **toucher la sensibilité du lecteur ou du spectateur**, car les personnages peuvent aisément incarner des idées. Les notions abstraites prennent corps, et le destinataire les comprend plus aisément.

• **L'efficacité de la double énonciation**

En général, l'**empathie** ou, au contraire, l'**antipathie** du lecteur/spectateur pour le personnage influent sur sa réception des idées exprimées. Les personnages mis en présence dans le dialogue ne sont, en réalité, que des pantins dans la main de l'auteur. Manipulé par l'écrivain, le lecteur est amené à se ranger du côté du protagoniste raisonnable en rejetant la position adverse.

Ex. : On se rangera plus aisément du côté d'Elmire, qui défend des positions raisonnables, que du côté de Tartuffe, dont on a perçu toute l'hypocrisie dans la comédie de Molière.

C'est la **double énonciation**, caractéristique du **dialogue fictif**, qui rend possible cette utilisation ; en effet, doivent être distingués l'échange qui a lieu entre les deux personnages et celui qui rapproche l'auteur de son destinataire.

Ex. : Ainsi, quand, dans la scène d'exposition de *Tartuffe*, Madame Pernelle, discréditée par sa colère, vante le comportement religieux de Tartuffe, le spectateur comprend que Molière, lui, le dénonce.

2 Les formes littéraires du dialogue

A Le dialogue en tant que genre spécifique

- **Les origines du genre.** Lorsqu'on parle de « dialogue », on évoque aussi un genre à part entière dont l'origine remonte à l'Antiquité avec les célèbres dialogues dans lesquels le philosophe grec Platon (V^{e}-IVe siècles av. J.-C.) met en scène son maître Socrate. La plupart des dialogues ont pour titre le nom de l'interlocuteur de Socrate : Protagoras, Ménon…
- **Le dialogue au XVIIIe siècle.** Les philosophes des Lumières apprécient le genre du dialogue car il répond à la fois au souci de construire un raisonnement cohérent et à celui de ne pas rebuter le lecteur par une démonstration désincarnée. **Voltaire** emprunte cette forme *(Dialogues philosophiques)* et **Diderot** l'apprécie tout particulièrement *(Le Neveu de Rameau)*.
- **Les formes du dialogue.** Le dialogue est, en général, rapporté sous une **forme théâtrale**, comme dans le *Supplément au voyage de Bougainville* de Diderot (1772/1796). Il peut aussi être inséré dans une trame narrative.

B Le dialogue de théâtre

- Dans la **comédie**, le dialogue peut devenir un outil au service de l'opinion que le dramaturge veut transmettre.

Ex. : Lorsque, au tout début de *L'École des femmes*, Arnolphe dit ce qu'il pense de l'éducation des jeunes filles, son égoïsme dessert son point de vue, et le spectateur adhère rapidement à la thèse adverse.
« Et c'est assez pour elle, à vous en bien parler,
De savoir prier Dieu, m'aimer, coudre, et filer »
(Molière, *L'École des femmes*, I, 1, 1663).

> **Info-clé**
> L'interdiction, en leur temps, de *Tartuffe* (1669) et du *Mariage de Figaro* (1784) montre bien que la censure a perçu la **force subversive du théâtre.**

- La **tragédie**, parce qu'elle met en avant les valeurs d'une société, a plus rarement une fonction argumentative. On peut tout de même s'interroger sur l'assise du pouvoir royal en voyant la fragilité du roi dans *Le Cid* de Corneille ou réfléchir à la tyrannie en regardant évoluer Néron et sa mère Agrippine dans *Britannicus* de Racine.

C Le dialogue dans le roman et dans le conte philosophique

- **Les personnages incarnent des positions.**

Dans les contes philosophiques et dans certains romans, les personnages incarnent des positions, et **le lecteur est amené à réfléchir aux points de vue qui sont exprimés**.

Les péripéties de l'intrigue sont l'occasion de dialogues dans lesquels s'expriment les opinions des personnages. Selon que les personnages sont négatifs ou positifs, le lecteur sera ou non disposé à recevoir la thèse incarnée.

Ex. : Pangloss, obstiné et incapable de s'adapter, incarne une vision optimiste (celle du philosophe Leibniz) que Voltaire rejette.
« Il est démontré, disait-il [Pangloss], *que les choses ne peuvent être autrement : car, tout étant fait pour une fin, tout est nécessairement pour la meilleure fin. Remarquez bien que les nez ont été faits pour porter des lunettes ; aussi avons-nous des lunettes »*
(Voltaire, *Candide*, 1759).

- **La vie des personnages sert la thèse de l'auteur.**

D'une autre manière, le dialogue, quand il révèle la cruauté ou la misère des personnages, peut servir la position de l'auteur ; il ne s'agit plus là d'incarner une position mais de **servir d'exemple** pour soutenir une thèse ou nourrir une dénonciation.

12 La narration argumentative

En racontant une histoire, l'écrivain amène son lecteur à **réfléchir tout en le divertissant.**

1 Le roman

• **Terrain privilégié** de l'**analyse des rapports de l'homme et du monde**, le roman, explicitement ou implicitement, permet à l'auteur d'exprimer ses critiques, ses réflexions ou ses valeurs. Avant la naissance de ce genre au XVIIe siècle, Rabelais a recours au récit de fiction pour exprimer les valeurs de la Renaissance. Les géants incarnent l'appétit de savoir des humanistes.

Quelques exemples de romans du XVIIIe siècle à visée argumentative :

Montesquieu, *Lettres persanes*, 1721	Le roman réunit la correspondance de deux Persans avec leurs amis restés en Perse. Le regard étranger permet, de façon amusante, la dénonciation des mœurs et des institutions. Grâce à la fiction le romancier contourne la censure.
Rousseau, *La Nouvelle Héloïse*, 1761	Centré sur l'analyse de la passion et de la vertu, ce roman épistolaire exprime également la place de la nature : le monde de Clarens est un paradis terrestre ayant échappé à la corruption de la modernité.
Choderlos de Laclos, *Les Liaisons dangereuses*, 1782	Dans ce roman épistolaire, l'auteur analyse les rouages du libertinage et montre les ravages d'une société hypocrite et dénuée de sentiments.
Diderot, *La Religieuse*, 1796	En imaginant les Mémoires de Suzanne Simonin, contrainte d'entrer au couvent par ses parents, Diderot fait le procès des institutions religieuses et célèbre la liberté, cette valeur-clé des Lumières.

• **Au XIXe siècle,** le roman, notamment avec Victor Hugo *(Claude Gueux, Les Misérables)* et Émile Zola *(Germinal, L'Assommoir)*, continuera d'alerter les lecteurs sur les souffrances et les injustices dont le peuple est victime.

2 L'apologue

A Le conte

• **Charles Perrault.** Transmis par la tradition orale, les **contes populaires** sont, en France, écrits par **Charles Perrault au XVIIe siècle**. L'histoire se déroule dans un espace-temps lointain *(« Il était une fois... »)*, et les personnages, simplifiés à l'extrême, en général dépourvus d'une identité définie (Cendrillon, le Petit Poucet...), servent une démonstration destinée aux adultes, principalement aux femmes, dans les salons.

> **Définition-clé**
>
> **Apologue : court récit à visée didactique** ; la morale peut être **explicite** (une moralité à la fin, par exemple) ou **implicite**.

• **Le conte philosophique.** S'inspirant des contes traditionnels et des romans d'aventures pour les détourner et s'en moquer, Voltaire excelle dans le genre du conte philosophique. Dans *Zadig (1747-1748)*, *Candide* (1759) et *L'Ingén*u (1767), ses trois grands récits, il imagine un personnage qui découvre un nouvel environnement. La progression d'ensemble du conte sert un **projet philosophique**, tandis que les chapitres, à la fois indépendants et liés comme les maillons d'une chaîne, s'en prennent à différentes institutions ou situations : l'intolérance, la guerre ou l'esclavage dans *Candide*, par exemple.

B La fable

• Le poète grec Ésope (VIIe-VIe siècles av. J.-C.) est, traditionnellement, considéré comme le père de la fable. Au XVIIe siècle, Jean de La Fontaine renouvelle le genre en donnant vie aux récits. Les **personnages simplifiés** – animaux ou êtres humains – servent une démonstration.

• La morale peut être une **leçon de vie** *(« Rien ne sert de courir ; il faut partir à point »)* ou une **critique des institutions** comme dans « Les Animaux malades de la peste ». Veillez, toutefois, à ne pas lire toutes les fables avec l'éclairage de cette dénonciation des abus de pouvoir, car La Fontaine peut aussi exprimer son admiration pour le prestige royal comme dans « Le Chêne et le Roseau ».

• Ne pas restreindre la fable à sa visée argumentative car elle a une **force poétique** essentielle : jeu sur les tonalités et l'implicite, théâtralisation du récit, utilisation originale de la versification.

Ex. : « Pour moi, satisfaisant mes appétits gloutons,
J'ai dévoré force moutons.
Que m'avaient-ils fait ? Nulle offense :
Même il m'est arrivé quelquefois de manger
Le Berger »
(Jean de La Fontaine, « Les Animaux malades de la peste », in *Fables*).
La brièveté du 5e vers de ce passage, combinée avec le rejet, contribue à donner vie aux propos du Lion et à souligner la gravité de ses crimes.

C L'utopie

• Définition et fonctions

Étymologiquement, l'utopie est un **« non-lieu »**, un lieu qui n'existe nulle part. Le mot a été créé par l'Anglais Thomas More (1478-1535), qui, avec *Utopia* (1516), imagina une île merveilleuse s'opposant en tous points à l'Angleterre de son époque. Mais l'idée de décrire un monde parfait pour nous amener à réfléchir sur le réel ne date pas de la Renaissance ; le philosophe grec Platon a déjà eu recours à ce procédé dans *La République*.

L'utopie fait rêver le lecteur. Elle est aussi un **miroir tendu à un réel critiquable** en même temps qu'un **laboratoire d'idées nouvelles** en matière d'urbanisme, d'organisation sociale, de politique, etc.

• Quelques utopies

Rabelais, *Gargantua* (1534)	**L'abbaye de Thélème,** imaginée à l'inverse de la vie monastique ordinaire, démontre les vertus de la liberté et de l'éducation.
Cyrano de Bergerac, *L'Autre monde – Les États et Empires de la Lune, Les États et Empires du Soleil* (1657-1662)	L'écrivain réfléchit à la société de son temps en présentant des sociétés idéales.
Fénelon, *Les Aventures de Télémaque* (1699)	**La Bétique :** une réflexion sur les conditions du bonheur.
Montesquieu, *Lettres persanes* (1721)	**Les Troglodytes :** une réflexion sur les conditions du bonheur.
Voltaire, *Candide* (1759)	**L'Eldorado :** un modèle de science et de sagesse.

• Les contre-utopies

Au XXe siècle, certains auteurs montreront que les mondes stables ne sont pas toujours des modèles. Les contre-utopies (ou dystopies) que sont *Le Meilleur des mondes* (Huxley 1932) ou *1984* (Orwell, 1949) dénoncent les totalitarismes et s'inquiètent d'une mauvaise utilisation de la science.

13 La littérature d'idées à la Renaissance

La Renaissance est littéralement vécue comme une « seconde naissance ». L'humanisme, **né en Italie au XVe siècle,** se répand en Europe.

Imprimerie par Gutenberg (v. 1440-1450) — Découverte de l'Amérique (1492) — Rabelais (1494-1553) — Ronsard (1524-1585) — Montaigne (1533-1592) — Massacre de la Saint-Barthélemy (1572)

1 Le contexte

A Les découvertes scientifiques

- **La révolution copernicienne.** Au Moyen Âge, les hommes, suivant le modèle biblique, pensent que la Terre est au centre de l'Univers. Après avoir lu les ouvrages grecs des pythagoriciens, l'astronome polonais **Copernic** (1473-1543) révolutionne la science en montrant, en 1543, que les planètes tournent sur elles-mêmes et autour du Soleil – ce que vérifiera Galilée avec sa lunette au début du XVIIe siècle.
- **L'imprimerie.** Vers 1440-1450, l'Allemand **Gutenberg** met au point l'imprimerie qui permet à la fois une plus grande diffusion des textes et une plus grande fiabilité.

> **Rappel**
> La **Bible** est le premier ouvrage imprimé.

- **La médecine.** L'Église interdit la dissection des cadavres au nom de la future résurrection des corps ; mais le chirurgien français Ambroise Paré (v. 1509-1590) ne s'arrête pas à cette interdiction et pose, grâce à la dissection, les **fondements de l'anatomie moderne**. La connaissance du corps humain fait partie du savoir humaniste.

B Les Grandes Découvertes

Christophe Colomb débarque en Amérique du Sud. **Vasco de Gama** fait route vers l'Inde. **Magellan** entreprend le tour du globe. **Jacques Cartier** découvre le Canada… Ces découvertes repoussent les frontières du monde connu et assurent la fortune des pays européens.

La prise de position du dominicain **Las Casas** en faveur des Indiens d'Amérique montre que la découverte d'autres civilisations pose la difficile question de la nature humaine. La colonisation brutale des peuples et leur conversion forcée au catholicisme choquent la pensée humaniste faite de tolérance et de mesure.

C Le modèle italien

- **La prospérité italienne : le *Quattrocento*.** Depuis le XIVe siècle, l'Italie exerce sa **domination économique** sur l'Europe grâce à ses banques, ses ports et son industrie. Le *Quattrocento* marque le **début de la Renaissance**.

> **Info-clé**
> ***Quattrocento*** est la contraction, en italien, de ***millequattrocento*** (XVe siècle).

Quand, en 1453, Constantinople, l'ancienne capitale de l'Empire romain d'Orient, est prise par les Turcs, de nombreux savants, emportant leurs manuscrits grecs et latins, se réfugient en Italie : l'Antiquité va bientôt inspirer toute l'Europe. Lors des guerres d'Italie (1494-1559), les Français découvrent puis adoptent le raffinement et la culture du *Quattrocento*.

• **Des conditions favorables aux artistes.** Comme l'Italie, la France connaît, au XVIe siècle, un développement économique favorable aux artistes. De nouvelles catégories sociales urbaines apparaissent : les banquiers, les riches marchands, les artisans. La noblesse et la haute bourgeoisie protègent et financent les artistes. Ainsi, François Ier accueille Léonard de Vinci à Amboise, dans l'actuel château du Clos-Lucé où il mourra trois ans plus tard, en 1519.

2 La question religieuse

A Le retour aux textes

• L'imprimerie permet une diffusion plus large de la Bible, et les humanistes prônent le **retour aux sources** du savoir. C'est ce que l'on voit dans le programme éducatif de Gargantua qui consacre de nombreuses heures à la lecture des textes anciens.

• Les humanistes, tels Érasme ou Rabelais, critiquent l'église catholique et prônent une religion plus proche des textes et de l'esprit de bienveillance des Évangiles. Cette protestation conduit à la **Réforme** menée par **Luther** (1483-1546). Le mouvement se propage en Allemagne et en Europe du Nord. **Calvin** (1509-1564) l'introduit en France.

B Les guerres de Religion

• Après l'enthousiasme et l'esprit de tolérance de la première moitié du XVIe siècle, la réconciliation entre les catholiques et les partisans de la Réforme s'avère impossible. Le conflit se déchaîne de 1562 à 1598, date de l'**édit de Nantes** qui autorise le culte protestant.

• Le 23-24 août 1572, lors de la **nuit de la Saint-Barthélemy**, plus de 20 000 protestants sont massacrés à Paris. La confiance en l'homme qui caractérisait les premières décennies de la Renaissance est fortement entachée.

3 Les valeurs et la littérature d'idées

A La culture antique et la défense de la langue française

Les **sujets mythologiques** apparaissent dans la littérature, la peinture et la sculpture. Mais la Renaissance, loin d'être un repli sur le passé, revendique, au contraire, une **modernité** qui se nourrit du savoir et de l'esthétique antiques. Ainsi, **Joachim Du Bellay,** dans sa *Défense et Illustration de la langue française* (1549), affirme la grandeur du français devenu, avec François Ier, la **langue officielle** du royaume de France.

B Une réflexion sur l'homme

• **La place de l'homme.** L'homme est au cœur des préoccupations humanistes, et l'on ne s'étonne pas de voir **Montaigne** se prendre lui-même pour objet d'étude afin de découvrir les traits essentiels de la nature humaine : *« Chaque homme porte en lui la forme entière de l'humaine condition »*, écrit-il dans le 3e livre des *Essais*.

> **Rappel**
> Les **humanistes** de la Renaissance souscrivent à la devise du poète latin Térence (v. 185-159 av. J.-C.) : *« Je suis homme, et rien de ce qui est humain ne m'est étranger. »*

En faisant de ses héros des géants pacifiques et bons vivants, Rabelais manifeste son enthousiasme pour la **capacité de l'homme à rayonner sur son univers**. Montaigne, après les guerres de Religion, se montrera plus mesuré.

• **L'homme idéal** de la Renaissance est **instruit** de tout, **curieux** de tout et **capable de vivre heureux** en société. La liberté de pensée, la tolérance et l'ouverture aux autres sont des valeurs essentielles que les philosophes des Lumières reprendront à leur compte.

C Les valeurs humanistes défendues par les écrivains

• **La tolérance et la question de la guerre.** Les humanistes de la Renaissance ont pris **conscience de la relativité des valeurs** : *« Le monde n'est que variété et dissemblance »*, écrit **Montaigne**. Ils prônent donc la paix et la tolérance. Ainsi, Rabelais se moque de l'esprit conquérant de Picrochole (inspiré de Charles Quint) et souligne l'esprit pacifique de Gargantua. **Érasme** (v. 1469-1536), le grand humaniste hollandais ami de Rabelais, ne cessera de vouloir réunir les hommes : *« le monde entier est notre patrie à tous »*, proclame-t-il en regrettant les querelles religieuses.

▲ Érasme.

• **L'éducation.** Les humanistes accordent autant d'importance au développement du **corps** qu'à celui de l'**intelligence**. *« Mens sana in corpore sano »* : la devise latine de Juvénal préside à l'éducation du géant Gargantua. Si le programme scolaire du géant multiplie les matières et suppose qu'il se lève à 4 heures du matin, Rabelais insiste sur la lecture des textes originaux et la nécessité de se forger sa propre opinion. Montaigne reprendra cette idée dans sa formule *« Mieux vaut tête bien faite que tête bien pleine »*.

D Rabelais : l'enthousiasme et la fantaisie

Médecin humaniste et grand érudit, Rabelais (v. 1494-1553) exprime sa **confiance en l'homme** dans quatre récits divertissants destinés à **amuser autant qu'à instruire**, car, sous la Renaissance, on ne saurait dissocier les plaisirs du corps et ceux de l'esprit. Jouant sur les mots et passant, sans transition, de l'invention du *« torchecul »* à des réflexions sur la guerre ou le savoir, Rabelais nous fait rire tout en exprimant les **grands combats de l'humanisme**.

> **Citation-clé**
> *« Rire est le propre de l'homme »* (Rabelais.)

E Montaigne : un humanisme plus posé et inquiet

• Michel Eyquem de Montaigne (1533-1592) est en quête de la nature humaine *(« l'humaine condition »)* et d'une sagesse universelle. L'écriture devient l'instrument de cette recherche, si bien que les *Essais* sont constitués des différentes strates des éditions amendées et remaniées. Traitant de l'amitié, de l'éducation ou de la diversité des usages dans le monde, Montaigne exprime **toutes les valeurs de tolérance de l'humanisme**. Mais l'expérience des guerres de Religion ont assombri sa vision de l'homme : *« Il n'y a point de bête au monde tant à craindre à l'homme que l'homme. »*

• Difficile d'utiliser le terme d'« autobiographie » pour qualifier les *Essais*, car il ne s'agit pas, pour Montaigne, comme ce sera plus tard le cas pour Rousseau avec ses *Confessions*, de se raconter pour s'analyser et se comprendre.

La littérature d'idées au XVIIe siècle

Le XVIIe siècle n'introduit pas de rupture par rapport à la Renaissance. **Les réflexions morales et religieuses occupent le premier plan.**

Blaise Pascal (1623-1662) — **François de La Rochefoucauld** (1613-1680) — **Jean de La Fontaine** (1621-1695) — **Jean de La Bruyère** (1645-1696) — **Jacques Bossuet** (1627-1704) — **Fénelon** (1651-1715)

1 Le contexte

- Henri IV (roi de 1594 à 1610) puis Louis XIII (roi de 1610 à 1643) ont progressivement **renforcé le pouvoir royal**. Après la Fronde (rébellion de la noblesse) sous la régence d'Anne d'Autriche, **Louis XIV**, âgé de 16 ans en 1655, exerce une **autorité absolue**.
- L'homme idéal est l'« honnête homme » ; il est mesuré, curieux de tout sans excès, sociable.

2 Pascal : scientifique et philosophe

Savant et écrivain janséniste, Pascal présente, dans son œuvre, sa vision du monde : interprétant les **textes de saint Augustin**, les jansénistes croient à la **prédestination**. Après la rédaction des *Provinciales*, lettres anonymes critiquant très sévèrement les jésuites, il approfondit sa réflexion sur l'homme, sur le monde et sur Dieu dans des fragments regroupés sous le titre de *Pensées*.

3 Réflexions sur l'homme et la société

A Réflexion sur la société et les institutions

- **Cyrano de Bergerac,** notamment dans *Les États et Empires de la Lune*, imagine un monde utopique qui lui permet d'exprimer sa vision de la société et des hommes de son temps.
- En 1699, **Fénelon,** dans *Les Aventures de Télémaque*, critique le siècle de Louis XIV.

B Les moralistes

- **La Bruyère,** avec ses **portraits satiriques** (*Les Caractères*, 1688-1696), dénonce les travers de ses contemporains et définit l'idéal de l'honnête homme, un homme avant tout sociable.
- **La Rochefoucauld** adopte la forme concise de la **maxime** pour édicter des règles de vie.
- Les *Oraisons funèbres* de **Bossuet** ainsi que ses différents écrits *(Sermons, Discours sur l'histoire universelle…)* sont caractérisés par la morale religieuse et l'art de l'**éloquence**.

C La Fontaine

S'inspirant d'Esope et jouant avec toutes les ressources de la narration et de la versification, La Fontaine fait œuvre de **moraliste** et réfléchit aux **institutions** de son temps.

15 La littérature d'idées au XVIIIe siècle

Renouant avec l'humanisme de la Renaissance, les écrivains des Lumières **défendent des valeurs qui sont les nôtres aujourd'hui.**

Montesquieu (1689-1755) **Voltaire** (1694-1778) **Diderot** (1713-1784) **Rousseau** (1712-1778) **D'Alembert** (1717-1783) **Beaumarchais** (1732-1799)

1 Le contexte

A Une société en mouvement

• **Une société d'ordres et un pouvoir absolu.** La société française, figée dans son carcan d'Ancien Régime hérité du Moyen Âge est organisée en **trois ordres immuables** : le tiers état, le clergé, et la noblesse. Le **roi**, qui gouverne de manière absolue, est perçu comme la **clé de voûte** de cette société immobile. Quand, à la mort de Louis XIV en 1715, Louis XV est trop jeune pour régner, le duc d'Orléans assure la Régence ; Paris retrouve alors un climat de fête qui perdure sous Louis XV (règne de 1723 à 1774) puis Louis XVI.

• **La montée de la bourgeoisie.** Le XVIIIe siècle voit la montée d'une **bourgeoisie d'affaires** dont le **rôle économique** s'affirme. Écartée du pouvoir politique et dépourvue de privilèges, elle n'apprécie pas l'aristocratie de la Cour. Cette progression de la bourgeoisie se lit dans *Zadig* (1747-1748) de Voltaire, par exemple : le marchand Sétoc se montre plus ouvert que les piliers de la Cour (l'Envieux) et de la religion (les prêtres des Étoiles).

B L'ouverture sur le monde

• **La circulation des idées en Europe.** En Europe, les idées circulent. Par exemple, Voltaire échange plus de 20 000 lettres avec les intellectuels de l'Europe des Lumières. Les **régimes politiques de Prusse** (un monarque éclairé, c'est-à-dire raisonnable) et **d'Angleterre** (une monarchie constitutionnelle) deviennent des **modèles**. La justice anglaise intéresse aussi les philosophes : depuis 1679, l'*habeas corpus* protège l'individu contre une justice arbitraire puisque toute arrestation s'accompagne obligatoirement d'un passage devant un juge – ce qui n'est pas le cas en France avec les lettres de cachet.

> **Info-clé**
> Les **lettres de cachet** transmettent un ordre direct du roi et peuvent conduire à une incarcération sans jugement.

• **Un monde élargi à des colonies.** Depuis la découverte du « Nouveau Monde » (1492), les pays européens n'ont cessé d'installer leurs **influences dans les territoires nouvellement découverts et conquis**. Sources de rivalités, ces colonies ont également une importance économique. En effet, le **commerce triangulaire** qui se met en place (France, Afrique, Antilles) est source de gros profits, qu'il s'agisse de la vente des esclaves ou de celle du sucre. L'existence de ce commerce d'hommes ainsi que la multiplication des **récits de voyage** remettent à l'ordre du jour la question de la nature humaine et de la dignité, déjà soulevée à l'occasion des Grandes Découvertes de la Renaissance. Olympe de Gouges fera des colons une de ses cibles.

2 La pensée des Lumières

A Un modèle social : le philosophe

Après l'« honnête homme » du XVIIe siècle, cultivé et sociable, vient, au XVIIIe siècle, le **« philosophe »**. Il fréquente les salons, les cafés ou les clubs. Les idées bouillonnent ; la **raison** et l'**expérience** dominent – ce qui n'empêche pas l'humour (« l'esprit ») d'être présent.

B La dénonciation et l'expression des valeurs

• **La dénonciation des abus.** **Les écrivains revendiquent la liberté et dénoncent les abus de toutes sortes** : ceux de la justice comme ceux de la noblesse. C'est au nom de la liberté et de la dignité de l'homme que les philosophes, notamment Montesquieu et Voltaire, rejettent l'esclavage, après Condorcet en 1781 et Olympe de Gouges en 1791. Beaumarchais, lui, s'en prend aux privilèges de la noblesse.

• **La dénonciation de la monarchie absolue.** **Les philosophes critiquent l'absolutisme.** Ils ne remettent pas pour autant en cause le régime monarchique, ni n'envisagent un bouleversement radical ; il s'agit, tout au plus, de rendre les institutions en place plus équitables et efficaces.

• **La question religieuse.** L'existence de Dieu n'est pas remise en question, mais Il est, avant tout, conçu comme le ***« grand horloger »*** qui a créé le monde, laissant ensuite le mécanisme fonctionner tout seul. Les philosophes s'en prennent aux institutions catholiques jugées intolérantes et prisonnières des apparences.

• **Les valeurs.** Développant un fort esprit critique, les Lumières défendent des valeurs : la **liberté** de l'homme, sa **dignité**, la place de la raison et du **progrès** dont témoigne le grand projet de l'*Encyclopédie* conduit par Diderot et d'Alembert.

C Les grands auteurs

• **Montesquieu (1689-1755).** Le roman épistolaire des *Lettres persanes* (1721) permet à Montesquieu de poser sur la société parisienne un œil étranger et **critique**. Dans ses *Considérations sur les causes de la grandeur des Romains et de leur décadence* (1734) et surtout dans *De l'esprit des lois* (1748), il fait porter son **étude sur la société française et son régime politique**.

• **Denis Diderot (1713-1784).** Diderot participe activement à la rédaction de l'*Encyclopédie* et exprime, dans des œuvres de formes variées, ses pensées philosophiques (loin de Dieu, et proche de la nature et de l'homme) et esthétiques.

> **Citation-clé**
>
> *« Je pense, donc je suis. »* Cette célèbre citation est la seule certitude de **Descartes**, celle à partir de laquelle il construit son savoir. **Son *Discours de la méthode* (1637) ouvre la voie du doute et de la raison** qu'empruntent, après lui, les philosophes des Lumières.

• **Voltaire (1694-1778).** Son œuvre est très variée ; on retient, notamment, ses contes philosophiques : *Zadig* (1747-1748), *Micromégas* (1752), *Candide* (1759), *L'Ingénu* (1767). Dans ces fictions amusantes, Voltaire présente ses réflexions philosophiques ou politiques.

Ex. : Le discours du roi idéal de L'Eldorado : *« Je n'ai pas assurément le droit de retenir des étrangers ; c'est une tyrannie qui n'est ni dans nos mœurs, ni dans nos lois : tous les hommes sont libres »* (Voltaire, *Candide*, 1759).

• **Jean-Jacques Rousseau (1712-1778).** Rousseau, grand ennemi de Voltaire, défend l'idée que la civilisation pervertit un **homme naturellement bon**. Il écrit des essais consacrés à la **société** (*Du contrat social* en 1762, *Discours sur l'origine et les fondements de l'inégalité parmi les hommes* en 1755) et à l'**éducation** (*Émile ou De l'éducation*, 1762).

16 La littérature d'idées : œuvres et parcours

1 *Gargantua* de François Rabelais

A Le contexte

• **La genèse de l'œuvre.** En 1532, découvrant un **récit populaire fantaisiste**, *Les Grandes et Inestimables Chroniques du grand et énorme Gargantua,* Rabelais entreprend d'en écrire la suite. Quelques mois plus tard, il publie *Pantagruel*, sous le pseudonyme d'Alcofribas Nasier, anagramme de son nom. Désormais, il poursuivra son entreprise littéraire parallèlement à sa carrière de médecin. En 1534 paraît *Gargantua*, le personnage éponyme étant le père de Pantagruel ; Le *Tiers Livre* et le *Quart Livre* sont respectivement publiés en 1546 et 1552. Un *Cinquième Livre* dont l'authenticité est discutée paraîtra après la mort de l'écrivain en 1564. Ces récits sont condamnés par l'Église.

• ***Gargantua*, un récit humaniste.** **(Voir p. 73.)**

Auteur

Moine **humaniste**, médecin, **François Rabelais (1494 ?-1553)** maîtrisait parfaitement le latin et le grec mais s'intéressait aussi à la **culture populaire**. Il est principalement connu pour ses deux récits *Pantagruel* et *Gargantua*.

Citation-clé

À propos de Rabelais : « *Il berce Adam pour qu'il s'endorme / Et son éclat de rire énorme / Est un des gouffres de l'esprit !* » (Victor Hugo, « Les Mages », in *Les Contemplations*, 1856).

B Les principaux repères

• **Les principaux personnages.**

– **Gargantua :** un géant, fils de Grandgousier et de Gargamelle.

– **Les précepteurs :** les sophistes (contre-modèle) et Ponocrates (le modèle).

– **L'ami :** Frère Jean des Entommeures, un moine à qui Gargantua offre l'abbaye de Thélème.

– **Les ennemis :** Picrochole et ses mauvais conseillers.

• **Les grandes étapes du récit.** L'histoire se déroule en Touraine (région de Rabelais) et à Paris. Le récit suit un ordre chronologique :

Chapitres 1 à 6	Généalogie et naissance de Gargantua
Chapitres 7 à 15	Jeunesse de Gargantua
Chapitres 16 à 24	Gargantua à Paris ; son éducation
Chapitres 25 à 51	Guerre contre Picrochole
Chapitres 52 à 58	Fondation de l'abbaye de Thélème

• **Le mélange des tonalités.**

– Rabelais, reprend le ton fantaisiste et joyeux des *Chroniques du grand et énorme Gargantua.* Il n'écrit pas en latin comme ses contemporains lettrés mais dans un **français courant**, voire trivial. Le style reste cependant littéraire. Le genre noble de l'épopée est parodié ; en effet, le **burlesque** (voir p. 22) occupe une place centrale : la naissance de Gargantua, l'invention du torche-cul, la façon dont le héros « [paie] *sa bienvenue aux Parisiens* » (chapitre 17)…

– Rabelais est un humaniste qui, sans jamais abandonner la fantaisie débridée du **récit populaire**, propose à ses lecteurs **ses réflexions sur les grands sujets de son temps** tels que l'éducation, la guerre ou la religion.

C Parcours : « Rire et savoir »

• **La place du savoir.** Composé dans la **première moitié du XVIe siècle**, avant que les guerres de religion ne viennent assombrir les perspectives, *Gargantua* témoigne de l'enthousiasme caractéristique de l'humanisme naissant. Rabelais, comme Érasme ou Thomas More, affirme sa confiance dans la capacité de l'homme à comprendre le monde et exprime une **soif de savoir à la mesure des géants** qu'il imagine.

• **La place du rire et de la fantaisie.** Chez Rabelais comme chez l'auteur anglais d'*Utopia* (1516), **la fantaisie narrative est le vecteur des valeurs à défendre**. En imaginant une île qui donne son nom au genre de l'utopie, Thomas More divertit son lecteur tout en lui proposant un modèle de société. Rabelais emprunte ce chemin, comme en témoigne le chapitre 57 consacré à l'abbaye idéale de Thélème, mais la fantaisie chez lui prend une **tonalité burlesque**. Le rire est franc et les sujets les plus grossiers sont abordés. Le savoir n'est pas chez Rabelais l'objet sacré d'un culte ; il est à la portée de qui veut s'en emparer. Rabelais, qui parle latin et grec, fait le choix du français, langue populaire, pour partager ses réflexions.

• **Les fonctions du rire.** Le rire joue **plusieurs rôles** : il **réjouit** et donne envie de poursuivre la lecture, il installe une **connivence** entre l'auteur et son lecteur, il permet d'adopter le **recul nécessaire** à un savoir solide. On pourra ici se rapprocher de la comédie et de la **fonction critique** (*castigat ridendo mores,* voir p. 94) qu'elle revendique.

2 *Les Caractères* (livres V à X) de Jean de La Bruyère

A Le contexte

• **Le règne de Louis XIV.** La Bruyère forme le projet de **peindre les mœurs de son époque** à partir du moment (1661) où Louis XIV se met à exercer un pouvoir absolu. Le roi fixe l'étiquette de la cour qu'il déplace à Versailles en 1673 et les courtisans, soucieux de plaire au roi ou aux Grands, sont les cibles privilégiées de La Bruyère.

• **L'idéal de l'honnête homme.** Au XVIIe siècle, le modèle est l'« honnête homme ». **Cultivé, modéré et sociable**, il fuit les excès de la passion.

Auteur

Auteur d'une seule œuvre, *Les Caractères*, étoffée au fil de ses rencontres et de ses observations, **Jean de La Bruyère (1645-1696)** est un moraliste de la fin du Grand Siècle (XVIIe siècle), célèbre pour ses portraits satiriques.

• **Le classicisme.** À contre-courant de l'esthétique baroque qui domine en Europe à cette époque, Louis XIV impose le modèle classique **inspiré de l'Antiquité**. La Bruyère d'ailleurs commence par traduire *Les Caractères* de Théophraste (IVe siècle av. J.-C.). Rien ne plaît tant aux classiques que **l'équilibre et la juste mesure**. Ce mouvement touche aussi bien la littérature que l'architecture (Jules-Hardouin Mansart) ou l'art des jardins (André Le Nôtre). Il rejoint l'idéal social et moral de l'honnête homme.

B Les principaux repères

Citation-clé

« Je rends au public ce qu'il m'a prêté ; j'ai emprunté de lui la matière de cet ouvrage » (La Bruyère, préface des *Caractères*, 1688).

• **Une écriture discontinue.** L'œuvre de La Bruyère est divisée en **seize chapitres, eux-mêmes formés de nombreuses « remarques »** enrichies au fil des ans. Le principe d'organisation des *Caractères* est justement cette fragmentation : la mosaïque de portraits et de maximes constitue dans son ensemble une peinture de la société du XVIIe siècle. Le choix de la forme brève permet le recours à différents procédés susceptibles de **séduire le lecteur tout en servant la satire** : les formules percutantes (l'attaque au début et la pointe à la fin), la généralisation, le choix des détails significatifs, l'implicite.

• **La progression des chapitres V à X. Les chapitres au programme suivent l'ordre social.** Après une vision globale des comportements mondains dans le chapitre V, La Bruyère emprunte le chemin de l'ascension sociale, par le biais de la fortune (VI), de l'installation en ville (VII), de la fréquentation de la cour (VIII) et notamment des Grands (IX). Le chapitre X atteint, avec le roi, le sommet de la pyramide.

• **La satire sociale.** La Bruyère fait œuvre de **moraliste**. Les bourgeois ne rêvent que de s'enrichir et d'approcher la noblesse. Les courtisans sont animés d'une ambition similaire. On les voit, **superficiels et hypocrites**, renier leurs amis et flatter les Grands.

• **La réflexion politique.** Le roi n'échappe pas à la plume satirique de La Bruyère qui dénonce son goût pour le luxe, ses abus de pouvoir, son mépris pour ses sujets. L'idéal de l'honnête homme reste la mesure qui révèle **les excès d'un monarque** ayant pris comme symbole le soleil.

C Parcours : « La comédie sociale »

• **Une formulation à plusieurs sens.** La formulation du parcours peut surprendre pour une œuvre qui ne relève pas du genre théâtral. **On peut la comprendre de deux manières** selon que l'on rapporte le mot « comédie » à la société elle-même ou à l'œuvre qui la représente : la vie mondaine est une comédie dont La Bruyère dénonce la futilité et l'hypocrisie ; la comédie est un genre qu'il ne faudrait pas restreindre au théâtre.

• **La dénonciation de l'hypocrisie.** La Bruyère dénonce les prétentions et les faux-semblants. La **transparence** et l'**ordre** sont des **valeurs à la fois esthétiques et morales**. Relisez *Les Précieuses ridicules* et *Le Misanthrope* de Molière. Écoutez Cléanthis peindre sa maîtresse dans *L'Île des esclaves* de Marivaux. Découvrez les pages que Proust consacre au salon de Madame Verdurin. Selon Roland Barthes, *« nous avons eu en France **une grande littérature de la mondanité, de Molière à Proust** : et c'est dans cette tradition d'un imaginaire tout entier dirigé vers les phénomènes de **clôture sociale** que s'inscrit évidemment La Bruyère. »*

• **La théâtralisation.** La brièveté des « remarques » et l'art de mettre en scène des personnages types s'apparentent chez La Bruyère aux **procédés de la comédie**. Les romanciers aussi composent des scènes qui se déroulent dans des **mondes clos** : on pense aux salons fréquentés par la Princesse de Clèves (Madame de Lafayette), par Bel-Ami (Maupassant), ou par Swann (Proust).

3 *Déclaration des droits de la femme et de la citoyenne* d'Olympe de Gouges

A Le contexte

• **La Révolution et la *Déclaration des droits de l'homme et du citoyen* de 1789.** L'Assemblée des États généraux, convoquée par le roi pour régler les problèmes financiers de l'État, se proclame Assemblée nationale, puis Assemblée constituante. Le **26 août**, comme préalable à la Constitution, elle vote la ***Déclaration des droits de l'homme et du citoyen***. Cette dernière est composée d'un préambule et de dix-sept articles. Selon l'article I, *« Les hommes naissent et demeurent libres et égaux en droits »*. Le terme est à prendre au sens d'« être humain » mais **les femmes ne bénéficient pas de ces droits** alors que nombre d'entre elles ont participé activement aux événements révolutionnaires.

Auteure

Redécouverte récemment, **Olympe de Gouges (1748-1793)** est une révolutionnaire engagée qui a lutté contre l'esclavage et s'est battue pou les droits des femmes. Elle est morte guillotinée sous la Terreur.

• **Un texte adressé à la reine.** En 1791, Olympe de Gouges, qui avait déjà exprimé ses idées dans des lettres et affiches, adresse à la reine Marie-Antoinette, **une version détournée de la *Déclaration* d'août 1789**. Elle reprend le préambule et les dix-sept articles en remplaçant notamment les occurrences du mot *« homme »* par le mot *« femme »*, ou par les mots *« homme et femme »*, puis elle ajoute un « postambule » virulent.

B Les principaux repères

Citation-clé

« La femme a le droit de monter sur l'échafaud ; elle doit avoir également celui de monter à la tribune » (O. de Gouges, article X, in *Déclaration des droits de la femme et de la citoyenne*, 1791).

• **Une œuvre de circonstances.** La *Déclaration* de 1791, marquée par le contexte révolutionnaire et le bouillonnement d'idées des Lumières, est à lire en parallèle de la *Déclaration* de 1789.

• À une époque où la supériorité masculine est acceptée comme une évidence, les revendications de l'auteure passent inaperçues et l'œuvre ne sera publiée dans son intégralité qu'en 1986 par Benoîte Groult.

• **Un pastiche et un pamphlet.** Le préambule et les dix-sept articles de la *Déclaration* d'Olympe de Gouges constituent **un pastiche du texte promulgué en 1789**. Le postambule, adressé aux femmes, adopte une tonalité plus ouvertement polémique. L'ensemble, parce qu'il **dénonce l'abus de pouvoir des hommes**, peut être considéré comme un **pamphlet**.

• **Un manifeste et ses enjeux.**

– Il s'agit aussi **d'un manifeste revendiquant pour les femmes la liberté et les mêmes droits que les hommes** : constitutionnel (article IV), pénal (VII à IX), d'expression (X et XI), fiscal (XIII à XV), de propriété (XVII). Les articles XII et XVI soulignent l'importance pour la société tout entière de garantir les droits des femmes.

– Olympe de Gouges **dénonce la condition des femmes** qui, mariées ou non, subissent la tyrannie des hommes et ne peuvent accéder aux responsabilités alors qu'elles ont participé à la Révolution. Sous l'Ancien Régime, selon l'auteure, elles exerçaient secrètement le pouvoir grâce à leurs charmes ; mais la Révolution a mis fin à cette immoralité de l'aristocratie sans donner aux femmes le moyen de jouer un rôle dans la vie politique.

C Parcours : « Écrire et combattre pour l'égalité »

• **Écrire et combattre.**

– L'intitulé du parcours rapproche **deux verbes que l'on pourrait être tenté d'opposer**. En effet, l'écrivain est souvent présenté comme un être replié sur son œuvre, aux antipodes de l'homme d'action. Mais de nombreux auteur(e)s ont été aussi des hommes ou des femmes d'action tels George Sand (une femme), Albert Camus, ou le romancier anglais George Orwell.

– Une autre façon de relier les deux verbes est de considérer avec **Jean-Paul Sartre** que **la plume peut être prise pour une épée**. Ainsi, pour lutter contre le totalitarisme qui fait de certains hommes des esclaves, George Orwell s'est battu aux côtés des Républicains durant la guerre d'Espagne et a écrit *La Ferme des animaux*.

• **Le combat pour l'égalité.** Se battre pour l'égalité consiste souvent à débusquer les inégalités de tous ordres. On peut identifier trois grands domaines de lutte :

– **L'égalité des sexes.** Le combat semble récent mais déjà au Moyen Âge, avec Christine de Pizan (ou Pisan), les femmes tentaient de s'affirmer. Ce combat, selon les époques et les cultures, connaît des formes et des enjeux variés.

– **La lutte contre le racisme.** Après Montesquieu et Voltaire, qui dénonçaient l'esclavage au XVIIIe siècle, on peut citer *La Case de l'oncle Tom* de la romancière Harriet Beecher Stowe (1852) ou *La Couleur des sentiments* de Kathryn Stockett (2009).

– **L'égalité sociale.** Les auteurs sont nombreux à dénoncer l'injustice sociale : Victor Hugo et Émile Zola ou Charles Dickens…

Les causes peuvent se croiser comme dans le film *Les Figures de l'ombre* de Theodore Melfi (2016) rendant hommage aux mathématiciennes afro-américaines, qui ont travaillé pour la NASA au début de la conquête spatiale.

17 Étudier un récit

De l'épopée antique à l'autofiction contemporaine en passant par les grands romans réalistes ou naturalistes du XIXe siècle, la **palette des genres narratifs** est très étendue. Certaines techniques sont toutefois communes.

1 Techniques narratives

A Histoire et récit : le traitement du temps

• **L'histoire et le récit.** Histoire et récit sont à distinguer : l'**histoire** concerne l'enchaînement des événements et suit, nécessairement, un déroulement chronologique, alors que le **récit** est la mise en forme de l'histoire par un narrateur, qui raconte, à sa manière, ce qui s'est passé.

Des études portant sur les contes ont montré que l'histoire s'organisait, le plus souvent, selon un **schéma narratif** identique. Ce schéma ne s'étudie que sur une histoire complète, principalement les contes, fables et nouvelles, qui forment un tout, et cet outil n'est donc pas pertinent pour étudier une simple page de roman.

• **Le traitement du temps.** Le récit est le fait d'un narrateur qui prend position par rapport à l'histoire. Plusieurs démarches peuvent se combiner, jouant sur la position du narrateur par rapport au fait raconté ou sur le rythme du récit.

> **Notion-clé**
>
> **Le schéma narratif :**
> – la situation initiale est stable ;
> – l'élément perturbateur rompt l'équilibre initial…
> – … et déclenche les péripéties ;
> – l'élément de résolution apporte une réponse au problème posé au départ ;
> – la situation finale est stable.

Récit chronologique	Le narrateur raconte les événements dans l'ordre où ils se sont produits.
Retour en arrière ou analepse	Le narrateur évoque des événements antérieurs à l'action principale.
Anticipation ou prolepse	Le narrateur évoque des événements qui se produiront plus tard.
Ellipse	Le narrateur saute certains moments jugés peu importants.
Sommaire	Le narrateur résume certains moments jugés peu importants.
Pause	Le narrateur interrompt son récit pour insérer une description ou émettre un jugement.

B Histoire et récit : la position du narrateur

La position du narrateur par rapport à l'histoire n'est pas toujours la même :

• **Narrateur externe.** Le narrateur n'appartient pas à l'histoire, qui semble se raconter toute seule, à la **3e personne**. Cependant il peut arriver que l'**auteur**, par de ponctuelles **intrusions**, vienne exprimer son opinion.

> **Notion-clé**
>
> **L'auteur** est la personne bien réelle qui a écrit l'œuvre (tableau, musique, roman, essai…) ; **le narrateur** est la personne qui raconte une histoire. Dans le récit fictif à la 1re personne, il faut distinguer l'auteur (réel) et le narrateur (fictif).

• **Narrateur interne.** Qu'il soit partie prenante de l'action ou simple témoin, le narrateur prend la parole à la **1re personne** et exprime sa **subjectivité**. Il **se raconte**, comme dans *À la recherche du temps perdu*, ou bien il **évoque un personnage qu'il a connu**, comme dans *Le Grand Meaulnes* d'Alain-Fournier.

• **Les points de vue.** On appelle « point de vue » (ou « focalisation ») l'angle selon lequel le narrateur présente les événements ; cet angle peut changer au cours du récit, et certains écrivains, tel Flaubert, aiment à glisser d'un point de vue à un autre.

Point de vue omniscient ou « focalisation zéro »	L'auteur sait tout de ses personnages.
Point de vue (ou focalisation) externe	Le lecteur voit ce qui se passe comme s'il se tenait devant la scène représentée.
Point de vue (ou focalisation) interne	Le lecteur voit ce qui se passe par les yeux d'un personnage.

C L'insertion du dialogue : les paroles rapportées

• **Le discours direct.** Les paroles sont rapportées **telles qu'elles ont été prononcées** et insérées dans le récit par des **propositions introductrices** placées au début de la réplique ou bien par des **propositions incises** appelées aussi **« incises narratives »**. Les intonations sont exprimées par la ponctuation et le verbe de parole employé *(murmurer, crier…).*

• **Le discours indirect.** Les paroles sont **insérées dans une proposition subordonnée**, et l'intonation de l'oral a disparu. Les personnes et les temps sont modifiés. Le futur du discours direct devient, par exemple, un présent du conditionnel.

• **Le discours indirect libre garde l'intonation de la parole prononcée** sans recourir à des guillemets ou des incises. Les temps du récit et la 3e personne sont conservés. Très souvent employé par Flaubert et Maupassant, il permet d'entrer dans la pensée du personnage.

Ex. : Les pensées de Jeanne en discours indirect libre : *« Et parfois elle s'arrêtait tout à coup, et s'asseyait au bord de la route pour réfléchir à des choses tristes. Pourquoi n'avait-elle pas été aimée comme les autres ? Pourquoi n'avait-elle pas même connu les simples bonheurs d'une existence calme ? »* (Maupassant, *Une vie*, 1883).

• **Le discours narrativisé.** Les propos du personnage sont simplement **résumés**, et c'est au lecteur de les imaginer avec les renseignements donnés.

D L'insertion de la description

• Les techniques d'insertion de la description dans un récit

– Certains auteurs choisissent de glisser les **notations descriptives** dans la narration proprement dite, sous forme de petites touches brèves qui ne viennent pas interrompre le cours du récit.

– La description peut aussi être placée à l'occasion d'une pause dans la narration, pour poser le cadre ou parce que l'action justifie cette insertion. On parlera alors de « pause descriptive ».

Ex. : La description de la pension Vauquer et de sa gérante au début du *Père Goriot* de Balzac.

– D'autres romanciers ont recours au **point de vue interne** pour insérer une description. Le personnage arrive dans un endroit nouveau et prête son regard au lecteur.

Ex. : La célèbre scène de la première rencontre de Frédéric Moreau avec Madame Arnoux au début de *L'Éducation sentimentale* (1869) de Flaubert : *« Frédéric, pour rejoindre sa place, poussa la grille des Premières, dérangea deux chasseurs avec leurs chiens. Ce fut comme une apparition : elle était assise, au milieu du banc, toute seule ; ou du moins il ne distingua personne, dans l'éblouissement que lui envoyèrent ses yeux. »*

La gérante de la pension Vauquer. ▶

- **L'organisation de la description.** Lorsqu'elle constitue une pause dans le récit, la description est **organisée** : la progression est verticale ou horizontale, d'une vision d'ensemble à une représentation précise, d'un plan à un autre pour créer un effet de profondeur.

- **Les fonctions de la description**

Effet de réel	La description donne l'illusion que le cadre et l'intrigue sont réels. Parfois même, le décor fictif du roman trouve sa place dans un contexte réel : le Paris sous Haussmann dans *Au Bonheur des dames* de Zola, par exemple.
Fonction informative	Le texte a une visée didactique : décrire un milieu de façon précise, scientifique.
Fonction symbolique ou programmatique	La description contribue à élaborer le sens même du roman et annonce ce qui va se passer : c'est souvent le cas dans les romans de Zola.
Fonction esthétique	Le romancier manie sa plume comme un pinceau (les descriptions impressionnistes dans *L'Œuvre* de Zola, par exemple).

- **Le portrait** est une forme particulière du **discours descriptif**. On distingue, en général, le portrait physique du portrait moral, mais les deux sont liés quand les romanciers s'attachent à faire passer, par une silhouette ou un visage, des informations sur le caractère de leur personnage.

Ex. : Dans les premières pages du *Colonel Chabert*, Balzac fait de son héros une créature fantastique, digne d'un tableau de Rembrandt en clair-obscur, afin d'exposer, de façon implicite, le destin particulier de ce soldat que l'on a cru mort.

2 Identité et rôle des personnages

A Une identité et une personnalité

En apportant des détails sur le milieu évoqué et sur ses personnages, l'écrivain donne naissance à l'illusion romanesque. Les héros semblent au lecteur de véritables personnes à qui il peut s'identifier.

- **Le nom du personnage**

Dans le conte, les personnages n'ont pas toujours de nom (le roi, la fée…) ou bien ils ont un surnom (Cendrillon, Candide). Les héros des nouvelles ou des romans ont, de leur côté, une identité. Tout d'abord, ils ont un nom, et **ce nom peut être particulièrement significatif**.

> **Roman-clé**
>
> ***Madame Bovary* de Flaubert :** le nom de jeune fille de l'héroïne est Emma Rouault. Le titre choisi par le romancier efface le prénom du personnage pour inscrire un statut social (une femme mariée : « *Madame* ») qui sera au cœur de l'intrigue et de la réflexion sur la société.

Ex. : La particule d'Eugène de Rastignac le situe dans le monde de l'aristocratie et lui ouvre les portes des salons de la noblesse (Balzac, *Le Père Goriot*).

Souvent le personnage romanesque fait corps avec son milieu.

Ex. : Conformément au déterminisme cher à Zola (voir p. 79), Claude Lantier *(L'Œuvre)* se définit par le milieu des peintres auquel il appartient et qu'il contribue à représenter.

- **La personnalité**

Les personnages des contes sont, en général, simplifiés à l'extrême. Candide, par exemple, incarne la naïveté suggérée par son prénom. Les héros de romans sont, eux, beaucoup plus complexes : les **données physiques et psychologiques** viennent étoffer leur portrait. Et différents procédés permettent de leur donner vie :

Portrait complet du personnage	Le portrait du colonel Chabert au début du roman de Balzac.
Notations descriptives	Le portrait de Madame Arnoux au fil de *L'Éducation sentimentale* de Flaubert.
Monologue intérieur	Les rêveries de Madame Bovary dans le roman de Flaubert.
Confrontation entre les personnages	Rastignac tenté par Vautrin et Bianchon dans *Le Père Goriot* de Balzac.

B Le personnage : héros ou antihéros ?

• **Un modèle.** Héritier du héros de l'Antiquité, de ce demi-dieu qui accomplit des exploits, le héros peut être considéré comme un modèle à suivre. C'est ce qui se passe dans les **épopées**, les **récits de chevalerie** à la gloire des valeurs médiévales. Les **romans d'aventures**, tels *Le Comte de Monte-Cristo* d'Alexandre Dumas ou *Michel Strogoff* de Jules Verne, s'inscrivent aussi dans cette lignée, de même que certains contes qui présentent des modèles de comportement (la patience et la douceur de Cendrillon, par exemple). Le lecteur est invité à s'identifier à un modèle de courage, de vertu ou d'intelligence.
Dans ce cas, le personnage est, avant tout, un instrument au service de l'éducation du lecteur.

• **Un modèle détourné.** Le modèle épique s'estompe au fil des siècles, et les personnages se font de plus en plus humains. On peut même avancer que la naissance du roman s'accompagne d'une désacralisation du héros, avec le personnage de **Don Quichotte**, le héros médiocre et décalé du roman de Cervantès (1605-1615).

Certains romanciers inversent même les valeurs héritées de l'épopée pour imaginer des héros dont le triomphe repose sur un détournement de la morale.

Ex. : Bel-Ami, le personnage du roman éponyme de Maupassant.

• **Un miroir.** Davantage qu'un modèle ou qu'un repoussoir, le personnage du roman ou de la nouvelle est, le plus souvent, un miroir dans lequel le lecteur cherche une analyse de ses propres sentiments et émotions.

Ex. : Ainsi, Marcel Proust décortique la jalousie dans *Un amour de Swann*.

C Personnages et intrigue : le schéma actanciel

Selon le schéma actanciel de Greimas, les personnages se définissent par la place qu'ils occupent dans l'intrigue. On distingue six fonctions :

Le sujet	Moteur principal de l'action, il accomplit une quête.
L'objet	Il est le but de cette quête.
L'adjuvant	Il aide le sujet.
L'opposant	Il contrarie le parcours du sujet.
Le destinateur	À l'origine de l'action du sujet, il le pousse à agir.
Le destinataire	Il tire profit de cette action.

Rappel

Les personnages peuvent changer de **fonction** au cours du roman. Les six forces répertoriées ci-contre ne sont pas nécessairement incarnées par des personnages : il peut s'agir d'institutions ou de valeurs.

D Les fonctions du personnage

• **La représentation d'un type.** Le personnage peut représenter **un type humain ou une catégorie sociale**.

– Dans les contes populaires et philosophiques, les personnages se réduisent souvent à **une seule caractéristique** : par exemple la méchanceté (les sœurs de Cendrillon, Vanderdendur dans *Candide*) ou bien l'intelligence (le Petit Poucet, Zadig).

– Chez Balzac, les personnages, bien que dotés d'une personnalité plus riche que les héros des contes, représentent aussi un **type humain** : le père Goriot symbolise la paternité malheureuse, Grandet *(Eugénie Grandet)* l'avarice, Rastignac l'ambition sociale…

– Chez Zola, la famille de Maheu, dans *Germinal* (1885), illustre la **condition sociale** misérable des mineurs ; les différents membres de la famille, masculins ou féminins, jeunes ou âgés, incarnent divers destins possibles.

• **Au service d'une cause.** Le personnage, principalement dans le roman et la nouvelle, peut aussi exprimer la vision du monde de l'écrivain, voire son **engagement**.

Ex. : Victor Hugo, en écrivant son court récit *Claude Gueux*, puis son grand roman *Les Misérables*, dénonce la misère du peuple et l'injustice d'une société qui punit au lieu de soigner et d'éduquer. Le destin de Jean Valjean, ancien forçat désireux d'aider les plus pauvres, sert la cause de l'auteur.
Émile Zola *(Germinal, L'Assommoir)* dénonce la misère des ouvriers ou, au contraire, fait l'éloge de la modernité *(Au Bonheur des dames)*.
Albert Camus, au XXe siècle, invente les personnages de *La Peste* pour montrer nos différentes réactions face à une situation de crise et souligner l'importance de l'action au service des hommes.

• **L'illusion de réel.** En choisissant de placer certains personnages au premier plan, le récit ne donne qu'une « vision » (Maupassant) et non une photographie de la réalité. Le lecteur suit des héros qui se détachent en se distinguant des autres personnages – ce qui crée une illusion de réel. On distingue ainsi traditionnellement :
– les personnages principaux ;
– les personnages secondaires ;
– les figurants anonymes que les héros croisent en diverses circonstances…
Balzac, en inventant le **retour des personnages** d'un roman à un autre (un personnage de premier plan dans une œuvre fait une apparition dans un autre récit), crée un véritable **univers romanesque parallèle au réel** – avec son notaire (Derville) ou son médecin (Bianchon). Grâce à ce procédé qui sera, ensuite, repris par d'autres romanciers (la famille des Rougon-Macquart de Zola, par exemple), la fiction devient un trompe-l'œil efficace.

3 Les différents genres narratifs

A Les récits vrais (principaux genres)

L'autobiographie	L'auteur raconte sa propre vie ; il emploie un point de vue rétrospectif en proposant un retour en arrière sur les événements qu'il a vécus. Il raconte et analyse les faits passés en demandant à son lecteur d'accorder crédit à ses propos. Il peut écrire pour mieux se comprendre, se justifier, étudier la nature humaine. On considère que Rousseau a ouvert la voie de l'autobiographie avec *Les Confessions*.
Le journal intime	Le récit de vie n'est pas rétrospectif mais s'écrit au fil des jours.
Les Mémoires	L'auteur évoque sa vie parce qu'il a vécu des événements historiques importants. C'est le cas de Chateaubriand *(Mémoires d'outre-tombe)* ou du général de Gaulle *(Mémoires de guerre)*.
La biographie	L'auteur raconte, de façon plus ou moins romancée, la vie d'une autre personne.

Il peut arriver que fiction et vérité se mêlent étroitement, soit que l'auteur modifie, consciemment ou non, les événements, soit qu'il choisisse de recourir au détour de la fiction (autofiction) pour parler de lui, comme dans certains romans de Marguerite Duras *(L'Amant, L'Amant de la Chine du Nord)* ou dans *W ou le Souvenir d'enfance* de Georges Perec.

B Les récits fictifs

Selon la longueur de l'œuvre et sa visée, on distingue plusieurs genres :

Le roman	Long récit dans lequel les personnages peuvent être nombreux et complexes, les intrigues multiples.
La nouvelle	Récit resserré dans lequel les personnages et les péripéties sont réduits.
L'apologue (conte, fable)	Récit court à visée didactique (l'histoire véhicule une leçon).

C La place dominante du roman

• **Définition.** Le roman se définit, sans doute, par son souci **de donner vie à un monde complexe** qui associe **mensonge et vérité**. Fruit d'une création, comme le rappelle Proust en faisant œuvre de romancier et non d'autobiographe, le genre romanesque nous invite à pénétrer dans un monde original qui, pourtant, d'une manière ou d'une autre, ressemble au nôtre.

▲ *Vingt Mille Lieues sous les mers* de Jules Verne.

• **La diversité du genre romanesque**

– **Priorité à l'intrigue.** Certains romans accordent la priorité à l'intrigue : c'est le cas des **romans d'aventures** ou **de science-fiction**, héritiers, pour nombre d'entre eux, des épopées antiques. Le **roman policier**, notamment lorsqu'il est centré sur une énigme à résoudre, appartient aussi à cette catégorie.

– **Priorité à l'analyse psychologique.** On parle alors de « **romans d'analyse** » (Madame de Lafayette en est le précurseur avec *La Princesse de Clèves*) ou bien encore de « **romans d'apprentissage** » lorsqu'ils montrent l'évolution d'un personnage en prise avec la société.

– **Priorité à la représentation du réel.** Le roman **historique** cherche à faire vivre le passé et s'en approche au plus près. De nombreux romanciers privilégient l'analyse de la **société**, pour la transformer, comme Victor Hugo avec *Les Misérables*, ou bien dans un but presque scientifique, comme Balzac, écrivain réaliste, et Zola, chef de file du naturalisme. Pour les **réalistes** ou les **naturalistes** (voir p. 79), les personnages et l'intrigue sont ainsi des instruments au service d'une démonstration.

– **Priorité à la création.** Le romancier puise, dans la réalité historique ou autobiographique, un matériau qui nourrit une œuvre originale, dotée de sa propre vie.

Œuvre-clé

***À la recherche du temps perdu* de Marcel Proust** (1871-1922) comprend sept volumes (dont *Du côté de chez Swann* en 1913, *À l'ombre des jeunes filles en fleurs* en 1918, *Le Temps retrouvé* en 1927). L'écrivain s'inspire de sa propre vie pour écrire un roman dont l'ambition est de lutter contre le temps destructeur en créant une œuvre d'art éternelle.

18 Le récit, des origines à la Renaissance

Dans l'Antiquité, l'épopée est un genre prestigieux ; au Moyen Âge, le roman, qui lui succède, est un genre populaire.

L'ÉPOPÉE →	L'ÉPOPÉE MÉDIÉVALE →		LES RÉCITS HUMANISTES DE RABELAIS	
L'*Iliade* et l'*Odyssée* d'Homère (VIIIe s. av. J.-C.)	*Chanson de Roland* (fin XIe s.)	*Le Roman de la Rose* de G. de Lorris et J. de Meung (XIIIe s.)	*Pantagruel* (1532)	*Gargantua* (1534)

1 L'épopée

A Épopée antique et action

Dans l'*Iliade* et l'*Odyssée* d'**Homère** (VIIIe siècle av. J.-C.), les péripéties s'enchaînent : scènes de combat (Achille et Hector), retournements de situation (la ruse du cheval de Troie)… Ces épopées inspireront nos romans d'aventures et de science-fiction.

Rappel

À l'origine de nos romans d'apprentissage : Ulysse, orgueilleux et curieux au début de son voyage, devra apprendre la patience et la modestie pour triompher des épreuves.

B Épopée antique et héros

L'*Iliade* et l'*Odyssée* mettent en scène des **personnages hors du commun** capables de nous éblouir par leur force (Achille) ou leur ruse (Ulysse). Virgile s'inspire de ces deux épopées fondatrices pour glorifier Rome et son héros Énée (*Éneide*, Ier siècle av. J.-C.). Mais les héros épiques, dont le destin est tracé par les dieux, demeurent, avant tout, des symboles et non des êtres de chair.

2 Naissance du mot *roman*

A Sens premier du mot

Au Moyen Âge, le mot *roman* désigne la langue populaire pour la distinguer du latin. Cette étymologie nous éclaire tout en rappelant deux caractéristiques du roman : sa **laïcité** et sa **dimension populaire**.

B La chanson de geste et les romans médiévaux

- Les romans de chevalerie et les romans courtois, plus proches de l'épopée que du roman, sont, en fait, de **longs poèmes en vers** écrits en langue romane.
- **Les chansons de geste,** telle la *Chanson de Roland*, défendent les **valeurs guerrières** de l'honneur, du **courage** et de la **fidélité**. Le chevalier Roland qui, tombé dans un piège tendu par un traître, se bat jusqu'à la mort sans demander de l'aide est un modèle d'héroïsme selon les critères du Moyen Âge.

Mort de Roland à la bataille de Roncevaux. ▶

• **Les romans courtois** mettent aussi en avant les qualités extraordinaires des **preux chevaliers**, mais les héros combattent autant pour une dame que pour leur suzerain ou pour la réalisation d'une **quête prestigieuse** comme celle du Graal. Outre les différentes versions de la légende de Tristan et Iseut au XIIe siècle, on retiendra les romans de Chrétien de Troye (XIIe siècle) tels *Le Chevalier au lion* ou *Le Conte du Graal*, dont d'autres auteurs imagineront la suite au XIIIe siècle. On peut citer aussi *Le Roman de la Rose* de Guillaume de Lorris puis Jean de Meung (XIIIe siècle) qui raconte, de façon métaphorique, une conquête amoureuse.

Œuvre-clé

Le ***Roman de Renart***, qui comprend 80 000 vers, est constitué de courts récits indépendants composés par différents auteurs à partir du XIIe siècle. Les héros sont des animaux, notamment Renart le goupil (le renard) et Ysengrin le loup. Les auteurs s'amusent souvent à parodier les romans de chevalerie.

• **Les lais,** tels ceux de Marie de France, présentent de courtes histoires destinées à faire rêver le lecteur ou à lui proposer une analyse des sentiments.

• **Les fabliaux** (XIIIe-XIVe siècles) s'inspirent de la vie quotidienne des citadins et des vilains (paysans libres).

3 Rabelais et le récit humaniste au XVIe siècle

A L'humanisme

Ce mouvement qui va transformer les mentalités en Europe se développe d'abord en **Italie dès la fin du XIVe siècle** : les artistes et les intellectuels se tournent vers **le savoir et la culture gréco-latins**, tout en formant le projet d'explorer les espaces inconnus. Les **découvertes scientifiques de Copernic (1473-1543) qui seront confortées par Galilée (1564-1642)** et les **progrès de l'imprimerie dès le XVe siècle** contribuent à changer les repères et donnent à l'homme un pouvoir sur le monde qui l'entoure.
L'humanisme se répand en Europe : le mot désigne à la fois les humanités (la culture antique) et la dignité de l'homme.

B Rabelais et les géants

Médecin humaniste, grand érudit, **Rabelais** (v. 1494-1553) exprime sa **confiance en l'homme** dans quatre récits divertissants destinés à amuser autant qu'à instruire car, à la Renaissance, on ne saurait dissocier les plaisirs du corps de ceux de l'esprit. **Rabelais nous fait rire** *(« Rire est le propre de l'homme »)* **tout en exprimant les valeurs essentielles de l'humanisme,** notamment le respect de l'autre et l'éducation.

Bien qu'ils développent des récits de fiction, on peut penser que *Gargantua* et *Pantagruel* ne sont pas des romans comme on l'entend aujourd'hui. En effet, les péripéties paraissent s'enchaîner au hasard des circonstances et les héros ne sont pas dotés d'une psychologie complexe ; ils sont là pour divertir en incarnant les valeurs humanistes.

Roman-clé

Le récit ***Gargantua*** paraît en 1534, deux ans après ***Pantagruel***, avec le titre *La Vie très horrifique du grand Gargantua, père de Pantagruel, jadis composée par M. Alcofribas abstracteur de quinte essence – Livre plein de pantagruélisme.* Gargantua, fils de Grandgousier et de Gargamelle, est le père de Pantagruel.

Pantagruel par Gustave Doré. ▶

19 Le récit au XVIIe siècle

Au XVIIe siècle, tandis que le conte divertit et instruit, le roman prend son essor ; le genre n'étant pas encore codifié, il présente des formes variées qui continueront de se diversifier par la suite.

Cervantès,
Don Quichotte
(1605-1615)

Madame de Lafayette,
La Princesse de Clèves
(1678)

Charles Perrault,
Histoires ou Contes du temps passé (Contes de ma mère l'Oye)
(1697)

1 L'essor du genre romanesque

A Les débuts du roman

Le roman est, au départ, un **divertissement mondain** qui ne prétend aucunement égaler la poésie ou la tragédie, toutes deux considérées comme des genres nobles. Les femmes sont les principales lectrices de ces œuvres dont la publication se poursuit, parfois, sur plusieurs années.

Progressivement, le genre s'affirme et séduit des auteurs désireux de faire partager à leurs lecteurs leurs **réflexions philosophiques** et leur **vision du monde**.

B Le développement de l'individualisme

Certes, il existe des récits depuis d'Antiquité : les épopées d'Homère et de Virgile, les chansons de geste, les romans courtois, les lais et fabliaux, les récits de Rabelais… Mais il faut attendre le XVIIe siècle pour découvrir des personnages qui ne sont plus de simples pantins incarnant un modèle (héros courageux ou sage humaniste).
À une époque où l'individualisme gagne du terrain, où l'homme commence à acquérir son indépendance par rapport à Dieu et aux valeurs de Son monde, il devient possible de créer des personnages qui se définissent justement par le fossé qu'ils creusent entre eux et leur environnement.

Ex. : Le géant Gargantua de Rabelais (XVIe siècle) n'est pas un héros de roman car il fait corps avec le projet humaniste qu'il incarne. À l'inverse, l'héroïne de Madame de Lafayette, la princesse de Clèves (XVIIe siècle), trace elle-même son destin, contre l'avis de son milieu.

C Deux œuvres fondatrices

• ***L'Ingénieux Gentilhomme Don Quichotte de la Manche* (1605-1615).** Ce roman de l'auteur espagnol **Cervantès** raconte les aventures d'un pauvre noble épris de chevalerie. Mais le preux Don Quichotte ne trouve pas de combat à sa mesure. Ce personnage décalé inaugure le héros solitaire, en marge d'une société dont les valeurs nouvelles lui restent étrangères. À sa manière, Emma Bovary (Flaubert, 1857), qui ne comprend pas la réalité et rêve sa vie, est une descendante de Don Quichotte.

• *La Princesse de Clèves* (1678). **Madame de Lafayette** met en scène une héroïne tragique, éprise du duc de Nemours mais fidèle à son mari. Les personnages idéalisés acquièrent, ici, une psychologie et une force individuelle. Prisonnière des lois de la Cour, la Princesse **affirme sa liberté** et, même après la mort de son mari, se refuse à l'homme qu'elle aime pourtant passionnément.

Ce roman, écrit par une femme de la Cour pour les lectrices des salons, est bien plus qu'un roman précieux. La multiplicité des péripéties romanesques a fait place à un resserrement autour du déchirement tragique vécu par le personnage.

D Des genres variés

D'autres œuvres, de tonalités variées, sont aussi à retenir.

• **Le roman sentimental.** À partir de 1607, *L'Astrée* d'Honoré d'Urfé inaugure la mode des bergers et des paysages bucoliques. Le roman renoue avec la littérature courtoise en faisant de la femme aimée un être inaccessible. Le **mouvement précieux**, qui rejette l'ordinaire, compose des œuvres qui codifient le parcours amoureux, comme chez **Mademoiselle de Scudéry** avec la « carte du Tendre ».

• **Le roman héroïque et ses parodies.** S'inspirant de l'épopée, le roman héroïque fait l'éloge de personnages de l'Antiquité ou du Moyen Âge. Il suscite la parodie, et certains romanciers, comme **Scarron** (*Le Roman comique*, 1651-1657), se moquent de cet idéalisme.

> **Citation-clé**
> La scène du bal au début de *La Princesse de Clèves* fonde le *topos* romanesque de la première rencontre : « *Monsieur de Nemours fut tellement surpris de sa beauté que, lorsqu'il fut proche d'elle, et qu'elle lui fit la révérence, il ne put s'empêcher de donner des marques de son admiration. Quand ils commencèrent à danser, il s'éleva dans la salle un murmure de louanges.* »

• **Le roman philosophique.** La forme romanesque peut devenir un **instrument de réflexion** : **Cyrano de Bergerac** (1619-1655) écrit *Les États et Empires de la Lune* puis *Les États et Empires du Soleil*, deux utopies qui dénoncent le réel ; en 1699, **Fénelon** mêle pensées philosophiques et politiques dans *Les Aventures de Télémaque*.

2 Charles Perrault : un Moderne

A Le contexte : la querelle des Anciens et des Modernes

La Renaissance a pris l'Antiquité comme référence. Dans la première moitié du siècle, les quelques auteurs, dont Corneille, qui tentent de s'affranchir de ces modèles anciens sont rappelés à l'ordre.

La querelle entre les Anciens (Boileau, Bossuet, Racine, La Bruyère…) et les Modernes (Perrault, Fontenelle…) est ouvertement déclenchée, en 1687, lorsque Charles Perrault présente, à l'Académie française, son poème *Le Siècle de Louis le Grand* dans lequel il place la littérature de son époque au-dessus de celle des Latins.

B Les contes publiés en 1697

Pour se démarquer des modèles antiques qu'il rejette, Charles Perrault réunit les **contes populaires** transmis par la tradition orale et leur donne une forme littéraire. Lus dans les salons, ils sont davantage destinés aux femmes qu'aux enfants.

Ex. : Dans « Le Petit Chaperon rouge », la fillette qui a obéi sagement finit dévorée par le loup. C'est la mère, parce qu'elle a imprudemment envoyé sa fille dans les bois sans l'avertir des dangers, qui est punie chez Perrault : les femmes sont bien les destinataires du conte.

20 Le récit au XVIIIe siècle

Tandis que le conte s'avère un moyen de contourner la censure pour exprimer les valeurs des Lumières, le roman, profitant de ce qu'il échappe à toute codification, prend son essor et acquiert ses lettres de noblesse.

Montesquieu, *Lettres persanes* (1721) — **Abbé Prévost,** *Manon Lescaut* (1731) — **Voltaire,** *Candide* (1759) — **Rousseau,** *La Nouvelle Héloïse* (1761) — **Diderot,** *Jacques le Fataliste* (1765-1784) — **Choderlos de Laclos,** *Les Liaisons dangereuses* (1782)

1 L'essor des genres narratifs

A Le contexte : un souffle de liberté

Sous la régence de Philippe d'Orléans (1715-1723), puis sous Louis XV et Louis XVI, les fêtes se multiplient, le libertinage des mœurs accompagne les idées nouvelles. La fantaisie et les subtilités du langage sont à la mode. Dans les cafés, qui abondent, les philosophes échangent leurs réflexions sur le monde, la société, les institutions…

B Le succès du roman

Ayant échappé à la codification littéraire, le roman est le genre idéal pour les écrivains en quête de liberté et trop à l'étroit dans l'esthétique classique. Sa forme convient parfaitement aux auteurs qui souhaitent faire passer des idées et une sensibilité nouvelles.

C Réalisme et analyse psychologique

Les écrivains du Siècle des lumières imaginent des intrigues qui se déroulent au cœur de la **réalité** : **passion et société** dans *La Nouvelle Héloïse* (1761) de Rousseau, **liberté féminine** dans *La Vie de Marianne* de Marivaux (1731-1741) ou *La Religieuse* de Diderot (1796)… On aurait tort de penser que seule la raison trouve grâce aux yeux des auteurs du XVIIIe siècle. C'est l'être humain tout entier, avec ses raisonnements mais aussi ses sentiments, qui les intéresse.

Info-clé

En Angleterre, ***Robinson Crusoé***, écrit par Daniel Defoe en 1719, souligne la force dominatrice de l'homme civilisé et fonde un mythe que les auteurs continuent de décliner.

D La naissance de l'autobiographie

Les Confessions, que Rousseau publie en 1782, sont considérées comme la première autobiographie car l'auteur part en quête de lui-même, se raconte pour mieux se comprendre et confie au lecteur le soin de garantir la sincérité de son portrait.

Citation-clé

« Je veux montrer à mes semblables un homme dans toute la vérité de la nature ; et cet homme ce sera moi » (Rousseau, première page des *Confessions*).

2 La diversité des formes romanesques

A Le roman picaresque

Venu d'Espagne au XVIIe siècle, le roman picaresque est une forme de **roman d'aventures** où les péripéties se multiplient : *Histoire de Gil Blas de Santillane* (publié entre 1715 et 1735) de Lesage. Voltaire s'en moque en multipliant, dans ses contes, les péripéties invraisemblables.

B Le roman épistolaire

- Si les romans épistolaires prolifèrent au XVIIIe siècle, c'est sans doute pour plusieurs raisons : l'illusion de réel qu'ils procurent, le goût pour le naturel, la possibilité de l'analyse psychologique.
- Dans les *Lettres persanes*, la lettre est avant tout un moyen, pour Montesquieu, de présenter avec un regard neuf (celui des Persans) la vie et les institutions françaises.
- En 1761, dans une tout autre tonalité, **Rousseau** écrit *La Nouvelle Héloïse*, un vaste roman qui raconte l'amour impossible de Julie et de Saint-Preux. Le titre fait allusion à la correspondance célèbre du moine Abélard et de la jeune Héloïse au Moyen Âge.
- L'utilisation que **Laclos** fait de la lettre en 1782 est encore différente : *Les Liaisons dangereuses* est un roman libertin dans lequel seul le dénouement sauve la morale.

C Les pseudo-Mémoires

Dans un souci de réalité, de nombreux romans prennent la forme de Mémoires et donnent l'**illusion de l'authenticité** : *La Vie de Marianne* de Marivaux ou encore *Manon Lescaut* de l'**abbé Prévost**.

D Un roman novateur : *Jacques le Fataliste* de Diderot

Ce roman, dont l'écriture s'étend de 1765 à 1784, date de la mort de son auteur, se noue et se dénoue en permanence pour mieux surprendre le lecteur. Diderot poursuit une réflexion sur la fatalité et la liberté dans un récit qui se permet même de se moquer de son lecteur : « *Vous voyez, lecteur, que je suis en beau chemin, et qu'il ne tiendrait qu'à moi de vous faire attendre, un an, deux ans, trois ans, le récit des amours de Jacques, en le séparant de son maître et en leur faisant courir à chacun tous les hasards qu'il me plairait.* »

3 Le conte

A La découverte des *Mille et Une Nuits*

À partir de 1704, Antoine Galland traduit de l'arabe le recueil anonyme des *Mille et Une Nuits*. Les féeries orientales séduisent le public.

B Les contes destinés aux enfants

Le XVIIIe siècle s'intéresse à l'éducation des enfants, et certains récits connaissent un succès qui traverse les siècles comme *La Belle et la Bête* publiée par Madame Leprince de Beaumont en 1757.

C Les contes de Voltaire

Pour se moquer de ses contemporains ou des genres à la mode mais aussi pour critiquer les institutions et exprimer ses idées, Voltaire reprend et **détourne le genre du conte**. Les héros (Zadig, Candide, l'Ingénu) posent un **regard distancié sur la réalité** (voir aussi p. 61).

21 Le récit au XIXe siècle

Le roman est le **genre majeur du XIXe siècle.** Mode d'expression favori de la bourgeoisie, il profite du développement des villes et d'une plus grande diffusion du livre et de la presse. Les nouvelles, aussi appelées « contes », occupent une place importante, notamment en raison de leur parution dans les journaux.

Balzac, *La Comédie humaine* (1829-1850)

Stendhal, *Le Rouge et le Noir* (1830)

Flaubert, *Madame Bovary* (1857)

Hugo, *Les Misérables* (1862)

Zola, *Les Rougon-Macquart* (1871-1893)

1 Le récit romantique

A Roman et romantisme en Angleterre et aux États-Unis

- Si le romantisme français s'exprime surtout au théâtre et en poésie, la situation n'est pas la même en Angleterre où ce courant donne naissance au roman noir (*Dracula* de Bram Stoker, 1897), aux romans psychologiques des sœurs Brontë ou aux œuvres engagées de Dickens (*David Copperfield*, 1849-1850).
- L'Américain Edgar Poe choisit la forme resserrée de la nouvelle pour donner toute leur force à ses récits fantastiques qui seront traduits par Baudelaire (*Histoires extraordinaires*, 1856).

B Le roman et l'expression du *moi*

La sensibilité romantique s'épanche dans une poésie lyrique et trouve peu sa place dans le genre romanesque. On citera, quand même, les récits *Atala* (1801) et *René* (1802) de **Chateaubriand**, les romans *Adolphe* (1816) de Benjamin Constant et *La Confession d'un enfant du siècle* (1836) de **Musset**.

C Le récit engagé

- L'écrivain romantique se doit de **guider les hommes** et d'**améliorer leur sort**. **Victor Hugo** s'en prend à une société qui punit au lieu d'éduquer en imaginant le personnage de Jean Valjean dans *Les Misérables*. Il avait déjà pris parti contre le système judiciaire dans deux récits de jeunesse : *Le Dernier Jour d'un condamné* (1829) et *Claude Gueux* (1834).
- D'autres écrivains empruntent cette voie du roman social, comme Eugène Sue avec ses *Mystères de Paris* (1842-1843) ou la romancière George Sand dans *La Mare au diable* (1846).

▲ Chateaubriand (1768-1848).

D Le roman populaire

Le roman de cape et d'épée, qui situe ses actions aux multiples rebondissements dans un cadre historique, connaît ses heures de gloire avec **Alexandre Dumas**, qui publie plus d'une centaine de romans dont *Les Trois Mousquetaires* (1844) et *Le Comte de Monte-Cristo* (1844-1846). Ces romans sont d'abord publiés en feuilletons dans la presse.

2 Le récit réaliste

A Balzac et le réalisme

• **L'illusion de réel.** En imaginant *La Comédie humaine* (une centaine de romans), Honoré de Balzac crée un prodigieux univers parallèle à la réalité. Lorsque le lecteur retrouve, dans *Illusions perdues*, Eugène de Rastignac, le héros du *Père Goriot*, il a l'impression d'avoir affaire à un monde bien réel.

> **Citation-clé**
> *« Un roman : c'est un miroir que l'on promène le long d'un chemin »* (attribué à Saint-Réal par Stendhal dans *Le Rouge et le Noir*).
> Stendhal se veut réaliste, mais ses romans, *Le Rouge et le Noir* (1830), *La Chartreuse de Parme* (1839) laissent percevoir ses aspirations romantiques.

• **L'ambition de *La Comédie humaine*.** L'organisation du roman en plusieurs parties appelées « scènes » *(Scènes de la vie parisienne, Scènes de la vie privée…)* révèle le projet du romancier : il s'agit bien de tendre à la réalité le miroir évoqué par Stendhal et, comme il l'affirme dans son avant-propos, de *« faire concurrence à l'état civil »*. Les mécanismes sociaux (notamment l'argent) et psychologiques (la passion amoureuse, l'ambition) sont découpés au scalpel.

B Flaubert et la voie du roman moderne

• **Un projet réaliste.** Après Balzac, Flaubert emprunte à son tour le chemin du réalisme et s'applique à donner une image sans indulgence de son époque. Dans le conte *Un cœur simple* ou dans les grands romans que sont *Madame Bovary* (1857) et *L'Éducation sentimentale* (1869), il mêle pathétique et ironie pour transmettre une vision sombre et grinçante de son temps.

> **Info-clé**
> En 1857, *Madame Bovary* et *Les Fleurs du Mal* sont accusés d'« outrage à la morale publique et religieuse ». Flaubert gagne son procès alors que Baudelaire le perd.

• **Un projet esthétique.** Mais, pour Flaubert, le réalisme n'est pas une fin en soi, car **l'œuvre n'a d'autre but qu'elle-même**. Les phrases sont ciselées, passées au « gueuloir » (Flaubert avait l'habitude de hurler ses romans). Ce projet esthétique *(« un livre sur rien, un livre sans attache extérieure »)*, qui prime sur l'intention réaliste, ouvre la voie au roman moderne.

3 Le récit naturaliste

A Émile Zola et le roman expérimental

• **Journaliste et romancier, Émile Zola (1840-1902)** est une figure importante de la littérature et de la vie politique de la fin du XIXe siècle. Très connu depuis le succès de *Thérèse Raquin* en 1867, il continue d'écrire des nouvelles *(Contes à Ninon)* qui paraissent dans la presse et des articles dans lesquels il prend courageusement position. On se souvient notamment de « J'accuse ! », sa lettre ouverte au président parue dans le journal *L'Aurore* en 1898.

Émile Zola : « une plume-scalpel » (*La Halle aux charges*, juillet 1885). ▶

• **Un projet scientifique : *Les Rougon-Macquart.*** À une époque où la science a le vent en poupe, Émile Zola se passionne pour les travaux du médecin Claude Bernard et se propose d'étudier le **double déterminisme social et familial** à partir d'une famille de son invention : les Rougon-Macquart. Inspirée de *La Comédie humaine* de Balzac, la fresque romanesque de Zola compte 20 romans chargés de démontrer que les personnages sont marqués par leur hérédité et leur environnement.

Rappel

La théorie de l'hérédité chez Zola s'exprime par le thème de l'alcoolisme, qui marque les fils de Gervaise *(L'Assommoir)* : Étienne *(Germinal)* ne supporte pas l'alcool, Claude *(L'Œuvre)* devient fou et se suicide, Jacques *(La Bête humaine)* a des pulsions meurtrières.

• **Du projet à sa réalisation.** Zola se documente beaucoup avant d'écrire ses romans ; on le voit visiter les mines en vue de la rédaction de *Germinal* ou rencontrer la directrice du *Bon Marché* pour mettre au point *Au Bonheur des dames*. Les descriptions sont précises et minutieuses, mais **le projet réaliste bascule souvent dans le fantastique**. Malgré le souci de vérité et la démonstration du double déterminisme, l'écriture, pour notre plus grand plaisir, dépasse le projet austère et laisse libre cours à l'imaginaire.

B Maupassant et la « vision du monde »

Comme Zola, Maupassant situe ses personnages dans un milieu qu'il souhaite analyser : le journalisme parisien dans *Bel-Ami* (1885), la spéculation immobilière autour des villes de cure dans *Mont-Oriol* (1887). Pour Maupassant, le roman est plus une « vision » qu'une démonstration scientifique.

Citation-clé

« Le réaliste, s'il est un artiste, cherchera non pas à nous montrer la photographie banale de la vie, mais à nous en donner la vision plus complète, plus saisissante, plus probante que la réalité même » (Maupassant, préface de *Pierre et Jean*).

4 Le récit fantastique ou surnaturel

• Parallèlement aux deux courants qui se succèdent – le réalisme puis le naturalisme – apparaissent des contre-courants qui explorent de nouvelles voies, notamment le surnaturel et le fantastique : Barbey d'Aurevilly (*L'Ensorcelée*, 1854) et Villiers de L'Isle-Adam (*Contes cruels*, 1883), par exemple.

• Les auteurs réalistes ou naturalistes peuvent eux-mêmes se tourner vers le fantastique comme Balzac dans son roman *La Peau de chagrin* (1831), Mérimée avec *La Vénus d'Ille* (1837) ou Maupassant dans de nombreuses nouvelles et dans son récit intitulé *Le Horla* (1886-1887).

• La nouvelle, par sa brièveté, convient particulièrement à la tonalité fantastique car elle permet un resserrement de l'intrigue autour de l'hésitation entre une interprétation réaliste et une interprétation surnaturelle des événements étranges racontés.

Illustration de la nouvelle *Le Horla* de Maupassant. ▶

22 Le récit aux XXe et XXIe siècles

Au XXe siècle, tandis que certains romanciers continuent d'écrire pour donner une image du réel, d'autres écrivains s'interrogent sur les enjeux de la littérature et brouillent les frontières entre les récits vrais et les fictions.

Proust, *À la recherche du temps perdu* (1913-1927)

Céline, *Voyage au bout de la nuit* (1932)

Malraux, *La Condition humaine* (1933)

Camus, *L'Étranger* (1942)

Marguerite Yourcenar, *Mémoires d'Hadrien* (1951)

Nathalie Sarraute, *Enfance* (1983)

(Cette liste est, bien sûr, incomplète, et nous n'avons pas assez de recul pour sélectionner des noms plus récents.)

1 Dans la continuité du XIXe siècle

A Les fresques romanesques

Au début du XXe siècle, sous l'influence de Balzac et de Zola, certains romanciers composent des **romans-fleuves** afin de donner une image de la société.

Ex. : Les Thibault (1922-1940) de Roger Martin du Gard.

B Les écrivains engagés

Certains écrivains utilisent la fiction pour exprimer leur opinion. André Malraux, en inscrivant ses romans dans l'histoire récente (*La Condition humaine* en 1933), montre que l'écrivain se doit de réfléchir aux grandes questions de son temps. Jean-Paul Sartre et Albert Camus (*La Peste*, 1947) érigent en principe l'**engagement de l'écrivain**.

2 De nouvelles voies : première moitié du XXe siècle

A Marcel Proust : le roman comme œuvre d'art

Empruntant une voie ouverte par Flaubert, Marcel Proust compose un long cycle romanesque : *À la recherche du temps perdu* (1913-1927). Tout en représentant la société de son temps et en analysant la personnalité et les émotions d'un narrateur qui lui ressemble fort, Proust affirme que **la littérature est, avant tout, une création** : « *le produit d'un autre moi que celui que nous manifestons* » dans la réalité.

Rappel

Selon Proust, alors que le temps détruit les êtres et les souvenirs, le romancier construit une œuvre qui donne vie aux personnages. C'est pourquoi le dernier volume de ce cycle s'intitule *Le Temps retrouvé*.

B André Gide : genèse du roman

Le roman *Les Faux-Monnayeurs* (1926) exprime tout le malaise d'un genre lassé des formes anciennes. En effet, André Gide compose un **roman à tiroirs**, racontant l'histoire de sa propre genèse. Son ambition est de *« purger le roman de tous les éléments qui n'appartiennent pas spécifiquement au roman »* et d'inviter le lecteur à participer à la création du livre.

C Louis-Ferdinand Céline : un nouveau langage

En donnant une **dimension littéraire au langage familier**, Céline (Louis-Ferdinand Destouches) renoue avec les origines du genre. Dans *Voyage au bout de la nuit* (1932), il exprime sa vision sombre du destin des hommes.

Ex. : « Les miennes d'idées elles vadrouillaient plutôt dans ma tête avec plein d'espace entre. C'étaient comme des petites bougies pas fières et clignoteuses à trembler toute la vie au milieu d'un abominable univers bien horrible » (dernière page du *Voyage au bout de la nuit*).

3 Le Nouveau Roman

A Le refus du roman traditionnel

- Les deux Guerres mondiales ont bouleversé la pensée et la sensibilité occidentales, si bien que **les notions d'« individu » et de « personnage » sont remises en question**.
- Dans *La Jalousie*, Alain Robbe-Grillet nomme un de ses personnages « A. » ; le deuxième s'appelle simplement « Franck » ; quant au troisième, il n'est jamais désigné, et on ne devine sa présence que par le verre ou le couvert qui lui sont destinés.

Citation-clé

Le personnage *« a, peu à peu, tout perdu : ses ancêtres, sa maison soigneusement bâtie [...], ses propriétés et ses titres de rente, ses vêtements, son corps, son visage, et, surtout, ce bien précieux entre tous, son caractère qui n'appartient qu'à lui, et souvent jusqu'à son nom. »* (Nathalie Sarraute, *L'Ère du soupçon*, 1956).

B Les traits distinctifs du Nouveau Roman

Le **rejet des repères traditionnels** que sont l'intrigue et les personnages n'aboutit pas à leur disparition complète. Mais **la description prend le dessus**, le plus souvent minutieuse et en focalisation externe.

C Des voies différentes

- Les romanciers au cœur ou en marge du Nouveau Roman suivent des routes qui leur sont propres : celle de la « sous-conversation » chez Nathalie Sarraute ou celle de l'objectivité chez Alain Robbe-Grillet. Michel Butor, dans *La Modification*, écrit un récit à la 2e personne du pluriel, amenant le lecteur à adopter l'identité du personnage.

Ex. : La Modification de Michel Butor s'ouvre sur cette phrase : *« Vous avez mis le pied gauche sur la rainure de cuivre, et de votre épaule droite vous essayez en vain de pousser un peu plus le panneau coulissant. »*

• Pour d'autres romanciers, comme les membres de l'Oulipo (Ouvroir de littérature potentielle), le renouveau du roman passe par l'invention de **nouvelles contraintes formelles**, comme dans *Le Chiendent* (1933) de Raymond Queneau ou le roman *La Disparition* (1969), dans lequel Georges Perec n'utilise pas la voyelle *e*.

Ex. : La Disparition de Georges Perec commence ainsi : *« Anton Voyl n'arrivait pas à dormir. Il alluma. Son Jaz marquait "minuit vingt". Il poussa un profond soupir, s'assit dans son lit, s'appuyant sur son polochon. »*

▲ Les écrivains du Nouveau Roman devant le siège des éditions de Minuit, en 1959. De gauche à droite : Alain Robbe-Grillet, Claude Simon, Claude Mauriac, Jérôme Lindon, Robert Pinget, Samuel Beckett, Nathalie Sarraute, Claude Ollier.

4 Les chemins de l'autobiographie

• Certains écrivains écrivent ce qu'ils ont vu ou vécu dans les camps de la Seconde Guerre mondiale pour témoigner. Leur récit autobiographique est destiné à garder la **mémoire** de ce qui s'est passé et à alerter les lecteurs. On peut citer *L'Écriture ou la Vie* (1994) de George Semprun, *Si c'est un homme* (1947) de Primo Levi.

• Mais la plupart des récits autobiographiques affichent une **quête de soi**. Certains auteurs choisissent, pour cela, **la fiction** ; on parle alors d'**« autofiction »**. La vérité factuelle n'est pas nécessaire ; les scènes recréées parlent autant de soi si ce n'est mieux, que les faits avérés. Ainsi, d'une manière ou d'une autre, Marguerite Duras se raconte dans ses romans, depuis *Un barrage contre le Pacifique* (1950) jusqu'à *L'Amant* (1984) et *L'Amant de la Chine du Nord* (1991). Les récits de Patrick Modiano (prix Nobel en 2014) poursuivent une enfance douloureuse. On peut aussi citer, pour exemple de cet enjeu du récit, les œuvres d'Éric Fottorino, qui, de *Rochelle* (1991) à *Dix-Sept-Ans* (2018), évoquent la même quête d'identité.

Info-clé

Autofiction est un mot créé en 1977 par Serge Doubrovsky, critique littéraire et romancier, pour désigner son roman *Fils*. Plus largement, ce mot caractérise les œuvres qui croisent récit autobiographique et fiction dans le but d'affiner la quête de soi.

5 Et aujourd'hui ?

• Il semblerait que le roman français continue de frôler les marges du genre romanesque en mettant **l'auteur et sa conscience au centre de l'œuvre**. Parallèlement, d'autres auteurs continuent de faire vivre des personnages, comme J.-M. G. Le Clézio (prix Nobel en 2008), évoquent l'Histoire, comme Pierre Lemaitre (*Au revoir là-haut* en 2013) ou accordent une grande place à l'imaginaire, comme Laurent Gaudé (*La Mort du roi Tsongor*, 2002). D'autres continuent d'analyser la réalité de leur temps, tel Nicolas Mathieu qui a obtenu le Prix Goncourt en 2018 pour *Leurs Enfants après eux*.

• La biographie romancée est en vogue ces dernières années. On peut citer *Charlotte* (2014) de David Foenkinos qui évoque la vie tragique de Charlotte Salomon, une femme peintre, ou encore *Légende d'un dormeur éveillé* (Gaëlle Nohant, 2017) sur le poète résistant Robert Desnos.

23 Le roman et le récit : œuvres et parcours

1 *Histoire du chevalier des Grieux et de Manon Lescaut*, plus communément appelé *Manon Lescaut* (1731) de l'abbé Prévost

A Le contexte

• **Le contexte historique.** La fin du règne de Louis XIV, période durant laquelle se déroule l'histoire de Manon Lescaut, est marquée par une austérité que la Régence (1715-1723) s'applique ensuite à dissiper. Sous Louis XV, les divertissements et l'argent sont au premier plan, ce qui n'empêchera pas en 1733 la condamnation de *Manon Lescaut* au nom de l'ordre moral.

• **Les Lumières.** Si les philosophes des Lumières défendent la raison et s'en prennent aux institutions de leur temps au nom de la liberté, ils ne rejettent pas pour autant la sensibilité et les sentiments, comme en témoignent *La Vie de Marianne* (1731) de Marivaux ou *La Nouvelle Héloïse* (1761) de Rousseau.

• **Le développement du roman.** **(Voir p. 76)**

Auteur

Orienté sans grande vocation vers une carrière religieuse, Antoine-François Prévost, dit **l'abbé Prévost (1697-1763)**, est essentiellement connu pour le septième tome des *Mémoires et Aventures d'un homme de qualité*, le récit mouvementé de la passion du chevalier Des Grieux pour Manon Lescaut.

B Les principaux repères

• **La forme du roman.** Pour donner l'illusion du réel, l'abbé Prévost adopte une forme à la mode, celle des Mémoires. L'enchâssement du récit accroche également l'attention du lecteur : le narrateur, le marquis de Renoncour (« l'homme de qualité »), rapporte les confidences du chevalier Des Grieux.

• **Le cadre du récit.** L'histoire se déroule au début du XVIIIe siècle. À une époque où l'Europe s'ouvre largement sur le monde, le cadre de l'histoire, très précis bien que rarement décrit, inclut l'Amérique puisque Manon est exilée à la Nouvelle Orléans.

Info-clé

Le libertinage. Ce mot désigne les mœurs considérées comme contraires à la morale ; cependant, le **libertin** (le latin *libertinus* désigne un esclave affranchi), dès le XVIIe siècle, est d'abord un penseur qui rejette les dogmes, notamment la pensée religieuse.

• **Les deux personnages principaux.**

– **Des Grieux :** le jeune aristocrate de province, élevé dans le respect de la religion et de la morale, est attaché au code de l'honneur. Mais sa passion pour Manon vient progressivement à bout de toutes ses valeurs puisqu'il finit par voler et tricher au jeu.

– **Manon Lescaut** : on ne la connaît que par le regard fasciné de Des Grieux. Personnage ambigu (d'origine populaire mais cultivée, à la fois victime et instigatrice), elle se caractérise avant tout par sa liberté : aucune personne, aucune morale ne la contraint.

• **Le mélange des genres et des registres.**

– **Le roman d'aventures :** l'auteur s'inspire du roman picaresque **(voir p. 77)** qui raconte les aventures d'un héros en marge de la société. Le romancier met en scène différents lieux et différentes conditions sociales, multiplie les rebondissements (« un instant malheureux me fit retomber dans le précipice »), sans être arrêté par les invraisemblances de son histoire.

– **Une forme classique :** bien que foisonnant, le roman se plie à la rigueur de l'esthétique classique. Centré sur une intrigue unique et sur l'analyse d'une passion dévastatrice, il est construit en deux parties qui alternent les retrouvailles et les séparations, enchaînant des forfaits de plus en plus graves. Cette gradation rappelle la tragédie classique.

– **Différentes tonalités** : la tonalité tragique (« l'ascendant de ma destinée ») cohabite avec la coloration burlesque que produit l'écart entre la grandeur des sentiments et les tromperies dignes de la farce (« toutes les parties scandaleuses de notre histoire »). Mais, dans ce récit à la première personne, c'est sans doute la tonalité lyrique qui domine.

C Parcours : « Personnages en marge, plaisirs du romanesque »

• **L'intitulé du parcours.** Les deux perspectives ne se situent pas sur le même plan : d'un côté l'art de la narration et de l'autre, l'émotion du lecteur. L'absence de connecteur logique et le choix du pluriel ouvrent grand le champ de la réflexion.

• **Les personnages en marge.** Des Grieux s'écarte des valeurs transmises par son éducation, se met en marge de son milieu. Dans le même temps, Manon soutire de l'argent à ses amants. Les romanciers – et leurs lecteurs ! – affectionnent ces personnages qui ne restent pas dans le rang : Vautrin chez Balzac (*Le Père Goriot*) par exemple, ou Meursault (*L'Étranger*) chez Camus. La relation entre l'individu et la société est au cœur du genre romanesque.

• **Les plaisirs du romanesque.** Le roman ne nous procure pas seulement le plaisir de fréquenter l'interdit ou l'impossible, il nous offre aussi la possibilité d'arrêter le cours de notre existence pour mieux nous voir dans le miroir que nous tendent tous ces personnages différents.

2 *La Peau de chagrin* (1831) d'Honoré de Balzac

A Le contexte

• **Le gouvernement : « une aristocratie de banquiers et d'avocats ».** L'intrigue de *La Peau de chagrin* est contemporaine de son écriture, ancrée dans le réel. Après les rêves révolutionnaires de 1789 puis l'enthousiasme suscité par Napoléon Ier, la Restauration est vécue comme un retour en arrière. Déçus par une société gouvernée par l'argent, les jeunes gens de 1830, tel Raphaël de Valentin, sont en proie au « mal du siècle ».

Auteur

Honoré de Balzac (1799-1850) a composé *La Comédie humaine*, une grande fresque qui comporte plus de quatre-vingt-dix romans et nouvelles. Il est considéré comme le maître du roman réaliste.

• **Romantisme et réalisme.** Avec Balzac, le romantisme **(voir pp. 38 et 78)**, qui prône le rêve et les passions, voit s'ouvrir une nouvelle perspective : pour dénoncer la médiocrité du réel, l'écrivain entreprend de le peindre minutieusement. Ainsi, *La Comédie humaine* entend « faire concurrence à l'état civil » en déployant un univers fictif, véritable miroir de la réalité.

• **Les modes littéraires : un goût pour l'Orient et pour le fantastique.** L'Orient, à la mode au XVIIIe siècle, continue de fasciner les Français (*Les Orientales* de Victor Hugo, 1829). Quant au fantastique **(voir p. 80)** qui irrigue *La Peau de chagrin*, il a d'abord connu un grand succès en Angleterre. Balzac s'inspire aussi de *Faust* (1790) de l'écrivain allemand Goethe.

B Les principaux repères

• **Le titre.**

Le chagrin est une partie de la croupe d'un âne ou d'un mulet utilisé pour sa peau. Le mot « chagrin » prend ici un double sens et la Peau, venue d'Orient, reste un objet mystérieux.

• **Un récit en trois parties.**

« Le talisman »	Le récit, à la troisième personne, rapporte une journée décisive pour Raphaël de Valentin, de son projet de suicide aux excès d'une orgie en passant par l'acquisition d'un talisman, une mystérieuse Peau de chagrin aux pouvoirs magiques.
« La femme sans cœur »	Le héros raconte à son ami Émile sa vie jusqu'à cette journée mémorable, notamment sa passion destructrice pour Fœdora.
« L'agonie »	Les désirs de Raphaël sont comblés mais le talisman, double de la vie du héros, rétrécit à mesure qu'il formule des souhaits. Le jeune homme ne peut échapper à la maladie et à une mort précoce.

• **Les trois personnages principaux.**

– **Raphaël** est un héros romantique : poète, jeune aristocrate ruiné en proie à de violentes passions.

– Deux femmes s'opposent : **Fœdora**, la « femme sans cœur » et **Pauline**, la jeune fille pure qui se révèle passionnée dans la troisième partie du roman.

• **Un roman fantastique.** Le fantastique tient à l'intrusion du surnaturel dans un cadre réaliste, ce qui crée, grâce au jeu des points de vue, une tension entre une lecture rationnelle des faits (celle des scientifiques) et une lecture surnaturelle (pour Raphaël, la Peau a un pouvoir magique).

• **Un roman philosophique.** La dimension fantastique invite le lecteur à s'interroger sur les choix du héros. Les personnages incarnent différentes existences possibles tandis que la Peau de chagrin qui rétrécit symbolise le passage destructeur du temps et l'absurdité de la vie.

Citation-clé

« Tuer les sentiments pour vivre mieux ou mourir jeune en acceptant le martyr des passions, voilà notre arrêt. » Rastignac dans *La Peau de chagrin.*

C Parcours : « Les romans de l'énergie : création et destruction »

• **L'énergie chez Balzac.** Cette notion, au cœur de la pensée balzacienne (« Tout est mouvement », explique Planchette le physicien) repose dans *La Peau de chagrin* sur les multiples dualités qui donnent vie à l'œuvre : Fœdora/Pauline ; pauvreté/richesse ; existence studieuse et créatrice/dispersion dans la débauche…

• **La dualité création et destruction.** *La Peau de chagrin* est tout le contraire d'un roman d'initiation, car le récit de la vie de Raphaël de Valentin suit la pente d'une inéluctable destruction. On pourra s'interroger sur les romans d'apprentissage (*Bel-Ami* de Maupassant, par exemple) ou de désillusion (*Madame Bovary* de Flaubert). On s'intéressera aussi au processus même de la création littéraire.

3 *Sido* (1930) et *Les Vrilles de la vigne* (1908) de Colette

A Le contexte

• **Un monde d'hommes.** Les romans de Colette paraissent dans un contexte masculin ; la série des *Claudine* sera d'ailleurs publiée sous le nom de Willy, son premier mari.

• **L'effervescence de la Belle Époque.** Le XXe siècle s'ouvre dans l'enthousiasme des temps nouveaux et Colette se libère des carcans : on la voit en mime au Moulin Rouge ; elle coupe ses cheveux et adopte la mode des « garçonnes », affiche sa liaison avec Mathilde de Morny (Missy), divorce, se remarie…

Auteure

Colette (1873-1954), de son vrai nom **Sidonie Gabrielle Colette,** est la deuxième femme élue (1945) à l'académie Goncourt et la première à avoir des funérailles nationales.

• **Deux œuvres, deux contextes.** *Les Vrilles de la vigne* et *Sido* n'ont pas été écrites dans les mêmes circonstances. La première, un recueil d'articles et récits parus dans des journaux, est éditée alors que Colette a 33 ans (quelques textes plus récents figurent toutefois en annexe). *Sido* paraît plus de vingt ans après.

B Les principaux repères

• **L'écriture de soi.** « Ce papier qui recueille, depuis tant d'années, ce que je sais de moi, ce que j'essaie d'en cacher, ce que j'en invente et ce que j'en devine », peut-on lire dans *La Naissance du jour* (1928), une œuvre centrée aussi sur sa mère, Sido. Le projet autobiographique de Colette est complexe, la dissimulation et la création venant brouiller et enrichir à la fois la quête de soi. Toute l'œuvre de l'auteure, même lorsqu'il s'agit de romans, est traversée par ce projet.

• ***Sido.***

– **La composition :** la première partie porte le titre de l'œuvre, les deux suivantes sont consacrées aux autres membres de la famille. On découvre d'abord le père, le Capitaine Colette, très attaché à Sido, dont il est le second mari, puis la fratrie. Mais la figure maternelle envahit le texte comme elle a pris possession de la famille.

– **La complexité de la figure maternelle :** le portrait que Colette brosse de sa mère, au milieu de son jardin ou bien dans sa maison au retour d'un voyage à Paris, nous invite à idéaliser cette figure maternelle. Mais la Sido littéraire diffère sans doute du personnage réel, certains détails venant nuancer l'éloge : les « sentences, excommunicatoires le plus souvent » révèlent un caractère autoritaire, tandis que la jalousie se devine quand il est question d'Adrienne.

• ***Les Vrilles de la vigne.***

Les thèmes et les tonalités de ce recueil « fait de pièces et de morceaux » (Colette) sont variés : fiction (« La dame qui chante »), dialogues animaliers, poèmes en prose lyriques dédiés à Missy (« pour M. »), critique mordante mais amicale des mondaines avec le personnage de Valentine… Le texte d'ouverture qui donne son titre au recueil, avec la parabole du rossignol, place l'œuvre sous le signe du pouvoir littéraire : « dans le printemps menteur où fleurit la vigne crochue, j'écoute le son de ma voix… »

C Parcours : « La célébration du monde »

• **Parcours et objet d'étude.** L'intitulé du parcours semble concerner la poésie plus que les genres narratifs. Ce choix est une façon de suggérer la perméabilité des genres : les œuvres de Colette se découvrent à la confluence du roman et de la poésie et nous amènent à nous interroger sur les moyens dont dispose le récit pour célébrer le monde.

• **Les procédés de la célébration.** Vocabulaire riche et suggestif, métaphores, rythmes légers, allitérations et assonances : l'écriture de Colette partage avec le lecteur toute la palette des sensations. Les sens s'associent pour tisser les souvenirs de l'enfance, permettre à Colette de prendre possession du réel et de faire un avec la nature. Les descriptions en prose poétique sont propices à cette célébration tandis que le discours direct donne vie aux évocations.

• **Les enjeux de la célébration.** La place accordée aux sensations chez Colette annonce le projet de Marcel Proust **(voir p. 71)**, qui confie aux sens puis, de façon plus sûre, à l'écriture, la mission de retrouver le « temps perdu ». Il s'agit de plus, chez Colette, de se fondre dans le monde, d'atteindre l'harmonie d'un univers réconcilié. Cette perspective embrase aussi les romans de Giono, certaines pages de Camus (la scène du bain dans *La Peste*) et, plus récemment, les récits de Sylvain Tesson ou les pages que Paolo Cognetti consacre à la montagne.

Citation-clé

« Ainsi, immobile et les yeux clos, elle habite chaque pelouse, chaque arbre, chaque fleur. » (Colette, « Dialogue de bêtes », *Les Vrilles de la vigne*)

24 Étudier une pièce de théâtre

Le terme grec qui a donné le mot *théâtre* désigne « ce qui est regardé » et définit ainsi la spécificité de ce **genre littéraire : une représentation avant d'être un texte.** C'est donc sous l'angle du **spectacle** que le texte de théâtre doit être abordé et étudié.

1 Le texte théâtral

A L'organisation spécifique du texte de théâtre

- La spécificité du texte théâtral tient à sa finalité qui est la **représentation**. En effet, l'organisation en **actes** et en **scènes**, plutôt qu'en parties et en chapitres, est liée au spectacle lui-même.
- À l'origine, les changements d'acte permettent le renouvellement des bougies. Quant aux changements de scène, invisibles pour les spectateurs, ils facilitent le calendrier des répétitions en indiquant les noms des comédiens présents à tel ou tel moment de la pièce.

Vocabulaire-clé

- **Didascalie :** indication concernant le décor ou le jeu des comédiens.
- **Réplique :** parole d'un personnage.
- **Dialogue :** échange de répliques.
- **Stichomythie :** échange de répliques très brèves.
- **Tirade :** longue réplique.
- **Monologue :** parole d'un personnage seul sur scène (à ne pas confondre avec la tirade).
- **Aparté :** parole qu'un personnage prononce à seule destination du public.

B Un texte destiné à être prononcé

- **Le texte en vers.** La tragédie classique (XVIIe siècle) tire sa force et sa musicalité de la **versification** elle-même afin d'émouvoir les spectateurs.

  Ex. : Les alexandrins de l'Infante au début du *Cid* de Corneille expriment le déchirement tragique du personnage.
- **La *commedia dell'arte*** propose à ses comédiens d'improviser à partir d'une grille définie : le **« scénario »**. Sans le jeu des acteurs, la pièce n'existe pas.

▲ Une représentation de *commedia dell'arte* par la troupe des Gelosi (1571-1604).

C La question de la place du texte

La tradition littéraire occidentale tend à sacraliser le texte en accordant à la **parole des personnages** la première place. Des auteurs et des théoriciens comme Eugène Ionesco *(Notes et Contre-Notes)* ou Antonin Artaud (*Le Théâtre et son Double*, 1938) ont condamné cette suprématie de la parole et souligné la place du spectacle.

Citation-clé

Influencé par le théâtre asiatique, celui de Bali notamment, Artaud prône un *« théâtre de la cruauté »*, c'est-à-dire un spectacle où s'affirme la présence physique intense des comédiens.

D Un genre qui puise ses racines dans l'Antiquité

• Qu'elles s'en nourrissent ou qu'elles le rejettent, les œuvres théâtrales de notre histoire littéraire se définissent par rapport à la tragédie et à la comédie de l'Antiquité grecque.

• **La tragédie.** Elle célèbre les **valeurs** (honneur, gloire…) de la société et expose les **forces** (destin, dieux…) à redouter. Elle fédère les spectateurs en leur faisant éprouver ***« terreur et pitié »*** (Aristote) : cette fonction cathartique (la catharsis) ***« purge les passions »*** des spectateurs.
Les personnages de haut rang sont déchirés par un **dilemme**, entraînés vers la mort par un destin qu'ils ne peuvent contrer malgré leurs efforts.

• **La comédie.** Destinée à faire rire, elle a aussi une **fonction satirique**. Elle met en scène des personnages types : le barbon (vieillard avare, égoïste, naïf), les jeunes gens amoureux, ainsi qu'un esclave (un valet ou une servante) débrouillard et insolent. L'intrigue tourne autour d'un mariage, et tout se termine bien pour les jeunes gens qui s'aiment.

2 Les contraintes du théâtre

A Les contraintes matérielles

• **Le temps de la représentation.** Alors que le romancier dispose d'une infinie liberté, le dramaturge voit peser sur son œuvre une succession de contraintes matérielles. Il évolue tout d'abord dans un **temps réduit**. Les tentatives pour créer de très longues pièces (*Le Soulier de satin* de Paul Claudel, par exemple) restent exceptionnelles, et la représentation devra être relativement brève.

De plus, si le lecteur peut revenir en arrière et reprendre un passage qu'il a mal compris, le spectateur, lui, est pris dans le **rythme imposé** par la représentation. À l'auteur donc de veiller à ce que son texte soit clair en soulignant ou répétant les éléments essentiels.

• **L'espace de la représentation.** De même, l'**espace est réduit** : les comédiens se déplacent entre les trois murs de la scène, auxquels s'ajoute le **« quatrième mur »** virtuel.

Notion-clé

« Quatrième mur ». Cette notion a été mise en avant par le metteur en scène André Antoine dans un souci de vraisemblance. Dans cette **conception de l'espace scénique**, le spectateur est un voyeur devant une action qui semble se dérouler sans lui. Cette notion appartient, en réalité, à Denis Diderot qui, en 1758, dans son *Discours sur la poésie dramatique*, écrit : *« Imaginez, sur le bord du théâtre, un grand mur qui vous sépare du parterre ; jouez comme si la toile ne se levait pas. »*

B La codification du théâtre

À ces contraintes matérielles s'ajoutent des **contraintes culturelles** : le théâtre est un genre traditionnellement codifié **(voir p. 94)**.
On peut supposer que cette codification, qui existe dans d'autres pays comme le Japon, est inhérente au genre théâtral lui-même. En effet, le théâtre, destiné à être représenté devant un groupe, est une célébration collective qui trouve sa place dans une société elle-même régie par des codes.
De plus, pour être compréhensible aisément, le théâtre doit se définir par rapport à des **repères** que le spectateur maîtrise ; par exemple, les conditions sociales et les caractères sont rapidement identifiables : le valet fourbe, le vieillard égoïste et avare…

3 Une œuvre collective

A Les personnes impliquées dans la représentation théâtrale

La représentation théâtrale est bel et bien une création collective. Le travail de l'**auteur** est prolongé par celui du **metteur en scène** qui dirige les **comédiens** et les **techniciens** (lumière, costumes, son…). Le public est partie prenante de la représentation. Le dramaturge peut même lui confier un rôle, comme le fait Molière dans *L'Avare* (1668) lorsque le monologue d'Harpagon devient un véritable dialogue avec la salle.

> **Citation-clé**
>
> *« Que de gens assemblés ! […] De grâce, si l'on sait des nouvelles de mon voleur, je supplie que l'on m'en dise. N'est-il point caché là parmi vous ? Ils me regardent tous et se mettent à rire. Vous verrez qu'ils ont part sans doute au vol que l'on m'a fait »* (célèbre monologue d'Harpagon dans *L'Avare* de Molière).

B Le metteur en scène : les choix

- **Le metteur en scène fait son apparition à la fin du XIXe siècle,** avec André Antoine (1858-1943), quand le genre théâtral s'est assoupli. Entre le **simple traducteur** fidèle et invisible de la pensée de l'auteur (les metteurs en scène Jacques Copeau ou Jean Vilar) et le **créateur** qui utilise la pièce du dramaturge pour en faire sa propre œuvre (Antoine Vitez), il existe des conceptions différentes du rôle du metteur en scène.
- **Le metteur en scène doit répondre à différentes questions :** traduction du texte ou utilisation/recréation ? mise en valeur de la psychologie (la dimension romanesque du théâtre) ou projet pictural ? quelle place accordée aux spectateurs ? À cette dernière question, Ariane Mnouchkine (le Théâtre du Soleil) répond en repensant l'espace scénique (plusieurs scènes, par exemple) pour permettre au public de participer pleinement à la représentation.

4 Un spectacle

A Le décor et ses fonctions

- **Une fonction esthétique.**

Lorsque le rideau se lève, c'est le décor que le spectateur découvre en premier, un décor dont la fonction peut être de le **séduire** par sa précision (dans *Rhinocéros* de Ionesco, par exemple) ou, au contraire, par son dépouillement (*En attendant Godot* de Samuel Beckett).

> **Info-clé**
>
> À la fin du XIXe siècle, avec l'électricité, l'**éclairage** devient une des **ressources du théâtre**. Il est possible de mettre en lumière un personnage ou, au contraire, de le dissimuler, comme Musset en rêvait au début de *Lorenzaccio* (pièce destinée à être lue) lorsqu'il imaginait une scène nocturne.

- **Une fonction informative.**

Le décor délivre des **informations** sur le milieu social.

Ex. : Le Bourgeois gentilhomme nous montre, par exemple, la maison d'un riche bourgeois.

Les meubles ou accessoires peuvent, par ailleurs, jouer un rôle dans l'intrigue.

Ex. : Dans *Le Tartuffe*, Elmire invite son mari Orgon à se cacher sous une table pour surprendre les intentions du personnage éponyme.

- **Une fonction symbolique.**

Le décor et les accessoires ont souvent une fonction symbolique.

Ex. : L'épée que brandit Iphicrate au début de *L'Île des esclaves* de Marivaux représente le pouvoir exercé par la force ; c'est, d'ailleurs, le sens du nom du personnage.

B Le costume et ses fonctions

• Une fonction informative.

Comme le décor, le costume informe les spectateurs.

Ex. : La tenue de M. Jourdain, au début du *Bourgeois gentilhomme*, indique l'époque et la position sociale du personnage.

Mais les metteurs en scène ou les auteurs eux-mêmes, tel Anouilh dans *Antigone*, peuvent choisir, au contraire, des costumes neutres ou contemporains afin de donner à leurs personnages une **valeur atemporelle**.

• Un rôle dans l'intrigue.

Dans la comédie, le travestissement est un des ressorts de l'action.

Ex. : Dans *Le Jeu de l'amour et du hasard* (Marivaux), l'échange des conditions sociales qui est au cœur de l'intrigue s'exprime par un échange de costumes entre les maîtres et leurs serviteurs.

• Une fonction symbolique.

De façon plus profonde, le costume peut aussi symboliser le personnage.

Ex. : C'est le cas d'Harpagon (*L'Avare* de Molière), qui porte un costume élimé et démodé.

C Le jeu du comédien

Mentionnés par des didascalies ou créés par le metteur en scène, les jeux de scène font appel aux **gestes** et aux **expressions** des comédiens. Leur rôle peut être simplement comique ; les gestes peuvent aussi influencer l'évolution de l'intrigue.

Ex. : Dans *Le Cid*, le soufflet du Comte qui humilie Don Diègue déclenche la logique tragique de la vengeance.

D Un théâtre destiné à être écouté

• Le rôle des intonations.

Le texte de théâtre est destiné à être prononcé, voire déclamé.

Ex. : Molière, dans *Les Précieuses ridicules*, critique la diction très exagérée des comédiens de l'Hôtel de Bourgogne et propose un jeu plus proche de la parole ordinaire.

• Rires et cris.

Le langage du comédien ne se réduit pas à des mots ; la représentation donne vie à ce qui n'est que *« Ah ! Ah ! »* dans le texte imprimé.

Ex. : Les cris (ceux de Toinette au début du *Malade imaginaire*) ou les rires (celui de Zerbinette à la fin des *Fourberies de Scapin*) ne laissent jamais le spectateur indifférent.

• Le bruitage et la musique.

Outre les paroles, les cris et les rires, les bruits font également partie de la représentation théâtrale.

Ex. : Que serait la fin de *Dom Juan* sans les coups de tonnerre qui manifestent la puissance divine ?

La musique peut être un choix du metteur en scène ou s'inscrire dans le projet initial de l'auteur, comme dans la comédie-ballet, un genre apprécié à la cour de Louis XIV.

Ex. : Le Bourgeois gentilhomme est le fruit de la collaboration de Molière et du musicien Lully.

Poussée à l'extrême, cette association, qui vise à créer un spectacle total, mène à l'opéra.

25 Les origines de notre théâtre

Les racines de notre théâtre puisent dans l'Antiquité, qu'il s'agisse de nous émouvoir ou de nous faire rire.

1 Le théâtre antique

A Une célébration collective

Le théâtre tel que nous le connaissons naît à Athènes au Ve siècle av. J.-C. Les pièces sont montées à l'occasion des fêtes de la cité. En ce sens, dès son origine, le théâtre joue un **rôle social** particulier. Les comédies sont données entre deux tragédies afin de détendre l'atmosphère.

Info-clé

Dans sa *Poétique*, **Aristote** explique que la tragédie doit être « *mimésis* » (elle montre, imite la réalité) et « *catharsis* » (inspirant ***« terreur et pitié »***, la tragédie purge les spectateurs de leurs passions).

B La tragédie

Les sujets sont historiques ou mythologiques, et le chœur représente les **interrogations des spectateurs**. Trois grands noms sont à retenir : Eschyle, Sophocle et Euripide. Progressivement, les personnages acquièrent plus d'autonomie et les dieux se font moins directifs.

C La comédie

Les personnages de comédie sont des **personnages ordinaires dont on peut rire**. Aristophane est le principal auteur de comédies littéraires grecques ; il inspire deux grands auteurs latins : Plaute (v. 254-184 av. J.-C.) et Térence.

2 Le théâtre français au Moyen Âge et à la Renaissance

A Le théâtre médiéval

Le théâtre médiéval s'inspire des textes religieux : les mystères, qui reprennent des épisodes de l'Évangile, sont, en effet, joués à l'occasion des **fêtes religieuses**. Les farces, elles, mettent en scène des personnages ordinaires et n'hésitent pas à recourir au comique le plus grossier.

B Le théâtre de la Renaissance

En 1548, un décret royal met fin à la représentation des mystères. Tandis que les farces continuent de faire rire, les humanistes redécouvrent les chefs-d'œuvre de l'Antiquité et imposent le **modèle grec**.

26 Le théâtre au XVIIe siècle

Alors que l'esthétique baroque domine en Europe, le classicisme, marqué par la raison et les modèles antiques, imprègne en profondeur le théâtre français jusqu'à la fin du XVIIIe siècle.

Corneille,
Le Cid
(1637)

Molière,
Le Tartuffe
(1664-1669)

Boileau,
Art poétique
(1674)

Racine,
Phèdre
(1677)

1 Deux mouvements esthétiques

A Le baroque

Le mot « baroque » vient du portugais ***barrocco*** qui désigne une perle irrégulière. Après la période troublée des guerres de Religion, le baroque est un **mouvement esthétique** qui exprime toute la **complexité d'un univers échappant à l'emprise de l'homme**. Les jeux de miroir, les trompe-l'œil, les décors chargés sont des caractéristiques de ce mouvement qui domine en Europe jusqu'au milieu du XVIIIe siècle.

Pierre Paul Rubens (1577-1640), *La Chute de Phaéton* (v. 1604-1605), National Gallery of Art, Washington. ▶

B Le classicisme

En réaction au baroque, le classicisme est un **mouvement esthétique français** qui prône l'**ordre**, la **mesure**, l'**équilibre** selon les modèles antiques. Les jardins dits « à la française » du château de Versailles en sont une bonne illustration.

2 Un théâtre baroque

• Sous Louis XIII (1601-1643), Corneille écrit des comédies baroques. Ainsi, *L'Illusion comique* (1636) est bâtie sur un jeu de théâtre dans le théâtre.

• Louis XIV, maître des arts, impose l'esthétique classique sans pour autant chasser totalement le baroque comme en témoigne la Galerie des glaces de son château et certaines comédies de Molière.

Œuvre-clé

***Dom Juan* de Molière (1665) : une comédie baroque.** Chacun des actes se déroule dans un décor différent : intérieurs, forêt, bord de mer à l'acte II… Les personnage sont nombreux, à peine esquissés comme Charlotte et Mathurine dans l'acte II. Plusieurs intrigues se croisent ; leur seul point d'ancrage est le personnage éponyme, *« grand seigneur méchant homme »*. Le dénouement est spectaculaire, la statue du Commandeur offensé entraînant Dom Juan dans les flammes de l'enfer.

3 Le théâtre classique

A Les règles du théâtre classique

• **La règle des trois unités** demande à ce que l'action se déroule en **un seul jour**, en **un seul lieu** et qu'elle ne pose qu'**un seul problème**. Ainsi, les tragédies de Racine sont concentrées et le cadre choisi est épuré : le vestibule d'un palais où les différents personnages vont se croiser.

Citation-clé

« Qu'en un lieu, qu'en un jour, un seu fait accompli /Tienne jusqu'à la fin le théâtre rempli » (Nicolas Boileau, *Art poétique*, 1674).

• **La règle de vraisemblance** n'oblige pas à la vérité mais demande d'**imiter le vrai**. Les batailles ou les combats mythologiques (la mort d'Hippolyte terrassé en combattant un monstre marin dans *Phèdre* de Racine) ne peuvent donc être représentés et doivent faire l'objet d'un récit.

• **La règle de bienséance** permet de **ne pas choquer le spectateur**. Ainsi, les personnages ne peuvent mourir sur scène.

Ex. : Dans *Le Cid* de Corneille, le combat verbal entre Rodrigue et le Comte (acte II, scène 2) se prolonge en coulisses par un duel aboutissant à la mort du Comte.

B Les genres codifiés

• **La tragédie,** selon le modèle antique, met en scène des **personnages de haute lignée** prisonniers d'un destin qui les mène à leur perte.

Ex. : Titus (*Tite et Bérénice* de Corneille, *Bérénice* de Racine) est un roi de Rome. Thésée, personnage de *Phèdre*, est un roi lui aussi.

• **La comédie,** dont la fonction est satirique, met en scène des **personnages du peuple ou de la bourgeoisie**, comme le montre le titre même du *Bourgeois gentilhomme*. La première scène de *L'École des femmes* souligne le milieu populaire auquel appartient Arnolphe.

Citation-clé

« Castigat ridendo mores ». Molière reprend la devise de la comédie latine *« La comédie corrige* (castigat) *les mœurs* (mores) *par le rire* (ridendo). »

• À côté de ces deux grands genres hérités de l'Antiquité conformément à l'esthétique classique, **la tragi-comédie** est un genre qui reprend les codes de la tragédie mais propose un **dénouement heureux**.

Ex. : Les personnages du *Cid* sont des nobles de haut rang, et Rodrigue (le Cid) fait face à un dilemme qui devrait le conduire à la mort. Mais la pièce n'est pas une tragédie : dans cette tragi-comédie, le héros peut épouser, à la fin, la fille de l'homme qu'il a tué en duel.

4 Trois grands dramaturges du XVIIe siècle

A Pierre Corneille (1606-1684)

- Le « grand Corneille » commence sa carrière littéraire comme **auteur de comédies** ; *L'Illusion comique*, en 1636, une pièce baroque, sera sa dernière comédie.
- En 1637, on reproche au ***Cid***, une **tragi-comédie** qui obtient un grand succès, son invraisemblance et la complexité de l'intrigue.
- Les très nombreuses **tragédies** qui suivent seront plus conformes aux canons du classicisme : *Horace* (1640), *Cinna* (1641), *Polyeucte* (1642)… *Tite et Bérénice* (1670), *Suréna* (1674). Corneille puise la plupart de ses sujets dans l'histoire antique ; il met en scène des personnages déchirés entre des exigences contradictoires en soulignant à la fois leur **héroïsme** et leur **fragilité humaine**.

B Jean Racine (1639-1699)

- Plus jeune que Corneille à qui il va faire de l'ombre, Racine est insensible au baroque. Élevé dans la rigueur du jansénisme (courant religieux austère qui croit à la prédestination), il compose des tragédies dont l'équilibre et le resserrement deviennent des **modèles du classicisme pur**. Les intrigues sont simples, les personnages se croisent dans un lieu unique (le vestibule du palais).
- Comme son prédécesseur, il s'inspire de l'Antiquité, notamment de la mythologie. Ses héros, comme ceux de Sophocle, sont **prisonniers d'un destin auquel ils ne peuvent échapper**. Ses pièces sont moins nombreuses que celles de Corneille : *Andromaque* (1667), *Britannicus* (1669), *Bérénice* (en 1670, comme *Tite et Bérénice* de son rival), *Iphigénie* (1674), *Phèdre* (1677)… *Les Plaideurs* (1668) est son unique comédie.

Œuvre-clé

***Phèdre*, un modèle du classicisme.**
Sous l'emprise de Vénus *« tout entière à sa proie attachée »*, Phèdre aime Hippolyte, son beau-fils. L'aveu de cette passion déclenche un mécanisme mortel (la « catastrophe » de la tragédie) que les personnages ne peuvent enrayer. La mort d'Hippolyte ordonnée par Thésée provoque celle de Phèdre et de sa confidente Œnone.

C Jean-Baptiste Poquelin, dit « Molière » (1622-1673)

- Molière est à la fois **acteur, directeur d'une troupe et auteur**. Selon les modèles de la comédie latine et de la *commedia dell'arte*, il écrit, met en scène et joue de nombreuses comédies.
- Tout en respectant les codes du genre et en divertissant son public, **il s'attaque à la société de son temps** : les médecins, les avares, les nobles désargentés (Dorante dans *Le Bourgeois gentilhomme* en 1670), les dévots proches du roi – ce qui lui vaudra l'interdiction du *Tartuffe* en 1664.
- Si certaines pièces (*Les Fourberies de Scapin*, 1671) sont proches de la farce, d'autres, écrites en vers, comme *L'École des femmes* (1662) ou *Le Misanthrope* (1666), donnent ses lettres de noblesse à la comédie.

Citation-clé

« Les comédies ne sont faites que pour être jouées » (Molière, préface de *L'Amour médecin*, 1665).

27 Le théâtre au XVIIIe siècle

Après la mort de Louis XIV (1715), dont la fin de règne a été austère, les mœurs et les pensées se libèrent, mais le théâtre reste sous l'influence des deux courants dominants, le classicisme français et le baroque (prolongé par le rococo).

Marivaux, *Le Jeu de l'amour et du hasard* (1730)

Beaumarchais, *Le Mariage de Figaro* (1784)

1 Le prestige de la tragédie

Les tragédies de Corneille et de Racine sont toujours jouées et vénérées. Des auteurs essaient de les égaler tel Voltaire avec *Zaïre* (1732), par exemple.

2 Le renouvellement de la comédie

A La comédie après Molière

• Après la mort de Molière en 1673, Louis XIV ordonne la fusion de sa troupe et de celle de l'hôtel de Bourgogne pour donner naissance à la Comédie-Française (1680). Les comédiens italiens sont chassés en 1697, ce qui provoque le développement des théâtres de la foire (théâtres populaires durant les foires). En 1716, le Régent autorise le retour des comédiens italiens à Paris.

• À la fin du siècle, un nouveau genre fait son apparition : le **drame bourgeois**. Puisant dans la tragédie comme dans la comédie, il se veut un « *genre sérieux* » (Diderot). On peut citer *La Mère coupable* de Beaumarchais jouée en 1792.

B Marivaux (1688-1763)

Comme Molière, Pierre Carlet de Chamblain de Marivaux est fasciné par le théâtre italien, pour lequel il écrit. Il n'hésite pas à reprendre les personnages de la *commedia dell'arte* comme Arlequin ou Silvia. Sous sa plume, ces personnages types prennent du relief et leurs sentiments sont étoffés pour être décortiqués. Certaines comédies, comme *L'Île des esclaves* (1725) ou *Le Jeu de l'amour et du hasard* (1730), imaginent une **inversion de la hiérarchie sociale**, les valets devenant des maîtres et inversement. Mais nous ne sommes qu'à l'aube des Lumières, et le théâtre de Marivaux, alliant **fantaisie et morale**, ne propose pas encore une réflexion politique.

C Beaumarchais (1732-1799)

Pierre-Augustin Caron de Beaumarchais poursuit ce renouvellement de la comédie avec une pièce qui fut censurée, *La Folle Journée ou le Mariage de Figaro* (1784), deuxième volet d'une trilogie qui comprend *Le Barbier de Séville* (1775) et *La Mère coupable* (1792). Dans l'esprit rapide de la *commedia dell'arte*, Beaumarchais met en scène un personnage qui hérite du Sganarelle de Molière et de l'Arlequin de Marivaux. Mais Figaro et son auteur vont beaucoup plus loin en **dénonçant ouvertement les privilèges de la noblesse**, notamment dans le célèbre monologue de l'acte III, scène 5.

Citation-clé

« [...] *noblesse, fortune, un rang, des places, tout cela rend si fier ! Qu'avez-vous fait pour tant de biens Vous vous êtes donné la peine de naître, et rien de plus* [...] » (Beaumarchais, *Le Mariage de Figaro*, II, 5, 1784).

28 Le théâtre au XIXe siècle

Sur tous les plans – politique, social, économique, esthétique –, le XIXe siècle est une période de grands bouleversements ; les anciens repères sont remis en question.

Hugo,	Musset,	Vigny,	Labiche,	Rostand,
Hernani (1830)	*Lorenzaccio* (1834)	*Chatterton* (1835)	*Le Voyage de M. Perrichon* (1860)	*Cyrano de Bergerac* (1897)

1 La révolution romantique

- Les romantiques, sous la houlette de Victor Hugo, **rejettent le classicisme**. Il n'est plus question de s'inspirer de la mythologie antique, de reprendre les genres codifiés depuis l'Antiquité, de suivre les règles édictées par Boileau dans son *Art poétique* (1674). Alors que les dramaturges et le public du XVIIIe siècle ont continué de voir en Racine et Corneille les modèles de la littérature française, les romantiques veulent imiter Shakespeare et prônent de nouvelles valeurs.
- Le romantisme ne s'installe pas sans heurts, et les pièces suscitent autant de haine que d'enthousiasme. Ainsi, le 25 février 1830, la première représentation d'*Hernani*, de Victor Hugo, déclenche une bagarre entre admirateurs et détracteurs dans la salle même de la Comédie-Française.

Citation-clé

« Dans l'armée romantique comme dans l'armée d'Italie, tout le monde était jeune. / Les soldats pour la plupart n'avaient pas atteint leur majorité, et le plus vieux de la bande était le général en chef, âgé de vingt-huit ans. C'était l'âge de Bonaparte et de Victor Hugo à cette date » (Théophile Gautier, *Histoire du romantisme*).

Albert Besnard (1849-1934), *La Première d'« Hernani » (avant la bataille)*. Paris, musée Victor Hugo. ▶

2 Le drame romantique

A Les principes

La *liberté* est le mot d'ordre des romantiques. Victor Hugo souhaite et pratique le **mélange des genres et des tonalités** (le « grotesque » et le « sublime »). Dans le drame romantique, une scène comique peut succéder à une rencontre tragique. L'unité d'action et l'impression de réel restent nécessaires à la crédibilité des pièces, mais les unités de lieu et de temps sont rejetées. Les intrigues se complexifient, et les personnages se multiplient au point que certaines pièces sont difficiles à mettre en scène. L'alexandrin n'est pas banni mais il s'assouplit (un alexandrin plus ternaire que binaire) et n'est pas obligatoire (*Les Caprices de Marianne* de Musset, par exemple).

Les romantiques veulent un théâtre libre, naturel, susceptible d'exprimer toute la **palette des sentiments et des émotions humaines**.

> **Citation-clé**
> *« Toute époque a ses idées propres : il faut qu'elle ait aussi les mots propres à ses idées »* (Victor Hugo, préface de *Cromwell*, 1827).

B Les principales œuvres

• *Hernani* (1830) et *Ruy Blas* (1838) sont les drames de Victor Hugo les plus connus ; dans cette seconde pièce, le dramaturge emprunte à la comédie le *topos* du valet travesti en maître mais lui donne une force tragique.

• D'autres poètes romantiques écrivent aussi pour le théâtre, comme Alfred de Vigny, qui compose *Chatterton* en 1835, et Alfred de Musset, qui crée *Lorenzaccio* en 1834. La particularité des pièces d'Alfred de Musset est qu'elles ne sont pas destinées à être jouées mais lues en imaginant ce que serait leur représentation.

• En 1897, Edmond Rostand renoue avec l'inspiration des romantiques de la première moitié du siècle et obtient le plus grand succès de l'histoire du théâtre français avec *Cyrano de Bergerac*, un drame inspiré par un personnage qui a vraiment existé au XVIIe siècle.

3 Un théâtre pour divertir

Dans le prolongement de la **comédie satirique**, avec Labiche, Feydeau et Courteline, le théâtre de boulevard, ou vaudeville, s'amuse des travers de la société. De **nouveaux personnages types** apparaissent : le mari trompé, l'amant…

4 Le théâtre à la fin du XIXe siècle

A Le théâtre symboliste

Maurice Maeterlinck (1862-1949), né en Belgique, invente le **théâtre symboliste** pour exprimer « les puissances supérieures » qui régissent l'Univers.

B Le théâtre d'Alfred Jarry (1873-1907)

En 1896, *Ubu roi* ressemble au canular d'un étudiant provocateur, mais l'absurdité de la pièce ouvre la voie au théâtre moderne.

> **Citation-clé**
> « **Père Ubu** – *C'est fort possible, mais j'ai changé le gouvernement et j'ai fait mettre dans le journal qu'on paierait deux fois tous les impôts et trois fois ceux qui pourront être désignés ultérieurement. Avec ce système, j'aurai vite fait fortune, alors je tuerai tout le monde et je m'en irai.* » (Alfred Jarry, *Ubu roi*, III, 4, 1896).

29 Le théâtre aux XX

La Première Guerre mondiale vient briser l'enthousiasme et la confiance nés des progrès du XIXe siècle. L'art entre dans une ère de doute et de remise en cause.

Claudel, *Le Soulier de satin* (1929) — **Cocteau,** *La Machine infernale* (1934) — **Camus,** *Caligula* (1944) — **Anouilh,** *Antigone* (1944) — **Ionesco,** *La Cantatrice chauve* (1950) — **Beckett,** *En attendant Godot* (1953)

1 Théâtre et texte poétique

A La force lyrique de la parole

Paul Claudel (1868-1955), diplomate et écrivain religieux, compose des drames où la parole lyrique donne toute sa puissance au théâtre. Ses principales œuvres pour le théâtre sont *Le Partage de midi* (1905), *L'Annonce faite à Marie* (1912), *Le Soulier de satin* (1929). D'autres dramaturges comme **Henri de Montherlant** (1895-1972), **Jean Anouilh** (1910-1987) ou **Jean Giraudoux** (1882-1944) donnent aussi une force poétique à la prose théâtrale.

B Le retour de la tragédie

Alors que l'Histoire semble un inéluctable destin qui mène l'humanité d'une guerre mondiale à une autre, la tragédie fait son retour. Sans doute les auteurs voient-ils en elle une forme susceptible d'exprimer ce **conflit de la liberté individuelle et d'une force** – *« une machine infernale »* (Jean Cocteau) – **qui la dépasse**. Reprenant les récits antiques, **Anouilh**, **Giraudoux** ou **Cocteau** écrivent des tragédies modernes qui montrent la vérité éternelle des mythes.

Ex. : « Et voilà. Maintenant, le ressort est bandé. Cela n'a plus qu'à se dérouler tout seul. C'est cela qui est commode dans la tragédie. On donne le petit coup de pouce pour que cela démarre, rien, un regard pendant une seconde à une fille qui passe et lève les bras dans la rue, une envie d'honneur un beau matin, au réveil, comme de quelque chose qui se mange, une question de trop que l'on se pose un soir… C'est tout. Après, on n'a plus qu'à laisser faire. On est tranquille. Cela roule tout seul. C'est minutieux, bien huilé depuis toujours » (Anouilh, *Antigone*, 1946).

2 Le théâtre engagé

Pour **Jean-Paul Sartre** (1905-1980), l'homme se définit par son engagement ; la littérature est donc militante, et le théâtre devient une tribune pour exprimer des idées philosophiques comme dans *Huis clos* (*« L'enfer, c'est les autres »* ; 1944) ou politiques comme dans *Les Mains sales* (1948). Le théâtre d'**Albert Camus** (1913-1960) s'interroge également sur le pouvoir et sur les relations entre les hommes : *Caligula* (1944), *Les Justes* (1949).

3 Le théâtre de l'absurde

A L'impossibilité de communiquer

• Dénonçant notre langage vide et notre incapacité à vraiment communiquer, **Samuel Beckett** (1906-1989) et **Eugène Ionesco** (1909-1994) mettent en scène des dialogues qui ne sont plus de véritables échanges.

> **Œuvre-clé**
> *La Cantatrice chauve* est jouée sans interruption au théâtre parisien de la Huchette depuis sa création en 1950. Ionesco, s'inspirant des méthodes de langue, écrit, par exemple : *« L'huile de l'épicier du coin est de bien meilleure qualité que l'huile de l'épicier d'en face. »*

• Cette **communication impossible** condamne les hommes à la solitude et à un destin misérable, comme les personnages exclus d'*En attendant Godot* (1953) de Samuel Beckett.

B La violence

Le contexte historique de la Seconde Guerre mondiale contribue à expliquer cette **violence** qui domine dans nombre de pièces des années 1950, comme *Les Bonnes* (1947) de Jean Genet (1910-1986) ou *La Leçon* (1951) d'Eugène Ionesco. Mais la violence est aussi une forme de présence qui donne toute sa puissance à la représentation théâtrale, comme le veut Antonin Artaud, partisan d'un *« théâtre de la cruauté »*.

C Un nouveau théâtre

Dans les pièces de Ionesco et de Beckett, les **didascalies** foisonnent : le spectacle est total car le théâtre ne se réduit pas au dialogue des personnages ; **tout fait sens**, du décor aux costumes en passant par la mise en place des comédiens.

4 Le théâtre aujourd'hui

Sans doute n'avons-nous pas suffisamment de recul pour percevoir les lignes de force majeures des œuvres contemporaines. On peut, tout de même, citer quelques auteurs reconnus.

• **Michel Vinaver** (né en 1927) a été longtemps le P-DG de Gillette tout en menant une carrière de dramaturge. Sa pièce *L'Ordinaire* est entrée au répertoire de la Comédie-Française en 2009 ; s'inspirant d'un fait réel, elle réunit sur scène des dirigeants d'entreprise coupés du monde suite à un accident d'avion et contraints de se poser la question du cannibalisme.

• Le théâtre de **Valère Novarina** (né en 1947) s'inspire de celui d'Antonin Artaud et s'attache à montrer la force des mots : *« Le vrai sang des choses est à chercher au fond des mots »* dit-il.

• **Bernard-Marie Koltès** (1948-1989), qui a beaucoup travaillé avec le célèbre metteur en scène Patrice Chéreau, est notamment l'auteur du *Retour au désert* en 1988, une pièce qui mélange les tonalités pour exprimer les déchirures familiales.

• **Jean-Luc Lagarce,** décédé du sida à 38 ans en 1995, est un des auteurs contemporains les plus joués en France et à l'étranger. Sa pièce la plus connue, *Juste la fin du monde*, a été composée en 1990 ; elle est entrée au répertoire de la Comédie française en 2007 et a été adaptée au cinéma par Xavier Dolan. Le film obtient le Grand Prix du festival de Cannes en 2016 et trois Césars en 2017 (voir p. 104).

• On peut citer aussi **Yasmina Reza** (née en 1959) dont la pièce *Art* (1994), interprétée par Pierre Vaneck, Fabrice Luchini et Pierre Arditi, est souvent reprise. L'intrigue est un huis clos : face à la question de l'art contemporain trois amis se déchirent et en viennent aux mains. *Le Dieu du carnage*, pièce créée en 2008, a été adaptée au cinéma par Polanski (*Carnage*, 2011).

30 Le théâtre : œuvres et parcours

1 *Le Malade imaginaire* (1673) de Molière

A Le contexte (voir p. 95)

• **La dernière comédie de Molière.** Après une grande comédie en vers, *Les Femmes savantes* (1672), Molière renoue avec la farce et la comédie ballet mais, brouillé avec Lully qui a composé la musique du *Bourgeois Gentilhomme* (1670), il fait appel au musicien Marc-Antoine Charpentier pour écrire son dernier spectacle, *Le Malade imaginaire*, dans lequel, très malade, il tient le rôle-titre d'Argan. Pris d'un malaise à la quatrième représentation, il meurt quelques heures plus tard.

• **Une comédie classique.** Molière, conformément à l'esthétique classique, reprend le modèle antique de la comédie : une intrigue familiale centrée sur un mariage problématique, une fin heureuse, des personnages types, une visée satirique (*castigat ridendo mores* : « corriger les mœurs en faisant rire »).

• **Une farce et une comédie ballet.** La farce (voir p. 92) n'hésite pas à recourir à un comique grossier (Argan courant au bassin) et la gestuelle occupe une place de choix. Dans cette dernière œuvre, Molière cherche avant tout à divertir son public, dont le roi, en le faisant rire et en satisfaisant ses goûts : préciosité, *commedia dell'arte* et exotisme dans les ballets.

Auteur

Molière (1622-1673) est un dramaturge qui donne ses lettres de noblesse à la comédie.

Info-clé

Louis XIV règne sur les Arts. Molière a célébré sa puissance à la fin du *Tartuffe*. En 1673, comme le roi lui préfère Lully, il essaie de regagner ses bonnes grâces en composant une comédie ballet divertissante dont le prologue souligne les « beaux faits », et « l'intrépide courage » du monarque.

B Les principaux repères

• **L'intrigue.** Argan, avare et prétendument malade, veut que sa fille Angélique épouse un médecin alors que cette dernière aime Cléante d'un amour réciproque. À ce nœud traditionnel s'ajoutent les manœuvres de Béline, la seconde épouse d'Argan, qui cherche à récupérer la fortune de son mari. Les discours de Béralde, l'énergie d'Angélique et les ruses de Toinette permettront aux jeunes gens de se marier tandis qu'Argan sera intronisé médecin.

• **Les principaux personnages.**

– **Argan** : barbon de la comédie, il est égoïste, avare et naïf. Le spectateur se moque de son attitude ridicule mais il pourrait être en même temps touché par les inquiétudes du personnage, la façon dont sa jeune épouse le manipule, l'affection qu'il peut témoigner à ses filles.

– **Angélique et Cléante** : ce sont les jeunes gens-types de la comédie. Angélique se montre ferme face à son père. Mais elle est aussi un modèle d'amour filial.

– **Béralde** : à la manière de Chrysalde dans *L'École des femmes*, il tente de faire entendre raison à son frère. À ce titre, il exprime les idées de Molière (*cf.* acte III, scène 3).

– **Toinette** : effrontée et rusée, la servante met son habileté au service d'Angélique et Cléante tout en cherchant à éclairer Argan son maître.

– **Béline** : intéressée et sans cœur, elle amène le spectateur à voir en Argan une victime autant qu'un bourreau.

C Parcours : « Spectacle et comédie »

• **Théâtre et spectacle.** Le mot « théâtre », dérivé en grec d'un verbe signifiant « regarder », rejoint dès son origine le mot « spectacle ». Au-delà du genre particulier de la comédie, c'est le théâtre lui-même qui est destiné aux regards. Aristote le souligne en faisant remarquer qu'à la différence des genres narratifs, le théâtre est *mimésis* (imitation) : sans nécessairement reproduire fidèlement le réel, il le révèle. Antonin Artaud (voir p. 88) regrette que, dans notre théâtre occidental, le texte ait pris le pas sur le spectacle.

Citation-clé

« Les comédies ne sont faites que pour être jouées [...] *avec les ornements qui les accompagnent ».*
Molière, préface de *L'Amour Médecin.*

• **Comédie et spectacle.** À la différence de la tragédie traitant de façon noble (en vers) et souvent figée des sujets mythologiques ou historiques, la comédie connaît une plus grande liberté. Elle n'est pas prisonnière d'un texte comme nous le rappelle la *commedia dell'arte* (voir p. 88) et accorde une place primordiale au spectacle : décor, costumes, diction, jeux de scène, tout fait sens (voir p. 90).

• **Les fonctions du spectacle.**

– **Une fonction divertissante :** les procédés comiques reposent autant sur la gestuelle et les mimiques que sur les jeux de mots. On peut penser à Orgon caché sous la table dans *Le Tartuffe* (IV, 5), au ballet des assiettes dans *Dom Juan* (IV, 7). Le travestissement est un ressort apprécié dans la comédie : Molière y a souvent recours mais aussi Marivaux *(Le Jeu de l'amour et du hasard)* et Beaumarchais (*Le Mariage de Figaro,* V, 7*)*. Ce procédé, au cœur même du jeu théâtral puisque le comédien emprunte une autre identité, nourrit de nombreux moments de « théâtre dans le théâtre ».

– **Une fonction satirique :** les costumes des personnages (avare ou bourgeois gentilhomme) contribuent à les ridiculiser et à dénoncer les travers qu'ils incarnent.

– **Une fonction esthétique :** les moyens techniques employés et l'existence depuis le début du XXe siècle de la profession spécifique du metteur en scène montrent l'importance de cette fonction. Les comédies ballets de Molière et l'opéra (*Dom Juan* ou *Les Noces de Figaro* de Mozart) suggèrent l'ouverture du texte théâtral au projet d'un spectacle total destiné à nous enchanter.

2 *Les Fausses Confidences* (1737) de Marivaux

A Le contexte

• **Le Théâtre-Italien.** À côté de la Comédie-Française, qui défend le patrimoine classique, les Italiens proposent un théâtre plus léger, celui de la *commedia dell'arte* avec ses personnages-types et ses *lazzi* (acrobaties). Mais au fil du siècle, les rôles s'affinent et certains valets comme Dubois ouvrent la voie qui mène au Figaro de Beaumarchais.

• **Le renouvellement de la comédie après Molière.** On retrouve dans *Les Fausses Confidences* le thème du mariage, le travestissement, la question de l'argent (la fortune d'Araminte) et du rang (le comte) qui sont au cœur de la comédie classique. Mais l'intrigue diffère des schémas traditionnels car Araminte, étant veuve, n'est pas tenue d'obéir à sa mère. De plus, ni l'autorité familiale ni la satire d'un travers ne sont au centre de la comédie de Marivaux.

Auteur

Marivaux (1715-1763) écrit principalement pour le Théâtre-Italien. Ses comédies s'écartent du modèle classique (Molière) et utilisent toutes les subtilités du langage pour analyser les sentiments et les relations humaines (voir p. 96).

• **Le succès de la pièce.** Après des débuts difficiles sous le titre de *La Fausse Confidence*, *Les Fausses Confidences* s'avère un grand succès de Marivaux. La pièce a été représentée plus de sept cents fois à la Comédie-Française depuis 1793.

B Les principaux repères

• **L'intrigue.** Dorante, bien fait mais sans fortune, est tombée amoureux d'Araminte, une riche veuve. Dubois, son valet, est entré au service de la jeune femme avec l'intention de l'amener à aimer le jeune homme. Ce dernier suit les directives du valet qui, déployant un savant stratagème (confidences, portrait, lettre…), rend possible le mariage en dépit des différences de fortune et des interventions de tierces personnages tels Marton la servante, Madame Argante la mère d'Araminte et le comte, le prétendant finalement éconduit.

• **Les principaux personnages.**

– **Dubois** : s'il rappelle Scapin (*Les Fourberies de Scapin*, Molière, 1671), Dubois, parce qu'il déploie toute une stratégie pour amener Araminte dans les filets de Dorante, ressemble aussi à Dom Juan, à Flaminia dans *La Double Inconstance*, et annonce les libertins de Laclos (*Les Liaisons dangereuses*, 1782).

– **Dorante** : personnage ambigu, Dorante applique les consignes de son valet tout en revendiquant la sincérité de son amour. Son aveu dans la scène 12 de l'acte III sauve la morale de la pièce.

> **Citation-clé**
>
> *« Dans tout ce qui s'est passé chez vous, il n'y a rien de vrai que ma passion qui est infinie […]. J'aime encore mieux regretter votre tendresse que de la devoir à l'artifice qui me l'a acquise »* Dorante (III, 13)

– **Araminte** : la jeune veuve est seule car les autres personnages, pensant l'éclairer (sa mère) ou décidés à servir leurs propres causes (Dubois, Marton), cherchent à influencer ses décisions alors qu'elle ne revendique que sa liberté.

• **Le marivaudage.** Terme dépréciatif à l'origine quand les philosophes des Lumières reprochaient à Marivaux sa légèreté, le mot « marivaudage » désigne à présent un art du langage inspiré du romanesque précieux (voir p. 84). L'art subtil de distiller des informations sous forme de confidences constitue le principal ressort de la pièce.

C Parcours : « Théâtre et stratagème »

• **Le stratagème.** Le mot « stratagème », désigne une ruse de guerre. En l'employant fréquemment pour évoquer le théâtre, on laisse entendre que les rapports entre les personnages se nouent sur le mode du conflit ou d'une volonté de pouvoir, qui tous deux, génèrent la tension dramatique indispensable à l'intrigue.

• **Comédie et stratagème.** La comédie est le genre privilégié du stratagème : ce dernier est un moteur de l'intrigue, un révélateur des travers à dénoncer, un prétexte à des jeux de scène comique. Le valet ou la servante sont au premier plan mais aussi parfois des maîtres comme dans *Le Jeu de l'amour et du hasard*. Dans certains cas, le stratagème est le fait d'un personnage extérieur, un maître du jeu, tel Flaminia dans *La Double Inconstance* de Marivaux.

• **Théâtre et stratagème.** La comédie n'a pas l'exclusivité du stratagème. Pensons à Agrippine dans *Britannicus* (1669) de Racine ou bien, plus nettement encore, à deux drames romantiques de Musset, *Lorenzaccio* et *On ne badine pas avec l'amour*. Il semblerait que le théâtre contemporain en quête d'une expression plus spontanée, libérée de l'obligation d'une intrigue, se soit détourné de ce ressort traditionnel.

3 *Juste la fin du monde* (1999) de Jean-Luc Lagarce

A Le contexte

• **La création de la pièce.** Jean-Luc Lagarce a la confirmation de sa séropositivité au VIH en juillet 1988 ; ses jours sont désormais comptés. En 1990, il achève *Juste la fin du monde*, une pièce commencée en février 88 sous le titre *Les Adieux* et qui, sans être autobiographique, se nourrit de l'expérience personnelle d'une mort annoncée. La pièce sera mise en scène pour la première fois en 1999 par Joël Jouanneau puis par de nombreux metteurs en scène en différentes langues.

Auteur

Jean-Luc Lagarce (1957-1995) a obtenu de grands succès pour ses mises en scène de pièces classiques ou contemporaines ainsi que pour ses propres œuvres, la plus célèbre étant *Juste la fin du monde*.

• **Un théâtre du quotidien et de l'intime.** Après les pièces de Ionesco et de Beckett qui ont montré les difficultés à communiquer en mettant en scène des situations absurdes, les dramaturges continuent d'explorer la faillite du langage mais dans un cadre plus ordinaire.

B Les principaux repères

• **L'intrigue.** Louis, âgé de 34 ans, qui a quitté sa famille brusquement, revient des années plus tard avec l'intention d'apprendre aux siens qu'il va bientôt mourir. Finalement, après les longues tirades des uns et des autres, il repart sans avoir rien révélé. Aucun événement ne vient infléchir le drame de cette parole à la fois libérée et interdite.

• **La composition de la pièce.** Encadrée par un prologue et un épilogue, la pièce est composée de deux parties séparées par un intermède. Ce qui marque surtout le spectateur, c'est la position originale de Louis, à la fois personnage et narrateur.

• **La place de la parole.** Le vocabulaire, simple voire familier, inscrit l'action dans un contexte ordinaire, accessible à tous. Mais la langue est originale : la pièce est en vers libres, souvent répétitifs, comme si le personnage peinait à s'exprimer et devait sans cesse remettre en cause les mots et la syntaxe choisis.

Info-clé

Le dramaturge Michel Vivaner distingue la « pièce-machine » de la « pièce-paysage » : la première déroule une intrigue selon un enchaînement de causalité et la parole y est un instrument tandis que la seconde, comme *Juste la fin du monde*, libérée de la nécessité de raconter une histoire, accorde à la parole une place particulière.

• **Héritage et innovation.** La langue de Lagarce et la composition de la pièce sont innovants mais cette nouveauté se nourrit de nombreuses références culturelles bibliques (le retour du fils prodigue, mais le père est absent) ou antiques (thèmes du voyage et du retour, messager et chœurs tragiques).

C Parcours : « Crise personnelle, crise familiale »

• **Un cadre familial dans le théâtre classique.** Depuis son origine antique, la comédie propose des intrigues qui se nouent dans un cadre familial, autour d'un conflit. La tragédie se déroule, quant à elle, dans les hautes sphères du pouvoir mais la famille est tout autant impliquée. La crise, indispensable à la tension dramatique, est souvent liée à un abus d'autorité.
La crise familiale est aussi la crise personnelle des héros qui voient leurs aspirations contrariées.

• **Individu et famille en crise.** La famille aujourd'hui n'est plus le cadre ferme des siècles passés ; elle peut même être perçue comme la source des souffrances de l'individu. Dans *Juste la fin du monde*, elle est un univers que Louis a rejeté, qui va sur sa « fin » mais qu'il recherche pourtant. L'amour et les tensions se mêlent inextricablement, ce qui rend la communication quasi impossible.

Histoire Géographie

MÉTHODES

COURS

Histoire

Géographie

Répondre à une question problématisée en histoire

COMMENT FAIRE ?

La **réponse à une question problématisée** en histoire permet à l'élève de montrer qu'il maîtrise les **connaissances** du programme et qu'il sait utiliser à bon escient les **notions** et les **échelles chronologiques**. Il traite le sujet par une **réponse organisée**, composée d'une introduction, de plusieurs paragraphes et d'une conclusion.

Étapes de préparation

Analyser le sujet

Il faut bien **comprendre** les mots du sujet et le **délimiter** dans le **temps** et dans **l'espace**.

Mobiliser ses connaissances

Cet exercice doit **répondre à la problématique** avec logique, grâce à une certaine hiérarchie et organisation des connaissances. Pour cela, il faut se poser les **grandes questions** : *qui ? quoi ? comment ? pourquoi ? quand ? où ?* etc. Elles permettent de **mettre** toutes ses connaissances en vrac, au brouillon, avant de les **trier** et de les **hiérarchiser**.

Appliquer les savoir-faire

Rédiger une problématique

Dégagez une **problématique** : discernez la ou les questions auxquelles le devoir devra répondre. Elle sert de **fil directeur** à la réflexion et donc au plan.

Faire un plan

Cadre de la démonstration, le plan permet de classer les éléments de réponse à la problématique en adoptant une structure **chronologique** ou **thématique**.

Rédiger le devoir

L'introduction

Après avoir montré que vous avez bien compris le sujet par **une analyse des termes**, présentez la **problématique** sous forme de question directe ou indirecte et **annoncez le plan**.

Le développement du devoir

Le corps du devoir est formé de **2 à 4 paragraphes**. Chaque partie comprend plusieurs arguments développés par un exemple, un fait précis et/ou une explication.

La conclusion

Elle apporte une **réponse à la problématique**. Elle peut finir par **l'élargissement du sujet** : il s'agit de l'ouvrir sur des perspectives plus larges.

Tout le devoir doit être rédigé en soignant l'expression et l'orthographe.

Analyser un document en histoire

COMMENT FAIRE ?

Cet exercice permet à l'élève de faire la preuve de sa capacité à comprendre le **contenu**, l'**apport** et la **portée** d'un document. Aussi, après l'avoir replacé dans son contexte historique, il s'agit de le mettre en relation et de le confronter à des connaissances personnelles pertinentes, grâce à la consigne qui accompagne le document et qui a pour but d'orienter l'analyse.
Lorsqu'un document est proposé, il faut :
– en **dégager le sens général** par rapport au chapitre d'histoire auquel il se rapporte ;
– le **critiquer**, c'est-à-dire en montrer l'intérêt et les limites, permettant ainsi de mieux comprendre la période historique concernée.

Étapes de préparation

Cerner le contexte

Après avoir présenté le document, dégagez les éléments qui permettent d'expliquer le contexte historique, les circonstances immédiates et globales dans lesquelles ce document a été produit.

Analyser le texte selon la ou les questions

D'abord, lisez attentivement le document et prenez soin de bien le comprendre. Repérez les mots-clés et la structure de l'argumentation, puis lisez attentivement la consigne pour bien cerner la logique de l'exercice. Ensuite, relisez le texte en soulignant et en annotant les éléments qui vous permettront de répondre à la consigne. Enfin, organisez les éléments du texte pour répondre de manière structurée au questionnement historique auquel il se rapporte.

Appliquer les savoir-faire

Rédiger l'analyse

Votre rédaction doit être organisée mais elle doit rester concise en raison du temps limité. Présentez le document à travers une **courte introduction**. Le **développement** en deux ou trois parties s'appuie sur les thèmes principaux du document en respectant l'orientation donnée par la consigne.
Votre analyse doit **toujours s'appuyer d'abord sur les documents**, en localisant le mieux possible l'élément que vous souhaitez expliquer (en utilisant les différents plans d'une photographie, les lignes et paragraphes d'un texte, les figurés d'une carte...).
La paraphrase est totalement à proscrire : il faut reformuler les idées du document en justifiant l'analyse par des citations courtes et bien sélectionnées. **La conclusion** fait le bilan de la réponse en une ou deux phrases de synthèse.
Bien que l'ensemble de vos réponses ne comporte pas de limite de volume, attention à ne pas rédiger une sorte de mini-composition, un exposé général qui n'utilise le document que comme support d'un cours.

MÉTHODES

Analyser deux documents en histoire

COMMENT FAIRE ?

L'analyse de documents peut demander à l'élève de **confronter deux documents** de même nature ou de nature différente. L'objectif de l'exercice reste le même : il s'agit de répondre à la question posée à partir de l'analyse des documents développée par l'ajout de connaissances. Aussi, lorsque deux documents sont proposés, l'élève doit **dégager le sens général de chacun des documents** dans la perspective de la question historique à laquelle il se rapporte, puis il doit les mettre en relation afin de **souligner l'intérêt de cette confrontation**.

Étapes de préparation

Identifier les documents

L'identification de chaque document est primordiale pour pouvoir les confronter avec un certain esprit critique. Après avoir bien identifié la **nature** et la **source** du document, il faut en cerner avec précision l'**auteur** et le **contexte**. Cette première étape permet de poser la base de l'exercice : les deux documents s'opposent-ils ? Ou vont-ils se renforcer l'un l'autre ? **On commence à identifier la relation entre les deux documents**.

Les reporter à la question

Travaillez ensuite sur les documents en fonction de la question posée. Il s'agit de bien **comprendre** chaque élément – ce qui demande du temps –, et d'identifier les éléments de réponses. La **structure des documents apparaît**. **Confrontez**-les alors avec la question historique à laquelle ils se rapportent et faites **ressortir des axes** qui formeront les idées.

Cerner la relation entre les documents

Le travail sur les documents permet de faire **ressortir des points communs ou des points de divergence**, des **relations de cause à effet** ou une **évolution** entre les documents. Certains éléments peuvent expliquer des arguments présents dans l'un des documents ou **souligner les limites ou l'intérêt** particulier des sources. Cette confrontation, cette relation entre les documents vous permettra de trouver le plus souvent **l'articulation des arguments**.

Exercice d'application

ÉNONCÉ

Comparez ces deux gravures satiriques révolutionnaires pour établir les transformations politiques et sociales entre les deux régimes.

A. « Â faut espérer qu'eu s jeu la finira ben tôt » **B.** « J'savais ben qu'jaurions not' tour »

▲ Caricatures révolutionnaires du XVIIIe siècle. Gravures anonymes coloriées, BNF, Paris.

CORRIGÉ

Présenter les documents et le contexte

Les deux documents sont des **gravures anonymes coloriées, du dernier quart du XVIIIe siècle**, conservées à Paris à la Bibliothèque nationale. Ces **images satiriques** commencent à être diffusées au début de l'année 1789 dans un contexte de crise aiguë de la monarchie absolue et d'effervescence politique et sociale. Réalisée au printemps 1789, la **première gravure** dénonce l'**inégalité de la société d'ordres**. La **seconde** témoigne des **changements politiques et sociaux** consécutifs à la première année de la Révolution française.

Décrire la première gravure et l'interpréter

Cette gravure représente **deux personnages richement vêtus assis sur le dos d'un homme dépenaillé**. Ils symbolisent les **trois ordres de la société française** de l'Ancien Régime. À califourchon, on identifie d'abord le **clergé** avec sa croix (premier ordre de la société française) et la **noblesse** avec son épée. Celui qui porte la charge symbolise le **tiers état**, représenté par un paysan. La caricature dénonce la société d'ordres et de privilèges de l'Ancien Régime. Elle montre concrètement la domination du clergé et de la noblesse qui pèsent sur le tiers état. Comme le souligne le titre, la caricature exprime le souhait que cette situation cesse.

Décrire l'évolution dans la seconde gravure et l'interpréter

Le **tiers état** est à présent **sur le dos de la noblesse**. Il a abandonné sa binette pour une épée et ramène fièrement un lapin qu'il a chassé. Le paysan porte une veste rouge sans accroc et arbore sur son chapeau, comme les deux autres ordres, la **cocarde tricolore**. Il frappe dans ses mains et donne le rythme au trio dirigé par le clergé qui porte la **balance de l'égalité**. La seconde gravure montre que l'ordre social a changé. Les privilèges, l'impôt dû au clergé (la dîme) et les droits seigneuriaux ont été abolis (4 août 1789). Les principes de liberté et d'égalité de tous face à la justice, aux impôts et aux emplois sont proclamés dans la **Déclaration des droits de l'homme et du citoyen**. La Révolution permet au tiers état de prendre sa revanche.

Conclure

Le changement politique évoqué par ces deux gravures représente donc le **passage d'une monarchie absolue de droit divin à une monarchie constitutionnelle** où la Nation est au cœur de la vie politique. La nouvelle monarchie est instaurée par une constitution rédigée en septembre 1791. Les annotations (« Vive le Roi, Vive la Nation », « Paix et concorde ») permettent de dater la gravure des années 1790-1791, à une période où le roi, qui prête serment à la **Constitution**, semble accepter le régime.

Répondre à une question problématisée en géographie

COMMENT FAIRE ?

Comme en histoire, la **réponse à une question problématisée** en géographie permet à l'élève de montrer qu'il maîtrise les **connaissances** du programme et qu'il sait utiliser à bon escient les **notions** et les **échelles géographiques**.

Étapes de préparation

Les points communs avec la question problématisée en histoire

Les **étapes de préparation** sont exactement les mêmes : analysez le sujet, mobilisez vos connaissances, faites un plan détaillé au brouillon. La **rédaction** de la problématique comporte les mêmes enjeux. Le devoir doit avoir la **même forme** qu'en histoire (introduction, paragraphes, conclusion) et les différentes étapes de rédaction sont identiques.

Spécificités en géographie

Mais il existe quelques **particularités** :
– dans l'introduction, lorsque le sujet est défini, pensez à en préciser les **limites spatiales** ;
– vous pouvez utiliser un **plan à échelles**, pour montrer un phénomène sous ses différents aspects.
Quel que soit le plan choisi, la dimension spatiale doit toujours être au centre de votre réflexion.

Appliquer les savoir-faire

Attitude à avoir

Tout au long du temps de l'exercice, demandez-vous régulièrement **si vous êtes toujours dans l'optique du sujet**. **Relisez-vous** régulièrement et, à la fin, prennez cinq à dix minutes pour vérifier l'**expression** et l'**orthographe**.

Conseils liés à la rédaction

N'employez jamais le futur, n'utilisez pas « va » ou « vont ». Évitez les parenthèses ou les guillemets, sauf pour une citation (dont on indiquera l'auteur, la date et les circonstances). Évitez l'emploi de la première personne du singulier (*je*) ainsi que certaines expressions (*au niveau de, sur le plan de, de tout temps, il y a*…). Faites des **phrases simples et assez courtes**, avec une ponctuation précise. La **présentation** doit être claire : sautez deux lignes entre chaque paragraphe, avec des alinéas. Veillez à **l'équilibre des parties**.

Erreurs à éviter

Ne vous contentez pas de généralités : à **chacune de vos idées doit correspondre un exemple précis** (daté, localisé, chiffré), à chaque exemple correspond une idée. Enchaînez logiquement les idées en évitant de « passer du coq à l'âne » : il s'agit de faire une **démonstration**. Évitez le **hors sujet**, en particulier la simple récitation intégrale d'un cours et d'une leçon sans avoir sélectionné ce qui concernait uniquement le sujet.

Réaliser un croquis en géographie

COMMENT FAIRE ?

Un croquis de géographie est une **réponse cartographique à un sujet qui pose une problématique**. Il est le produit d'une **réflexion argumentée** et montre comment un territoire s'organise en fonction du sujet traité. Il suppose un **tri**, des **croisements**, des **choix** et une **hiérarchisation des informations**.

Étapes de préparation

Analyser le sujet et dégager une problématique

La démarche est la même que pour une composition. Définissez les termes du sujet et le cadre spatial, dégagez-en les enjeux pour élaborer une problématique qui sert de fil directeur à la réflexion spatiale et donc à la construction de la légende.

Mobiliser ses connaissances

Rassemblez les informations cartographiables qui répondent à la problématique et ne retenez que les informations nécessaires au traitement du sujet pour éviter de surcharger la carte ce qui nuirait à sa lisibilité.

Appliquer les savoir-faire

Construire la légende

La légende doit être structurée, hiérarchisée et faire apparaître une démonstration. Elle est organisée en parties (deux ou trois en général), voire en sous-parties, qui portent un titre court et qui doivent révéler la cohérence de l'argumentation. Les informations figurées dans la légende doivent bien correspondre aux titres et sous-titres proposés.

Choix des figurés

À chaque information doit correspondre un figuré pertinent en vérifiant si les figurés choisis peuvent se superposer et se hiérarchiser, en respectant les conventions du langage cartographique. Il existe **trois types de figurés** : de **surface**, **ponctuels**, **linéaires**, dont on fait varier la taille, la couleur (gradation ou contrastes), l'épaisseur, l'orientation (pour les hachures). Les figurés de surface permettent de représenter les aires géographiques. Les figurés ponctuels permettent de localiser des phénomènes précis. Les figurés linéaires (lignes, flèches) doivent être utilisés pour représenter les réseaux de communication routiers et fluviaux, les axes, ainsi que les échanges (flux).

Choix des couleurs

La couleur doit suggérer le phénomène représenté (par exemple, utilisez le bleu pour tous les éléments se rapportant à l'eau ou au froid). Attention ! Le blanc est la couleur du vide : un espace laissé en blanc sur le fond de carte signifie qu'il n'est pas compris dans le sujet. **Le blanc ne doit pas être un figuré de surface dans la légende**.

Réaliser le croquis

C'est un travail de localisation précise d'informations sélectionnées et de respect de codes graphiques. La légende doit pouvoir être lue en même temps que le croquis. **Il faut être attentif à l'exactitude des localisations, au soin et à la lisibilité du croquis**.

Reporter les informations

Commencez par dessiner les figurés de surface (plages de couleur, puis hachures), puis les figurés ponctuels et linéaires. Chaque information de la légende doit se retrouver à l'identique sur le croquis.

Indiquer la nomenclature

Les noms en relation avec le sujet doivent être écrits horizontalement, sauf ceux du réseau hydrographique qui doivent suivre les cours d'eau. L'écriture et la taille des noms sont les mêmes pour un même type d'information. Donner un titre et orienter le croquis.

Exercice d'application

ÉNONCÉ

Mumbai, une métropole fragmentée

Le sujet s'inscrit dans la partie du programme intitulée « La métropolisation : un processus mondial différencié ». Il convient de montrer, dans un premier temps, que Mumbai est une métropole moderne et mondialisée : un certain nombre de figurés ponctuels doivent souligner la présence de centres économiques, culturels et scientifiques et de nœuds de communication majeurs. Dans un deuxième temps, il est nécessaire de s'intéresser aux recompositions en cours dans la métropole indienne : des figurés linéaires permettent de mettre en évidence les nouveaux axes de développement de la ville. Enfin, grâce surtout à des figurés de surface, peuvent être étudiés plus spécifiquement les espaces différenciés produits par ces processus à l'œuvre aujourd'hui, et qui font de Mumbai une métropole peu durable aux fortes inégalités.

CORRIGÉ

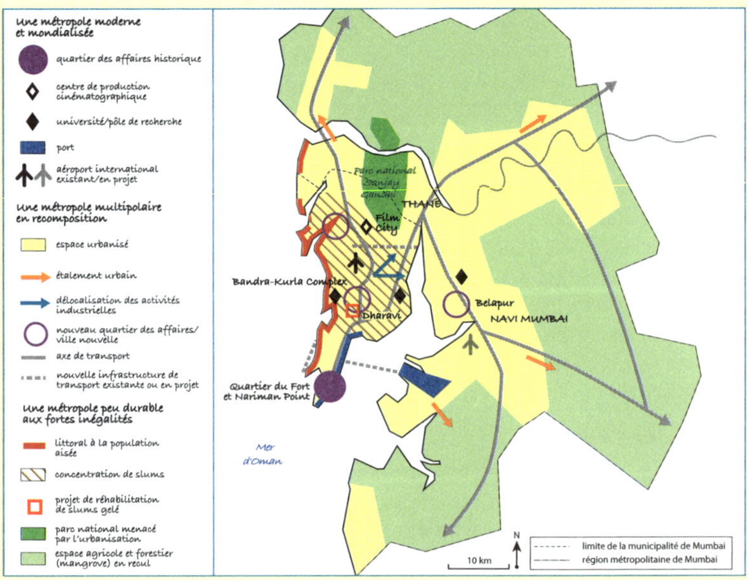

Mumbai, une métropole fragmentée. ▶

Analyser deux documents en géographie

COMMENT FAIRE ?

Comme en histoire, l'exercice d'analyse de documents comporte **un titre, un ou deux documents** qui peuvent être de nature différente. Il est accompagné d'une **consigne** qui guide l'analyse du ou des documents. Cette analyse doit permettre à l'élève de faire la preuve de sa capacité à **comprendre le contenu, l'apport** du ou des documents, en fonction de la question posée, et les **enjeux spatiaux** qu'ils abordent.

Étapes de préparation

Comprendre la consigne

Commencez par **bien lire** et **comprendre** la consigne qui oriente l'analyse des documents. Or, celle-ci comporte forcément une **dimension spatiale**, propre à la géographie, que vous devez cerner dès le début du travail. Elle mène à la **confrontation des documents**.

Comprendre les documents

Il s'agit souvent de **deux documents de nature différente**. Vous devez **discerner l'importance de chacun** et leur **appliquer une dimension spatiale** : *quel est l'espace concerné ? quelle est l'échelle concernée ? peut-on l'analyser sous différentes échelles spatiales* ? De plus, il est indispensable de les confronter pour **les situer l'un par rapport à l'autre** et **saisir la pertinence de ce choix**.

Appliquer les savoir-faire

Étapes de la réponse

Comme en histoire, après une **introduction** succincte mais claire où vous posez le sujet, le **développement** se présente sous forme de **paragraphes**. Chaque paragraphe développe une **idée**, un argument qui s'appuie sur des **éléments du document** : lorsqu'il s'agit d'une carte, d'un graphique ou d'un tableau, il faut donner des chiffres, des localisations, etc. Il faut ensuite **les expliquer et les développer à l'aide des connaissances**. Enfin, la **conclusion** répond à la problématique, critique éventuellement les documents et peut ouvrir la perspective.

Éclairer les documents

Partir de la description des documents est primordial. Mais complétez aussi impérativement cette description par **un apport de connaissances** lesquelles viennent expliquer l'analyse des cartes ou des tableaux. La démarche géographique doit toujours être appliquée : faites attention aux **échelles géographiques** et aux **systèmes des acteurs spatiaux**. Enfin, **confronter** les documents permet de voir s'ils se complètent, se contredisent, se développent...

1 La Révolution française et l'Empire

Entre 1789 et 1815, la **France** connaît un **bouleversement politique sans précédent.** La monarchie absolue cède la place à une **monarchie constitutionnelle,** puis à une **République** qui se termine par un **coup d'État en 1799** instaurant un nouveau régime. D'abord **consul**, **Napoléon Bonaparte** se fait sacrer **empereur** en 1804. La volonté nouvelle d'unir la nation autour de **grands principes** a des échos dans toute l'Europe.

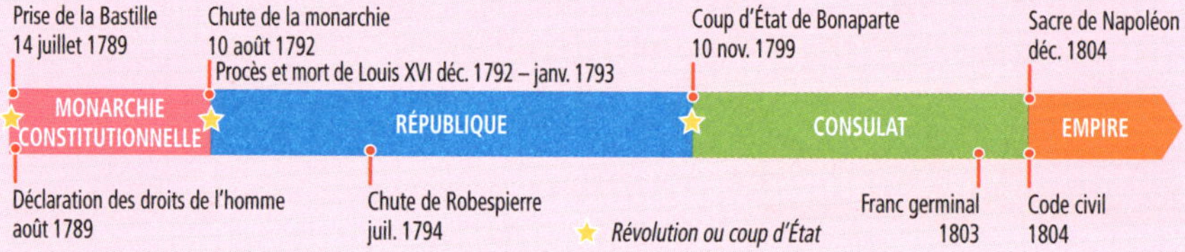

1 De la monarchie constitutionnelle à la République

A La mise en avant de grands principes

• **La révolution des députés.** L'absence de réaction de Louis XVI face à ses réclamations pousse le tiers état à se proclamer le 17 juin Assemblée nationale. Les députés, réunis dans la salle du Jeu de paume, font le serment de ne se séparer qu'après avoir rédigé une Constitution.

• **L'effondrement de la monarchie.** Une révolution populaire violente débouche, le 14 juillet, sur la prise de la Bastille, symbole de l'arbitraire royal. Afin de sauver le droit de propriété, l'Assemblée abolit les privilèges et les droits seigneuriaux et adopte, le 26 août, la Déclaration des droits de l'homme et du citoyen.

• **Le divorce entre le roi et la nation.** Le 14 juillet 1790, la fête de la fédération célèbre une France nouvelle où la souveraineté réside dans la nation et où les Français sont devenus des citoyens. Mais la fuite de Louis XVI ouvre une grave crise politique entre une partie du peuple, acquise à la République et la bourgeoisie modérée. La République est proclamée dans l'urgence en septembre 1792.

Mot-clé

La Déclaration des droits de l'homme et du citoyen : s'inspire à la fois de la pensée des Lumières et des Déclarations des droits anglaise et américaine. Elle définit de grands principes devenus universels. Reprise ensuite dans la constitution des IVe et Ve Républiques, elle a inspiré la rédaction de la Déclaration universelle des droits de l'homme de 1948.

◄ *Le Serment du Jeu de Paume*, le 20 juin 1789. Jacques Louis David, vers 1791. Huile sur toile

B Conflits et débats

• **Des députés divisés.** Au sein de l'Assemblée, les Montagnards souhaitent se diriger vers une démocratie sociale. Leurs adversaires, les Girondins, s'inquiètent de cette pression populaire permanente et entendent surtout consolider les grands principes de 1789. Lors du procès du roi, les arguments des Montagnards l'emportent et Louis XVI est déclaré coupable de trahison.

• **La République montagnarde.** Face aux attaques des États voisins et au soulèvement des Vendéens, le gouvernement est confié en mars 1793 à un Comité de salut public où Robespierre joue un rôle dominant. Les libertés individuelles sont suspendues et Robespierre instaure une véritable dictature, éliminant ses opposants, comme Madame Roland exécutée en novembre 1793. Inquiets, les députés modérés le font arrêter et guillotiner le 28 juillet 1794 sans procès.

Mot-clé

La Terreur : mise à l'ordre du jour le 5 septembre 1793 dans le but d'éliminer les ennemis de la Révolution. À l'automne, les invasions étrangères sont arrêtées, les fédéralistes et vendéens écrasés mais la Terreur a fait 17 000 victimes et la guerre civile environ 200 000.

2 Du Consulat à l'Empire

A Réconcilier les Français

• **Consolider l'héritage de la Révolution.** Marqué par les acquis de la Révolution et décidé à stabiliser le nouveau régime, Bonaparte fait adopter une Constitution qui maintient la République, mais fonde un régime exécutif fort, le Consulat. Le Code civil confirme l'égalité des droits proclamée en 1789, mais le droit de grève et d'association est interdit.

• **Pacifier le pays.** Bonaparte mène une politique de réconciliation nationale. Il autorise le retour des nobles émigrés. Il offre des postes de fonctionnaires aux anciens royalistes comme aux anciens révolutionnaires. Il se réconcilie avec les catholiques en signant avec le pape le Concordat de 1801. Prenant le prétexte d'un complot royaliste, il se fait proclamer en 1804, par plébiscite, empereur des Français.

B Armer la nation

• **Un régime autoritaire.** Après son sacre, Napoléon se comporte comme un roi. Il crée une cour autour de lui et une nouvelle noblesse, la noblesse impériale. Il gouverne désormais seul ; les assemblées ne sont plus consultées, ni même les ministres. Les libertés de presse et de réunion disparaissent et les opposants sont arrêtés.

• **Des guerres meurtrières.** À partir de 1803, la guerre reprend, opposant bientôt de nouveau la France à toute l'Europe. En 1812, Napoléon subit un grave revers en Russie et, en 1814, la France est envahie par l'Europe coalisée. De nouveau vaincu à Waterloo en 1815, il est exilé dans la lointaine île de Sainte-Hélène, où il meurt en 1821.

C L'Europe et la Révolution française

• **Espoirs de liberté.** En Europe, la Révolution de 1789 a d'abord suscité l'espoir des partisans des Lumières. Dans les pays où elles pénètrent à partir de 1794, les armées françaises sont accueillies en libératrices : la France supprime la dîme, les droits seigneuriaux, les privilèges.

• **Rejet de la domination.** Mais les armées françaises survivent en pillant les pays qu'elles occupent ; de plus les populations doivent payer de lourds impôts à la France et fournir des soldats à la Grande Armée de Napoléon. En Espagne, le peuple se soulève contre l'occupant à partir de 1808 et, dans la plupart des pays occupés, le sentiment national se développe.

2 L'Europe entre restauration et révolution

Les guerres révolutionnaires, poursuivies par Napoléon Bonaparte jusqu'en 1815, propagent **en Europe les idées de la Révolution,** notamment les idées de libertés politiques, économiques et religieuses, mais aussi le **droit des peuples à disposer d'eux-mêmes.** Contre **les monarchies restaurées** par le Congrès de Vienne, des **courants nationaux et libéraux** s'organisent alors, **en Grèce** d'abord puis **en France** et **en Europe.** Ils s'accompagnent de l'apparition de **sociétés secrètes.**

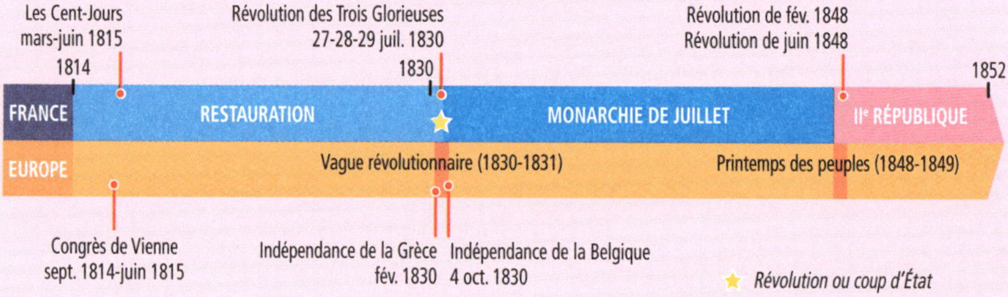

1 L'Europe du congrès de Vienne

A La restauration de l'ordre monarchique

• **Le système Metternich.** Les monarques européens vainqueurs de Napoléon à Waterloo en juin 1815, refusent de prendre en compte les aspirations de leurs peuples et suppriment les libertés, de peur de voir leur pouvoir se fragiliser. Une diplomatie nouvelle est mise en place à l'instigation du ministre des Affaires étrangères autrichienne, Metternich.

• **Le mépris des nationalités.** Le congrès de Vienne rétablit un ordre conservateur. En 1815, les souverains ont rétabli leur pouvoir absolu. Ils ont redessiné les frontières sans tenir compte des nationalités. Ainsi les Allemands sont divisés en plusieurs États, alors que l'Empire autrichien comprend de nombreuses nationalités : Allemands, Hongrois, Tchèques, Croates…

▲ *Scène des massacres de Scio : familles grecques attendant la mort ou l'esclava[ge]*
Eugène Delacroix, 1824.
Huile sur toile.

• **De nouvelles aspirations.** Après 1815, des mouvements libéraux et nationaux se développent. Les libéraux veulent des constitutions limitant le pouvoir des rois et plus de libertés. Les patriotes réclament l'indépendance pour leur peuple, ou son unification lorsqu'il est divisé en plusieurs États.

B Restauration et monarchie de Juillet en France

• **La Restauration par Louis XVIII.** En 1814, la monarchie est restaurée par les souverains d'Europe. Un frère de Louis XVI devient roi sous le nom de Louis XVIII. Il reprend le drapeau blanc et accorde une constitution aux Français.

• **La Monarchie de Juillet.** On qualifie de monarchie de Juillet le règne de Louis-Philippe arrivé sur le trône en juillet 1830. Plus libéral que son prédécesseur, le roi adopte le drapeau tricolore et élargit le droit de vote.

2 Les révolutions en France et en Europe

A À l'origine de l'indépendance grecque

• **Le mouvement national et libéral grec.** C'est dans le milieu de la bourgeoisie fortunée qu'est fondée une société secrète, l'Hétairie, qui se donne pour but d'unir les Grecs en vue de leur indépendance. Un véritable réseau clandestin de résistance aux Turcs se forme dans le pays et les Grecs parviennent à proclamer en janvier 1822 l'indépendance du pays.

• **Répression ottomane et intervention européenne.** La riposte des Turcs est féroce : le massacre de Chios (avril 1822) provoque l'indignation de l'Europe et la naissance d'un puissant courant philhellénique. Face à la triple alliance (Grande-Bretagne, France, Russie) dirigée contre eux, les Ottomans sont obligés de reconnaître en février 1830 un État grec indépendant.

B 1830 en France et en Europe

• **Les Trois Glorieuses.** Charles X, qui avait succédé à son frère Louis XVIII en 1824, suspend en 1830 la liberté de la presse et limite le droit de vote aux propriétaires terriens les plus riches. Ces décisions provoquent une révolution : du 27 au 29 juillet 1830, les Parisiens chassent Charles X, qui est remplacé par Louis-Philippe, plus libéral.

• **Des guerres meurtrières.** D'autres soulèvements ont lieu en Europe mais ils n'aboutissent pas ; seuls les Belges, révoltés contre la Hollande, obtiennent leur indépendance en 1830.

C 1848 en France et en Europe

• **La Révolution de 1848 en France.** En 1848, une nouvelle vague révolutionnaire secoue l'Europe. Elle commence à Paris, le 24 février. La population est épuisée par la crise économique qui la plonge dans le chômage et la misère, et elle revendique davantage de libertés. Les ouvriers et les étudiants se soulèvent ; le roi Louis-Philippe est renversé et la monarchie est remplacée par une république. Mais les premières mesures des parlementaires ne sont pas favorables aux ouvriers, qui se révoltent (23-26 juin). L'Assemblée réprime violemment l'insurrection.

• **Le « printemps des peuples ».** Cette révolution se propage dans toute l'Europe au printemps 1848. Dans l'Empire d'Autriche, les États allemands, les États italiens, les libéraux et les patriotes dressent des barricades et obtiennent des constitutions. Les patriotes allemands tentent aussi de réaliser l'unité nationale, alors que, dans l'Empire d'Autriche, les Tchèques et les Hongrois proclament leur indépendance. L'Italie, divisée en sept États, est en proie depuis 1847 à une agitation menée par le Risorgimento, mouvement unificateur.

> **Biographie**
>
> **Giuseppe Mazzini** (1805-1872). Nationaliste italien, membre de la société secrète Carbonaria, il fonde le mouvement Jeune Italie en 1831. Il est le principal acteur du nationalisme italien jusqu'en 1848.

• **L'échec des mouvements.** Le « printemps des peuples » ne dure pas. Les armées, fidèles aux souverains, matent les révoltes, et ces derniers parviennent à rétablir leur autorité absolue. Les frontières restent inchangées. L'écrasement par l'armée autrichienne de la révolution viennoise, puis, avec l'aide des Russes, de l'insurrection hongroise, rétablit l'Autriche dans son rôle de gendarme de l'ordre de 1815.

3 La difficile entrée dans l'âge démocratique (1848-1871)

Les révolutionnaires de février 1848 entendent établir une **république démocratique et sociale.** Les mesures prises en faveur des chômeurs effraient le reste de la société. La question sociale conduit à une guerre civile et au **retour d'un pouvoir autoritaire. Napoléon III** rétablit l'Empire et réprime les opposants.

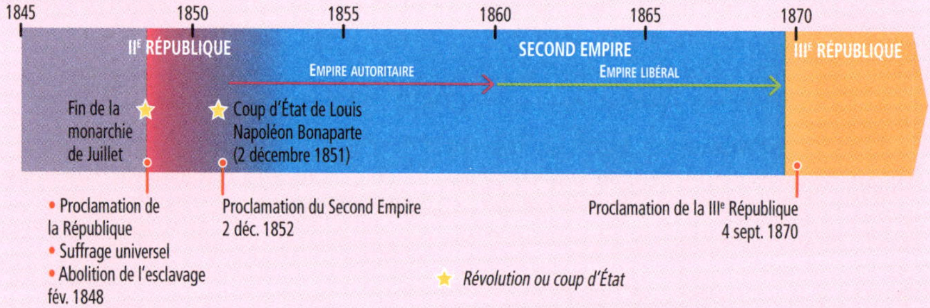

1 La Deuxième République

A De grandes avancées démocratiques

• **Les premières mesures.** Après la révolution de février 1848, la République est proclamée et un gouvernement provisoire se met en place avec des personnalités comme le poète Lamartine, Ledru-Rollin ou Louis Blanc, favorables à une république démocratique et sociale. Il établit le suffrage universel masculin, crée des ateliers nationaux pour employer des chômeurs, diminue la durée de la journée de travail.

• **L'abolition de l'esclavage.** Sous-secrétaire d'État à la Marine en 1848, Victor Schœlcher prépare et fait voter le décret d'abolition immédiate et complète de l'esclavage dans les colonies françaises, ainsi que l'article de la Constitution qui fait des esclaves libérés des citoyens français. Mais la réalité est rude : livrets de travail et passeports intérieurs obligatoires pour tout déplacement de « nouveaux libres » sont instaurés et des arrêtés fixent la police du travail.

▲ *Le vote ou le fusil*, par Bosredon. Gravure imprimée en 1848. « Ça, c'est pour l'ennem du dehors ; pour le dedans, voici comme l'on combat loyalement les adversaires… »

B Des tensions qui font échouer le projet républicain

• **Le pouvoir aux républicains modérés et aux bourgeois libéraux.** Les élections à l'Assemblée constituante ont lieu en avril 1848. Elles donnent une large majorité aux républicains modérés. Ils décident aussitôt la fermeture des ateliers nationaux accusés d'être trop coûteux. Les ouvriers se révoltent (23-26 juin), mais l'Assemblée réprime violemment l'insurrection (20 000 morts).

• **Une République divisée.** Des tensions s'expriment entre conservateurs et républicains, villes et campagnes, bourgeois et ouvriers. En mai 1850, l'Assemblée vote une loi qui oblige à justifier de trois ans de résidence dans la même commune pour pouvoir voter. Elle a pour conséquence de retirer le droit de vote à 3 millions de Français, essentiellement des ouvriers.

• **Louis Napoléon Bonaparte, premier président.** Le 10 décembre 1848, Louis Napoléon Bonaparte, le neveu de Napoléon Ier, avait été élu président de la République au suffrage universel. Mais, peu avant la fin de son mandat, le 2 décembre 1851, il organise un coup d'État : il dissout l'Assemblée et s'empare de la totalité des pouvoirs. La résistance au coup d'État est faible et rapidement brisée.

2 Le Second Empire (1852-1870)

A Un régime autoritaire

• **Le rétablissement de l'Empire.** Après son coup d'État, Louis Napoléon crée une nouvelle constitution qui lui donne la totalité du pouvoir. En décembre 1852, il rétablit l'Empire à la suite d'un plébiscite et devient empereur sous le nom de Napoléon III.

• **Des mesures économiques efficaces.** Durant son règne, Napoléon III favorise la croissance économique du pays. Le réseau ferré passe ainsi de 3 600 à 16 000 kilomètres ; les premières banques de dépôts apparaissent : le Crédit Lyonnais (1863) et la Société Générale (1864). Pour développer le commerce, l'empereur signe un traité de libre-échange avec l'Angleterre (1860).

> **Biographie**
>
> **George Sand (1804-1876).** De son vrai nom Amantine Aurore Lucile Dupin, l'écrivain George Sand ouvre ses romans à la question sociale en défendant les ouvriers et les pauvres. Elle s'engage activement en politique à partir de 1848, inspirant Ledru-Rollin, participant au lancement de trois journaux, plaidant auprès de Napoléon III la cause de condamnés, notamment celle de Victor Hugo.

• **Une politique de grandeur nationale.** Napoléon III mène une politique extérieure active. Il aide le Piémont-Sardaigne à unifier l'Italie et obtient en contrepartie Nice et la Savoie (1860). Il achève la conquête de l'Algérie et acquiert la Nouvelle-Calédonie.

• **La limitation des libertés.** Jusqu'en 1860, le régime est autoritaire. Les libertés fondamentales (de réunion, de presse…) sont fortement limitées.

B Oppositions et répression

• **L'exil de Victor Hugo.** Les opposants sont arrêtés ou contraints à l'exil. Ainsi, l'écrivain Victor Hugo, farouche opposant à Napoléon III, doit quitter la France.

• **Vers un Empire plus libéral.** Après 1860, l'Empire devient plus libéral. Napoléon accorde le droit de grève aux ouvriers en 1864, tolère les syndicats et rétablit partiellement les libertés de presse et de réunion (1868). Mais l'opposition républicaine progresse et ces mesures ne font que la renforcer.

• **La fin de l'Empire.** En 1870, Napoléon III déclare la guerre à la Prusse mais il est fait prisonnier avec le gros de son armée à Sedan, dans les Ardennes. À Paris, un gouvernement provisoire proclame la République, le 4 septembre 1870.

Allégorie de l'abolition de l'esclavage à La Réunion, 20 décembre 1848.
Alphonse Garreau, 1849. Huile sur toile. ▶

4 La mise en œuvre du projet républicain (1870-1914)

Défaite par l'Allemagne, la France met du temps avant de parvenir à adopter une **nouvelle constitution républicaine.** À partir de 1879, les républicains posent le socle d'une **culture politique** qui restera celle de toute la IIIe République. Mais des oppositions persistent et les Français se divisent sur les **grands principes** qui doivent guider la vie politique.

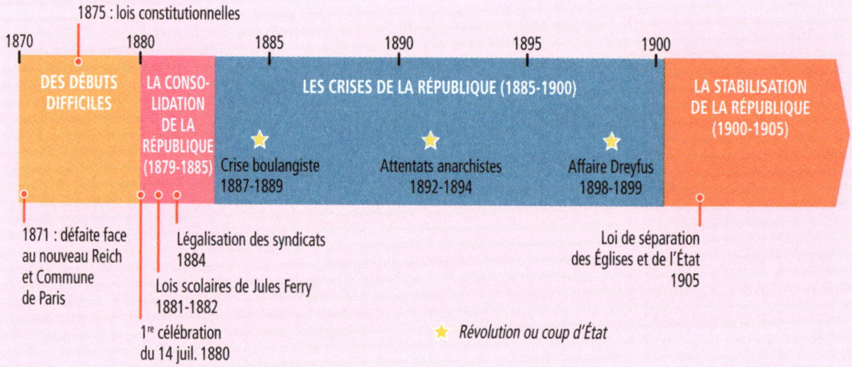

1 La mise en place de la IIIe République

A L'affirmation de la démocratie et des libertés

• **Les débuts de la République.** En 1871, après la défaite contre la Prusse, une organisation ouvrière révolutionnaire se met en place à Paris : la Commune. Mais cette insurrection est écrasée dans le sang par la toute nouvelle Assemblée nationale à majorité monarchiste.

• **Un régime parlementaire.** En 1875, une partie des royalistes de l'Assemblée se joint aux républicains pour voter les lois constitutionnelles qui organisent la nouvelle République. Le parlement, élu au suffrage universel, joue un rôle prépondérant dans la vie politique d'autant qu'à partir de 1879, le président de la République renonce à utiliser son droit de dissolution de l'Assemblée.

• **Les libertés : socle de la démocratie.** La liberté d'expression est renforcée en 1881 par des lois instaurant une large liberté de la presse, du colportage et de l'affichage. Le développement de la vie politique est encouragé par la liberté de réunion. En 1884, une loi autorise les syndicats et accorde ainsi au monde ouvrier la possibilité légale de s'organiser et de défendre ses intérêts.

▲ *L'arrestation de Louise Michel (pendant la Commune).* Jules Girardet. 1871. Huile sur bo

B L'enracinement de la culture républicaine

• **République et sentiment national.** L'idée républicaine est indissociable du patriotisme. La grandeur de l'histoire nationale et la diversité du territoire français sont exaltées afin de renforcer l'amour de la patrie et de présenter la défense du pays comme un devoir.

• **L'école au cœur du projet républicain.** L'école primaire devient obligatoire, gratuite et laïque en 1881-1882. L'école forme les futurs citoyens en les préparant à leurs devoirs civiques. Elle est aussi censée assurer l'égalité des chances et la promotion par le mérite. Mais, si l'école primaire est ouverte à tous, le lycée reste payant et les bourses sont peu nombreuses.

> **Mot-clé**
>
> **Les lois Ferry** : en juin 1881 et mars 1882, Jules Ferry, ministre de l'Instruction publique, fait voter les lois scolaires : la gratuité de l'école primaire publique, l'obligation scolaire de six à treize ans et la laïcité de l'enseignement public.

• **Symboles et lieux de référence.** *La Marseillaise* redevient hymne national en 1879 et le 14 juillet est institué fête nationale en 1880. Dans toutes les villes de France, des avenues et des places prennent le nom de la République. La devise « Liberté, Égalité, Fraternité » est inscrite sur les bâtiments publics où sont installés des bustes de Marianne. Le Panthéon est laïcisé en 1880 et on y enterre les grands hommes auxquels la République se réfère (Voltaire, Rousseau). À l'occasion des funérailles de personnalités républicaines, comme Victor Hugo (1885), sont organisées d'imposantes cérémonies populaires.

2 Des oppositions qui perdurent

A Les tensions avec l'Église

• **L'avènement d'une République laïque.** Les gouvernements successifs de la IIIe République adoptent une législation anticléricale à partir des années 1880. Les symboles religieux sont retirés des lieux publics, le divorce est rétabli (1884). La campagne de laïcisation se fait dans une ambiance de lutte politique au Parlement et de débats enflammés dans la société.

• **La séparation des Églises et de l'État.** En décembre 1905 est votée la loi de séparation des Églises et de l'État. Un inventaire des biens ecclésiastiques est prévu pour qu'ils deviennent propriété de l'État. En 1907, tous les biens de l'Église sont remis aux communes, les lieux de culte sont laissés à la disposition des fidèles et des ministres du culte.

B Crises et faiblesses de la République

• **Nationalisme et antisémitisme.** Plusieurs crises politiques secouent la République à la fin du XIXe siècle. En 1889, le général Boulanger rallie autour de lui les opposants à la République et semble prêt à faire un coup d'État, mais il y renonce. Entre 1892 et 1894, des anarchistes multiplient les attentats pour déstabiliser la République, sans y parvenir. Enfin, en 1898-1899, l'affaire Dreyfus divise les Français et révèle l'existence de l'antisémitisme en France.

• **Le refus du vote des femmes.** La première suffragette française, Hubertine Auclert, considère le droit de vote comme le préalable nécessaire à tout progrès pour la condition féminine. En 1880, elle refuse de s'acquitter de ses impôts estimant que, ne votant pas, elle n'avait pas à les payer. Ses actions sont soutenues par un certain nombre de personnalités mais le droit de vote des femmes n'est pas mis en discussion à l'Assemblée.

• **La place croissante de la question militaire.** À partir de 1909, la rivalité avec l'Allemagne met les questions militaires au premier plan.

> **Mot-clé**
>
> **Suffragettes :** les femmes qui se sont battues pour obtenir le droit de vote pour les femmes. Les premières suffragettes apparaissent au Royaume-Uni à partir des années 1870 sous le nom d'abord de « suffragistes ».

5 Industrialisation et société française (1848-1914)

La seconde moitié du XIXe siècle est marquée au niveau économique et social par le développement d'une **industrialisation massive**, qui s'accompagne d'un **essor des villes** et d'un important **exode rural**. Ces changements provoquent de **nombreuses mutations** dans la société et des tensions qui font de la **question ouvrière** un élément-clé de la vie politique.

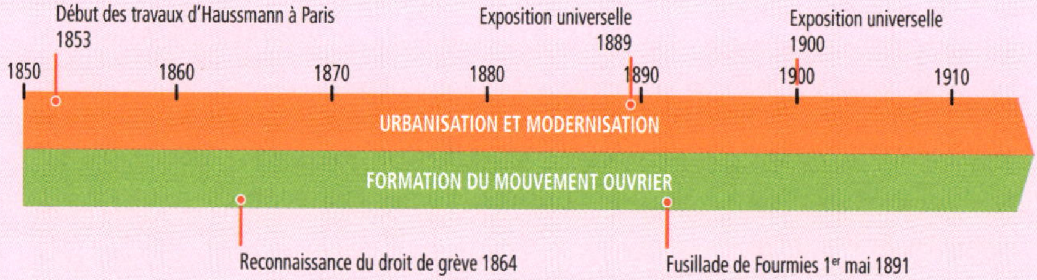

1 Industrialisation, urbanisation et modernisation

A La transformation des modes de production

• **Une première industrialisation.** L'industrialisation concerne d'abord le textile, où les nouvelles machines permettent de produire beaucoup de tissus. La sidérurgie et la métallurgie fournissant des quantités croissantes de machines, de rails, de ponts, de charpentes métalliques (tour Eiffel pendant l'Exposition universelle de 1889), la production de charbon, nécessaire à la machine à vapeur et à la sidérurgie, augmente fortement.

• **Une seconde industrialisation.** Une seconde industrialisation démarre dans les années 1880 avec le début de l'électricité qui sert d'abord à produire de la lumière, puis à actionner des machines. Le pétrole commence aussi à être exploité pour alimenter des moteurs. L'industrie chimique (colorants, engrais) connaît à cette époque un essor rapide. À partir de 1900, c'est le début de l'industrie automobile.

• **Les régions industrielles.** Les industries textiles et métallurgiques se concentrent surtout sur les gisements de charbon et de minerai de fer, donnant naissance aux pays noirs. Les industries de la seconde industrialisation se localisent en général près des grandes villes, où se situent la main-d'œuvre et les consommateurs, et dans les ports.

▲ *Napoléon III remettant au baron Haussmann le décret d'annexion des communes limitrophes.* Yvon Adolphe. 1865. Huile sur toile.

B Croissance urbaine et exode rural

• **L'essor des villes.** La croissance urbaine concerne surtout la capitale, les cités industrielles ou minières, et les ports. La croissance des villes s'explique surtout par l'exode rural. En effet, la situation des ruraux est difficile : les artisans des campagnes subissent la concurrence de l'industrie, les ouvriers agricoles sont remplacés par les machines et les petits paysans souffrent de la baisse des prix agricoles. Ils partent donc pour les villes où ils peuvent facilement trouver du travail dans les nouvelles usines. Le salariat se développe.

• **La nécessaire modernisation urbaine.** Les nouveaux venus s'entassent dans des quartiers insalubres du centre des villes ou à leur périphérie, dans les banlieues misérables. Cet afflux de personnes entraîne des problèmes de logement, d'hygiène (eau potable et égouts insuffisants), de circulation (éloignement entre domicile et travail), de délinquance. Entre 1852 et 1870, à Paris, de grands travaux d'urbanisme dirigés par le préfet Haussmann ont pour principal objectif de résoudre ces problèmes.

> **Biographie**
>
> **Les frères Pereire :** Émile (1800-1875) et Isaac Pereire (1806-1880) sont les hommes d'affaires parmi les plus importants du Second Empire, qui dominaient le secteur des transports, des banques et assurances et de l'immobilier.

2 Permanences et mutations de la société

A Le poids croissant des ouvriers

• **Un lent progrès social.** Depuis 1803, les ouvriers devaient posséder un livret rempli par les patrons (dates d'embauche, salaire, comportement), faute de quoi ils pouvaient être arrêtés pour vagabondage. En 1864, la grève est autorisée, le livret supprimé.

• **La question ouvrière.** Face à des conditions de travail encore très difficiles, les ouvriers multiplient les actions afin d'obtenir petit à petit une réduction du temps de travail et une législation sociale plus favorable. Ces revendications prennent la forme de manifestations qui sont parfois réprimées dans le sang par les forces de l'ordre, appelées par les préfets sur la demande du patronat local.

> **Événement-clé**
>
> **La fusillade de Fourmies :** le 1er mai 1891, les ouvriers de cette petite ville textile du Nord manifestent pour revendiquer l'amélioration de leurs conditions de travail. Des grévistes sont arrêtés et, lorsque la foule marche pour les libérer, l'armée ouvre le feu, faisant plus de 35 blessés et neuf morts, dont quatre jeunes femmes et un enfant.

B Immigration et place des étrangers

• **Un recours massif à la main-d'œuvre étrangère.** Du fait des progrès de l'industrialisation et de la dénatalité précoce, la France a trouvé une réponse à la pénurie de main-d'œuvre en ayant massivement recours à l'immigration depuis la fin du XIXe siècle. À la veille de la Première Guerre mondiale, les étrangers représentent 3 % de la population totale.

• **Des conditions de vie précaires.** L'État encourage d'abord la venue d'une population frontalière (Belges, Italiens et Allemands). En 1889, la loi sur le droit du sol (don de la nationalité française aux enfants nés en France de parents étrangers) facilite leur intégration. Ce sont ainsi plus de 5 000 enfants qui sont naturalisés Français tous les ans jusqu'en 1914. Mais les étrangers ne peuvent pas bénéficier des lois sociales, par exemple de la protection pour les accidentés du travail (1889).

▲ **Le marteau-pilon, forges et aciéries de Saint-Chamond. Joseph-Fortuné Layraud, 1889. Huile sur toile**

Le marteau-pilon était une imposante machine-outil de forge, haute de 21 mètres et pesant 100 tonnes. Démonté en 1930, puis érigé à l'entrée sud de la ville, il est devenu l'emblème de l'usine du Creusot. Ce tableau a été réalisé pour l'Exposition universelle de 1889.

6 La France en Europe et dans le monde (1848-1914)

La seconde moitié du XIXe siècle est marquée en France par une **politique d'expansion territoriale.** En Europe, Napoléon III entend intervenir dans les affaires politiques des Italiens et des Allemands. La IIIe République met en œuvre une **politique coloniale**, qui concurrence les ambitions des autres grandes puissances européennes.

1 La France et la construction des unités italienne et allemande

A Le Second Empire et l'unité italienne

• **L'appui de Napoléon III à Cavour.** Après l'échec des révolutions de 1848, l'Italie demeure divisée en plusieurs États. Le royaume de Piémont-Sardaigne est le plus industrialisé des États italiens. Son roi, Victor-Emmanuel II, est un roi libéral qui respecte une constitution. En 1852, il nomme un Premier ministre libéral, Cavour, qui se donne pour objectif de réaliser l'unité de l'Italie. Cavour, avec l'appui des troupes françaises de l'empereur Napoléon III, réussit à chasser les Autrichiens de Lombardie (région de Milan) en 1859. Dans le centre de l'Italie et dans les États du pape, les partisans de l'unité italienne votent leur rattachement au Piémont. La France laisse faire en échange de la Savoie et de Nice (1860).

• **La protection de Rome par Napoléon III.** En 1860, Garibaldi, un ardent patriote, débarque en Sicile, puis en Italie du Sud, à la tête d'une armée de volontaires ; les régions du Sud sont à leur tour rattachées au Piémont. En 1861, Victor-Emmanuel II est proclamé roi d'Italie. En 1866, la Prusse bat l'Autriche. L'Italie profite de l'affaiblissement de cette dernière pour lui arracher la Vénétie. Soucieux de ne pas mécontenter les catholiques français, l'empereur Napoléon III maintient des troupes à Rome pour protéger les États du pape. Mais, en 1870, la France, en guerre contre la Prusse, rappelle son armée. Rome est aussitôt occupée par l'armée italienne et devient la capitale de l'Italie en 1871.

B Le Second Empire et l'unité allemande

• **La Prusse pousse Napoléon III à la guerre.** Au milieu du XIXe siècle, les Allemands sont dispersés en 39 États. Deux d'entre eux veulent réaliser l'unité des Allemands : la Prusse et l'Autriche. En 1862, le roi de Prusse, Guillaume Ier, nomme Bismarck chancelier. Pour réaliser l'unité de l'Allemagne, celui-ci doit d'abord éliminer l'Autriche. Il modernise et renforce l'armée prussienne, puis provoque une guerre contre l'Autriche et la bat à Sadowa, en 1866. La victoire de la Prusse renforce sa puissance et son prestige. En 1870, Bismarck manœuvre pour que la France déclare la guerre à la Prusse. Les États de l'Allemagne se rangent aussitôt à ses côtés. La France est envahie et vaincue.

• **La proclamation du Reich à Versailles.** La victoire sur la France permet l'achèvement de l'unité allemande. Le 18 janvier 1871, dans la galerie des Glaces du palais de Versailles, les princes allemands proclament Guillaume Ier empereur d'Allemagne. La France, défaite, signe le traité de Francfort avec l'Empire allemand en mai 1871. Elle lui cède l'Alsace et le nord-est de la Lorraine.

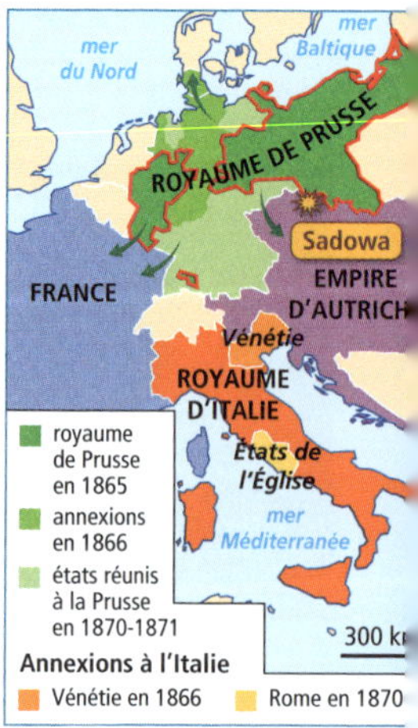

▲ Les unifications italienne et allemande entre 1864 et 187

2 Métropole et colonies

A Une colonisation avant tout militaire

• **Les conquêtes coloniales.** À partir de 1830, les pays européens se lancent à la conquête de nouveaux territoires en Asie et en Afrique. La colonisation s'intensifie après 1870. La supériorité militaire des Européens leur permet de s'imposer facilement, parfois à la suite de massacres. En 1914, les conquêtes coloniales sont presque achevées : la France et le Royaume-Uni possèdent à cette époque les empires coloniaux les plus étendus.

• **Des motivations contestables.** La colonisation s'explique d'abord par le développement du sentiment national en Europe. Chaque peuple européen veut montrer qu'il est supérieur aux autres en conquérant davantage de territoires. Les puissances européennes veulent aussi obtenir des débouchés, c'est-à-dire disposer de territoires pour y écouler leurs produits industriels, à une époque où ils se vendent mal, et s'y procurer des matières premières (minerais surtout). Elles recherchent aussi des bases terrestres pour pouvoir contrôler les grandes routes maritimes, favoriser leur commerce et leurs déplacements dans le monde. Elles veulent enfin des terres pour y installer des colons. Les Européens pensent que les peuples d'Afrique et d'Asie sont arriérés et que la colonisation leur apporte la civilisation et le progrès.

B Une société coloniale très hiérarchisée

• **Plusieurs types de colonies.** Certaines colonies sont des colonies de peuplement. Mais la plupart sont essentiellement destinées à être exploitées, et les Français sont peu nombreux à y vivre. Les colonies proprement dites, comme l'Algérie, sont administrées par un gouverneur et des fonctionnaires issus de la métropole. Dans les protectorats, comme la Tunisie ou le Maroc, la métropole laisse un gouvernement indigène en place, mais celui-ci doit obéir aux ordres.

• **L'exploitation des colonies.** Après la colonisation, les colons et les sociétés françaises s'approprient les meilleures terres agricoles pour y faire des plantations, c'est-à-dire des cultures destinées à l'exportation. Ils se mettent aussi à exploiter les richesses minières. Mais ils ne développent pas l'industrie. Les Français construisent des voies de chemin de fer et des ports afin de faciliter le commerce avec la métropole. Autour des ports, ils bâtissent de nouvelles villes sur le modèle français, destinées à l'administration coloniale et aux colons. Les indigènes doivent payer de nouveaux impôts en argent. Dans la plupart des colonies, ils doivent aussi fournir des corvées pour la construction des routes ou des chemins de fer.

Mot-clé

Code de l'indigénat : recueil des mesures d'exception que doivent suivre les populations indigènes dans les colonies, d'abord en Algérie, puis dans toutes les colonies à partir de 1887. Il place les populations colonisées dans un statut juridique inférieur. Privées de droits politiques, elles restent soumises à une justice particulière.

Fachoda, le choc des impérialismes. ▶

7 1914-1918 : une guerre mondiale et totale

La guerre de 1914-1918 est la première **guerre mondiale**, qui mobilise des territoires coloniaux sur toute la planète. C'est aussi une **guerre totale** qui abolit la distinction entre militaires et civils.

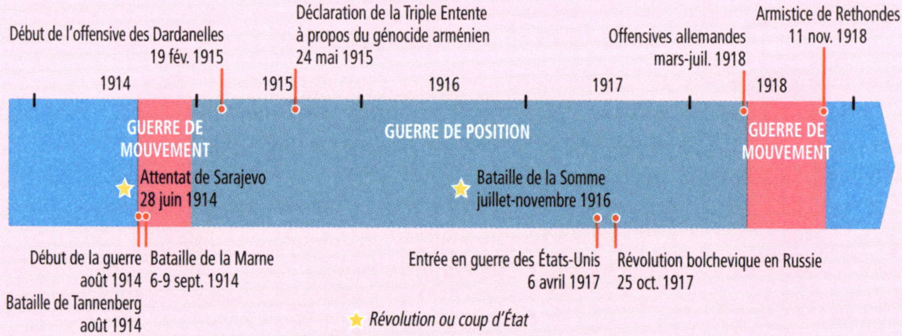

1 Un embrasement mondial et ses grandes étapes

A Aux origines de la guerre

• **Les rivalités européennes.** Depuis la fin du XIXe siècle, les rivalités économiques entre les pays européens s'intensifient. Ainsi, le Royaume-Uni craint la concurrence commerciale de plus en plus vive de l'Allemagne. Les puissances européennes se disputent aussi les derniers territoires à coloniser ; en 1905 et en 1911, par exemple, la France et l'Allemagne évitent deux fois une guerre à propos du Maroc qu'elles convoitent l'une et l'autre. Enfin, les rivalités territoriales sont importantes. L'Autriche-Hongrie et la Russie veulent toutes deux étendre leur influence dans les Balkans.

• **Alliances et marche à la guerre.** Dans la crainte d'affrontements, les États d'Europe contractent des alliances défensives à partir de la fin du XIXe siècle : la Triple-Alliance rassemble l'Empire allemand, l'Autriche-Hongrie et l'Italie, alors que la Triple-Entente unit la France, la Russie et le Royaume-Uni. Chaque État augmente aussi fortement ses dépenses militaires et semble ainsi se préparer à la guerre. À la suite de la mobilisation de l'armée russe contre l'Autriche-Hongrie dans les Balkans, l'engrenage des alliances débouche sur le début de la guerre.

B Plusieurs phases dans les combats

• **De la guerre de mouvement…** En 1914, l'armée allemande envahit la Belgique neutre, puis la France. Elle espère l'écraser rapidement pour pouvoir ensuite retourner ses troupes contre la Russie. Mais, en septembre, le général français Joffre lance une contre-offensive sur la Marne et parvient à arrêter l'invasion. Sur le front oriental, les armées russes pénètrent en Prusse, mais elles sont battues à Tannenberg (27 août) et commencent alors à reculer.

• **…à la guerre de position.** À partir de 1915, les deux camps se trouvent de nouveaux alliés et la guerre gagne les Balkans (offensive des Dardanelles, 1915), l'Italie et le Moyen-Orient.

À l'ouest, les deux armées se fixent sur un front qui va de la mer du Nord à la Suisse. De 1915 à 1917, les offensives pour percer ce front se soldent à chaque fois par des échecs sanglants (offensive de l'Entente sur la Somme en 1916).

> **Mot-clé**
> **Brutalisation :** notion forgée par l'historien George Mosse qui exprime un accroissement de la violence subie et donnée par les combattants.

• **Le tournant de 1917.** L'année 1917 est un tournant. En avril, les États-Unis déclarent la guerre à l'Allemagne. En octobre, les bolcheviks s'emparent du pouvoir en Russie ; peu après ils signent l'armistice, puis la paix de Brest-Litovsk avec l'Allemagne (mars 1918). Cela provoque la dernière offensive allemande vers l'ouest, qui les mène de nouveau jusqu'à la Marne. Mais les armées alliées disposent du renfort de près de deux millions de soldats américains et de nouveaux tanks très efficaces. En quelques mois, les puissances centrales s'effondrent. En Allemagne, une révolution chasse l'empereur Guillaume II et le nouveau gouvernement républicain signe l'armistice à Rethondes, le 11 novembre 1918.

2 Les sociétés en guerre : des civils acteurs et victimes de la guerre

A Combattants et civils subissent les violences de la guerre

• **L'épreuve du feu.** Avec la guerre de position, les soldats connaissent des conditions de vie effroyables. Les bombardements pulvérisent les corps, mal protégés, provoquant de terribles mutilations et des troubles psychiques durables. La scientifique Marie Curie se bat pour que des appareils à rayon X puissent arriver sur le front et permettre de repérer les fractures et localiser les éclats d'obus.

• **Une guerre qui touche aussi les civils.** Toutes les armées ont commis des atrocités sur les civils. Cette violence atteint son paroxysme avec le génocide commis contre les Arméniens par les Ottomans en 1915 : 1,5 million d'Arméniens périssent. Le 24 mai 1915 la Triple-Entente publie une déclaration à propos des « crimes contre l'humanité et la civilisation » perpétrés contre les Arméniens de l'Empire ottoman.

> **Mot-clé**
> **Génocide :** crime qui consiste en l'élimination physique intentionnelle, totale ou partielle, d'un groupe national, ethnique ou religieux.

B À l'arrière, des sociétés civiles mobilisées

• **Les liens entre le front et l'arrière.** Dans les usines ou les champs, les femmes remplacent les hommes partis au combat. Les colonies fournissent des soldats, mais aussi des travailleurs qui viennent en Europe occuper les postes vacants dans l'industrie. Des associations de bénévoles, comme les « marraines de guerre », apportent leur soutien moral aux soldats.

• **La mobilisation des esprits.** La censure stricte de la presse et de la correspondance des soldats doit empêcher le découragement des populations. Une propagande active se met en place qui se transforme en « bourrage de crâne » lorsqu'elle diabolise l'ennemi décrit comme un barbare.

▲ Ouvrières préparant les têtes des obus dans l'usine d'armement de Birkenhead (Angleterre, 1917).

8 Sortir de la guerre, construire la paix (1918-1923)

La Grande Guerre représente un **désastre humain et matériel** sans précédent. Malgré les propositions du président américain Wilson, la paix qui se dessine avec les **traités d'après-guerre** est fragile. La Russie est en guerre jusqu'en 1922. En France, les **mémoires de la guerre** émergent dans leur diversité.

1 Bilans de la guerre et traités de paix

A Le bilan humain et matériel et les propositions de Wilson

• **Un désastre d'abord européen.** Entre 1914 et 1919, la guerre a fait plus de 8 millions de victimes et 6 millions d'invalides. Il faut y ajouter les morts de la grippe espagnole qui a fait des ravages en 1919 sur la population affaiblie (1 million de morts). Le désastre est aussi matériel et financier. Les régions situées sur les fronts sont ravagées. Les États sont déjà très endettés et ils doivent en plus financer la reconstruction et aider les veuves, les orphelins, les invalides. Enfin, la hausse des prix s'amplifie, liée à la création artificielle de monnaie, mais aussi à la forte demande de marchandises alors que la production est faible.

• **Le projet du président Wilson.** Thomas Woodrow Wilson emporte les élections présidentielles américaines en 1912. Lors du déclenchement de la Première Guerre mondiale, il annonce la neutralité de son pays. C'est sur ce programme de paix qu'il est réélu en 1916 ; en 1917 pourtant, il demande au Congrès américain de déclarer la guerre à l'Allemagne. Il s'agit selon lui d'une « guerre de la liberté et du droit » au service de la démocratie et de la paix. Le 8 janvier 1918, il définit les buts de guerre dans ses « Quatorze points » qui sont aussi bien la liberté du commerce maritime que le droit de tous les peuples européens à avoir chacun un État ou la création d'une Société des Nations chargée de maintenir la paix dans le monde. Il reste à la Maison-Blanche jusqu'en 1921.

> **Rappel**
> **Les 14 points du président Wilson :** programme de paix présenté par le président des États-Unis Woodrow Wilso[n] devant le Congrès le 8 janvier 1918 pour mettre fin à la Première Guerre mondial[e] et reconstruire l'Europe.

B Les traités de paix

• **L'Europe redessinée.** La Conférence de la paix s'ouvre à Paris en janvier 1919. Les pays vainqueurs y réfléchissent à des traités de paix mettant en place un ordre international plus juste tout en satisfaisant leurs intérêts nationaux. Le texte servant de base à leurs discussions est le message en 14 points du président Wilson. À l'issue des discussions, un traité est signé entre les Alliés et chaque pays vaincu (1919 et 1920) ; le traité de Versailles, signé avec l'Allemagne, cherche avant tout à l'empêcher de refaire une guerre ; les autres traités signés avec l'Autriche, la Hongrie et la Turquie démembrent les empires et dessinent les frontières de nouveaux États. Une Société des nations (SDN) est créée pour maintenir la paix dans le monde. En 1922, le Haut-commissariat pour les réfugiés de la SDN permet aux apatrides de pouvoir voyager (passeport Nansen).

▲ *Lénine et Staline en discussion à G*
Anonyme. 1922.

• **L'Allemagne jugée coupable.** Le traité de Versailles entre les puissances victorieuses et l'Allemagne est signé le 28 juin 1919. L'Allemagne est rendue responsable de la guerre et, à ce titre, elle est obligée de payer des réparations pour dommages de guerre aux vainqueurs. Elle perd une partie importante de son territoire (l'Alsace-Lorraine qui revient à la France, les régions orientales rattachées à la nouvelle Pologne) et se trouve partagée en deux zones isolées l'une de l'autre par le « couloir de Dantzig ». Elle perd aussi toutes ses colonies. L'armée allemande est réduite à 100 000 volontaires et privée d'armes lourdes comme les tanks ou les avions. De plus, la région du Rhin est démilitarisée et en partie occupée.

• **La paix, une œuvre fragile.** Les Allemands considèrent que le traité de Versailles a été « dicté » par les Alliés et qu'il est profondément injuste. Dans les années qui suivent la guerre, ils le rendent responsable de toutes les difficultés que traverse le pays. Beaucoup d'États ne se satisfont pas de leurs nouvelles frontières et les conflits frontaliers se multiplient. Il faut attendre 1923 pour que les frontières se stabilisent. Si les principales nationalités d'Europe ont obtenu leur indépendance, il subsiste des minorités nationales avides de libertés dans de nombreux États (Allemands et Hongrois en Tchécoslovaquie par exemple).

2 La guerre après la guerre

A À l'Est, une guerre qui continue

• **La guerre civile en Russie.** Le 3 mars 1918, la Russie bolchevique de Lénine signe la paix de Brest-Litovsk avec l'Allemagne au prix de lourdes pertes territoriales (le quart de son territoire). À partir de 1918, les « Russes blancs », partisans de l'ancien régime tsariste, cherchent à renverser le gouvernement bolchevik avec le soutien des puissances européennes. En 1920, la Pologne attaque aussi la Russie pour étendre son territoire vers l'est.

• **Le « communisme de guerre ».** Dans la tourmente, les bolcheviks mettent en place le « communisme de guerre » : ils imposent leur dictature, nationalisent l'industrie et le commerce, réquisitionnent les récoltes des paysans pour ravitailler l'armée et les villes et organisent l'Armée rouge. En 1922, ils l'emportent, mais le pays est ravagé.

Mot-clé

Communisme de guerre : ensemble des politiques adoptées par les bolcheviks de 1918 à 1922 dans le contexte de la guerre civile russe.

B À l'Ouest, des mémoires divisées

• **La question des disparus.** Au sortir de la guerre, plus de 250 000 soldats demeurent disparus en France, leurs corps n'étant pas localisés. Le 10 novembre 1920, huit cercueils contenant les corps de soldats non identifiés sont rassemblés dans la forteresse de Verdun, lieu symbolique de la guerre. Un des cercueils est transporté vers Paris et placé le 11 novembre 1920 sous l'arche de l'Arc de Triomphe, lors d'une cérémonie officielle. Une « flamme du souvenir » est installée près de ce « soldat inconnu ».

• **Les monuments aux morts.** Durant les années 1920, presque toutes les communes de France financent, avec l'aide de l'État et d'associations d'anciens combattants, la construction d'un ou plusieurs monuments aux morts. Ces constructions révèlent des sentiments bien différents dans la société au sortir de la guerre, certaines soulignant l'héroïsme des poilus, d'autres mettant en avant leurs souffrances ou appelant au pacifisme.

9 La métropolisation, un processus différencié

Depuis 2007, 50 % de la population mondiale vit en ville ; cette urbanisation ne cesse de progresser et s'accompagne d'une **concentration dans les très grandes villes multimillionnaires** des populations, des activités et des fonctions de commandement.

1 Le poids croissant des métropoles

A Un monde d'urbains

• **Un phénomène mondial.** En 2019, 56 % de la population mondiale, soit plus de 4 milliards de personnes, se concentre dans les agglomérations urbaines alors qu'elles étaient 800 millions en 1950. En 2050, cette proportion devrait atteindre 66 % et les villes devraient accueillir 6,3 milliards d'habitants.

• **Une urbanisation ralentie dans les villes du Nord.** La forte croissance urbaine des pays du Nord date des années 1950-1980 et les taux d'urbanisation, aujourd'hui, y dépassent souvent 75 %. La croissance urbaine se poursuit mais à un rythme ralenti (0,5 % par an).

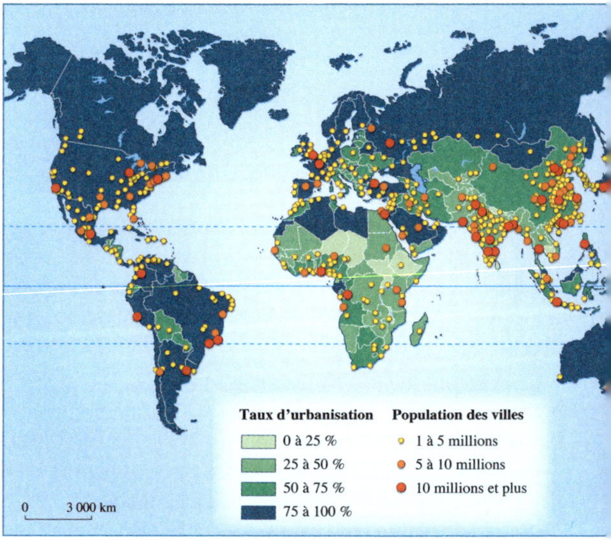

▲ L'urbanisation dans le monde en 2025 : projection de l'ONU.

• **Des villes du Sud en pleine expansion.** Si l'urbanisation est moindre dans les pays du Sud, 40 % en moyenne, les rythmes d'urbanisation sont plus forts que dans les pays développés (plus de 3 % par an). L'Afrique et l'Asie, moins urbanisées pour l'instant, ont des villes en très forte croissance.

B Une métropolisation croissante mais inégale

• **Métropoles et mégapoles.** Une métropole est un pôle urbain majeur exerçant une influence sur un vaste territoire et doté de fonctions de commandement, de capacités d'innovation et d'investissement ainsi que d'activités de niveaux national et international. Selon leur taille, leurs fonctions et leur influence, on peut différencier les métropoles. Trois continents vont ainsi accueillir des mégapoles de plus de 20 millions d'habitants en 2050 selon l'ONU : l'Asie (Delhi, Tokyo, Shanghai, Dacca, Mumbai, Beijing, Karachi, Jakarta, Séoul), l'Amérique (Mexico, São Paulo, New York) et l'Afrique (Kinshasa, Lagos, Le Caire).

• **Les grands projets métropolitains.** Autre marqueur du caractère métropolitain des villes, l'existence de grands projets urbains, portés par les élus et sollicitant les architectes et les urbanistes les plus renommés (gratte-ciels, musées, monuments).

• **Des métropoles en concurrence.** Ces très grandes villes entretiennent d'importants réseaux (télécommunications, congrès, voyages aériens). Elles bénéficient d'excellentes conditions d'accessibilité, d'accueil et d'hébergement, mais également d'effets d'image positifs. Dans l'espace mondialisé, l'enjeu pour les métropoles consiste à attirer hommes et capitaux pour asseoir leur croissance, d'où l'importance du « marketing urbain ».

Mot-clé

Ville mondiale : le concept de ville mondiale est attribué à la sociologue **Saskia Sassen**, auteur du livre *The Global City* (1991). Elle s'applique aux villes qui exercent une grande influence au niveau mondial. Londres, New York, Paris et Tokyo sont traditionnellement considérées comme les quatre grandes villes du monde. Selon d'autres auteurs, on peut citer Hong Kong, qui, à bien des égards, a dépassé Paris. La question de savoir si une ville correspond ou non à ce concept de ville mondiale a fait l'objet de nombreuses discussions.

2 Des espaces métropolitains en mutation

A Partout, des métropoles qui s'étalent

• **L'extension spatiale de l'espace métropolitain.** Le processus qui domine est l'étalement ; la croissance s'opère par l'intégration des zones rurales devenues périurbaines. Du point de vue démographique, cet étalement profite surtout aux périphéries, alors que les centres voient leur population se stabiliser, voire décroître.

• **Au Nord, périurbanisation et « desserrement urbain ».** Le long des voies de communication, puis, en taches d'huile entre ces principaux axes, les citadins s'éloignent du centre des agglomérations pour trouver un cadre de vie plus agréable, plus près de la nature et moins cher.

• **Au Sud, un étalement anarchique.** Si les centres-villes restent encore densément peuplés, l'habitat précaire, ou bidonvilles, s'est emparé des périphéries où s'installent les nouveaux venus sur des terrains inoccupés, ce qui entretient le processus d'étalement.

B Fractures sociales, fractures spatiales

• **Spécialisation des espaces métropolitains.** Le centre-ville concentre les fonctions les plus prestigieuses. Il est aussi rénové et réhabilité pour les populations aisées. À la périphérie, se situent les quartiers résidentiels et certaines activités de production qui recherchent de l'espace (aménagements de loisirs, aéroports, aires de stockage).

• **De nouveaux centres fonctionnels.** De nouvelles centralités, à proximité des nœuds de communication, s'affirment à la périphérie des villes, là où, aujourd'hui, se concentrent les urbains : centres commerciaux, technopôles, nouveaux quartiers d'affaires.

• **De forts contrastes spatiaux et sociaux.** Plus du tiers de la population des métropoles des pays en développement vit dans des bidonvilles. Aux quartiers populaires dégradés s'opposent des quartiers résidentiels fermés pour les populations aisées.

Mot-clé

Ségrégation socio-spatiale : processus de division sociale et spatiale des populations urbaines en unités distinctes (par exemple par quartiers), impliquant à la fois un mouvement d'exclusion et un mouvement de réunion des semblables. Les groupes isolés et mis à l'écart subissent ainsi des discriminations au niveau politique, juridique ou économique.

10 La France : la métropolisation et ses effets

La France urbaine est marquée par le phénomène de métropolisation. Celui-ci génère de nouvelles différenciations, d'une part entre **Paris et les autres métropoles** françaises, d'autre part entre les **villes petites et moyennes** qui se marginalisent ou, au contraire, se revitalisent.

1 La diversité des métropoles françaises

A Paris, ville primatiale

• **Une ville mondiale.** L'influence politique de Paris est liée au fait qu'elle est le siège d'institutions internationales comme l'UNESCO et l'OCDE. Ses monuments (tour Eiffel, Notre-Dame de Paris) et ses musées (le Louvre) attirent, chaque année, plus de 40 millions de touristes du monde entier. Ses universités et ses écoles prestigieuses accueillent des dizaines de milliers d'étudiants venus de l'étranger.

• **Une dynamique démographique particulière.** Jeunes étudiants et jeunes actifs qualifiés (célibataires ou en couple sans enfants) affluent à Paris. Ce renouveau profite aux arrondissements péricentraux (notamment X^e et XIe), voire centraux (IIe, IIIe et IVe). Dans la périphérie parisienne, les arrivées sont le fait des étudiants, mais aussi de jeunes actifs ou de familles à revenus modestes.

• **La métropole du Grand Paris (MGP).** Depuis le 1er janvier 2016, la métropole du Grand Paris regroupe les communes de Paris, les trois départements de la petite couronne (Hauts-de-Seine, Seine-Saint-Denis et Val-de-Marne) et quelques communes de la grande couronne (Argenteuil et les communes de la communauté d'agglomération Les Portes de l'Essonne).

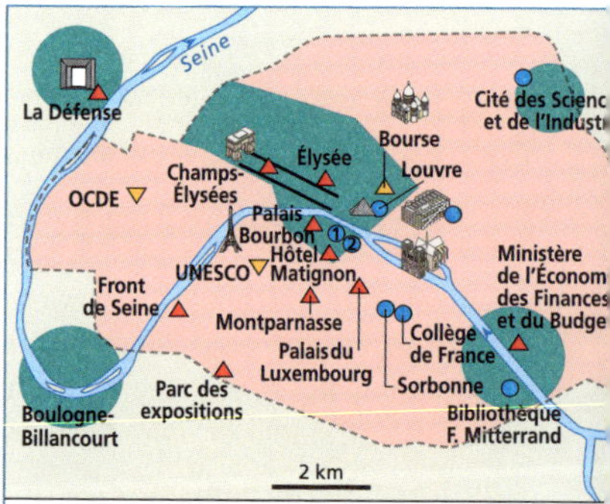

Des lieux de commandement à l'échelle européenne et mondiale
- ▲ centres du pouvoir politique et économique
- ▼ UNESCO, OCDE
- espace d'activités tertiaires supérieures

Des lieux de création et d'activités intellectuelles
- ● Sorbonne
- 1 musée d'Orsay
- 2 Institut de France

Un patrimoine architectural universellement connu
- ▲ Louvre

▲ Paris, ville mondiale.

B Des dynamiques urbaines variées

• **Une hiérarchisation des métropoles.** Les métropoles les plus peuplées sont celles de Paris (12 millions d'habitants), de Lyon (2,2 millions), de Marseille-Aix (1,7 million), de Toulouse, Lille, Bordeaux et Nice (entre 1 et 1,3 million). La localisation des pôles de haute technologie obéit en partie à un processus de polarisation sur les grandes métropoles du Midi et, à un moindre degré, de l'Ouest. Outre Paris, les principales métropoles de l'innovation sont Lyon, Grenoble, Toulouse, Bordeaux, Rennes, Nantes, Montpellier, Strasbourg et Lille.

• **Un rayonnement européen limité.** Hormis Paris, la France compte peu de métropoles de rang international. C'est un effet du centralisme français. Seule Lyon a un rayonnement international, comparable à des métropoles européennes comme Glasgow, Bologne ou Cologne. Les autres métropoles ont un rayonnement international soit modeste (Marseille, Strasbourg, Nantes, Toulouse, Lille), soit potentiel (Bordeaux, Nice, Montpellier, Grenoble et Rennes). Cela tient notamment à leur faible influence scientifique et au nombre modeste de grands groupes ou de banques internationales.

Mot-clé

Grand Paris : le futur réseau de transports du Grand Paris comprendra 200 km de métro automatique, 4 lignes et 68 nouvelles gares, pour près de 2 millions de voyageurs quotidiens. Il devrait être achevé en 2030.

2 Attractivité des métropoles et effets sur les autres villes

A Une attractivité variable et des croissances inégales

• **Une attractivité variable.** L'attractivité des métropoles varie selon les régions. Les jeunes de 20 à 29 ans cherchent d'abord un emploi à Paris ou dans une métropole d'une région économiquement dynamique (Alsace, Rhône-Alpes). Ce n'est qu'ensuite qu'ils cherchent à s'installer dans une métropole du Sud.

• **Des croissances inégales.** Les métropoles ont globalement des taux de croissance supérieurs à ceux des villes moyennes. Les grandes agglomérations qui connaissent toutefois une faible croissance se concentrent dans le quart nord-est du pays (au nord d'une ligne Le Havre-Montbéliard), à l'exception notable de l'Alsace avec Strasbourg. Ce sont surtout les métropoles des régions industrielles en reconversion qui perdent de la population (Lens, Valenciennes, Thionville…).

B Des effets contrastés sur les villes petites et moyennes

• **De la périurbanisation à la rurbanisation.** La croissance de la population des villes petites ou moyennes est positive autour des grandes métropoles ou dans leurs aires d'influence, comme en région parisienne. Depuis 1999, la croissance de la population dans les communes de moins de 10 000 habitants est forte jusqu'à 50 km de la métropole et son maximum est atteint dans un rayon de 25 km autour d'elle.

Mot-clé

Rurbanisation : intégration de communes rurales dans les couronnes périurbaines du fait de l'installation de personnes conservant leur emploi dans la métropole.

• **L'émergence des villages-dortoirs.** Mais même dans ce périmètre sous influence métropolitaine, on assiste à une dévitalisation des centres-villes des petits pôles urbains. Les nouveaux habitants préfèrent s'installer dans des lotissements de maisons individuelles en périphérie, à proximité des échangeurs des voies rapides et des grandes surfaces commerciales. Cet habitat récent ressemble à celui des banlieues pavillonnaires : on passe des cités-dortoirs aux villages-dortoirs.

Une ville de banlieue en Île-de-France avec de grands ensembles. ▶

11 Espaces et acteurs de la production de richesses

La révolution des transports, les mutations de l'économie et l'augmentation des échanges liés à la mondialisation se traduisent par de **nouvelles localisations des espaces productifs**.

1 Espaces productifs majeurs et facteurs de localisation

A Le poids des héritages dans la localisation des activités

• **L'importance des facteurs naturels.** La diversité et la richesse des sols et des climats sont à l'origine de la puissance de certains grands espaces agricoles. Les conditions climatiques des côtes maritimes et de certaines montagnes ont favorisé aussi très tôt le développement du tourisme saisonnier. De nombreuses localisations industrielles sont liées à la présence de gisements de matières premières (charbon, fer) et de sources d'énergie (barrages hydroélectriques).

• **Le rôle de la main-d'œuvre pour la grande industrie.** Pour la grande industrie (textile, mécanique), le facteur premier de localisation est celui d'une main-d'œuvre abondante. Cela suppose une implantation de ces espaces industriels à proximité de métropoles susceptibles de fournir des dizaines de milliers de travailleurs.

• **L'importance nouvelle du cadre de vie.** La nature est devenue davantage un élément du cadre de vie qu'un gisement de ressources à exploiter. À titre d'exemple, l'énergie est à présent disponible dans de nombreuses régions du monde avec la généralisation de l'électricité produite par les centrales nucléaires, les éoliennes ou les panneaux photovoltaïques. Les activités qui ne nécessitent pas la proximité immédiate d'un grand bassin d'emploi ou de consommation (comme les nouvelles technologies) ont donc tendance à se localiser dans des régions à l'environnement agréable.

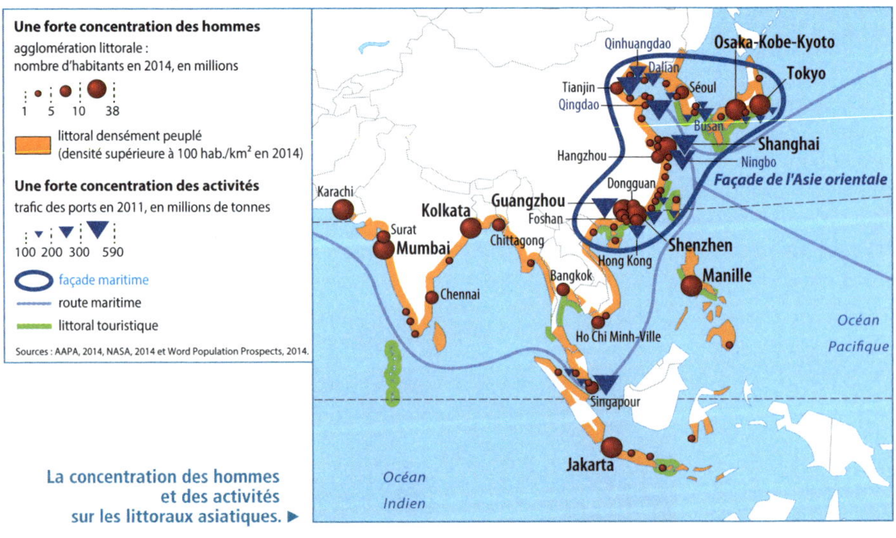

La concentration des hommes et des activités sur les littoraux asiatiques. ▶

B Littoralisation et métropolisation de la production

• **La révolution des transports et des télécommunications.** L'accessibilité des lieux est devenue un facteur déterminant pour de nombreuses localisations. Les transports (notamment par conteneurs) sont un vecteur essentiel de l'intégration des espaces. Les positions de carrefour (métropoles, ports, aéroports) et les grands axes d'échanges à l'échelle nationale, continentale, voire mondiale, apparaissent comme des lieux privilégiés de localisation des activités.

• **Le rôle des grands ports.** On peut citer l'exemple de l'industrie lourde (métallurgie, sidérurgie, raffinerie), qui est devenue une industrie sur l'eau, dans des zones portuaires permettant l'importation rapide de la matière première et facilitant l'exportation du produit manufacturé.

• **Compétence de la main-d'œuvre.** Avec l'essor de l'économie de la connaissance ou du savoir, les hautes qualifications sont devenues une des principales exigences pour la localisation des nouvelles activités.

> **Mot-clé**
>
> **Technopôle :** pôle d'activité réunissant des universités, des laboratoires de recherche et des entreprises fabriquant des biens de haute technologie.

2 De nouvelles stratégies pour les entreprises

A Les entreprises obéissent à de nouvelles logiques

• **Les stratégies des firmes transnationales (FTN).** Les firmes des secteurs énergétique, minier et agroalimentaire ont investi dans les pays du Sud pour y exploiter les richesses minérales et agricoles, destinées à alimenter l'industrie des pays du Nord. D'autres ont délocalisé leur production pour contourner les barrières douanières ou pour réduire les coûts de production.

• **La division internationale du travail.** Les FTN mettent en place un marché mondial du travail : les cadres internationaux sont gérés par la maison mère, les travailleurs peu qualifiés de l'industrie et des services sont recrutés dans les territoires aux règles fiscales et sociales quasi inexistantes, ce qui permet de mettre en concurrence des milliers de fournisseurs dans les pays à bas salaires de l'Amérique latine et de l'Asie, et de maintenir des salaires excessivement bas. Dans les pays développés, cette stratégie entraîne des destructions d'emplois et l'apparition de travailleurs pauvres en Europe et aux États-Unis.

B Délocalisations des espaces productifs

• **Les phénomènes de délocalisation.** Délocaliser, c'est déplacer vers des pays étrangers tout ou partie des activités, des capitaux et des emplois d'une entreprise. Les phénomènes de délocalisation d'activités industrielles, voire d'activités de services, apparus dès les premières décennies du XXe siècle, se sont multipliés et accélérés depuis la fin des années 1990. Si les délocalisations concernaient d'abord des secteurs comme l'habillement, l'électroménager ou l'électronique, elles touchent aujourd'hui des activités de services à distance (maintenance informatique, numérisation, saisie et archivage de textes).

• **Une géographie mouvante.** La stabilité de la nouvelle localisation dépend du but recherché par l'entreprise. Lorsqu'il s'agit d'une implantation sur un marché stable, celle-ci est souvent durable. En revanche, lorsque la délocalisation est liée à un avantage comparatif à court terme (coût de la main-d'œuvre comme pour la fabrication automobile), l'installation peut n'être que temporaire.

> **Mot-clé**
>
> **Firme transnationale :** entreprise qui, à partir d'une base nationale, développe son activité à une échelle internationale en implantant des filiales et des unités de production dans au moins cinq États différents.

12 La France : les systèmes productifs

L'espace économique français a connu de **profondes transformations** depuis les années 1970. Les **espaces productifs** se reconvertissent ou se relocalisent, sur le territoire ou au-delà des frontières nationales. On assiste comme ailleurs à une **polarisation des activités** dans ou près des grandes métropoles.

1 De nouvelles localisations des espaces productifs

A Une relocalisation et une reconversion des activités

• **Des régions industrielles en mutation.** La révolution des transports et l'augmentation de la concurrence dans les années 1970-1980 ont abouti au déclin en France de certains bassins d'extraction de minerais et à une relocalisation des activités. Mais certaines de ces branches ne subsistent aujourd'hui que grâce au soutien financier de l'État, qui veut limiter les licenciements dans des villes où une grande partie de la population vit de la présence des activités industrielles.

• **L'aide à la reconversion.** Dès le début des années 1970, certaines vieilles régions industrialisées (bassins houillers du Nord, centres de la sidérurgie lorraine, foyers de la métallurgie de Franche-Comté) frappées par la crise entament leur reconversion vers des activités plus dynamiques. Mais le coût de cette reconversion s'est révélé exorbitant et son bilan reste fragile.

▲ L'espace industriel français.

B Un espace économique déséquilibré

• **Des disparités qui ne s'effacent pas.** Certaines grandes oppositions tendent à disparaître : entre la France industrielle (à l'est d'une ligne Le Havre-Marseille) et la France rurale (à l'ouest), et entre l'Île-de-France et la province. Pourtant l'espace économique reste déséquilibré. Des régions, comme l'Île-de-France, l'Alsace, la région lyonnaise ou les Alpes du Nord, demeurent puissantes. Elles continuent de concentrer capitaux, main-d'œuvre et consommateurs.

• **L'exemple des zones industrialo-portuaires (ZIP).** Les littoraux sont aussi les lieux privilégiés de cette nouvelle géographie économique. À partir des années 1960 par exemple, l'État crée des ZIP pour promouvoir l'industrie sur l'eau française et assurer les approvisionnements en hydrocarbures. Quatre ports se spécialisent : sidérurgie à Dunkerque, produits pétroliers à Fos-sur-Mer, chantiers navals à Saint-Nazaire, terminaux porte-conteneurs au Havre.

Mot-clé

Polarisation : attraction ou influence qu'exerce une métropole sur un espace périphérique plus ou moins étendu et hétérogène et qui se trouve dans une situation de dépendance à l'égard de ce centre.

2 Entre valorisation locale et intégration européenne et mondiale

A L'ouverture sur l'Europe et le monde

• **Les bases du système productif français.** La puissance de la France à l'exportation repose d'abord sur ses FTN : on parle d'internationalisation des entreprises. Des sociétés comme Danone, Total, Michelin, Carrefour, AXA sont présentes partout dans le monde et peuvent réaliser des alliances (Renault avec le Japonais Nissan). Les petites et moyennes entreprises et industries (PME et PMI) emploient près de 50 % des salariés. Leur flexibilité permet aux grands groupes de développer une sous-traitance très performante.

• **L'importance des nœuds de communication et des espaces frontaliers.** La performance des communications concerne évidemment Paris mais aussi la région lyonnaise, Bordeaux, Toulouse, les grandes vallées (comme celle du Rhin), les littoraux et les espaces frontaliers surtout du Nord-Est (Nord-Pas-de-Calais, Lorraine, Alsace). L'État aménageur s'engage dans la construction des grandes infrastructures (projets actuels du canal Seine-Nord Europe et du tunnel ferroviaire Lyon-Turin).

• **Délocalisation ou relocalisation ?** Dans le contexte de crise financière internationale et de fermeture d'usines en France, l'État a décidé de renforcer les aides à la réindustrialisation (ARI) ou à la relocalisation, en proposant aux entreprises des avances remboursables. Le gouvernement veut, par exemple, encourager la création de nouveaux centres d'appels en France. Le mouvement de relocalisation ne se fait cependant qu'au rythme d'une centaine d'entreprises par an : on compte en moyenne un cas de relocalisation pour vingt cas de délocalisation.

B Le rôle des métropoles et des espaces technopolitains

• **Des métropoles de plus en plus spécialisées.** La décision de l'État de favoriser le développement extra-parisien a abouti à soutenir le développement des grandes métropoles du sud et de l'ouest de la France (les huit métropoles d'équilibre), notamment l'essor des universités et des grandes écoles. L'État a choisi Toulouse pour accueillir l'aéronautique, Bordeaux pour les activités aérospatiales, Rennes pour les télécommunications, Grenoble pour l'électronique.

• **Répartition des industries de pointe et des activités high-tech.** Trois grands types d'espaces accueillent les pôles de l'innovation : la région parisienne, qui concentre main-d'œuvre qualifiée et grand marché d'emploi et de consommation, les périphéries méridionales et occidentales, aux nombreuses aménités pour les ingénieurs (mer ou océan, soleil et cadre champêtre ou montagnard) et, enfin, les villes proches des frontières, qui profitent des dynamiques transfrontalières.

• **Les synergies puissantes des parcs technologiques ou scientifiques.** Les espaces technopolitains se caractérisent d'abord par les synergies qu'ils ont suscitées entre les entreprises ou les start-up d'un même secteur, entre des spécialités différentes mais complémentaires, entre des grandes entreprises et un vivier de PME (fournisseurs et sous-traitants), entre l'industrie d'une part et d'autre part l'appareil de recherche public (CNRS, INRA, CNES…) et privé et l'appareil de formation de haut niveau (universités, IUT, grandes écoles).

> **Mot-clé**
>
> **Aménités :** ensemble d'éléments contribuant à rendre appréciable et agréable un lieu pour ceux qui y vivent (climat, paysage, ambiance).

13 Les espaces ruraux : multi-fonctionnalité ou fragmentation ?

Dans un monde de plus en plus urbanisé, se pose la question des **spécificités des espaces ruraux**. Les **fonctions non agricoles** (résidentielles, touristiques ou encore industrielles) tendent de plus en plus à s'y développer. Les campagnes dans le monde sont donc marquées par de **profondes mutations** et une diversification qui peut aller jusqu'à la **fragmentation**.

1 Nouvelles campagnes, nouveaux espaces ruraux

A Des campagnes en négatif des villes ?

• Espace rural, espace urbain. La notion de campagne comporte étymologiquement une dimension plus agricole (champs et terres cultivés, au service de la ville) que celle d'espace rural. On définit généralement l'espace rural en négatif de l'espace urbain. Ce serait donc un espace marqué par les faibles densités (de population, de constructions, d'emplois, d'équipements, etc.), par les paysages où prédominent les formations végétales (forêts, prairies, cultures, friches, etc.) et, enfin, par l'importance des activités agricoles en termes de surfaces (plus qu'en termes d'actifs).

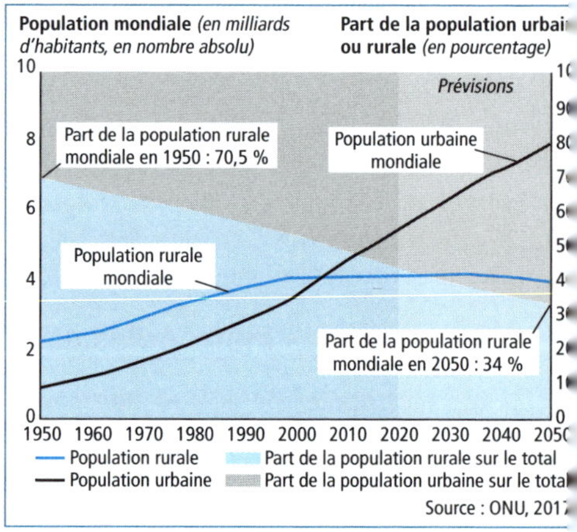

▲ L'évolution de la population rurale (1950-2050).

• La campagne, un territoire mineur ? Dans le monde d'aujourd'hui, et plus particulièrement dans les pays du Nord, la campagne apparaît comme vidée de sa population, fragilisée. Pourtant, il convient de rappeler que les campagnes continuent d'accueillir 3,5 milliards d'êtres humains. On passe donc plutôt de sociétés paysannes à des sociétés rurales qui entretiennent des liens étroits avec les espaces urbains.

B Des espaces ruraux marqués par la multifonctionnalité

• Une fonction agricole entre enjeux alimentaires et non alimentaires. Dans les pays en développement et émergents, l'agriculture reste encore, et largement, la première activité rurale : les campagnes peuvent, dans leur très grande majorité, y être encore qualifiées de paysannes. Au contraire, dans les pays développés, l'agriculture est désormais très minoritaire dans les espaces ruraux en termes d'emploi (moins de 10 % des ruraux sont des actifs liés à ce secteur) et de création de richesses, même si elle continue de marquer la plupart des paysages ruraux et d'occuper la majeure partie de l'espace. Au-delà de sa fonction première de production alimentaire, l'agriculture y remplit des rôles multiples (entretien des paysages, renforcement des identités territoriales par les produits de qualité du terroir, production d'agrocarburants…).

• **L'essor des fonctions résidentielles.** Après la fin du phénomène massif d'exode rural, certaines campagnes se mettent à accueillir des populations venues des villes, à la recherche d'un logement moins cher et d'un environnement considéré comme plus agréable. Ces déplacements concernent d'abord les campagnes périurbaines : les nouveaux habitants continuent de travailler en ville et effectuent des migrations quotidiennes entre leur lieu de domicile, rural, et leur lieu de travail, urbain.

• **Fonctions productives et fonctions de protection.** Certains espaces ruraux voient se développer des activités productives industrielles (souvent le fait de petits établissements) et touristiques (dans les campagnes offrant un patrimoine culturel et naturel remarquable). Mais les conflits entre fonctions productives et fonctions de protection ne sont pas rares. On attribue en effet de plus en plus aux espaces ruraux des fonctions de protection de l'environnement, sous forme de parcs naturels et d'aires protégées.

Mot-clé

Ruralité : au sens large, caractère rural d'un espace, d'une population, etc. ; au sens plus étroit, ensemble de représentations collectives et de caractères concourant à une forme d'identité et de fonctionnement des espaces ruraux. Selon le géographe **Alexis Gonin**, cette ruralité reposerait notamment sur l'importance des espaces ouverts et végétalisés, la valorisation d'un ancrage local, le poids des liens de proximité et d'interconnaissance, etc.

Les environs de Colmar, entre champs et villages dortoirs. ▶

2 Des espaces ruraux entre contraste et fragmentation

A À l'échelle mondiale

• **Une diversification croissante.** On constate un accroissement des inégalités entre les campagnes qui demeurent principalement agricoles, et celles qui parviennent à diversifier leurs activités, et donc à créer de nouveaux emplois et à renouveler leur population.

• **Une opposition Nords-Suds.** À l'échelle mondiale, les contrastes sont forts entre espaces ruraux développés et multifonctionnels des Nords et espaces ruraux en développement des Suds, dans lesquels les « petites » agricultures peu productives restent prépondérantes.

B Aux échelles régionales et locales

• **Entre déclin et maintien de fortes densités.** Les inégalités sont fortes entre les espaces ruraux qui doivent gérer une déprise démographique, ceux qui connaissent une « renaissance rurale », et ceux qui atteignent des niveaux records de densités. Les trajectoires démographiques et les enjeux de développement rural sont très différents entre les espaces ruraux anciennement très peuplés (Asie du Sud-Est), les espaces ruraux nouvellement confrontés au défi du nombre (Afrique subsaharienne) ou les campagnes en phase de réinvention entre déclin et renouveau (Europe).

• **Le cas des espaces en déprise.** La déprise est un processus de fragilisation de l'espace rural, marqué par le dépeuplement des campagnes (exode rural) et une disparition progressive des activités rurales (agriculture, commerces, services, artisanat, industrie, etc.). La déprise rurale peut accompagner une déprise agricole (fragilisation, voire abandon progressif des activités agricoles et des terres agricoles).

Mot-clé

Néoruraux : citadins choisissant de s'installer à la campagne et y travaillant également, que ce soit dans l'agriculture (généralement de qualité, maraîchère ou d'élevage), dans le tourisme (agritourisme, tourisme vert) ou dans des activités tertiaires, grâce au télétravail.

14 La France : des espaces ruraux multifonctionnels et aménagés

La **diversification des fonctions productives** est très marquée dans le cas des campagnes françaises. Ces mutations s'accompagnent d'**enjeux d'aménagement** et de développement rural qui mobilisent des acteurs à différentes échelles, du développement local aux **politiques nationales et européennes**.

1 Des espaces ruraux en mutation

A L'isolement du rural profond ou hyper-rural

• **La diagonale des déprises.** Les campagnes en décroissance démographique sont celles qui sont éloignées d'un pôle urbain ; les déplacements quotidiens vers les lieux de travail n'y sont pas possibles. On constate qu'elles sont presque toutes situées le long d'une diagonale traversant des régions avec une faible densité de population, la « diagonale du vide » ou « diagonale aride », qui va du sud du Massif central aux Ardennes, coupant la France en deux.

• **Les autres campagnes isolées.** Une grande partie des Alpes du Sud et de la Corse donne aussi une impression de vide. À une échelle plus fine, les campagnes « profondes » sont celles où les pôles urbains sont moins importants, où l'activité agricole est la plus en difficulté, où la diversité des emplois est moindre.

• **Le manque de services et d'équipements.** Au total, le rural isolé ou profond comprend plus de 16 000 communes et abrite environ 12 % de la population sur plus de la moitié du territoire. Dans les espaces en déprise, on assiste, malgré la mobilisation des habitants, à la fermeture de certains services publics (écoles, poste, centre des finances publiques, tribunaux de grande instance, maternités) et commerciaux (boulangeries…). Les difficultés des familles pauvres et des personnes âgées y sont tout aussi sensibles, bien que moins visibles, que celles rencontrées dans certaines banlieues.

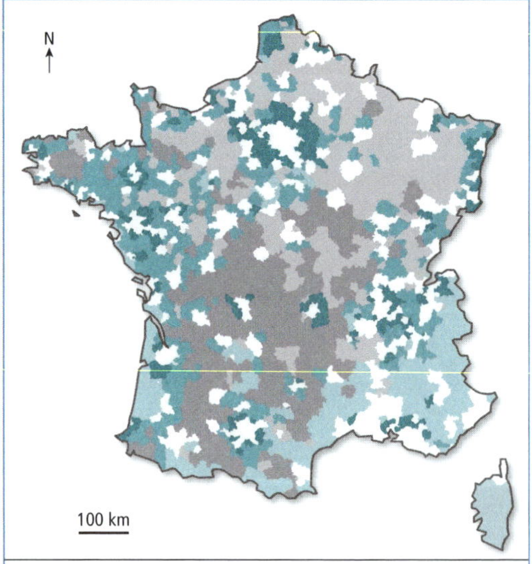

bassins de vie urbanisés

Bassins de vie ruraux

Les campagnes attractives
- périurbain de proximité
- rural en voie de périurbanisation
- rural à attractivité touristique

Les campagnes fragiles
- rural ouvrier
- rural peu dense, agricole, vieilli

Source : Gonin et Quéva, *Géographie des espaces ruraux*, Armand Colin, 2018.

La diversité des campagnes françaises. ▶

B De nouvelles formes de développement

> **Mot-clé**
> **Agrotourisme :** forme de tourisme fondée sur l'articulation entre activité agricole et activité touristique ; il s'appuie sur une pluralité de produits touristiques (hébergement, restauration, visites guidées, dégustation de produits du terroir, etc.).

- **Le développement résidentiel.** Dans certains de ces espaces isolés, des retraités réinvestissent la maison de famille. Le télétravail permet aussi à quelques familles, disposant en général de plusieurs voitures, de venir s'installer.
- **Le développement touristique.** Les espaces ruraux en déprise peuvent transformer leurs handicaps en atouts : leur faible densité en fait des espaces attractifs pour des citadins en quête de nature. Leur patrimoine culturel mais aussi gastronomique peut être valorisé. Habitants et communautés de communes développent ainsi des formes de tourisme vert ou de vacances à la ferme, construisent des écomusées, créent des gîtes ruraux et des parcours de golf ou transforment une partie de leur territoire en réserve naturelle protégée mais ouverte aux visiteurs.
- **Le développement des PME.** Les petites et moyennes entreprises peuvent aussi être attirées par les avantages comparatifs de ces espaces ruraux : main-d'œuvre parfois qualifiée (dans les anciennes régions spécialisées) et moins exigeante en termes de salaire, cadre de travail calme… C'est le cas de la plasturgie d'Oyonnax dans le Jura, de la coutellerie dans la région de Thiers ou à Laguiole dans le Massif central, du textile dans la région de Cholet (Maine-et-Loire).

2 Des enjeux d'aménagement aux niveaux local et européen

A À l'échelle locale et nationale

- **L'accès au numérique.** 2 % des lignes téléphoniques (600 000 foyers) sont inéligibles à l'ADSL. Pour désenclaver ces zones blanches rurales, les collectivités territoriales proposent des aides pour accompagner l'équipement en accès haut débit par des technologies alternatives comme le satellite ou le WiMax. Mais 27 % des lignes (8 millions de foyers, localisés notamment en zones rurales isolées) ne permettent pas un accès à plus de 2 Mbits par seconde, ce qui rend l'accès à certains sites difficile.
- **Pôles d'excellence et zones de revitalisation.** Parmi les territoires de projet, les pôles d'excellence rurale doivent favoriser l'activité économique ou l'offre de services des régions rurales. Pour lutter contre la déprise qui touche près de 40 % du territoire, des zones de revitalisation rurale (ZRR) sont créées en 1996 : maintien de services publics (écoles, poste) et d'activités (subventions aux petits commerces), aide à l'installation de jeunes agriculteurs et au développement des gîtes ruraux et des installations touristiques. L'ouverture du prêt à taux zéro (PTZ) permet la rénovation de logements anciens dans 6 000 communes rurales.

B A l'échelle européenne

> **Mot-clé**
> **PAC :** politique agricole commune, mise en place par la Communauté européenne en 1962 pour atteindre l'autosuffisance alimentaire et améliorer les revenus des agriculteurs.

- **L'UE et la réduction des inégalités socio-spatiales.** Le Fonds européen de développement régional (FEDER) a pour vocation de renforcer la cohésion économique et sociale dans l'UE en accordant une attention particulière aux spécificités territoriales. Il cible particulièrement les problèmes économiques, environnementaux et sociaux dans les zones présentant des handicaps géographiques naturels (régions peu peuplées).
- **Les financements du FEDER.** Les investissements du FEDER se concentrent sur plusieurs domaines : l'innovation et la recherche ; la stratégie numérique ; le soutien aux petites et moyennes entreprises (PME) ; l'économie sobre en carbone.

15 La Chine : développement, inégalités et ressources

Fin 2014, la Chine est devenue la **première économie mondiale** en parité de pouvoir d'achat, avec 16,5 % du PIB mondial. Ses succès industriels, commerciaux et financiers font d'elle un moteur de l'économie mondiale. Mais cette intégration à la mondialisation ne va pas sans poser des **problèmes de développement et d'environnement**.

1 Développement et inégalités

A Vers une société de plus en plus inégale

• **Un des États les plus inégalitaires au monde.** Les inégalités de richesse sont de plus en plus fortes en Chine, faisant du pays l'un des États les plus inégalitaires au monde : 20 % de la population concentre plus de la moitié des richesses du pays alors que les 20 % les plus pauvres ne s'en partagent que 4,7 %.

• **Surmasculinité et vieillissement.** La Chine présente une situation démographique particulière issue d'une politique ancienne de l'enfant unique (1979) avec une préférence accordée aux garçons et des progrès spectaculaires de l'espérance de vie. On prévoit un déficit en femmes estimé à 50 millions en 2050 ainsi qu'un vieillissement accéléré dans un contexte d'urbanisation rapide et de faible couverture sociale.

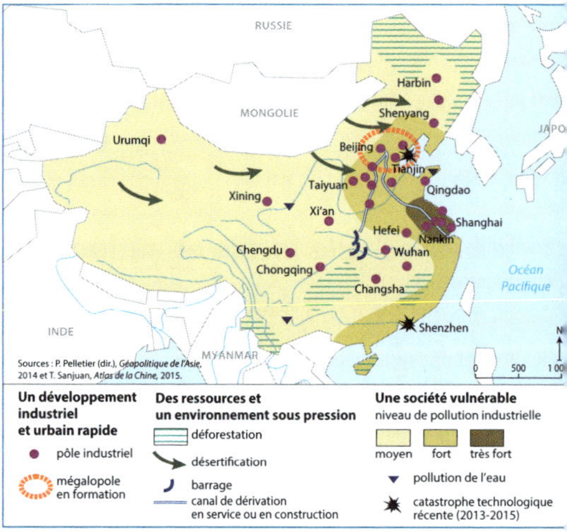

▲ La Chine, entre croissance économique et défis environnementaux.

B La première des puissances émergentes

• **La Chine dans la mondialisation.** En ouvrant leur pays aux investissements étrangers, les dirigeants chinois ont sorti leur pays du sous-développement et ont voulu élever le niveau de vie de leur population. Entrée dans l'OMC en 2001, la Chine est devenue le pays asiatique le plus attractif pour les investisseurs. Elle connaît un taux de croissance d'environ 7 à 10 % par an. Atelier du monde, elle accueille les produits semi-finis et les réexpédie vers les marchés extérieurs une fois finis. Premier exportateur mondial, la Chine inonde la planète de ses produits manufacturés à bas prix.

• **Un pays de plus en plus dépendant de l'économie mondiale.** Pour garantir sa propre croissance, la Chine doit être de plus en plus présente sur tous les continents et sur les lignes de communications maritimes (océan Indien, pourtour de l'Afrique). Elle investit surtout sur le marché des matières premières (hydrocarbures, métaux) en raison de ses besoins élevés. Elle est devenue le deuxième consommateur de pétrole après les États-Unis et en importe pour 100 milliards de dollars chaque année.

• **Une diplomatie au service de ses besoins.** La diplomatie doit permettre à la Chine de s'assurer un accès privilégié aux ressources naturelles indispensables, à la fois chez ses proches voisins riches en sources d'énergie (Russie, Kazakhstan), mais aussi chez les pays du Moyen-Orient, d'Afrique et d'Amérique latine qui lui fournissent des métaux et du pétrole.

2 Des ressources et des environnements sous pression

A Le risque énergétique

• **Le poids des énergies fossiles.** 70 % de l'électricité consommée en Chine provient encore des énergies fossiles. La Chine représente 25 % de la consommation globale de l'énergie, 16 % de la consommation chinoise étant satisfaite par l'importation de pétrole et de gaz. On estime que la demande chinoise d'énergie pourrait augmenter de 75 % à l'horizon 2035, ce qui peut générer une pénurie d'approvisionnement.

• **Les impacts environnementaux.** La Chine est le plus grand producteur et consommateur de charbon, bien qu'elle ne détienne que 13 % de la réserve mondiale avec 114,5 milliards de tonnes. Sa production représente 48 % de la production mondiale avec 1,8 milliard de tonnes, et sa consommation de charbon s'élève à 1,9 milliard de tonnes soit la moitié de la consommation mondiale. Les impacts du charbon sur l'environnement sont sévères en Chine où la pollution dans les grandes villes ainsi que la forte diminution des terres arables sont des phénomènes préoccupants.

> **Mot-clé**
>
> **Surmasculinité :** le sex-ratio ou rapport de masculinité, exprime la proportion des hommes et des femmes dans une population. Il permet de mesurer un surnombre d'hommes (surmasculinité) ou de femmes (surféminité). À la naissance, dans le monde, le rapport de masculinité est de 105 garçons pour 100 filles, mais la mortalité des garçons étant plus élevée que celle des filles, le rapport s'inverse au fil du temps. En Chine, il y aurait en moyenne 120 garçons pour 100 filles.

• **Le phénomène « d'airpocalypse ».** La pollution de l'air est parfois si extrême que certaines périodes ont été qualifiées d' « airpocalypse ». En réponse, les autorités ont ordonné aux usines les plus polluantes de quitter Pékin et ses environs, et ont désigné des « zones sans charbon » où plus de trois millions de foyers sont passés brusquement au gaz et au chauffage électrique.

B Déforestation et désertification

• **L'avancée des déserts.** Croissance urbaine et surexploitation agricole ont provoqué un recul des terres arables et une désertification dans les régions du nord comme les environs du désert de Gobi. Le nombre d'habitants de la Mongolie-Intérieure, par exemple, a officiellement quadruplé durant les cinquante dernières années et le nombre de têtes de bétail a été multiplié par six. La zone est devenue un désert, alimentant des tempêtes de sable (« dragon jaune ») qui balaient régulièrement Pékin, à 350 kilomètres au sud. Les étendues sablonneuses qui touchent 27 % du pays progressent rapidement : elles gagnent du terrain sur les terres arables au rythme de 260 000 hectares par an (soit la superficie du Luxembourg), au lieu de 155 000 hectares dans les années 1950.

> **Mot-clé**
>
> **Désertification :** dégradation progressive des terres les transformant en milieux désertiques. La désertification peut avoir pour origine des variations climatiques et/ou les activités humaines.

• **La Grande muraille verte (GMV).** Depuis 1978, des barrières vertes sont construites contre le vent : des millions de pins, de peupliers et de saules sont plantés à travers tout le nord de la Chine. Le projet de « Brise-Vent des trois Nords » vise à planter, d'ici à 2050, 35 millions d'hectares, créant une ceinture végétale d'environ 4 500 kilomètres de long sur 1 450 kilomètres de large.

16 La Chine : des recompositions spatiales multiples

Les **disparités régionales** sont flagrantes entre les régions littorales de l'Est et celles de l'intérieur ou de l'Ouest, moins dynamiques. Le gouvernement chinois mène des projets économiques de développement en Chine intérieure et sur les marges de l'Ouest pour prévenir les **risques de dislocation interne**.

1 Favoriser les liaisons littoral / arrière pays

• **Une littoralisation massive.** La Chine est un pays immense où les masses humaines se concentrent principalement dans les plaines, ce qui crée un déséquilibre au profit de l'est de la Chine. Le développement du pays depuis les années 1980 a fortement aggravé ces inégalités régionales. Les régions littorales représentent 14 % du territoire mais concentrent 43 % de la population.

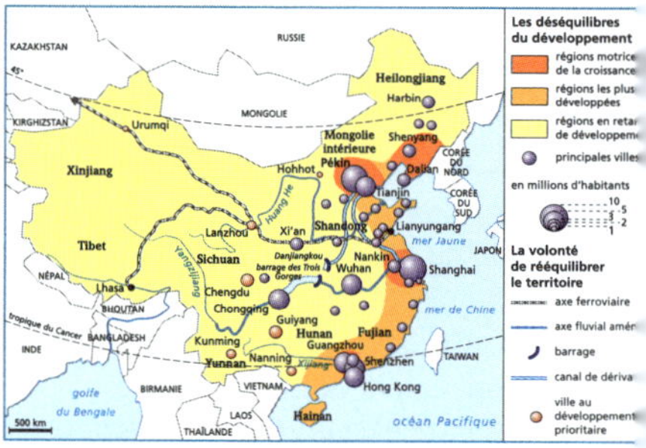

▲ Aménagement du territoire chinois.

• **Les tensions dans l'ouest.** Dans les régions de l'Ouest où l'on trouve des minorités non chinoises (Tibet, Xinjiang), les tensions ont augmenté suite à l'arrivée massive de colons chinois (de l'ethnie Han). Le Xinjiang, où vivent les Ouïghours turcophones et musulmans, riche en pétrole et en charbon, constitue une zone de transit pour les hydrocarbures venus d'Asie centrale.

• **Le désenclavement des périphéries marginalisées de l'Ouest.** Le gouvernement chinois s'efforce de faciliter les liaisons entre le littoral et l'intérieur pour que les provinces de l'arrière-pays se développent. L'État a pour projet de désenclaver les marges lointaines de l'Ouest par le développement du transport aérien et la construction de neuf nouvelles autoroutes.

2 Développer l'ouverture internationale

• **Une nouvelle route de la soie.** L'initiative *Belt and Road* repose sur un important volet terrestre, ferroviaire et routier *(Silk Road Economic Road).* Un premier corridor doit relier le grand Ouest chinois à l'Asie centrale et au Moyen-Orient vers la Turquie via l'Iran. Le corridor Chine-Pakistan (CEPC), ou route méridionale, doit aller de la province chinoise du Xinjiang au port en eau profonde pakistanais de Gwadar.

• **La relance du train.** Des relations ferroviaires intercontinentales sont prévues entre la côte Pacifique et Rotterdam. La nouvelle voie ferrée qui permet d'atteindre Lhassa en deux jours depuis Pékin servira à faire du Tibet une plateforme d'exportation des produits chinois vers l'Asie du Sud. Ces projets visent aussi à assimiler et à siniser les minorités tibétaines et ouïghoures.

Mot-clé

Désenclavement : action d'aménagement du territoire qui consiste à sortir une région ou une ville, peu desservie par des routes ou des voies de communication, de son isolement.

Langues vivantes

ANGLAIS

ESPAGNOL

ALLEMAND

1 Grammaire : quelques points importants

1 Parler du présent

A Le présent simple

Le présent simple est employé pour :

- **exprimer une habitude,** un fait habituel
Ex. : *I* ***wake up*** *at 6 a.m. every morning.* (Je me lève à 6 heures tous les matins.)
- **définir une caractéristique du sujet**
Ex. : *She* ***plays*** *the piano.* (Elle joue du piano.)
- **exprimer une vérité générale**
Ex. : *Water* ***boils*** *at 100 degrees.* (L'eau bout à 100 degrés.)
- **exprimer un état, un sentiment ou une opinion**
Ex. : *I* ***think*** *you* ***are*** *right.* (Je pense que tu as raison.)
- **présenter une succession rapide d'actions,** d'événements
Ex. : *She* ***hears*** *the phone,* ***gets*** *out of her bath and* ***runs*** *to answer.*
(Elle entend le téléphone, sort de son bain et court répondre.)

> **Attention !**
> Veillez à ne pas oublier le **-s** de la **3e personne du singulier !**
> John **plays** tennis every Sunday morning.
> *John joue au tennis le dimanche matin.*

B Le présent *be + V-ing*

Le présent ***be + V-ing*** est employé pour :

- **décrire un fait, une action, un événement** en train de se produire
Ex. : *The children* ***are crossing*** *the street.* (Les enfants sont en train de traverser la rue.)
- **les verbes d'attitude**
Ex. : *She* ***is lying****. They* ***are sitting****.* (Elle est allongée. Ils sont assis.)
- **décrire ce que la personne qui parle voit ou sait** au moment où elle parle
Ex. : *My sister is in London. She* ***is learning*** *English.*
(Ma sœur est à Londres. Elle apprend l'anglais.)
- **exprimer l'irritation,** associé à un adverbe indiquant la répétition, l'habitude
Ex. : *Mark* ***is*** *always* ***bullying*** *other kids.* (Mark n'arrête pas d'harceler d'autres enfants.)

2 Parler du passé

A Le prétérit

- **Le prétérit** est le temps que l'on emploie pour **parler d'un événement, d'une action passés,** datés de façon précise :
Ex. : *I* ***lived*** *in Paris from 1999 to 2001.* (J'ai vécu à Paris de 1999 à 2001.)

> **Attention !**
> Le **prétérit** est utilisé pour indiquer la durée écoulée depuis un événement situé dans le passé.
> She left the country **two years ago**.
> *Elle a quitté le pays il y a deux ans.*

- **Formation**

– **Verbes réguliers** : base verbale + ***-ed***
Ex. : *I* ***walked*** *2 miles.* (J'ai marché 3 kilomètres.)
– **Verbes irréguliers** : formes à connaître par cœur
Ex. : *She* ***ate*** *sushi, then* ***went*** *to bed.* (Elle a mangé des sushis puis s'est couchée.)

B Le *present perfect*

• **Le *present perfect* relie le passé au présent.** L'utilisation de cette forme signifie que :
– **l'action ou l'état viennent juste de se terminer**
Ex. : *I **have read** for two hours.* (Je viens de lire pendant deux heures.)
– **l'action passée ou l'état du sujet ont des répercussions sur le présent**
Ex. : *He **has mud** on his clothes. He **has played** outside.*
(Il a de la boue sur ses vêtements. Il a joué dehors.)

• **Formation**
Have au présent + participe passé (***V-ed*** ou 3e colonne de la liste des verbes irréguliers).

• **Cette forme** peut être associée avec des termes permettant de **dater le début de l'action** ou de **donner la durée de l'action.**
– ***Since*** + date ou événement précis
Ex. : *They have lived here **since they got married**.*
(Ils habitent ici depuis qu'ils sont mariés.)
– ***For*** + durée
Ex. : *They have lived here **for eleven years**.*
(Ils habitent ici depuis onze ans.)

Attention !

Le *present perfect* ne doit pas s'employer tout le temps pour parler du passé. Ce n'est pas parce que la structure de cette forme évoque celle du passé composé qu'elle est systématique ! Observez :
Does he have a new car? *A-t-il une nouvelle voiture ?*
Yes, he bought it last week. *Oui, il l'a achetée la semaine dernière.*

C Le *present perfect* continu

• **Le *present perfect* continu** est très similaire au ***present perfect*** mais, en l'utilisant, on insiste sur la **durée**.
Ex. : *She **has been doing** her homework for two hours now.*
(Elle fait ses devoirs depuis deux heures maintenant.) *[sous-entendu : c'est long]*

• **Formation**
Have au présent + ***been*** + ***V-ing***

D Les actions habituelles du passé que l'on ne fait plus

• ***Used to* + verbe**
On insiste sur la coupure entre passé et présent.
Ex. : *When he was a child, he **used to walk** to school.*
(Quand il était enfant, il allait à l'école à pied.)

• ***Would* + verbe**
On insiste sur la répétition, l'habitude, un trait de caractère ou une volonté du sujet grammatical.
Ex. : *When she was little, she **would spend** hours staring at the sky.*
(Quand elle était petite, elle passait des heures à regarder le ciel.)

3 Parler de l'avenir

Le temps grammatical du futur n'existe pas en anglais. Pour parler de l'avenir, on peut employer diverses structures.

• ***Will* + verbe**
Ex. : *We **will go** to the cinema as soon as my mother gives me money.*
(Nous irons au cinéma dès que ma mère m'aura donné de l'argent.)

• ***Shall*** **+ verbe**
S'emploie surtout à la forme interrogative pour faire une suggestion ou demander un conseil.
Ex. : ***Shall we*** *go now?* (Est-ce que l'on y va maintenant ?)

• ***Be going to*** **+ verbe**
– **Exprime l'intention** du sujet grammatical.
Ex. : *I'**m going to do** the washing up.* (Je vais faire la vaisselle.)
– **Énonce une prédiction** fondée sur ce que l'on constate.
Ex. : *It's sunny, it'**s going to be** a beautiful day.* (Il y a du soleil, ça va être une belle journée.)

• ***Be to*** **+ verbe**
– **Implique que l'action a été convenue**, organisée à l'avance.
Ex. : *We **are to fly** to Ireland for Christmas.* (Nous devons aller en Irlande pour Noël.)
– **Exprime un ordre** ou une **obligation**.
Ex. : *You **are to obey** your teacher at once!* (Tu dois obéir à ton professeur tout de suite !)

• ***Be about to*** **+ verbe**
Exprime un **futur immédiat** : l'action ou l'événement est sur le point de se produire.
Ex. : *He **is about to divorce**.* (Il est sur le point de divorcer.)

4 Les modaux

• ***Can, could***
– **Forme affirmative :** expriment la **capacité**, la **possibilité**, la **probabilité**.
Ex. : *She **can** drive.* (Elle sait conduire.)
*You **could** do it if you tried.* (Tu pourrais y arriver si tu essayais.)
– **Forme interrogative :** expriment une **demande** ou une **demande de permission**.
Ex. : ***Can** I come with you?* (Est-ce que je peux venir avec toi ?)
***Could** I borrow your phone?* (Pourrais-je emprunter votre téléphone ?)
– **Forme négative :** expriment l'**impossibilité ou l'interdiction**.
Ex. : *You **can't** park here.* (Vous ne pouvez pas vous garer ici.) *Mark **couldn't** come to the cinema, he was sick.* (Mark ne pouvait pas venir au cinéma, il était malade.)

• ***Must***
– **Forme affirmative :** exprime le **devoir**, l'**obligation** ou la **forte probabilité**.
Ex. : *You **must** listen to your parents.* (Il faut que tu écoutes tes parents.)
*He **must** be sleeping.* (Il doit être en train de dormir.)

• ***May, might***
– **Expriment la permission**.
Ex. : ***May** I come in?* (Vous permettez que je rentre ?)
– **Expriment la probabilité**, **l'éventualité**, **le doute**.
Ex. : *He **may** be exhausted.* (Il doit être épuisé.) *They are nowhere to be found, they **might** have gone out.* (Ils sont introuvables : il se pourrait qu'ils soient sortis.)

• ***Would***
– **Exprime le conditionnel**.
Ex. : *He **would** have better grades if he worked more.*
(Il aurait de meilleures notes s'il travaillait davantage.)
– **Exprime la volonté**.
Ex. : *She insisted but her son **wouldn't** do his homework.*
(Malgré son insistance, son fils a refusé de faire ses devoirs.)

• ***Should***
Exprime le conseil.
Ex. : *You* ***should*** *read more books.* (Tu devrais lire davantage.)

• ***Should*** **+** ***have*** **+ participe passé**
Exprime le reproche ou le **regret**.
Ex. : *Mike* ***should have driven*** *more carefully.* (Mike aurait dû conduire plus prudemment.)

5 Le discours direct et le discours indirect

A Passage du discours direct au discours indirect

• **Proposition principale introductive** du discours indirect au **présent** ou au ***present perfect***. La subordonnée est au même temps que dans le discours direct.
– Discours direct
Ex. : *The journalist writes: "The President has delivered a speech."*
– Discours indirect
Ex. : *The journalist writes that the President has delivered a speech.*

• **Proposition principale introductive** au **prétérit** ou au **plus-que-parfait**. Il y a alors un changement de temps.
– Discours direct
Ex. : *He said: "I want to go to Italy, I will book plane tickets."* *She said: "I ate too much."*
– Discours indirect
Ex. : ***He said that he wanted*** *to go to Italy and that* ***he would book*** *plane tickets.*
She said that she had eaten *too much.*

– Les paroles prononcées au présent sont rapportées au prétérit : ***want*** devient ***wanted***.
– Les paroles prononcées au futur ou au conditionnel sont rapportées au conditionnel : ***will book*** devient ***would book***.
– Les paroles prononcées au ***present perfect*** ou au **prétérit** sont rapportées au ***past perfect*** : (***had*** + participe passé) : ***ate*** devient ***had eaten***.

B Questions au discours indirect

• On note les mêmes changements de temps, de pronoms et d'adjectifs.

• De plus, on passe de la forme interrogative à la forme affirmative.

• Enfin, on doit introduire ***if*** ou ***whether*** dans la phrase s'il n'y a pas déjà un pronom interrogatif.
– Discours direct
Ex. : *She asked: "****Can you*** *stop talking?"* *He asked her: "****Where did you go*** *last weekend?"*
– Discours indirect
Ex. : *She asked him* ***whether / if he could*** *stop talking.*
He asked her ***where she had gone*** *the previous weekend.*

Conseil

Veillez à bien changer les pronoms lorsque vous passez du discours direct au discours indirect. De même, les repères temporels et spatiaux doivent être modifiés :

Last → The previous	Last week → The previous week
Next → The following	Next month → The following month
Today → That day	Yesterday → The day before
Tomorrow → The next day	Here → There

C Ordres au discours indirect

Discours direct

Ex. : *Our parents told us: "Turn the TV off and go to your bed."*

Discours indirect

Ex. : *Our parents told us to turn the TV off and to go to our bed.*

> **Attention !**
>
> Il faut bien faire la **différence** entre *say* et *tell.*
>
> • ***To say something to somebody.***
>
> He **said** hello to his neighbour.
>
> *Il a dit bonjour à son voisin.*
>
> • ***To tell somebody something.***
>
> He **told** his children to tidy their room.
>
> *Il a dit à ses enfants de ranger leur chambre.*

6 Le passif

A Formation

• Pour passer **de la forme active à la forme passive**, l'objet de l'action devient le sujet grammatical.

• On conjugue l'auxiliaire ***be*** au temps de la voix active et on utilise le participe passé du verbe (***V-ed*** ou 3e colonne de la liste des verbes irréguliers).

Ex. : *The cat* ***eats*** *the mouse.* (Le chat mange la souris.) *[actif]*

The mouse ***is eaten*** *by the cat.* (La souris est mangée par le chat.) *[passif]*

B Emplois

• **Mise en valeur de l'objet de l'action**

Le passif permet de choisir un point de vue différent en se focalisant sur l'objet de l'action. On introduira l'agent de l'action par ***by***.

Ex. : *Thousands of viewers watched the match last night.*

(Des milliers de spectateurs ont regardé le match hier soir.)

The match ***was watched*** *by thousands of viewers last night.* (Le match a été regardé par des milliers de spectateurs hier soir.) *[Dans le 2d énoncé, l'accent est mis sur le match.]*

• **Absence de mention du sujet de l'action**

On utilisera le passif si l'on ne connaît pas le sujet de l'action ou si ce sujet est tellement évident qu'on peut l'omettre sans dénaturer le message.

Ex. : *My wallet* ***has disappeared!*** (Mon portefeuille a disparu !)

Obama ***was elected*** *in 2008.* (Obama a été élu en 2008.)

• **Traduction de « on »**

La tournure impersonnelle « on » est très souvent traduite par le passif.

Ex. : *I* ***was told*** *that…* (On m'a dit que…)

7 Les tags

• **Les tags, ou *question tags*, sont des petites questions placées en fin de phrase.** Ils servent à **demander une confirmation ou un avis** sur ce qui vient d'être énoncé.

• Ils sont peu employés en français mais **très courants en anglais** et correspondent à des interjections familières telles que « non ? », « hein ? », « pas vrai ? », « n'est-ce pas ? ».

• **Structure.** Auxiliaire ***be***, ***do*** ou ***have*** / ou **modal (*n't*)** + pronom sujet (selon le verbe et le sujet de la phrase).

– Après un énoncé à la forme affirmative, le tag est à la forme négative.

Ex. : *He helped her,* ***didn't he?*** (Il l'a aidée, n'est-ce-pas ?)

– Après un énoncé à la forme négative, le tag est à la forme affirmative.

Ex. : *You* ***haven't seen*** *that film,* ***have you?*** (Tu n'as pas vu ce film, hein ?)

> **Attention !**
>
> *Le tag de "I am" est "Aren't I?"*
>
> I **am** late, **aren't I**? *Je suis en retard, n'est-ce-pas ?*

2 Le vocabulaire utile par thème du programme

1 Identités et échanges / *Identities and Exchanges*

Abréviations
qch : quelque chose
qqn : quelqu'un
sth : something
sb : somebody

A Noms et expressions avec des noms

un immigrant légal ≠ illégal a legal ≠ an illegal immigrant
le taux d'immigration the immigration rate
un camp de réfugiés a refugee camp
sans papier undocumented
le contrôle des frontières border control
l'exil exile
un passeur a smuggler
la citoyenneté citizenship
la persécution persecution
l'expulsion deportation
la survie survival
l'hospitalité hospitality
le dialogue dialogue
le partage sharing
le racisme racism
le protectionnisme protectionism
la mondialisation globalisation
la mobilité mobility
le multiculturalisme multiculturalism
un ghetto a ghetto
un quartier a neighbourhood
des bidonvilles slums / shanty towns
les tensions tensions
le rêve américain american dream
le niveau de vie the living standard
un emploi subalterne a menial job
un atelier (personnel exploité) a sweatshop
main d'œuvre bon marché cheap labour
la richesse ≠ la pauvreté wealth ≠ poverty
l'asile politique political asylum
le droit d'asile the right of asylum
le choc des cultures culture shock
l'incompréhension culturelle cultural misunderstanding
le déclassement social social downgrading
la mixité sociale social mix
un voyage a trip
le tourisme tourism
un dépaysement a change of scenery

B Adjectifs

compréhensif understanding
culturel cultural
désillusionné disillusioned
linguistique linguistic
menaçant threatening
optimiste / plein d'espoir hopeful
problématique problematic
tendu tensed

C Verbes et expressions avec des verbes

assimiler to assimilate
échanger to exchange
émigrer to emigrate
entrer en masse to swarm into
être accueilli à bras ouverts to be welcome with open arms
être attiré par une vie meilleure to be lured by a better life
être déraciné to be uprooted
être rejeté to be rejected
expulser to deport
faire entrer clandestinement to smuggle in
fuir un pays to flee a country
mettre un frein à l'immigration to curb immigration
monter dans l'échelle sociale to climb the social ladder
recommencer to start afresh
restreindre to restrict
saisir sa chance to seize the opportunity
se mélanger avec to mix with / to blend with
transgresser la loi to break the law
vivre sous le seuil de pauvreté to live below the poverty line

2 Espace privé et espace public / *Private Space vs. Public Space*

A Noms et expressions avec des noms

l'éducation education
l'émancipation emancipation
la rue street
le village village
le centre-ville downtown
l'habitat housing
les banlieues the suburbs
les bidonvilles slums / shanty towns
l'église church
la mosquée mosque
le temple temple
les transports en commun public transportation
la mobilité sociale upward mobility
la parité parity
le monde du travail the world of work
le télétravail teleworking / working from home
la société society
les droits rights
les devoirs duties
la sociabilité sociability
la famille family
l'entourage circle of acquaintances
la sphère privée / publique private / public realm
le machisme machismo
le féminisme feminism
les clichés clichés / stereotypes
les valeurs values
les mentalités mentalities
les us et coutumes habits and customs
la transformation transformation
la hiérarchie hierarchy
les inégalités inequalities
les traditions traditions
les croyances beliefs
le refus rejection
l'évolution evolution
les mutations changes
l'égalité hommes-femmes gender equality
le fossé entre les sexes the gender gap
la liberté de mouvement freedom of movement
les espaces religieux religious places
le plafond de verre glass ceiling
l'échelle sociale social ladder
l'égalité des chances equality of opportunity

B Adjectifs

conditionné conditioned
égalitaire egalitarian
familial familial / family
féministe feminist
machiste macho
médiatique newsworthy
professionnel professional
religieux religious
social social
traditionnel traditional

C Verbes et expressions avec des verbes

attirer l'attention sur to draw attention to
distinguer to distinguish
évoluer to evolve
faire le trajet domicile-travail to commute
hiérarchiser to prioritise
jouer un rôle to play a part
mettre en lumière to highlight
mettre sur un pied d'égalité to put on equal terms
passer inaperçu to go unnoticed
présager to foreshadow
reléguer au second plan to put on the back burner / to overshadow
s'adapter to adapt
s'émanciper to become emancipated
se fondre dans la masse to blend into the masses
sensibiliser to create awareness about

3 Art et pouvoir / *Art and Power*

A Noms et expressions avec des noms

l'architecture architecture
les bâtiments buildings
les monuments monuments
la musique music
un hymne a hymn
un chant a song
la littérature literature
une satire a satiric pamphlet / a satire
la propagande propaganda
un prospectus a flyer
une affiche a poster
une caricature a caricature
la peinture painting
un portrait a portrait
le film the movie (US) / the film (UK)
la culture ≠ la contre-culture culture ≠ counterculture
l'art officiel official art
l'art de rue street art
la liberté de création freedom of creation
un porte-parole a spokesperson
une critique a criticism
un détracteur a critic
l'idéologie ideology
les convictions beliefs
l'opposition opposition
l'apologie the promotion
l'avant-garde avant-garde
une manifestation / une contestation a protest / a demonstration
un rassemblement a rally
un dissident a dissident
des troubles unrest
un point de vue a point of view
la sensibilisation awareness
la censure censorship
des mesures de répression a crackdown
l'engagement social et politique social and political commitment
le contre-pouvoir opposing power

B Adjectifs

caricatural caricatural
controversé controversial
engagé committed
influent influential
institutionnel institutional
officiel official
patriotique patriotic
provocateur provocative

C Verbes et expressions avec des verbes

censurer to censor
condamner to condemn
convaincre to convince
critiquer to criticise
défendre to defend
être contre qch to be against sth
faire l'apologie de to champion / to advocate sth
faire la lumière sur to shed light on / to highlight
faire passer un message to get a message across
influencer to influence
légitimer to legitimate
limiter la liberté de qqn to curtail sb's freedom
museler to muzzle
passer sous silence to pass over in silence
prévenir to warn
protester contre qch to protest against sth
pousser un cri d'alarme to issue a warning
provoquer une prise de conscience to raise awareness
remettre en question to call sth into question
s'engager dans to commit oneself into
s'exprimer to express oneself
se soulever contre qch to rise up against sth
souligner / accentuer to emphasise

4 Citoyenneté et mondes virtuels / *Citizenship and Virtual Worlds*

A Noms et expressions avec des noms

un blog a blog
un forum a forum
les relations relationships
la confiance ≠ la méfiance trust ≠ mistrust / distrust
les risques risks
un cyberpirate a hacker
le piratage piracy
le cyber-harcèlement cyber-bullying
l'anonymat anonymity
les fausses informations fake news
les réseaux sociaux social networks
l'éducation aux medias education to the media
le paiement virtuel virtual payment
l'accès au savoir access to knowledge
les données personnelles personal data
la prudence caution
le contrôle parental parental control
le progrès progress
les nouvelles technologies new technologies
le profil the profile
le téléchargement downloading
les mensonges lies
la vérité the truth
les repères landmarks
l'escroquerie fraud
une atteinte à la vie privée an invasion of privacy
le repli sur soi withdrawal
l'intelligence artificielle artificial intelligence
la démocratie participative participative democracy
le contrôle d'Internet Internet control
la liberté d'expression freedom of speech
l'usurpation d'identité identity fraud
un lanceur d'alerte a whistleblower
l'esprit critique critical mind
les traces numériques digital traces
le droit à l'oubli the right to oblivion
le droit à la vie privée the right to privacy
le droit à l'image the right of publicity
une plateforme collaborative a collaborative platform
informatique IT (information technology)

B Adjectifs

anonyme anonymous
dangereux dangerous
faux false / fake
fiable reliable
juste et précis accurate
malintentionné malicious
numérique digital
partial / pas objectif biased
privé private
prudent cautious
ultra connecté ultra-connected
virtuel virtual

C Verbes et expressions avec des verbes

arnaquer to con
chercher des informations to search for information
contrôler to control
démêler le vrai du faux to know right from wrong
entrer en contact avec qqn to get in touch with sb
espionner to spy on
être accro à Internet to be addicted to the Internet
être discriminé to be prejudiced against
harceler to harass
harceler en ligne to cyberbully
manipuler to manipulate
partager des données to share data
pirater to hack
provoquer l'indignation to cause an outrage
se connecter ≠ se déconnecter to log in ≠ to log off
se faire passer pour qqn to pretend to be
surfer sur Internet to surf on the Internet
tchater to chat online

5 Fictions et réalités / *Fictions and Realities*

A Noms et expressions avec des noms

un hommage a tribute
un mythe a myth
une légende a legend
une figure tutélaire a figurehead / a guardian figure
l'incarnation embodiment
une icône an icon
un modèle a model
le héros the hero
le super-héros the superhero
l'exemple the example
les civilisations civilisations
l'éthique ethics
la morale morality
les sources d'inspiration the sources of inspiration
l'imagination imagination
le retour à la réalité back to reality
la ressemblance resemblance
la science-fiction science fiction
le champ des possibles the field of possibilities
la fantaisie fantasy
la représentation representation
la vision vision
le réalisme realism
la mythologie mythology
les histoires stories
la pensée the thought
le récit the narrative
un récit à la 3e personne a third person narrative
la fiction fiction
une dystopie a dystopia
une utopie an utopia
le patrimoine patrimony
un archétype an archetype

B Adjectifs

esthétique aesthetic
éthique ethical
fantastique fantastic
fictif fictional
imaginaire imaginary
légendaire legendary
merveilleux magic / supernatural
politique political
réel ≠ irréel real ≠ surreal
utopique utopian

C Verbes et expressions avec des verbes

croire à to believe in
être déconnecté de la réalité to be disconnected from reality
fantasmer to fantasise
incarner to embody
interpréter to interpret
s'échapper de to escape from
penser à to think of / to think about
quand la réalité dépasse la fiction when reality surpasses fiction
raconter to tell
ramener à la réalité to bring back to reality
réfléchir to think
rêver d'un monde meilleur to dream of a better world
s'évader to escape
s'identifier à qqn to identify with sb
(s')imaginer to imagine (oneself)
s'inspirer de to draw from
(s')inventer to invent (oneself)
se battre contre to fight against
(se) représenter to represent (oneself)

Attention !

Ne mélangez pas les adjectifs finissant en **-ing** et ceux finissant en **-ed** !

Tiring → *Fatigant*
Frightening → *Effrayant*
Tired → *Fatigué*
Frightened → *Effrayé*

6 Innovations scientifiques et responsabilité / *Scientific Innovations and Responsibility*

A Noms et expressions avec des noms

les sciences sciences
une expérience an experiment
une découverte a discovery / a finding
une découverte capitale a breakthrough
un chercheur a researcher
le clonage cloning
les manipulations génétiques genetic engineering
les vaccins vaccines
les dérives abuses
la surpopulation overcrowding
la consommation consumption
la croissance growth
la pollution pollution
les gaz d'échappement exhaust gas
le forage drilling
le déboisement deforestation
l'empreinte carbone the carbon footprint
le réchauffement climatique global warming
l'effet de serre the greenhouse effect
la hausse du niveau de la mer the sea-level rise
la couche d'ozone the ozone layer
les réserves en eau water supplies
l'épuisement des ressources naturelles the exhaustion of natural resources
les espèces en voie d'extinction species facing extinction
les espèces menacées endangered species
une inquiétude / une préoccupation a concern
une menace a threat
une pénurie / un manque a shortage
l'épuisement des ressources ressources depletion
l'environnement the environment
la faune fauna
la flore flora
la biodiversité biodiversity
le développement durable sustainable development
la transition énergétique energy transition
l'énergie renouvelable / durable renewable / sustainable energy
le recyclage recycling
la prise de conscience the awareness
le covoiturage carpool
les éoliennes wind turbines
une centrale nucléaire a nuclear power station
les robots robots
une ONG an NGO (Non Governmental Organization)
un plaidoyer a plea
des dégâts irréversibles irreversible damages

B Adjectifs

alarmant alarming
biologique biological
écologique ecological
génétique genetic
nucléaire nuclear
préjudiciable detrimental
responsable responsible
technologique technological

C Verbes et expressions avec des verbes

agir to act
améliorer to improve
démontrer to demonstrate
détruire to destroy
dévoiler / divulguer to disclose
éclipser to overshadow
endommager to damage
épuiser des ressources to deplete ressources
être menacé d'extinction to face extinction
être sensible à to be sensitive to
faire des recherches sur to research
faire entendre sa voix to speak up
gaspiller to waste
innover to innovate
mettre en péril to jeopardise
polluer to pollute
réduire to decrease
résoudre un problème to solve a problem

7 Diversité et inclusion / *Diversity and Inclusion*

A Noms et expressions avec des noms

l'invalidité disability
un handicap a handicap
un handicapé a disabled person
la différence difference
les générations generations
le fossé des générations the generation gap
les personnes âgées the elderly / the seniors
une population vieillissante an ageing population
la vieillesse old age
les barrières linguistiques language barriers
les langues régionales / officielles / étrangères regional / official / foreign languages
le métissage culturel cultural melting-pot
la religion religion
la sexualité sexuality
la nationalité nationality
une minorité a minority
l'inclusion ≠ l'exclusion inclusion ≠ exclusion
l'intégration integration
la cohésion cohesion
la solidarité solidarity
l'entraide mutual aid
l'égalité equality
un salaire décent a living wage
le pouvoir d'achat the purchasing power
la tolérance tolerance
une discrimination a discrimination
un bouc émissaire a scapegoat
les préjugés prejudices
le sectarisme sectarianism
le mépris disdain / scorn
la xénophobie xenophobia

B Adjectifs

contraire à l'éthique unethical
controversé / polémique controversial
cosmopolite cosmopolitan
inégal unequal
intergénérationnel intergenerational
majoritaire predominant
minoritaire minority
ouvert d'esprit ≠ fermé d'esprit open-minded ≠ close-minded / narrow-minded
respectueux ≠ irrespectueux respectful ≠ disrespectful
solidaire supportive
tolérant ≠ intolérant tolerant ≠ intolerant

C Verbes et expressions avec des verbes

avoir accès à to have access to
avoir confiance en qqn to trust sb
avoir de l'estime pour qqn to esteem sb
compter les uns sur les autres to rely on one another
discriminer to discriminate
élever un enfant to raise a child
être conscient de to be aware of
être égaux to be equal
être partagé entre deux cultures to be torn between two cultures
être victime de discrimination to be discriminated against
exclure ≠ inclure to exclude ≠ to include
faire évoluer les mentalités to change mentalities
lutter pour l'égalité to fight for equality
maltraiter qqn to ill-treat sb
menacer to threaten
mettre sur un pied d'égalité to put on equal terms / to put on an equal footing
provoquer un débat to spark a debate
relancer un débat to reignite a debate
satisfaire les besoins de sa famille to provide for one's family
s'élever socialement to work one's way up
se méfier to distrust
se mobiliser to mobilise
tisser des liens to create links
vivre ensemble to live together

8 Territoire et mémoire / *Territory and Memory*

A Noms et expressions avec des noms

la colonisation colonisation
les colonies colonies
l'esclavage slavery
l'exploitation exploitation
la conquête the conquest
l'expédition the expedition
l'avènement the advent
l'effondrement the collapse
le déclin the decline
la destinée the destiny
l'humanité mankind
la nation the nation
le nationalisme nationalism
le séparatisme separatism
l'unité unity
le peuple the people
le pays the country
la communauté the community
un guerrier a warrior
la résistance resistance
la défaite defeat
un pionnier a pioneer
l'indépendance independence
une lutte sans merci a merciless battle
les événements the events
les faits the facts
les racines the roots
l'héritage heritage
l'oubli oblivion
le souvenir remembrance
un témoignage a testimony
un hommage a tribute
l'amnistie amnesty
l'amnésie amnesia
un traumatisme a trauma / a traumatism
l'histoire officielle official history
à la mémoire de qqn in someone's memory
la commémoration commemoration
un monument aux morts a war memorial
le devoir de mémoire the duty of memory

B Adjectifs

colonial colonial
contemporain contemporary
emblématique iconic
frontalier frontier
historique historical
individuel individual
moderne modern
mythique mythical
national national
régional / local regional / local
solennel solemn / formal
traumatisant traumatic

C Les verbes

coloniser to colonise
commémorer to commemorate
conquérir to conquer
écrire une nouvelle page to write a new page
être en deuil to grieve
être gravé dans la pierre to be cast in stone
envahir to invade
faire le deuil de qqn / qch to mourn sb / sth
gracier to pardon
hériter to inherit
inscrire dans le marbre to set in stone
prendre son indépendance to become independent
rendre un dernier hommage à to pay one's last/final tribute / respects to
rester gravé dans sa mémoire to remain in someone's memory
se souvenir to remember
témoigner to testify
tourner la page to turn the page

1 Grammaire : quelques points importants

1 *Otro* et *otra*

• On ne met jamais d'article indéfini devant ***otro*** et ***otra***.
Ex. : ***Otro*** *trabajo.* (Un autre travail.) ***Otra*** *persona.* (Une autre personne.)

• En revanche, ils peuvent être précédés d'un article défini.
Ex. : ***El*** *otro libro.* (L'autre livre.) ***Las*** *otras personas.* (Les autres personnes.)

2 Le verbe *avoir* : *tener* ou *haber* ?

• On emploie le verbe ***tener*** pour exprimer le fait de posséder quelque chose.
Ex. : ***Tengo*** *una casa muy grande.* (J'ai une très grande maison.)

• On emploie le verbe ***haber*** comme auxiliaire pour former les temps composés.
Il est alors immédiatement suivi d'un participe passé invariable.
Ex. : ***Hemos*** *trabajado mucho.* (Nous avons beaucoup travaillé.)

3 Le verbe *demander* : *preguntar* ou *pedir* ?

• On emploie le verbe ***preguntar*** pour poser une question.
Ex. : *Le* ***pregunto*** *a qué hora empieza la clase.*
(Je lui demande à quelle heure commence le cours.)

• On emploie ***pedir*** pour solliciter, chercher à obtenir quelque chose, réclamer.
Ex. : *Te* ***pido*** *ayuda.* (Je te demande de l'aide.)

• ***Pedir que*** + **subjonctif**, permet de traduire ***demander de*** + **infinitif**.
Ex. : *Te* ***pido que*** *te calles.* (Je te demande de te taire.)

> **Attention !**
> Il faut penser à respecter la concordance des temps, et utiliser le subjonctif imparfait dans un contexte passé **(voir p. 163)**.

4 L'obligation

• Pour exprimer l'obligation personnelle (lorsque le sujet est désigné), on utilise ***tener que*** + **infinitif** ou ***deber*** + **infinitif**.
Ex. : ***Tengo que*** *estudiar.* (Je dois étudier.)
Mi vecino ***debe*** *irse.* (Mon voisin doit partir.)

• Pour exprimer l'obligation impersonnelle (lorsque le sujet n'est pas désigné) on emploie ***hay que*** + **infinitif**.
Ex. : ***Hay que*** *escuchar al profesor.* (Il faut écouter le professeur.)

> **Rappel**
> ***Hay*** est la forme impersonnelle de l'auxiliaire ***haber***. Elle peut donc être conjuguée à tous les temps.
> **Había que escuchar al profesor.**
> *Il fallait écouter le professeur.*

5 La négation

Pour former une phrase négative, on place la négation ***no*** devant le verbe. Seul un pronom complément peut l'en séparer.
Ex. : ***No*** *quiero ir al cine.* (Je ne veux pas aller au cinéma.) ***No*** *te hablo.* (Je ne te parle pas.)

6 Le verbe *être* : *ser* ou *estar* ?

Emplois de *ser*	Exemples
Ser + nom	***Son*** *personas agradables.* (Ce sont des personnes agréables.)
Ser + pronom	***Eres*** *tú*. (C'est toi.)
Ser + infinitif	*Lo importante* ***es*** *participar.* (L'important c'est de participer.)
Ser + numéral	***Somos*** *tres en el coche.* (Nous sommes trois dans la voiture.)
Ser + nationalité	*Ella* ***es*** *española*. (Elle est espagnole.)
Ser de + origine	***Soy de*** Barcelona. (Je suis de Barcelone.)
Ser de + matière	*La mesa* ***es de*** *madera*. (La table est en bois.)
Ser de + possession	*El libro* ***es de*** *mi hermano*. (Le livre est à mon frère.)
Ser + participe passé Pour passer à la **voix passive**. Le complément d'agent est introduit par la préposition ***por*** lorsqu'il est exprimé.	*Mi puerta* ***fue*** *forzada por ladrones.* (Ma porte a été fracturée par des voleurs.)
Ser + lieu / endroit Pour **situer dans l'espace** et traduire **« se tenir »**, **« avoir lieu »**, **« se passer »**, **« se dérouler »**. (À bien distinguer de l'expression habituelle de la spatialité, qui se fait toujours avec *estar*.)	*La fiesta* ***es*** *en casa de Juan.* (La fête a lieu chez Juan.)
Ser + heure / jour / date / saison Pour **situer dans le temps** de façon impersonnelle.	***Son*** *las tres y media de la tarde*. (Il est 15 h 30.) *Hoy* ***es*** *lunes*. (Aujourd'hui c'est lundi.)

Emplois de *estar*	Exemples
Estar + lieu Pour **situer dans l'espace** et traduire **« se situer »**, **« se trouver »**, **« être »**.	*Mis zapatos* ***están*** *en tu casa.* (Mes chaussures sont chez toi.)
Estar + date Pour **situer dans le temps** de façon personnelle.	***Estamos*** *a 29 de junio.* (Nous sommes le 29 juin.)
Estar **+ gérondif** Pour traduire **« être en train de »**.	*La gente* ***está*** *hablando.* (Les gens sont en train de parler.)
Estar **+ participe passé** Pour indiquer le résultat d'une action antérieure.	*La puerta* ***está*** *cerrada.* (La porte est fermée.)

Emplois de *ser* / *estar* + adj. qualificatif	Exemples
Ser + adjectif Lorsque la **caractéristique est essentielle**, (physique ou morale), qu'elle peut définir le sujet.	*Mi vecino* ***es*** *alto*. (Mon voisin est grand.) *Mis padres* ***son*** *generosos.* (Mes parents sont généreux.)
Estar **+ adjectif** Lorsque la **caractéristique est passagère**, dépendante de circonstances particulières, durables ou non (état physique ou moral par exemple).	***Estamos*** *cansados por el trabajo.* (Nous sommes fatigués à cause du travail.) *Hoy* ***estoy*** *triste.* (Aujourd'hui je suis triste.)

Attention !

Certains **adjectifs** changent de sens selon qu'ils sont employés avec ***ser*** ou avec ***estar***. C'est le cas de **bueno, malo, listo, rico, moreno.**

7 Les prépositions *a / en / de / por / para*

Prép.	Emplois	Exemples
a	Après un verbe de mouvement, pour indiquer la destination	*Voy **a** la piscina.* (Je vais à la piscine.)
	Devant un COD de personne	*Respeto **a** la gente.* (Je respecte les gens.)
en	Pour situer dans l'espace	*Estoy **en** España.* (Je suis en Espagne.)
	Pour situer dans le temps	***En** aquella época.* (À cette époque-là.)
de	Pour indiquer l'origine	*Soy **de** Madrid.* (Je suis de Madrid.)
	Pour indiquer la possession	*Este libro es **de** mi vecino.* (Ce livre est à mon voisin.)
	Pour définir la matière	*La cartera es **de** cuero.* (Le cartable est en cuir.)
por	Pour exprimer la cause	*No puedo salir **por** la lluvia.* (Je ne peux pas sortir à cause de la pluie.)
	Pour indiquer le déplacement dans un lieu	*Me paseo **por** el parque.* (Je me promène dans le parc.)
	Pour exprimer la notion d'échange	*Me compré un coche **por** 5 000 euros.* (Je me suis acheté une voiture pour 5 000 euros.)
para	Pour exprimer le but	*Voy a casa **para** estudiar.* (Je vais chez moi pour étudier.)
	Pour exprimer son point de vue	***Para** mí, es una mala idea.* (Pour moi, c'est une mauvaise idée.)
	Pour préciser le destinataire, la destination	*Tengo un regalo **para** tus padres.* (J'ai un cadeau pour tes parents.)

8 Les verbes à valeur affective

• Le verbe ***gustar*** (*aimer quelque chose*) est le plus utilisé. Il se construit comme le verbe *plaire* en français.

• Le sujet de ***gustar*** peut être pluriel avec un COI singulier, ou singulier avec un COI pluriel.
Ex. : ***Te gustan*** *los gatos*. (Tu aimes les chats. / Les chats te plaisent.)
Os gusta *la película*. (Vous aimez le film. / Le film vous plaît.)

me	
te	*gusta* + nom singulier
le	*gustan* + nom pluriel
nos	
os	*gusta* + infinitif
les	

• Pour insister, on peut placer devant l'ensemble de la construction : *A mí ; A ti ; A él / ella / usted ; A nosotros / nosotras ; A vosotros / vosotras ; A ellos / ellas / ustedes.*
Ex. : ***A mí*** *me gusta leer.* (Moi, j'aime lire.)

• D'autres verbes se construisent sur le même modèle : ***encantar*** (*adorer*), ***extrañar*** (*surprendre, étonner*), ***doler*** (*faire mal*), ***dar miedo*** (*faire peur*), etc.
Ex. : ***Me encantan*** *los viajes.* (J'adore les voyages.)
Me duele la pierna. (J'ai mal à la jambe.)

Attention !

Lorsque le sujet d'une tournure affective est un nom propre ou un groupe nominal, il doit être précédé de la préposition ***a***, et il faut répéter le pronom COI, ***le*** ou ***les*** devant le verbe.
A Paula le gustan los coches.
Paula aime les voitures.

9 La comparaison

• **Comparatif de supériorité**

– ***Más*** **+ adjectif +** ***que***

Ex. : *Es **más** listo **que** su amigo.* (Il est plus intelligent que son ami.)

– ***Más*** **+ adjectif +** ***de lo que*** **+ verbe conjugué**

Ex. : *Es **más** listo **de lo que** pensamos.* (Il est plus intelligent que nous ne le pensons.)

• **Comparatif d'infériorité**

– ***Menos*** **+ adjectif +** ***que***

Ex. : *Es **menos** simpático **que** su vecino.* (Il est moins gentil que son voisin.)

– ***Menos*** **+ adjectif +** ***de lo que*** **+ verbe conjugué**

Ex. : *Es **menos** simpático **de lo que** pensamos.* (Il est moins gentil que nous ne le pensons.)

• **Comparatif d'égalité**

– ***Tanto*** **+ nom +** ***como***

Ex. : *Compro **tantos** caramelos **como** mi hermana.*
(J'achète autant de bonbons que ma sœur.)

– ***Tan*** **+ adjectif/adverbe +** ***como***

Ex. : *Es **tan** listo **como** su hermano.*
(Il est aussi intelligent que son frère.)

> **Attention !**
> *Tanto* s'accorde en genre et en nombre avec le nom qu'il détermine.

• Il y a **quatre comparatifs irréguliers** :
bueno/a → ***mejor*** (meilleur/e) ; *malo/a* → ***peor*** (moins bon/ne / pire) ; *grande* → ***mayor*** (plus grand/e) ; *pequeño/a* → ***menor*** (plus petit/e).

10 Le vouvoiement

• **Vouvoiement singulier :** ***usted*** **+ verbe conjugué à la 3ᵉ personne du singulier.**

Ex. : *Señor, **usted** ha olvidado sus llaves.* (Monsieur, vous avez oublié vos clés.)

• **Vouvoiement pluriel :** ***ustedes*** **+ verbe conjugué à la 3ᵉ personne du pluriel.**

Ex. : *Señoras, **ustedes** lucen encantadoras.* (Mesdames, vous êtes ravissantes.)

• **Les possessifs correspondants :** ***su*** (votre) / ***sus*** (vos).

Ex. : ***Su** casa es grande.* (Votre maison est grande.)

• **Le pronom réfléchi :** ***se***.

Ex. : *Usted **se** equivoca. / Ustedes **se** equivocan.*
(Vous vous trompez.)

> **Attention !**
> La présence de *usted* et *ustedes* devant le verbe est obligatoire pour éviter toute confusion avec ***él /ellos / ella / ellas***.

• **Les pronoms personnels compléments non réfléchis COD :**

– ***Usted*** → ***le*** / ***lo*** (masculin), ***la*** (féminin).

Ex. : *Señor, **le/lo** veo.* (Monsieur, je vous vois.) / *Señora, **la** veo.* (Madame, je vous vois.)

– ***Ustedes*** → ***los*** (masculin), ***las*** (féminin).

Ex. : *Señores, **los** veo.* (Messieurs, je vous vois.) / *Señoras, **las** veo.* (Mesdames, je vous vois.)

• **Les pronoms personnels compléments non réfléchis COI :**

– ***Usted*** → ***le*** (masculin / féminin).

Ex. : *Señor / Señora , **le** digo la verdad.* (Monsieur / Madame, je vous dis la vérité.)

– ***Ustedes*** → ***les*** (masculin / féminin).

Ex. : *Señores / Señoras, **les** digo la verdad.* (Messieurs / Mesdames, je vous dis la vérité.)

11 La concordance des temps

La concordance des temps est obligatoire en espagnol. Le temps de la proposition principale permet de choisir entre le subjonctif présent ou le subjonctif imparfait dans la subordonnée.

Prop. principale	Prop. sub.	Exemples
Présent de l'indicatif Passé composé Futur simple Impératif	Subjonctif présent	***Quiero que vengas** con nosotros.* (Je veux que tu viennes avec nous.) *Le **diré que venga** con nosotros.* (Je lui dirai de venir avec nous.)
Imparfait de l'indicatif Passé simple Conditionnel présent Plus-que-parfait	Subjonctif imparfait	***Yo quería que vinieras** con nosotros.* (Je voulais que tu viennes avec nous.) *Le **dije que viniera** con nosotros.* (Je lui ai dit de venir avec nous.)

12 Les principaux emplois du subjonctif

Emplois	Exemples
Après les verbes exprimant **la volonté**, **le désir** *(querer, esperar, desear…).*	*Quiero que **respetes** a los demás.* (Je veux que tu respectes les autres.)
Après les verbes exprimant **l'ordre**, **la prière** *(decir, pedir, ordenar…).*	*Dile que **se calle.*** (Dis-lui de se taire.)
Après les verbes exprimant **le regret**, **la crainte** *(sentir, temer, lamentar…).*	*Tememos que ella se **haya ido.*** (Nous craignons qu'elle soit partie.)
Après ***para que***, pour exprimer **le but**.	*Te lo digo para que **hagas** esfuerzos.* (Je te le dis pour que tu fasses des efforts.)
Après les **verbes d'opinion à la forme négative** *(no creer que, no pensar que…).*	*No pienso que **sea** útil.* (Je ne pense pas que ce soit utile.)
Après *Quizá(s) / Tal vez / Acaso* pour exprimer l'**éventualité**.	*Tal vez no **vengas.*** (Tu ne viendras peut-être pas.)
Après la négation ***no*** pour exprimer **l'interdiction, la défense**. C'est-à-dire l'ordre négatif.	*No se lo **digas** a tus padres.* (Ne le dis pas à tes parents.)

13 Les emplois des temps du passé

• **Le passé simple, ou prétérit** s'emploie lorsque l'on veut parler d'un fait passé qui n'a plus de rapport avec le présent. On parle alors de passé révolu.
Ex. : *Ayer, **fui** al cine.* (Hier, je suis allé au cinéma.)

• **Le passé composé** s'emploie lorsque l'on veut parler d'un fait passé qui a encore un rapport avec le présent.
Ex. : *Me **he roto** el brazo hace tres días.* (Je me suis cassé le bras il y a trois jours.)

• **L'imparfait de l'indicatif** est le temps du récit au passé et de la description. Il permet d'exprimer la continuité, la répétition d'une action qui se déroule dans le passé ainsi que la durée dans le passé.
Ex. : *Yo **iba** a la biblioteca tres veces a la semana.* (J'allais à la bibliothèque trois fois par semaine.)

2 Le vocabulaire utile par thème du programme

1 Identités et échanges / *Identidades e intercambios*

Abréviations
qch : quelque chose
qqn : quelqu'un

A Noms et expressions avec un nom

l'émigration la emigración
l'immigration la inmigración
la fuite la huida
le départ la salida
l'exil el exilio
la frontière la frontera
le contact el contacto
le partenariat la asociación / la alianza
l'accueil la acogida
l'hospitalité la hospitalidad
l'intégration la integración
le partage el compartir / el reparto
le dialogue el diálogo
la compréhension ≠ l'incompréhension la comprensión ≠ la incomprensión
la curiosité la curiosidad
la découverte el descubrimiento
les voyages los viajes
le tourisme el turismo
le changement el cambio
le dépaysement el cambio de ambiente
le mélange la mezcla
la diversité la diversidad
la mondialisation la mundialización
la menace la amenaza
le conflit el conflicto
la mobilité la movilidad
le clan el clan
le ghetto el gueto
le quartier el barrio
les tensions las tensiones
l'acculturation la aculturación
le choc des cultures el choque de culturas / el choque cultural
le groupe social el grupo social
la société de castes la sociedad de castas
l'ascension sociale la ascensión social
le déclassement social la pérdida de categoría social
la demande d'asile la solicitud / la petición / la demanda de asilo
le droit d'asile el derecho de asilo

B Adjectifs

accueillant/e acogedor/a
compréhensif/ive comprensivo/a
culturel/le cultural
linguistique lingüístico/a
menaçant/e amenazador/a
mixte mixto/a
problématique problemático/a
tendu/e tenso/a

C Verbes et expressions avec un verbe

accueillir acoger
braver un interdit desafiar una prohibición
comprendre comprender / entender
découvrir descubrir
dialoguer dialogar
échanger intercambiar
émigrer emigrar
entrer en contact avec qqn entrar / ponerse en contacto con alguien
être accueilli à bras ouverts recibir con los brazos abiertos
fuir huir de
immigrer inmigrar
risquer sa vie arriesgarse la vida
transgresser la loi transgredir [i] la ley
traverser cruzar
s'exiler exiliarse
saisir sa chance aprovechar la oportunidad

2 Espace privé et espace public / *Espacio privado y espacio público*

A Noms et expressions avec un nom

la société la sociedad
le rôle el papel
l'émancipation la emancipación
les droits los derechos
la liberté de mouvement la libertad de movimiento
la sociabilité la sociabilidad
la famille la familia
l'entourage el entorno
la sphère privée / publique la esfera privada / pública
l'éducation la educación
la liberté la libertad
le monde du travail el mundo laboral
le télétravail el teletrabajo / el trabajo a distancia
le lieu / l'endroit el lugar
les lieux de convivialité los lugares de convivencia
l'évolution la evolución
la parité la paridad
le machisme el machismo
le féminisme el feminismo
l'habitat el hábitat
les distinctions las distinciones
les clichés los estereotipos / los clichés
les valeurs los valores
les mentalités las mentalidades
les us et coutumes los usos y costumbres
la transformation la transformación
la structure la estructura
la hiérarchie la jerarquía
la mixité la mixidad
l'égalité la igualdad
les inégalités las desigualdades
les traditions las tradiciones
les croyances las creencias
le modèle el modelo
les coutumes las costumbres
le refus el rechazo
les changements los cambios
les mutations las transformaciones / los cambios
au sein de la société en el seno de la sociedad / en el interior de la sociedad / dentro de la sociedad
être logé à la même enseigne estar en el mismo caso

B Adjectifs

conditionné/e condicionado/a
familial/e familiar
féministe feminista
machiste machista
médiatique mediático/a
politique político/a
professionnel/le profesional
religieux/euse religioso/a
social/e social
traditionnel/le tradicional

C Verbes et expressions avec un verbe

accepter aceptar
attirer l'attention llamar la atención
changer cambiar
désirer / souhaiter desear
distinguer distinguir
évoluer evolucionar
hiérarchiser jerarquizar
jouer un rôle desempeñar un papel
mettre sur un pied d'égalité poner en pie de igualdad / al mismo nivel
passer inaperçu/e pasar desapercibido/a
refuser rechazar
reléguer au second plan relegar a un segundo plano
s'adapter adaptarse
s'émanciper emanciparse
se fondre dans la masse mezclarse con la gente
sensibiliser sensibilizar
structurer organizar / estructurar
vouloir querer [ie]

3 Art et pouvoir / *Arte y poder*

A Noms et expressions avec un nom

l'architecture la arquitectura
les immeubles / les bâtiments los edificios
les résidences las residencias
les monuments los monumentos
les infrastructures las infraestructuras
l'œuvre d'art la obra de arte
la peinture la pintura
le tableau el cuadro
le portrait el retrato
la gravure el grabado
la musique la música
l'hymne / le chant el himno / el canto
la littérature la literatura
la satire la sátira
le cinéma el cine
le film la película
la propagande la propaganda
l'affiche el cartel
le pouvoir el poder
le contre-pouvoir el contrapoder
la culture la cultura
la contre-culture la contracultura
la critique la crítica
la caricature la caricatura
la censure la censura
la liberté de création la libertad de creación
la résistance la resistencia
l'expression la expresión
le mépris el desprecio
les idées las ideas
l'idéologie la ideología
les convictions las convicciones
le témoignage el testimonio
l'opposition la oposición
l'approbation el consentimiento
l'apologie la apología
la contestation la protesta / el desacuerdo
l'avant-garde la vanguardia

B Adjectifs

abstrait abstracto/a
avant-gardiste vanguardista
caricatural/e caricaturesco/a
comique cómico/a
controversé/e controvertido/a
culturel/le cultural
disproportionné/e disproporcionado/a
engagé/e comprometido/a
institutionnel/le institucional
officiel/le oficial
patriotique patriótico/a
polémique polémico/a
puissant/e poderoso/a
satyrique satírico/a

C Verbes et expressions avec un verbe

appuyer / soutenir apoyar
caricaturer caricaturar
célébrer celebrar
censurer censurar
condamner condenar
construire construir
convaincre convencer
critiquer criticar
défendre defender [ie]
dire tout haut ce que tout le monde pense tout bas decir en voz alta lo que muchos prefieren callar
être contre qch estar en contra de algo
être d'accord avec qch estar de acuerdo con algo
être pour qch estar a favor de algo
faire le portrait de qqn retratar a alguien
légitimer legitimar
passer sous silence callar / pasar por alto
peindre pintar
protester contre qch protestar contra algo
pousser un cri d'alarme dar la voz de alarma
remettre en question poner en tela de juicio
(s')exprimer expresar(se)
(s')opposer oponer(se)
se soulever contre qch levantarse contra algo
tourner un film rodar [ue] (una película)

4 Citoyenneté et mondes virtuels / *Ciudadanía y mundos virtuales*

A Noms et expressions avec un nom

les relations las relaciones
les données personnelles / les coordonnées los datos personales
la communication la comunicación
les contacts los contactos
la confiance la confianza
la méfiance la desconfianza / el recelo
le danger el peligro
les risques los riesgos
le blog el blog
le forum el foro
le progrès el progreso
les nouvelles technologies las nuevas tecnologías
l'intelligence artificielle la inteligencia artificial
le lanceur d'alerte el informante / el denunciante / el alertador
la liberté d'expression la libertad de expresión
les réseaux sociaux las redes sociales
le profil el perfil
la manipulation la manipulación
les informations las informaciones
l'accès au savoir el acceso al saber
les mensonges las mentiras
la prudence la prudencia
le contrôle parental el control parental
la vérité la verdad
l'aide la ayuda
l'utilité la utilidad
le harcèlement / le cyber-harcèlement el acoso / el ciberacoso
l'agresseur el/la agresor/a
l'usurpation d'identité la usurpación de identidad
les repères los puntos de referencia
l'escroquerie la estafa / el fraude
le contrôle el control
la censure la censura
une atteinte à la vie privée una violación a / de la privacidad
le repli sur soi el aislamiento / el ensimismamiento

B Adjectifs

connecté/e conectado/a
dangereux/euse peligroso/a
faux/ausse falso/a
indispensable imprescindible / indispensable
malintentionné/e malintencionado/a
numérique digital / numérico/a
réel/le real
prudent/e prudente
utile ≠ inutile útil ≠ inútil
virtuel/le virtual

C Verbes et expressions avec un verbe

agresser agredir [i]
arnaquer / escroquer timar / estafar
chater / tchater chatear
chercher des informations buscar información
contrôler controlar
démêler le vrai du faux distinguir entre lo verdadero y lo falso
entrer en contact avec qqn entrar en contacto con alguien
être accro à Internet ser adicto/a a Internet
harceler acosar
manipuler manipular
mentir mentir [ie/i]
partager compartir
raconter des mensonges contar [ue] mentiras
se connecter conectarse
se faire passer pour qqn fingir ser alguien diferente
se passer de qch prescindir de algo / vivir sin algo
surfer sur le net navegar por Internet
twitter tuitear
usurper usurpar
utiliser utilizar / usar
diffuser / répandre difundir

5 Fictions et réalités / *Ficciones y realidades*

A Noms et expressions avec un nom

la littérature la literatura
les mythes los mitos
les croyances las creencias
les histoires las historias
les civilisations las civilizaciones
le patrimoine el patrimonio
le modèle el modelo
l'éthique la ética
l'incarnation des valeurs la encarnación de los valores
l'inspiration la inspiración
les sources d'inspiration las fuentes de inspiración
l'imagination la imaginación
le héros / l'héroïne el héroe / la heroína
le super-héros el superhéroe
l'exemple el ejemplo
la figure la figura / el personaje
la réalité la realidad
en deçà de la réalité inferior a la realidad
entre la réalité et la fiction entre realidad y ficción
les légendes las leyendas
quand la réalité dépasse la fiction cuando la realidad supera la ficción
retour à la réalité regreso a la realidad
la ressemblance la semejanza
la science-fiction la ciencia ficción
le champ du possible / des possibles la esfera de lo posible / el mundo de posibilidades
la fantaisie la fantasía
la morale la moraleja
la représentation la representación
la vision la visión
le réalisme el realismo
l'hyperréalisme el hiperrealismo
la mythologie la mitología
la pensée el pensamiento
l'utopie la utopía
le récit el relato
la fiction la ficción

B Adjectifs

culturel/le cultural
esthétique estético/a
éthique ético/a
fantastique fantástico/a
fictif/ve ficticio/a
imaginaire imaginario/a
légendaire legendario/a
réel/le ≠ irréel/le real ≠ irreal
politique político/a
utopique utópico/a

C Verbes et expressions avec un verbe

croire (à) creer (en)
être déconnecté/e de la réalité estar desconectado/a de la realidad
incarner encarnar
interpréter interpretar
penser (à) pensar [ie] (en)
raconter contar [ue]
ramener à la réalité traer de vuelta a la realidad
réfléchir reflexionar
rêver d'un monde meilleur soñar [ue] con un mundo mejor
s'évader evadirse
s'inspirer de inspirarse en
(s')imaginer imaginar(se)
(s')inventer inventar(se)
(se) représenter representar(se)
transformer transformar

Attention !
Les verbes à **diphtongue**, à **affaiblissement** et à **alternance** sont signalés par **[ie]**, **[ue]**, **[i]** et **[ie/i]**.

6 Innovations scientifiques et responsabilité / *Innovaciones científicas y responsabilidad*

A Noms et expressions avec un nom

les découvertes los descubrimientos
le progrès el progreso
les améliorations las mejoras
les avancées los avances
les sciences las ciencias
la planète el planeta
l'environnement el medio ambiente
la pollution la contaminación
les gaz d'échappement los gases de escape
l'effet de serre el efecto invernadero
la recherche la investigación
le clonage la clonación
les transports los transportes
le recyclage el reciclaje
la biodiversité la biodiversidad
l'humanité la humanidad
les robots los robots
coûte que coûte a toda costa / cueste lo que cueste
une ONG una Organización No Gubernamental
des produits jetables productos de usar y tirar
des dégâts irréversibles daños irreversibles
la prise de conscience la toma de conciencia
le réchauffement climatique el calentamiento global
le covoiturage el coche compartido
la surpopulation la superpoblación
la manœuvre la maniobra
la consommation el consumo
les expériences los experimentos
les chercheurs los investigadores
le forage la perforación
les forêts los bosques
les essais los ensayos / las pruebas
la destruction la destrucción
l'épuisement des ressources naturelles el agotamiento de los recursos naturales
une planète qui ne cesse de se dégrader un planeta en continua degradación
la faune / la flore la fauna / la flora
les espèces en voie d'extinction las especies en vía(s) de extinción
l'énergie la energía
les éoliennes los aerogeneradores
les énergies renouvelables las energías renovables
les dérives los desvíos / las desviaciones
la croissance el crecimiento
les vaccins las vacunas
la bioéthique la bioética

B Adjectifs

biologique biológico/a
écologique ecológico/a
éthique ético/a
génétique genético/a
nucléaire nuclear
préjudiciable dañino/a / perjudicial
responsable responsable
technologique tecnológico/a

C Verbes et expressions avec un verbe

agir actuar
alléger la tâche de l'homme aliviar la tarea del hombre
améliorer mejorar
consommer consumir
détruire destruir
développer desarrollar
endommager dañar / deteriorar
faire des recherches sur investigar
faire entendre sa voix hacer oír su voz / hacerse escuchar
innover innovar
mettre en danger poner en peligro
porter préjudice perjudicar
réduire reducir
rendre la vie plus agréable amenizar la vida

7 Diversité et inclusion / *Diversidad e inclusión*

A Noms et expressions avec un nom

la discrimination la discriminación
l'intégration la integración
l'égalité ≠ l'inégalité la igualdad ≠ la desigualdad
l'émancipation la emancipación
la différence la diferencia
le handicap la discapacidad
un handicapé un discapacitado / un minusválido
la génération la generación
les langues régionales / officielles / étrangères las lenguas regionales / oficiales / extranjeras
la culture la cultura
les valeurs los valores
le respect el respeto
la liberté la libertad
l'évolution la evolución
les préjugés los prejuicios
les minorités las minorías
l'acceptation la aceptación
la tolérance la tolerancia
la solidarité la solidaridad
l'entraide la ayuda mutua
le soutien el apoyo
la pitié la compasión
la religion la religión
la croyance religieuse la creencia
les coutumes las costumbres
la tradition la tradición
la sexualité la sexualidad
la nationalité la nacionalidad
l'ethnie / la communauté la etnia
les clichés los tópicos / los clichés
les menaces las amenazas
le mépris el desprecio
la cohésion la cohesión / la unidad / la unión
la marginalisation la marginación / la marginalización
le/la marginal/e el/la marginado/a

B Adjectifs

cosmopolite cosmopolita
ethnique étnico/a
handicapé/e discapacitado/a / minusválido/a
intergénérationnel/le intergeneracional
majoritaire mayoritario/a
minoritaire minoritario/a
moderne moderno/a
ouvert/e abierto/a
respectueux/euse ≠ irrespectueux/se respetuoso/a ≠ irrespetuoso/a
solidaire solidario/a
tolérant/e ≠ intolérant/e tolerante ≠ intolerante

C Verbes et expressions avec un verbe

avoir confiance en qqn confiar en alguien
avoir de l'estime pour qqn sentir [ie/i] aprecio por alguien
avoir des préjugés tener prejuicios
compter les uns sur les autres contar [ue] (los) unos con (los) otros
discriminer discriminar
faire évoluer les mentalités hacer evolucionar las mentalidades
inclure incluir
insulter insultar
intégrer integrar
lutter pour l'égalité luchar por la igualdad
menacer amenazar
mettre sur un pied d'égalité poner en pie de igualdad
respecter respetar
s'entendre bien (mal) avec qqn llevarse bien (mal) con alguien
se mobiliser movilizarse
tisser des liens establecer lazos
vivre ensemble convivir

8 Territoire et mémoire / *Territorio y memoria*

A Noms et expressions avec un nom

l'histoire la historia
les espaces los espacios
les frontières las fronteras
les colonies las colonias
le passé el pasado
l'avenir el porvenir / el futuro
le patrimoine el patrimonio
l'héritage la herencia
le droit de connaître la vérité el derecho a conocer la verdad
la commémoration la conmemoración
la conquête la conquista
la colonisation la colonización
la reconquête la reconquista
l'indépendance la independencia
les évènements los acontecimientos
l'amnésie la amnesia
le témoignage el testimonio
l'oubli el olvido
les racines las raíces
la nation la nación
le pays el país
le peuple el pueblo
les conquistadors los conquistadores
l'expédition la expedición
l'organisation la organización
la résistance la resistencia
la défaite la derrota
l'exploitation la explotación
l'esclavage la esclavitud
le nationalisme el nacionalismo
le séparatisme el separatismo
les faits los hechos
le devoir de mémoire el deber de memoria / el deber de recordar
le souvenir el recuerdo
à la mémoire de qqn en memoria de alguien
une lutte sans merci una lucha sin piedad / un combate sin piedad
le monument aux morts el monumento a los caídos

B Adjectifs

collectif/ive colectivo/a
controversé/e controvertido/a
emblématique emblemático/a
frontalier fronterizo/a
historique histórico/a
individuel/le individual
national/e nacional
régional/e regional
territorial/e territorial
mondial/e global / mundial

C Verbes et expressions avec un verbe

coloniser colonizar
commémorer conmemorar
conquérir conquistar
gracier amnistiar
hériter heredar
imposer imponer
prendre son indépendance independizarse
se produire suceder / acontecer
raconter (un fait) relatar (un hecho)
témoigner testimoniar
tourner la page pasar página
régner de manière autoritaire reinar de forma autoritaria
rester gravé/e dans sa mémoire quedarse en su memoria / permanecer en su memoria
se rappeler qch recordar [ue] algo
se souvenir de qch acordarse [ue] de algo
vaincre vencer

1 Grammaire : quelques points importants

1 Le système de conjugaison

A Généralités

• **Il n'existe que deux séries de terminaisons verbales :**

	Terminaisons du présent	Terminaisons du prétérit
1re p. du sing. *(ich)*	**-e**	**Ø**
2e p. du sing. *(du)*	-st	-st
3e p. du sing. *(er/sie/es)*	**-t**	**Ø**
1re p. du plur. *(wir)*	-(e)n	-(e)n
2e p. du plur. *(ihr)*	-t	-t

Attention !
Les deux séries de terminaisons ne diffèrent l'une de l'autre qu'à deux personnes : **la 1re et la 3e du singulier**.

• **L'infinitif** se compose de la même façon pour tous les verbes : **radical + *-en* ou *-n*.**

• **La classification des verbes.** On distingue **six catégories de verbes**, en fonction des variations de radical par rapport à celui de l'infinitif, soit des plus irréguliers aux plus réguliers.

B Les trois auxiliaires (*haben, sein* et *werden*)

• **Ils sont très irréguliers** (parce que leur radical change souvent). Ils nécessitent d'apprendre par cœur la conjugaison au présent, au prétérit de l'indicatif, ainsi que le participe passé.

	haben (rad. de l'inf. : *hab-*)	**sein** (rad. de l'inf. : *sei-*)	**werden** (rad. de l'inf. : *werd-*)
Présent	ich habe **du hast** **er/sie/es hat** wir haben ihr habt sie/Sie haben	**ich bin** **du bist** **er/sie/es ist** **wir sind** **ihr seid** **sie/Sie sind**	ich werde **du wirst** **er/sie/es wird** wir werden ihr werdet sie/Sie werden
Prétérit	**ich hatte** **du hattest** **er/sie/es hatte** **wir hatten** **ihr hattet** **sie/Sie hatten**	**ich war** **du warst** **er/sie/es war** **wir waren** **ihr wart** **sie/Sie waren**	**ich wurde** **du wurdest** **er/sie/es wurde** **wir wurden** **ihr wurdet** **sie/Sie wurden**
Participe passé	gehabt	**gewesen**	**geworden**

• ***haben*** et ***sein*** sont les **auxiliaires des temps composés** : parfait (équivalent du passé composé) et plus-que-parfait de l'indicatif.

• ***werden*** est l'**auxiliaire** :
– du futur de l'indicatif.
Ex. : *Die Katze **wird** die Maus **fressen**.* (Le chat mangera la souris.)

– du conditionnel.
Ex. : *Wenn sie Hunger hätte,* ***würde*** *die Katze die Maus* ***fressen****.*
(S'il avait faim, le chat mangerait la souris.)
– de la voie passive.
Ex. : *Die Maus* ***wird*** *von der Katze* ***gefressen****.* (La souris est mangée par le chat.)

C Les six verbes de modalité

• Il s'agit de ***dürfen*** et ***können*** (possibilité), ***müssen*** et ***sollen*** (devoir), ***mögen*** **(*ich möchte*)** et ***wollen*** (volonté), dont le radical peut changer ou non.

	dürfen (dürf-)	**können** (könn-)	**müssen** (müss-)	**sollen** (soll-)	**mögen** (mög-)	**wollen** (woll-)
Prés.	**ich darf** **du darfst** **er/sie/es darf** wir dürfen ihr dürft sie/Sie dürfen	**ich kann** **du kannst** **er/sie/es kann** wir können ihr könnt sie/Sie können	**ich muss** **du musst** **er/sie/es muss** wir müssen ihr müsst sie/Sie müssen	**ich soll** du sollst **er/sie/es soll** wir sollen ihr sollt sie/Sie sollen	**ich mag** **du magst** **er/sie/es mag** wir mögen ihr mögt sie/Sie mögen	**ich will** **du willst** **er/sie/es will** wir wollen ihr wollt sie/Sie wollen
Prét.	**ich durfte** **du durftest** **er durfte** **wir durften** **ihr durftet** **sie durften**	**ich konnte** **du konntest** **er konnte** **wir konnten** **ihr konntet** **sie konnten**	**ich musste** **du musstest** **er musste** **wir mussten** **ihr musstet** **sie mussten**	ich sollte du solltest er/sie/es sollte wir sollten ihr solltet sie/Sie sollten	**ich mochte** **du mochtest** **er mochte** **wir mochten** **ihr mochtet** **sie mochten**	ich wollte du wolltest er/sie/es wollte wir wollten ihr wolltet sie/Sie wollten
P. passé	**gedurft**	**gekonnt**	**gemusst**	gesollt	**gemocht**	gewollt

• Les verbes de modalité fonctionnent :
– **par groupe de deux.** Deux d'entre eux expriment la possibilité : *dürfen* et *können*, deux autres le devoir : *müssen* et *sollen* et les deux derniers la volonté : *mögen* (*ich möchte*) et *wollen* ;
– **par groupe de trois.** Trois d'entre eux expriment l'indépendance du sujet grammatical : *können* (savoir, être capable de), *müssen* (avoir conscience de devoir absolument) et *wollen* (vouloir absolument) et les trois autres une dépendance par rapport au monde extérieur : *dürfen* (avoir la permission de quelqu'un d'extérieur), *sollen* (devoir parce que quelqu'un d'extérieur le demande) et *mögen* sous la forme *ich möchte* (j'aimerais bien… mais je dois tenir compte des contraintes extérieures indépendantes de ma volonté).

D Le verbe *wissen* (*savoir*)

Il se conjugue comme un verbe de modalité sans en avoir le sens.

	wissen (rad. de l'inf. : *wiss*-)	
Présent	**ich weiß** **du weißt** **er/sie/es weiß**	wir wissen ihr wisst sie/Sie wissen
Prétérit	**ich wusste** **du wusstest** **er/sie/es wusste**	**wir wussten** **ihr wusstet** **sie/Sie wussten**
Participe passé	**gewusst**	

E Les verbes forts ou verbes irréguliers

Il s'agit par exemple de ***fahren***, ***geben*** et ***gehen*** dont le radical :

- **change toujours au prétérit** (équivalent de l'imparfait et du passé simple français) :

	fahren (rad. de l'inf. : *fahr-*)	**geben** (rad. de l'inf. : *geb-*)	**gehen** (rad. de l'inf. : *geh-*)
Prétérit	**ich fuhr** **du fuhrst** **er/sie/es fuhr** **wir fuhren** **ihr fuhrt** **sie/Sie fuhren**	**ich gab** **du gabst** **er/sie/es gab** **wir gaben** **ihr gabt** **sie/Sie gaben**	**ich ging** **du gingst** **er/sie/es ging** **wir gingen** **ihr gingt** **sie/Sie gingen**

- **peut changer, ou non :** à la 2e et 3e personnes du singulier du présent de l'indicatif (c'est le cas des « verbes forts en "a" , en "e" ou en "o" ») ; à la formation du participe passé.

	fahren (rad. de l'inf. : *fahr-*)	**geben** (rad. de l'inf. : *geb-*)	**gehen** (rad. de l'inf. : *geh-*)
Présent	ich fahre **du fährst** **er/sie/es fährt** wir fahren ihr fahrt sie/Sie fahren	ich gebe **du gibst** **er/sie/es gibt** wir geben ihr gebt sie/Sie geben	ich gehe du gehst er/sie/es geht wir gehen ihr geht sie/Sie gehen
Participe passé	gefahren	gegeben	**gegangen**

- Comme il n'y a aucun moyen de savoir si le radical d'un verbe fort subit ou non un changement, il est recommandé de les apprendre par cœur.

F Les huit verbes mixtes

Il s'agit de ***brennen*** = brûler, ***bringen*** = apporter, ***denken*** = penser, ***kennen*** = connaître, ***nennen*** = nommer, ***rennen*** = courir, ***senden*** = envoyer et ***(sich) wenden*** = (se) tourner, dont le radical :

- **ne change pas au présent de l'indicatif**

	brennen	**bringen**	**denken**	**kennen**	**nennen**	**rennen**	**senden**	**wenden**
Présent	es brennt	ich bringe du bringst er bringt wir bringen ihr bringt sie bringen	ich denke du denkst er denkt wir denken ihr denkt sie denken	ich kenne du kennst er kennt wir kennen ihr kennt sie kennen	ich nenne du nennst er nennt wir nennen ihr nennt sie nennen	ich renne du rennst er rennt wir rennen ihr rennt sie rennen	ich sende du send**est** er send**et** wir senden ihr send**et** sie senden	ich wende du wend**est** er wend**et** wir wenden ihr wend**et** sie wenden

- **change au prétérit et au participe passé**

	brennen	**bringen**	**denken**	**kennen**	**nennen**	**rennen**	**senden**	**wenden**
Prétérit	es brannte	ich brachte du brachtest er brachte wir brachten ihr brachtet sie brachten	ich dachte du dachtest er dachte wir dachten ihr dachtet sie dachten	ich kannte du kanntest er kannte wir kannten ihr kanntet sie kannten	ich nannte du nanntest er nannte wir nannten ihr nanntet sie nannten	ich rannte du ranntest er rannte wir rannten ihr ranntet sie rannten	ich sandte du sandtest er sandte wir sandten ihr sandtet sie sandten	ich wandte du wandtest er wandte wir wandten ihr wandtet sie wandten
P. passé	gebrannt	gebracht	gedacht	gekannt	genannt	gerannt	gesandt	gewandt

G Les verbes faibles ou verbes réguliers

Il s'agit des verbes dont le radical ne change jamais.

	machen (rad. de l'inf. : *mach-*)
Présent	ich mache du machst er/sie/es macht wir machen ihr macht sie/Sie machen
Prétérit	ich machte du machtest er/sie/es machte wir machten ihr machtet sie/Sie machten
Participe passé	gemacht

Attention !

Les **formes verbales** signalées en **gras** correspondent à des **irrégularités** par rapport à la règle générale.

2 La place du groupe verbal

La place du groupe verbal (verbe conjugué + partie non conjuguée et invariable du groupe verbal) varie en fonction du type de phrases.

Types de phrases		**Place du verbe conjugué**	**Place de la partie non conjuguée du groupe verbal**
GV à l'infinitif	construction	dernière place	avant-dernière place
	exemple	*sich (A)* ***beeinflussen*** ***lassen***. (Se laisser influencer.)	
Déclarative	construction	deuxième place	dernière place
	exemple	*Er* ***lässt*** *sich* ***beeinflussen.*** (Il se laisse influencer.)	
Interrogative globale	construction	première place	dernière place
	exemple	***Lässt*** *er sich* ***beeinflussen ?*** (Se laisse-t-il / Est-ce qu'il se laisse influencer ?)	
Interrogative partielle	construction	deuxième place	dernière place
	exemple	*Warum* ***lässt*** *er sich* ***beeinflussen ?*** (Pourquoi se laisse-t-il influencer ?)	
Impérative	construction	première place	dernière place
	exemple	***Lassen*** *Sie sich nicht* ***beeinflussen !*** (Ne vous laissez pas influencer !)	
Subordonnée	construction	dernière place	avant-dernière place
	exemple	*Ich bin der Meinung, dass er sich* ***beeinflussen lässt****.* (Je pense qu'il se laisse influencer.)	

3 Les déclinaisons

A Les pronoms personnels et les adjectifs possessifs

		Pronoms personnels			Adj. possessifs* correspondants
		Nominatif	Accusatif	Datif	
Singulier	1re pers.	ich	mich	mir	mein...
	2e pers.	du	dich	dir	dein...
	3e pers. masc.	er	ihn	ihm	sein...
	3e pers. fém.	sie	sie	ihr	ihr...
	3e pers. neutre	es	es	ihm	sein...
Pluriel	1re pers.	wir	uns	uns	unser...
	2e pers.	ihr	euch	euch	euer...
	3e pers. / form. de politesse	sie / Sie	sie / Sie	ihnen / Ihnen	ihr... / Ihr...

*** L'adjectif possessif se décline comme :**
– l'article indéfini ***ein...*** quand il sert de déterminant à un GN singulier ;
– l'article défini ***die*** quand il sert de déterminant à un GN pluriel.

B Le groupe nominal

		Masculin	Féminin	Neutre
Nominatif (GN sujet ou attribut du sujet)	art. déf.	der große Mann	die große Frau	das brave Kind
	art. indéf.	ein Ø großer Mann	eine große Frau	ein Ø braves Kind
	Ø art.	Ø guter Käse	Ø gute Milch	Ø gutes Brot
Accusatif (GN COD ou après certaines prép.)	art. déf.	den großen Mann	die große Frau	das brave Kind
	art. indéf.	einen großen Mann	eine große Frau	ein Ø braves Kind
	Ø art.	Ø guten Käse	Ø gute Milch	Ø gutes Brot
Datif (GN COI, COS ou après certaines prép.)	art. déf.	dem großen Mann	der großen Frau	dem braven Kind
	art. indéf.	einem großen Mann	einer großen Frau	einem braven Kind
	Ø art.	Ø gutem Käse	Ø guter Milch	Ø gutem Brot
Génitif (GN complément du nom)	art. déf.	des großen Mannes	der großen Frau	des braven Kindes
	art. indéf.	eines großen Mannes	einer großen Frau	eines braven Kindes
	Ø art.	Ø guten Käses	Ø guter Milch	Ø guten Brot(e)s

- **Les prépositions toujours suivies de l'accusatif :** ***durch, für, gegen, ohne, um, wider.***
- **Les prépositions toujours suivies du datif :** ***aus, bei, mit, nach, seit, von, zu.***

Info
Dans ce tableau, les déclinaisons des **noms** sont indiquées en vert et celles des **adjectifs** en rouge.

2 Le vocabulaire utile par thème du programme

1 Identités et échanges / *Identität und Austausch*

A Noms et expressions avec des noms

Abréviations

qch : quelque chose qqn : quelqu'un etw : etwas jmd : jemand (N) jn : jemanden (A) jm : jemandem (D) jds : jemandens (G) A : accusatif D : datif N : nominatif

l'identité die Identität(en)
la nationalité die Nationalität(en) / die Staatsangehörigkeit(en)
la citoyenneté die Staatsbürgerschaft(en)
la communauté die Gemeinschaft(en)
le groupe die Gruppe(n)
le cercle der Kreis(e)
le quartier der Stadtteil(e) / der Bezirk(e)
le ghetto das G(h)etto(s)
la tension die Spannung(en)
la menace die Bedrohung(en)
le conflit der Konflikt(e)
la frontière die Grenze(n)
la fuite die Flucht(en)
l'exil das Exil(e)
l'émigration die Auswanderung(en)
l'immigration die Einwanderung(en)
le droit d'asile das Asylrecht(e)
le demandeur d'asile der Asylbewerber(-)
l'échange der Austausch(e)
le dialogue der Dialog(e) / das Gespräch(e)
l'intégration die Integration
le mélange die Mischung
le contact der Kontakt(e)
la découverte die Entdeckung(en)
le partenariat die Partnerschaft(en)
la mixité die Mischung / die Durchmischung
l'hospitalité die Gastfreundschaft
l'accueil die Aufnahme
la mobilité die Mobilität
la mondialisation die Globalisierung
le choc des cultures der Kulturschock
le tourisme der Tourismus
la curiosité die Sehenswürdigkeit(en)
le voyage die Reise(n)
l'expérience (personnelle) die [persönliche(n)] Erfahrung(en)

B Adjectifs

accueillant gastfreundlich
compréhensif verständnisvoll
culturel kulturell
linguistique sprachlich
menaçant bedrohend
mixte gemischt
problématique problematisch
tendu gespannt

C Verbes et expressions avec des verbes

accueillir qqn jn auf/nehmen (i ; a, o) / jn empfangen (ä ; i, a)
comprendre qqn / qch jn / etw (A) verstehen (a, a)
découvrir qch etw (A) entdecken
échanger avec qqn sich (A) mit jm aus/tauschen
émigrer aus/wandern
être accueilli à bras ouverts herzlich aufgenommen werden (i ; u, o)
faire partie d'un groupe einer Gruppe an/gehören / zu einer Gruppe gehören
fuir flüchten / fliehen (o, o)
immigrer ein/wandern
intervenir dans un conflit bei in einem Konflikt ein/greifen (i, i)
prendre contact avec qqn mit jm Kontakt auf/nehmen (i ; a, o)
risquer sa vie sein Leben aufs Spiel setzen
saisir sa chance sein Glück versuchen
s'exiler ins Exil gehen (i, a)
s'identifier à qqn / qch sich (A) mit jm / etw (D) identifizieren
transgresser la loi gegen das Gesetz verstoßen (ö ; ie, o)
voyager reisen

2 Espace privé et espace public / *Privatsphäre und Öffentlichkeit*

A Noms et expressions avec des noms

l'espace privé die Privatsphäre
la vie privée das Privatleben
le cercle familial der Familienkreis(e)
le membre de la famille das Familienmitglied(er), der / die Verwandte *(adj. subst.)*
le cercle d'amis der Freundeskreis(e)
la confiance ≠ la défiance das Vertrauen ≠ das Misstrauen
l'atmosphère familière die Gemütlichkeit
la zone de confort der Komfortbereich / die Komfortzone
le marginal der Außenseiter(-)
l'espace public der öffentliche Raum / die Öffentlichkeit
l'opinion publique die öffentliche Meinung
le semblable der Mitmensch(en, en)
la vie professionnelle das Berufsleben
la coopération die Zusammenarbeit
l'engagement das Engagement
la participation à qch die Teilnahme an etw (D)
le poste à responsabilité der Führungsposten(-)
la parité homme-femme der gleiche Anteil von Männern und Frauen
l'éducation die Erziehung
l'espace religieux der religiöse Bereich / der religiöse Raum
les traditions die Traditionen / die Sitten und Bräuche
les valeurs die Werte
la liberté de mouvement die Bewegungsfreiheit

B Adjectifs

casanier häuslich
confortable gemütlich
(dés)agréable (un)angenehm
(in)dépendant (un)abhängig
méfiant misstrauisch
personnel persönlich
privé privat
professionnel beruflich
public öffentlich
qui aime sortir ausgehfreudig
qui inspire confiance vertrauenerweckend
réservé zurückhaltend
seul einsam
social sozial / gesellschaftlich
timide schüchtern
traditionnel traditionell

C Verbes et expressions avec des verbes

agir handeln
aller volontiers au devant des autres gern mit anderen in Kontakt treten (i ; a, e)
bien aimer sortir gern aus/gehen (i, a)
bien s'amuser ensemble zusammen Spaß haben*
entrer dans la vie active in den Beruf ein/steigen (ie, ie)
(ne pas) être capable de s'intégrer sich (A) (nicht) integrieren können*
être là l'un pour l'autre füreinander da sein*
exercer une activité professionnelle einen Beruf aus/üben / berufstätig sein*
faire carrière Karriere machen
faire confiance à qqn ≠ se méfier de qqn jm vertrauen ≠ jm misstrauen
mener à bien un projet ein Projekt aus/führen
(ne pas) nouer de contact avec qqn (keinen) Anschluss finden (a, u)
profiter de la vie das Leben genießen (o, o)
s'engager pour / contre qch sich (A) für / gegen etw (A) ein/setzen
s'ennuyer sich (A) langweilen
s'émanciper (de qch) sich (A) (von etw) emanzipieren
sensibiliser qqn à qch jn für etw (A) sensibilisieren
se replier sur soi / se retirer du monde sich (A) [von der Welt] zurück/ziehen (o, o)
se sentir en sécurité sich (A) geborgen fühlen
se retirer de la vie active sich (A) ins Privatleben zurück/ziehen (o, o)
soutenir un projet ein Projekt unterstützen
travailler (ensemble) (zusammen/)arbeiten
vivre dans sa bulle zurückgezogen leben

3 Art et pouvoir / *Kunst und Macht*

A Noms et expressions avec des noms

l'art die Kunst (die Künste)
les arts plastiques die bildende Kunst (die bildenden Künste)
l'artiste der Künstler(-)
la musique die Musik / das Musizieren
la peinture (en tant qu'art) die Malerei / das Malen
le cinéma (en tant qu'art) der Film / das Filmen
le théâtre (en tant qu'art) das Theater(spielen)
la sculpture (en tant qu'art) die Bildhauerei
le dessin (en tant qu'art) das Zeichnen
la danse (en tant qu'art) der Tanz / das Tanzen
la photographie (en tant qu'art) das Fotografieren
la poésie (en tant qu'art) die Dichtung
l'œuvre / le chef-d'œuvre das Werk(e) / das Kunstwerk(e)
la liberté de création die Kunstfreiheit
le pouvoir ≠ le contre-pouvoir die Macht ≠ die Gegenmacht
la culture ≠ la contre-culture die Kultur ≠ die Gegenkultur
l'offre culturelle das Kulturangebot(e)
la critique die Kritik(en)
la caricature die Karrikatur(en)
la mise en garde die Warnung(en) / Mahnung(en)
l'art dégénéré entartete Kunst
la censure die Zensur
l'interdiction d'exercer sa profession das Berufsverbot(e)
l'interdiction de peindre das Malverbot(e)
l'interdiction d'écrire das Schreibverbot(e)
la manipulation die Manipulation
l'exposition die Ausstellung(en)
la collection die Sammlung(en)

B Adjectifs

artistique künstlerisch
caricatural / stéréotypé klischeehaft
censuré zensiert
contemporain zeitgenössisch
créatif kreativ
doué begabt
engagé engagiert
intéressé par la culture kulturinteressiert
institutionnel institutionell
passionné d'art kunstbegeistert
qui aime les arts musisch
talentueux talentiert

C Verbes et expressions avec des verbes

censurer qch etw (A) zensieren
critiquer qqn /qch jn / etw (A) kritisieren / Kritik an jm / etw (D) üben
délivrer une interdiction d'exercer sa profession (à qqn) (jm) Berufsverbot erteilen
être d'accord avec le système angepasst sein*
être surveillé (par qqn) (von jm) überwacht werden (i ; u, o)
exprimer qch etw (A) aus/drücken / etw (A) zum Ausdruck bringen (a, a)
faire allusion à qch auf etw (A) an/spielen
faire / jouer de la musique musizieren / Musik machen
interdire qch à qqn jm etw (A) verbieten (o, o)
mettre qqn en garde jn warnen / jn mahnen
peindre malen
prendre une décision eine Entscheidung treffen (i ; a, o)
recevoir une interdiction d'exercer sa profession Berufsverbot bekommen (a, o)
remettre qch en question etw (A) in Frage stellen
résister à qch etw (D) widerstehen (a, a)
s'exprimer sich (A) aus/drücken
s'opposer au système sich (A) gegen das System stellen
sculpter la terre formen
sculpter la pierre meißeln
sculpter le bois schnitzen
se produire sur scène auf/treten (i ; a, e) / auf der Bühne stehen (a, a)
se rebeller (contre qch) [gegen etw (A)] rebellieren / sich (A) [gegen etw (A)] auf/lehnen
tourner un film einen Film drehen

4 Citoyenneté et mondes virtuels / *Bürgerschaft und virtuelle Welten*

A Noms et expressions avec des noms

la citoyenneté die Staatsbürgerschaft(en) / die Bürgerschaft(en)
l'initiative citoyenne die Bürgerinitiative(n)
le devoir die Pflicht(en)
la règle die Regel(n)
le droit / le droit des citoyens das Recht(e) / die Bürgerrechte
la punition / la peine die Strafe(n)
la valeur der Wert(e)
le civisme die Zivilcourage
l'engagement das Engagement
les libertés fondamentales die Grundfreiheiten
la liberté de la presse die Pressefreiheit
la liberté d'opinion die Meinungsfreiheit
l'info(rmation) die Information(en) / die Info(s)
la collecte d'info(rmations) die Informations-beschaffung
le flot d'info(rmations) die Informationsflut
la nouvelle die Nachricht(en)
le reportage der Bericht(e) / die Reportage(n)
l'émission de télévision die Fernseh- sendung(en)

le monde virtuel die virtuelle(n) Welt(en)
le changement der Wandel
la tendance der Trend(s)
les nouvelles technologies die neuen Technologien
internet das Internet
la consommation internet der Internetverbrauch
l'internaute der Internet-Nutzer(-)
la page web die Webseite(n)
le réseau (social) das [soziale(n)] Netzwerk(e)
l'addiction / la dépendance die Süchte
le danger die Gefahr(en)
le harcèlement moral das Mobbing
les fake news die Fake News
le scandale der Skandal(e)
le risque das Risiko (die Risiken)
les données personnelles die Privatdaten
la protection des données der Datenschutz
le contrôle parental die elterliche Kontrolle
le cyber-harcèlement das Cybermobbing

B Adjectifs

anonyme anonym
connecté online / vernetzt
dangereux gefährlich
déconnecté offline
dépendant (à internet) (internet)süchtig

moderne modern
nouveau neu
tendance trendy
vrai / faux wahr / falsch
virtuel virtuell

C Verbes et expressions avec des verbes

aller voir sur internet ins Internet gehen (i, a)
contrôler qch etw (A) kontrollieren
(en)courir un risque ein Risiko ein/gehen (i, a)
évoluer / se transformer sich (A) entwickeln
faire preuve de civisme Zivilcourage zeigen
falsifier qch etw (A) (ver)fälschen
partager qch / des données / une information sich (D) etw (A) / Daten / eine Information teilen
rendre compte de qch über etw (A) berichten
respecter qqn / qch jn / etw (A) respektieren
s'engager pour qqn / qch sich (A) für jn / etw (A) engagieren / ein/setzen
s'informer / informer qqn sur qch sich (A) / jn über etw (A) informieren

surfer sur Internet im Internet surfen
susciter l'attention de qqn jds Aufmerksamkeit erregen
veiller à qch auf etw (A) achten / auf/passen
faire l'expérience de qch / vivre qch etw (A) erleben

Rappel

- Les **voyelles** derrière les verbes à l'infinitif correspondent aux temps forts des verbes irréguliers.
- Le « * » signale les auxiliaires ***haben*** ou ***sein***, les modaux.
- (en, en) derrière le nom signale les **masculins faibles.**
- Le « / » indique un verbe à **particule séparable.**
- Le **pluriel des noms** est entre parenthèses.

5 Fictions et réalités / *Fiktion und Wirklichkeit*

A Noms et expressions avec des noms

la fiction die Fiktion(en)
l'imagination die Fantasie / die Einbildungskraft / die Vorstellungskraft
la créature imaginaire das Fantasiegebilde
le cinéma (en tant qu'art) der Film
le film der Film(e)
la littérature die Literatur
l'aventure das Abenteuer(-)
le côté aventureux die Abenteuerlichkeit
la soif d'aventure die Abenteuerlust
le roman d'aventure der Abenteuerroman(e)
la poésie (en tant que genre littéraire) die Dichtung
le théâtre (en tant que genre littéraire) das Theater
la pièce de théâtre das Theaterstück(e)
la création das Schaffen
le rêve der Traum (die Träume)
la réalité die Wirklichkeit
le fait die Tatsache(n)
l'absence d'imagination die Fantasielosigkeit
le quotidien der Alltag
le train-train der Alltagstrott
la routine die Routine
l'affaire courante die Routineangelegenheit(en)
le travail de routine die Routinearbeit(en)
la question de routine die Routinefrage(n)
le réalisme der Realismus
le récit die Erzählung(en)
la source d'inspiration die Inspirationsquelle(n)
l'utopie die Utopie(n)
la légende die Legende(n) / die Sage(n)
la mythologie die Mythologie
la science-fiction die Science-Fiction
le héros der Held(en, en)

B Adjectifs

abstrait abstrakt
aventureux abenteuerlich
banal / dépourvu d'imagination fantasielos
concret konkret
culturel kulturell
fictif fiktiv
imaginatif fantasievoll
qui a beaucoup d'imagination fantasiebegabt
qui a le goût de l'aventure abenteuerlustig
réel wirklich
routinier routinemäßig
utopique utopisch

C Verbes et expressions avec des verbes

avoir soif d'aventures vor Abenteuerlust brennen (a, a)
créer qch etw (A) schaffen (u, a)
convevoir qch etw (A) konzipieren
correspondre à la réalité der Wirklichkeit entsprechen (i ; a, o)
dépasser l'imagination / l'entendement die Vorstellungskraft übersteigen (ie, ie) / sprengen
devenir réalité Wirklichkeit werden (i ; u, o)
écrire qch etw (A) schreiben (ie, ie) / verfassen
être de toutes les aventures sich (A) in jedes Abenteuer stürzen
être (toujours) en quête d'aventure auf Abenteuer aus sein*
être inspiré de faits réels auf wahren Begebenheiten basieren
être profondément ému (par qch) [von etw (D)] auf sehr tiefe Weise berührt werden (i ; u, o)
(af)fabuler (à propos de qqn / qch) [von jm / etw (D)] fantasieren
faire réfléchir (qqn) à qch (jn) zum Nachdenken bringen (a, a)
incarner des valeurs Werte verkörpern
inventer qch etw (A) erfinden (a, u)
raconter qch (à qqn) (jm) etw (A) (nach)erzählen
ramener qqn à la réalité jn auf den Boden der Tatsachen zurück/holen
reprendre son train-train quotidien in den Alltagstrott zurück/kehren
rêver de qch von etw (D) träumen
s'imaginer / se représenter qch sich etw vor/stellen / etw (A) vor seinem geistigen Auge sehen (ie ; a, e)

6 Innovations scientifiques et responsabilité / *Wissenschaftliche Innovationen und Verantwortung*

A Noms et expressions avec des noms

l'innovation die Innovation(en)
la science die Wissenschaft(en)
la recherche die Forschung
la découverte die Entdeckung(en) / die Erfindung(en)
l'expérience scientifique das Experiment(e)
le progrès der Fortschritt(e)
la centrale nucléaire das Atomkraftwerk(e) / das Kernkraftwerk(e)
l'énergie nucléaire die Atomkraft / die Kernkraft
la manipulation génétique die Genmanipulation
la responsabilité die Verantwortung(en)
la menace die Bedrohung(en)
les dérives der Fehltritt(e)
la prise de conscience die Bewusstwerdung
la biodiversité die Biodiversität
l'énergie renouvelable die erneuerbare(n) Energie(n)
le risque das Risiko (die Risiken)
les déchets der Müll
le sac en plastique die Plastiktüte(n)
le continent de plastique / le 7e continent das Plastikmeer
la pollution de l'environnement die Umweltverschmutzung
la qualité de vie die Lebensqualität
le choc climatique der Klimaschock
le changement climatique der Klimawandel

B Adjectifs

avancé / progressif fortschrittlich
(co)responsable (mit)verantwortlich
dangereux gefährlich
démesuré übermäßig
écologique ökologisch
éthique ethisch
génétique genetisch
innovant innovativ
nuisible pour l'environnement umweltschädlich
raisonnable vernünftig
respectueux de l'environnement umweltfreundlich

C Verbes et expressions avec des verbes

avertir / prévenir qqn de qch jn vor etw (D) warnen
causer / occasionner qch (de négatif) etw (A) an/richten
consommer qch etw (A) verbrauchen
(en)courir un risque ein Risiko ein/gehen (i, a)
découvrir qch etw (A) entdecken
développer qch (avec qqn) etw (A) [mit jm] entwicklen
détruire / anéantir qch etw (A) zerstören / vernichten
être responsable de qch für etw (A) verantwortlich sein*
faire de la recherche [nach etw (D)] forschen
faire des expériences scientifiques experimentieren
gaspiller qch [etw (A)] verschwenden
inventer qch etw (A) erfinden (a, u)
mettre en danger la nature / l'équilibre die Natur / das Gleichgewicht gefährden
nuire à / détruire l'environnement der Umwelt schaden / die Umwelt zerstören
polluer (qch) [etw (A)] verschmutzen
préserver / protéger l'environnement die Umwelt schonen / schützen
procéder scientifiquement wissenschaftlich vor/gehen (i, a)
produire qch etw (A) produzieren / her/stellen
progresser / faire des progrès fort/schreiten (i, i) / Fortschritte machen
prouver qch etw (A) nach/weisen (ie, ie)
renoncer à qch auf etw (A) verzichten
respecter la nature auf die Natur achten
se dégrader sich (A) verschlechtern
se poser des questions sur qch etw (A) hinterfragen
sortir du nucléaire aus der Atomenergie aus/steigen (ie, ie)
utiliser qch etw (A) benutzen / verwenden

7 Diversité et inclusion / *Vielfalt und Einbeziehung*

A Noms et expressions avec des noms

la diversité die Vielfalt
l'enrichissement die Bereicherung
la tolérance ≠ l'intolérance die Toleranz ≠ die Intoleranz
la similitude die Ähnlichkeit(en)
le point commun die Gemeinsamkeit(en)
la différence der Unterschied(e)
le préjugé das Vorurteil(e)
le cliché das Klischee(s)
le stéréotype das Stereotyp(e)
la discrimination die Diskriminierung
le racisme der Rassismus
la xénophobie die Fremdenfeindlichkeit
le harcèlement moral das Mobbing
le handicap die Behinderung(en)
la minorité die Minderheit(en)
la cohésion sociale der gesellschaftliche Zusammenhalt
l'exclusion die Ausgrenzung(en)
l'inclusion das Beteiligen / die Einbeziehung
l'intégration die Integration
la culture die Kultur(en)
la langue die Sprache(n)
la connaissance / le savoir die Kenntnis(se)
la particularité die Besonderheit(en)
l'acceptation / la reconnaissance de qch die Anerkennung etw (G)
la relation avec / le rapport à qqn die Beziehung(en) / das Verhältnis zu jm

B Adjectifs

cosmopolite kosmopolitisch / weltoffen
différent unterschiedlich / verschieden
égaux en droits gleichberechtigt
intégré integriert / eingelebt
(in)tolérant (in)tolerant
multiculturel Multikulti-
ouvert aufgeschlossen / offen
raciste rassistisch
respectueux respektvoll
semblable ähnlich
sociable kontaktfreudig
solidaire solidarisch
varié / divers vielfältig / facettenreich
xénophobe fremdenfeindlich

C Verbes et expressions avec des verbes

accepter / reconnaître qch / qqn etw (A) / jn akzeptieren / an/erkennen (a, a)
avoir bcp de choses en commun vieles gemeinsam haben*
avoir une représentation juste / fausse de qqn / qch eine richtige / falsche Vorstellung von jm / etw (D) haben*
avoir des préjugés envers qqn / qch jm / etw (D) gegenüber voreingenommen sein*
combattre les préjugés Vorurteile bekämpfen
contribuer à qch zu etw (D) bei/tragen (ä ; u, a)
être conscient de qch sich (D) einer Sache bewusst sein*
être harcelé par qqn von jm gemobbt werden (i ; u, o)
être prêt à qch zu etw (D) bereit sein*
être victime de discrimination (de la part de qqn) (durch jn) diskriminiert werden (i ; u, o)
faire des efforts sich (A) an/strengen
faire évoluer les mentalités für ein thema sensibilisieren (ä ; ie, a)
faire participer qqn à qch jn an etw (D) beteiligen
lutter pour l'égalité für Gleichberechtigung kämpfen
mettre qqn sur un pied d'égalité (avec qqn) jn auf die gleiche Stufe stellen (wie jmd)
nouer de nouveaux contacts / de nouvelles amitiés neue Kontakte / Freundschaften knüpfen
participer à qch sich (A) an etw (D) beteiligen
prendre part à qch bei etw (D) mit/machen / an etw (D) teil/nehmen (i ; a, o)
s'adapter à qch sich (A) an etw (A) an/passen
s'intégrer sich (A) integrieren / sich (A) ein/leben
s'ouvrir à qqn / qch sich (A) jm / etw (D) öffnen
se faire de nouveaux amis Freunde gewinnen (a, o)

8 Territoire et mémoire / *Territorium und Gedächtnis*

A Noms et expressions avec des noms

le territoire das Territorium (die Territorien) / das Gebiet(e)

la naissance de qch die Entstehung etw (G)

le pays das Land (die Länder)

la frontière die Grenze(n)

le royaume das Königreich(e)

l'empire das Kaiserreich(e)

la démocratie die Demokratie(n)

la dictature die Diktatur(en)

le Troisième Reich das Dritte Reich

la guerre (mondiale) der Krieg(e) / der Weltkrieg(e)

le crime contre l'humanité das Verbrechen(-) gegen die Menschlichkeit

le criminel de guerre der Kriegsverbrecher(-)

la république die Republik(en)

la République fédérale d'Allemagne (RFA) die Bundesrepublik Deutschland (BRD)

la République démocratique allemande (RDA) die Deutsche Demokratische Republik (DDR)

la construction du mur de Berlin der Bau der Berliner Mauer / der Mauerbau

la chute du mur de Berlin der Fall der Berliner Mauer / der Mauerfall

la réunification die Wiedervereinigung

la Résistance der Widerstand

la mémoire das Gedächtnis

l'histoire die Geschichte

le souvenir (de qqn / qch) die Erinnerung [an jn / etw (A)]

le devoir de mémoire die Erinnerungspflicht

le lieu du souvenir der Erinnerungsort(e)

le lieu de mémoire die Gedenkstätte(n)

la plaque commémorative die Gedenktafel(n)

le monument commémoratif das Mahnmal(e) / das Denkmal (die Denkmäler)

le témoignage das Zeitzeugnis(se)

le témoin der Zeitzeuge(n, n)

la victime das Opfer(-)

le juif der Jude(n, n)

les Tziganes d'Allemagne die Sinti und Roma

les victimes de l'euthanasie die Euthanasie-Opfer

l'opposant(e) der / die Oppositionelle *(adj. subst.)*

l'opposant politique der politische(n) Gegner(-)

l'homosexuel der / die Homosexuelle *(adj. subst.)*

l'intellectuel(le) der / die Intellektuelle *(adj. subst.)*

le résistant der Widerstandskämpfer(-)

B Adjectifs

allemand deutsch

controversé umstritten

démocratique demokratisch

historique historisch

juif jüdisch

national-socialiste nationalsozialistisch / NS-

C Verbes et expressions avec des verbes

anéantir qch / exterminer qqn etw (A) / jn vernichten

attaquer un pays ein Land an/greifen (i, i)

commémorer qch etw (G) gedenken (a, a)

déclarer la guerre à un pays einem Land den Krieg erklären

détruire qch etw (A) zerstören

entretenir la mémoire de qqn / qch die Erinnerung an jn / etw (A) wach/halten (ä ; ie, a)

envahir (un pays) in ein Land ein/marschieren

faire un discours eine Rede halten (ä ; ie, a)

fonder un état einen Staat (be)gründen

hériter (qch de qqn) [etw (A) von jm] erben

libérer qch / qqn etw (A) / jn befreien

naître / voir le jour entstehen (a, a)

occuper qch etw (A) besetzen

témoigner de qch von etw (D) zeugen

tourner la page die Vergangenheit bewältigen

se souvenir de qqn / qch sich (A) an jn / etw (A) erinnern

Enseignement scientifique et mathématiques

(Enseignement commun)

ENSEIGNEMENT SCIENTIFIQUE

Une longue histoire de la matière

Le Soleil, notre source d'énergie

La Terre, un astre singulier

Son et musique, porteurs d'information

MATHÉMATIQUES

Flashez et retrouvez la totalité des cours ici :

1 Un niveau d'organisation : les éléments chimiques

Les noyaux des atomes des éléments chimiques stables naissent au sein des étoiles. Certains noyaux, instables, peuvent se désintégrer. **Comment peut-on décrire ces réactions nucléaires ?**

1 L'origine des éléments chimiques

• **Le Big Bang est un modèle** permettant de décrire l'évolution de l'Univers depuis sa naissance, ainsi que la formation des éléments chimiques qui le composent. Lors de son évolution, les constituants de l'Univers se sont peu à peu formés et organisés.

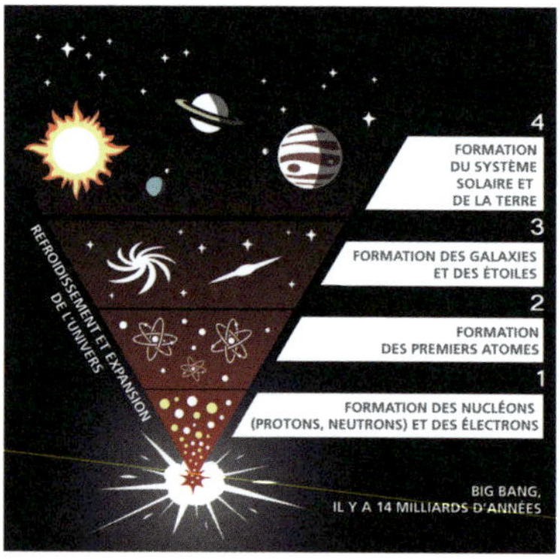

◄ La théorie du Big Bang.

• **La matière dans l'Univers se transforme continuellement.** L'hydrogène se transforme en hélium puis en d'autres éléments plus lourds, comme l'oxygène, le carbone, le fer, le silicium par des **réactions nucléaires** au sein des étoiles.

Rappel
Lors d'une **réaction nucléaire,** un élément se transforme en un autre élément.

Hydrogène H	Hélium He	Oxygène O	Carbone C	Néon Ne	Azote N	Magnésium Mg	Silicium Si	Fer Fe	Soufre S
90 %	9 %	0,1 %	0,06 %	0,012 %	0,01 %	0,005 %	0,005 %	0,004 %	0,002 %

▲ Abondance des éléments chimiques (proportions) dans l'Univers.

Oxygène O	Magnésium Mg	Fer Fe	Silicium Si	Soufre S	Aluminium Al	Nickel Ni	Chrome Cr	Hydrogène H	Carbone C
48,8 %	16,5 %	14,3 %	13,8 %	3,7 %	1,6 %	0,8 %	0,2 %	0,2 %	0,02 %

▲ Abondance des éléments chimiques (proportions) dans le globe terrestre.

Hydrogène H	Oxygène O	Carbone C	Azote N	Phosphore P	Calcium	Soufre	Sodium	Potassium	Chlore
61 %	24 %	13 %	1,4 %	0,25 %	0,24 %	0,05 %	0,04 %	0,03 %	0,03 %

▲ Abondance des éléments chimiques (proportions) dans le corps humain.

2 La source d'énergie des étoiles

Une étoile est principalement composée d'hydrogène. Elle est le siège de **réactions de fusion nucléaire** qui libèrent une grande quantité d'énergie. Lors de la fusion nucléaire, des noyaux légers s'unissent (ils fusionnent) pour former un noyau plus lourd.

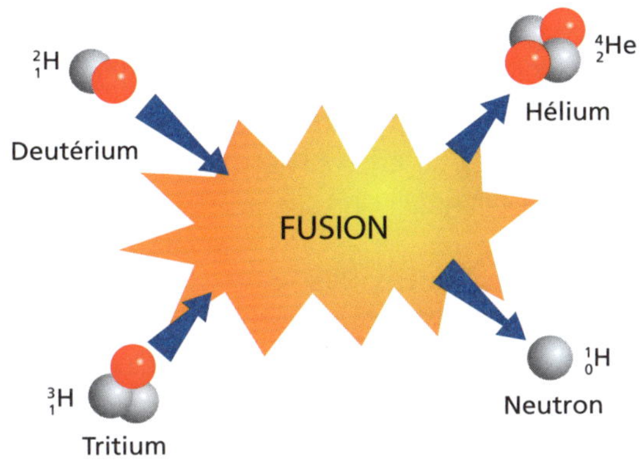

$$^3_1H + ^2_1H \rightarrow ^4_2He + ^1_0n$$

▲ Réaction de fusion nucléaire.

3 La radioactivité

• **Certains noyaux sont instables** et se désintègrent en émettant d'autres particules plus petites et un rayonnement. On parle de **désintégration radioactive (radioactivité)**.

• **La désintégration radioactive d'un noyau est un phénomène aléatoire.** Il n'est pas possible de prévoir à quel instant elle aura lieu.

• **La demi-vie.** Soit N_0 le nombre de noyaux radioactifs dans un échantillon à l'instant $t = 0$.
Au bout d'une demi-vie ($t = T$), le nombre de noyaux radioactifs sera divisé par deux, soit

$$N = \frac{N_0}{2}.$$

Mot-clé

Période radioactive (ou demi-vie) : temps T nécessaire à la désintégration de la moitié des noyaux contenus dans un échantillon macroscopique.
C'est une caractéristique du noyau.

Zoom

La période radioactive du carbone 14 est de 5 600 ans.

Date	$t = 0$	$t = T$	$t = 2T$	$t = 3T$	$t = nT$
Nombre de noyaux radioactifs	$N = N_0$	$N = \frac{N_0}{2}$	$N = \frac{N_0}{4}$	$N = \frac{N_0}{8}$	$N = \frac{N_0}{2^n}$

Isotope		Période
Tritium	^{3}H	12,3 ans
Plutonium	^{239}Pu	24 300 ans
Iode	^{129}I	17 millions d'années
Uranium	^{238}U	4,5 milliards d'années

▲ Périodes radioactives de quelques isotopes.

4 Dater la matière avec la radioactivité

• **La datation au carbone 14** (^{14}C) est basée sur la mesure de l'activité radioactive du carbone 14 contenu dans la matière organique.

• **Un organisme vivant échange du carbone** (et donc du carbone 14) avec son environnement. La proportion de carbone 14 par rapport au carbone total dans un organisme vivant à un instant *t* est la même que dans l'atmosphère au même instant.

• **Lorsqu'un organisme vivant meurt,** ces échanges cessent. La quantité de carbone 14 qu'il contient décroît au cours du temps car les noyaux se désintègrent.

• **En mesurant le rapport du carbone 14 au carbone total** dans un échantillon de matière, on peut donc déterminer son âge.

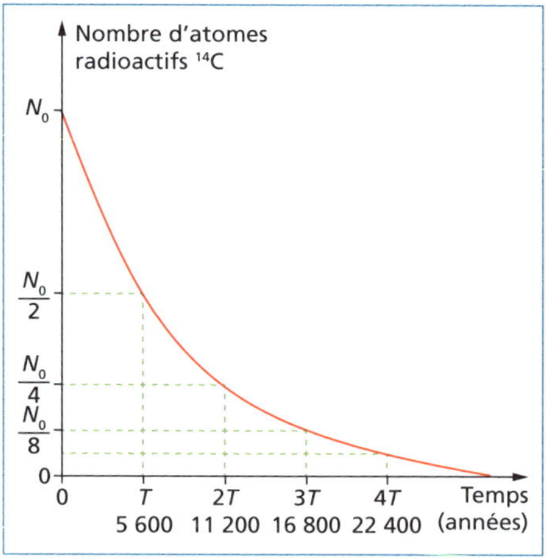

▲ Décroissance radioactive du carbone 14.

2 Des édifices ordonnés : les cristaux

Lors d'un repas, on peut servir les boissons dans un verre ordinaire ou bien dans un verre « en cristal ». Cette appellation est trompeuse. Pour le scientifique, le cristal est bien différent du verre. **Comment distinguer cristal et verre ?**

1 Le chlorure de sodium : un exemple de cristal

• **Dans la nature, le chlorure de sodium peut être trouvé sous deux états :** **dissous** en solution ou bien **solide**. Ce sel provient de deux sources : il est récolté par évaporation de l'eau de mer dans les marais salants, ou bien extrait en profondeur à partir du sel gemme ou halite, une roche.

• **Le cristal de chlorure de sodium est constitué d'un empilement régulier** de deux ions : Na^+ et Cl^-. Ces ions se disposent les uns par rapport aux autres dans un empilement cubique. Au sommet du cube, on trouve un ion Cl^-, ainsi qu'au centre de chaque face du cube. Au milieu des arêtes du cube, on trouve un ion Na^+ ainsi qu'au centre du cube.

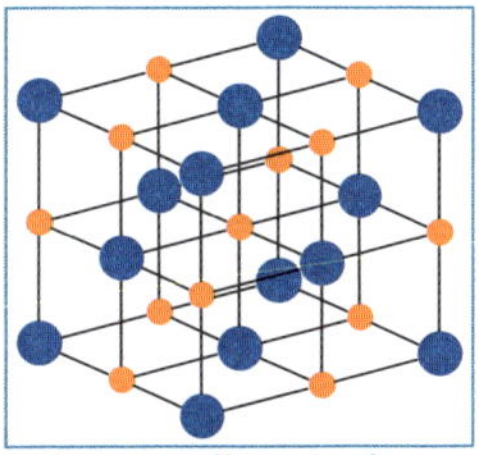

▲ Structure d'un cristal de chlorure de sodium. Bleu : Cl^-, orange : Na^+.

• **La structure cubique est répétée.** Aussi, les atomes des sommets, des faces et des arêtes sont partagés par plusieurs cubes. **Cet empilement régulier et répété désigne l'état cristallin.** Cet état cristallin se manifeste dans la structure du cristal au niveau macroscopique : il est possible de distinguer des formes cubiques dans des cristaux de sel gemme dits automorphes.

2 La structure cristalline

A La maille cristalline

• Tous les solides cristallisés présentent une structure cristalline qui est définie par une **maille élémentaire** caractérisée par une forme géométrique où sont empilés les constituants, ou entités, du solide cristallisé. **Cette maille est répétée périodiquement.**

• **Une maille a une forme géométrique particulière :** maille **cubique**, **hexagonale**, quadratique… Les entités qui sont empilées dans la maille sont de natures diverses : atomes, ions ou molécules. La position des entités dans la maille n'est pas la même d'une structure cristalline à l'autre.

• Ainsi, un **type cristallin est défini par la forme géométrique de la maille,** la nature et la position dans la maille des entités qui le constituent.

• Les cristaux les plus simples correspondent, comme l'exemple du chlorure de sodium, à une maille cubique. Cette maille peut être représentée en perspective cavalière. Pour cela on peut suivre le protocole suivant :

1 - Dessiner un carré correspondant à la face avant.
2 - Dessiner les arêtes (fuyantes placées avec un angle de 30° et longues de la moitié de l'arête du carré avant).
3 - Relier les points arrières pour dessiner la face arrière.
4 - Positionner les entités.

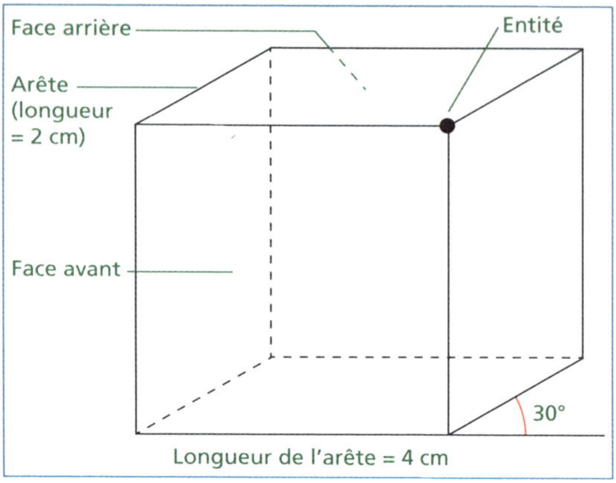

▲ Représentation d'une maille en perspective cavalière.

B Structure cristalline et propriétés macroscopiques

- La maille cristalline est répétée de nombreuses fois, on peut donc retrouver pour tous les cristaux, la **forme de cette maille à l'état macroscopique.**

- La connaissance des caractéristiques de la maille d'un cristal est importante pour déterminer **la masse volumique d'un cristal**. Par exemple, il est possible de déterminer la masse volumique d'un cristal ayant une **maille cubique**.

- **Nombre d'entités par maille,** noté N.

– Une entité située au sommet du cube est commune à huit mailles voisines.
– Une entité située sur une face du cube est commune à deux mailles.
– Une entité située sur une arête du cube est commune à quatre mailles.
– Une entité située au centre d'un cube n'appartient qu'à une seule maille.

- **Volume de la maille,** noté V.

Pour une maille cubique, son volume est calculable par la formule : $V = a^3$, a désignant la longueur d'un côté du cube.

- **Masse volumique du cristal,** notée ρ.

Le cristal a une masse volumique qui est celle de la maille.

$$\rho = \frac{N \times M}{N_A \times V}$$

M est la masse molaire des entités. Si plusieurs entités différentes sont présentes, on fera la somme des différentes masses molaires. N_A est le nombre d'Avogadro, il a pour valeur $6{,}02.10^{23}$ mol^{-1}.

Zoom
Les propriétés microscopiques d'un cristal conditionnent ses propriétés macroscopiques, comme la masse volumique.

3 L'état cristallin à différentes échelles

- Un cristal est composé de mailles répétées.

- Les géologues utilisent le terme de **minéral** qui désigne un état cristallin. Un composé de formule chimique donnée peut cristalliser sous différents types de structures qui ont des propriétés macroscopiques différentes. La même composition chimique peut alors cristalliser sous différents minéraux.

La silice a comme formule chimique SiO_2 ; elle cristallise sous différentes formes minérales qui ont des mailles, et par conséquent des masses volumiques, différentes. Le plus connu des minéraux de la silice est le **quartz,** mais on connaît aussi la tridymite, la calcédoine, la coésite…

- Les minéraux peuvent se présenter dans la nature sous la forme d'un cristal parfait : on parle alors de minéraux **automorphes.** Le plus souvent, **ils sont associés entre eux dans des roches.** Une roche peut être formée de l'association de cristaux d'un même minéral ou de plusieurs minéraux. **Ces minéraux présentent des caractéristiques optiques qui permettent de les distinguer les uns des autres.**

▲ Exemple de roche observée au microscope. Chaque plage correspond à un minéral.

- Des structures cristallines existent aussi dans les organismes biologiques (coquille, squelette, calcul rénal…).

4 Solides cristallisés et solides amorphes

- Dans certains cas, les entités s'empilent sans ordre géométrique. Cela génère un **solide amorphe.** C'est le cas du verre. L'introduction avait posé la question de la différence d'un verre en verre et d'un verre en cristal. Les deux sont constitués de solide amorphe mais de compositions chimiques différentes.

> **À noter**
> Dans le langage courant, il y a confusion entre les termes « verre » et « cristal ».

- Les roches sont constituées principalement de minéraux, donc de cristaux. **Certaines roches volcaniques peuvent contenir du verre.** Si la lave refroidit lentement, les entités chimiques s'empilent dans un ordre géométrique particulier formant des minéraux. Si la lave refroidit très rapidement, les entités chimiques ne peuvent pas s'empiler dans un ordre géométrique ; cette absence d'ordre est à l'origine du **verre volcanique.**

3 Une structure complexe : la cellule vivante

La compréhension de l'organisation cellulaire et de ses implications est le fruit d'une succession de progrès techniques. **Comment l'organisation cellulaire a-t-elle été découverte ?**

1 La naissance de la théorie cellulaire

Depuis l'Antiquité, deux faits étaient communément admis : les animaux et les plantes sont constitués d'éléments qui se répètent mais que l'on ne connaît pas. Par ailleurs, la génération spontanée explique l'apparition des êtres vivants.

A Le bouleversement du XVIIe siècle

• **Le microscope optique.** En 1632, Anton Van Leeuvenhoek, naturaliste et drapier hollandais, invente le premier **microscope optique** qui permet une observation de formes de vie microscopiques avec des appareils qu'il perfectionne tout au long de sa vie. Les plus puissants associent différentes lentilles pour un grossissement de 400.

• **La cellule.** En 1665, Robert Hooke, physicien britannique, utilise un microscope pour observer des fragments minces de liège (tissu végétal). Il remarque des petites loges répétées qu'il nomme **« cellules »**. Ce qu'il décrit sont des cellules mortes dont il voit uniquement la paroi. Il dessine ce qu'il observe.

• La mise au point des microscopes de plus en plus puissants aux XVIIIe et XIXe siècles s'accompagne de progrès notables sur la notion de cellule.

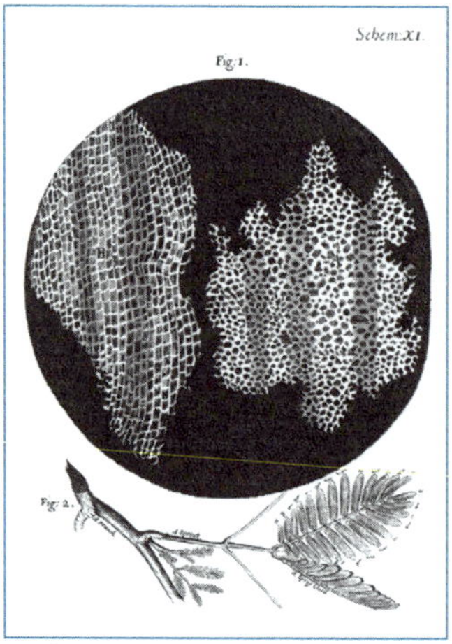

▲ Observations de Robert Hooke sur la structure cellulaire du liège (1665).

B La théorie cellulaire

Au XIXe siècle est formulée la théorie cellulaire. Trois savants ont un rôle important.

• En 1838, **Matthias Jakob Schleiden,** botaniste allemand, publie un ouvrage sur les végétaux dans lequel il relate que ses études sur les différents tissus végétaux montrent que ces derniers sont tous constitués de cellules et, plus particulièrement, il identifie le **noyau,** élément constant dans les cellules.

• **Theodor Schwann** est un zoologiste allemand, collègue de Schleiden. Lors d'un dîner en 1838, Schleiden montre ses travaux à Schwann. Celui-ci prend conscience de l'existence du noyau, et donc de cellules, dans les tissus animaux qu'il observe.

• En 1858, **Rudolf Virchow,** physicien allemand, observe des divisions cellulaires et comprend que les cellules proviennent de cellules pré-existantes, remettant en causes la génération spontanée.

Ces trois savants ont permis l'énoncé des deux principes de la théorie cellulaire.

Zoom

Les principes de la **théorie cellulaire :**
– Tout être vivant est constitué de cellules.
– Toute cellule est issue d'une autre cellule.

2 Les progrès de l'observation

A L'ultrastructure cellulaire

• **Les nouvelles techniques.** La fin du XIXe et le début du XXe siècle voient les microscopes optiques devenir de plus en plus performants. Des techniques de **colorations** sont mises en place. Le contenu cellulaire devient plus visible.

• **Deux grands groupes de cellules** sont décrits : les **procaryotes** sans organite et les **eucaryotes** contenant des organites.

• **Chez les eucaryotes,** le noyau est de mieux en mieux décrit. On constate qu'il disparaît lors de la division cellulaire pour laisser place à des bâtonnets qui seront appelés **chromosomes**. De nombreux organites sont décrits : c'est le cas de l'**appareil de Golgi**, par exemple.

• **Le microscope électronique.** Dans la seconde moitié du XXe siècle est mis au point un nouveau microscope : le microscope électronique qui permet d'observer des échantillons à des grossissements bien plus importants que les meilleurs microscopes optiques. Les plus performants grossissent jusqu'à 5 millions de fois l'échantillon. Ce type de microscopie n'utilise pas la lumière pour illuminer l'échantillon, mais un faisceau d'électrons. L'**ultrastructure cellulaire** devient alors de plus en plus complète.

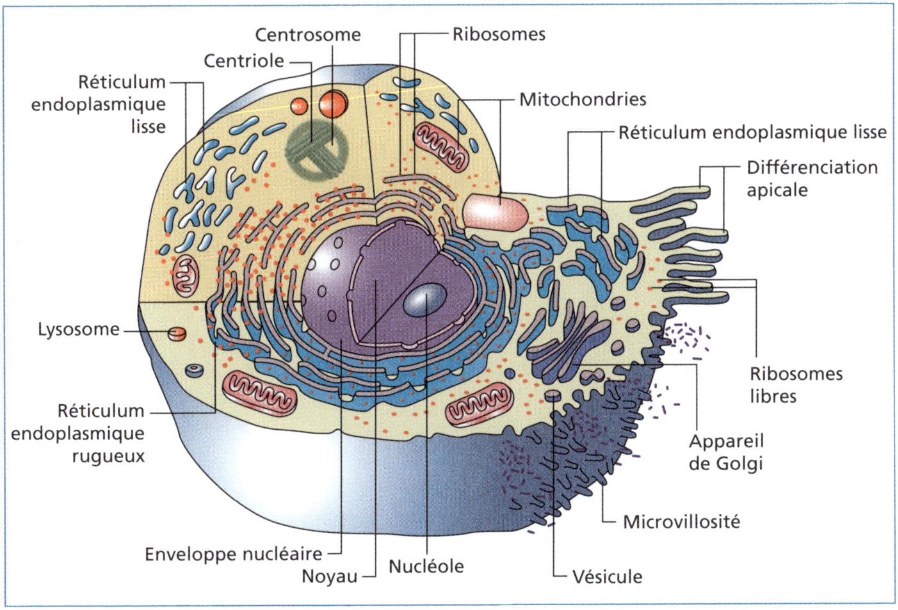

▲ Ultrastructure d'une cellule animale.

• **Les progrès des moyens d'observations,** mais également des **techniques biochimiques d'identification** des molécules, ont permis aussi de faire le **lien entre molécules et structure cellulaire**. Par exemple, **la membrane plasmique** est constituée de **deux couches de molécules lipidiques**. Des **protéines** sont associées à cette double couche.

B Ordres de grandeur

La cellule eucaryote (20 à 100 micromètres ou µm) apparaît constituée d'**organites** (quelques µm pour les plus gros), eux-mêmes limités par une membrane épaisse d'une dizaine de nanomètres (nm). La **membrane** est constituée d'une association de molécules (dont la taille est de l'ordre de quelques nm). Les molécules sont constituées d'atomes de taille inférieure au nm.

3 Les caractéristiques communes des cellules

A Un milieu réactionnel

- **Les cellules présentent toutes une même organisation.** Elles présentent un **cytoplasme aqueux** (riche en eau) contenant l'information génétique portée par le ou les chromosomes. Le cytoplasme est séparé du milieu extérieur par la **membrane**.
- **Chaque cellule est un milieu réactionnel.** De nombreuses réactions se produisent dans le cytoplasme. L'ensemble de ces réactions constitue le **métabolisme**. Ces réactions permettent de **produire les molécules nécessaires à l'organisation et au fonctionnement cellulaires**. C'est par exemple, le cas de la synthèse des lipides, des protéines membranaires. D'autres réactions conduisent à la **dégradation des molécules organiques pour produire de l'énergie** que la cellule utilise pour son fonctionnement. C'est par exemple le cas de la respiration cellulaire.
- **La membrane est un lieu d'échange entre la cellule et le milieu extérieur.** La cellule prélève les molécules nécessaires à son fonctionnement comme les **nutriments**. Pour assurer ce fonctionnement, elle doit prélever de l'énergie dans le milieu extérieur. Les cellules **autotrophes prélèvent l'énergie lumineuse**. Les cellules **hétérotrophes prélèvent des nutriments** qu'elles dégradent.
- **L'action des molécules exogènes.** Le fonctionnement cellulaire dépend de **molécules extérieures** à la cellule. Ces molécules peuvent **stimuler le fonctionnement cellulaire**. C'est le cas d'hormones qui indiquent à la cellule qu'elle doit réaliser tel ou tel métabolisme. **Les poisons sont toxiques pour les cellules**. Ils peuvent bloquer le fonctionnement cellulaire. C'est ce qui est recherché lors de l'utilisation de médicaments anticancéreux qui bloquent la prolifération cellulaire.

B Les virus, vivants ou non vivants

- **Les virus ont une organisation commune.** Une coque protéique ou **capside** contient une ou plusieurs **molécule(s) porteuse(s) d'information génétique** : de l'ADN ou de l'ARN. Certains virus possèdent en plus une **enveloppe de nature membranaire** autour de la capside. Ces virus peuvent faire songer à une organisation cellulaire.
- **Les virus ne possèdent pas de cytoplasme.** Ils ne sont donc pas un milieu réactionnel. Pour se multiplier et croître, ils parasitent les cellules et détournent à leur service toute la machinerie cellulaire. **Ils ne sont donc pas des organismes vivants.**

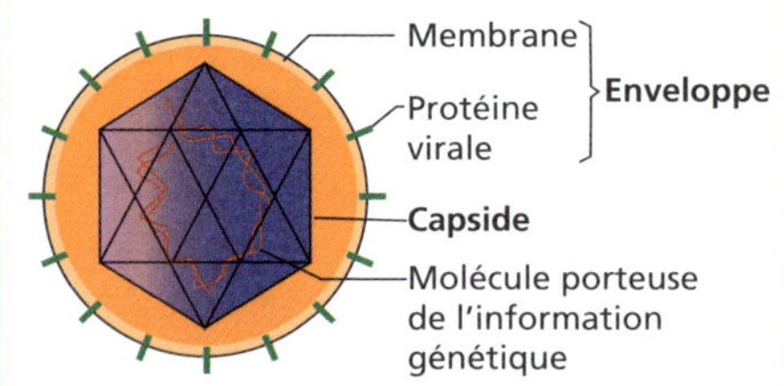

▲ Structure générale d'un virus

4 Le rayonnement solaire

La Terre reçoit son énergie du Soleil. Comment notre étoile produit-elle son énergie ?
Quelles informations apporte l'étude du rayonnement émis par une étoile ?

1 L'énergie du Soleil

• **Origine de l'énergie du Soleil.** Au cœur du Soleil, la température est de 15 millions de degrés Celsius. L'énergie du Soleil est due à une chaîne de **réactions nucléaires de fusion** qui s'y produisent. Des noyaux d'hydrogène se transforment en noyaux d'hélium. Ces réactions peuvent être schématisées par l'équation :

$$4\,{}^1_1H \rightarrow {}^4_2He + 2\,{}^0_1e\ .$$

Zoom
Lors des réactions de fusion, il y a aussi émission de rayonnement électromagnétique gamma (γ).

• **La perte de masse.** Lors d'une réaction nucléaire, la masse des produits formés est inférieure à la masse des réactifs utilisés. La différence de masses est appelée **perte de masse** $|\Delta m|$. La relation d'Einstein permet de calculer cette perte de masse :

$$E = |\Delta m| \times c^2$$

avec E : énergie libérée en joule ;
$|\Delta m| = |m_{produits} - m_{réactif}|$ en kilogramme ;
c : célérité de la lumière, $c = 3.10^8\ m.s^{-1}$.

2 La masse du Soleil

La puissance totale émise par le Soleil est de $3{,}9.10^{26}$ W. Chaque seconde, l'énergie émise par le Soleil est donc égale à $3{,}9.10^{26}$ J. La perte de masse s'obtient par le calcul :

$$|\Delta m| = \frac{E}{c^2} = \frac{3{,}9.10^{26}}{9.10^{16}} \approx 4{,}3.10^9\ kg.$$

Chaque seconde, la masse solaire transformée en énergie est d'environ 4,3 millions de tonnes.

Rappel
Relation entre puissance et énergie : $E = P \times \Delta t$, avec E en joule, P en watt et Δt en seconde.

3 Profil spectral et température des étoiles

• **Le profil spectral d'une étoile** représente l'intensité lumineuse des radiations émises par ce corps, en fonction des longueurs d'onde de ces radiations. En utilisant le profil spectral de l'étoile, on détermine la longueur d'onde λ_{max} donnant une intensité maximale. La **loi de Wien** permet de déterminer la température de surface d'un corps chaud.

• **La température θ de l'étoile** s'obtient alors par la formule :

$$\theta = \frac{2{,}89.10^6}{\lambda_{max}} - 273$$

avec θ en degré Celsius ;
λ_{max} en nanomètre.

Plus la longueur d'onde maximale est faible, plus la température de surface de l'étoile est élevée.

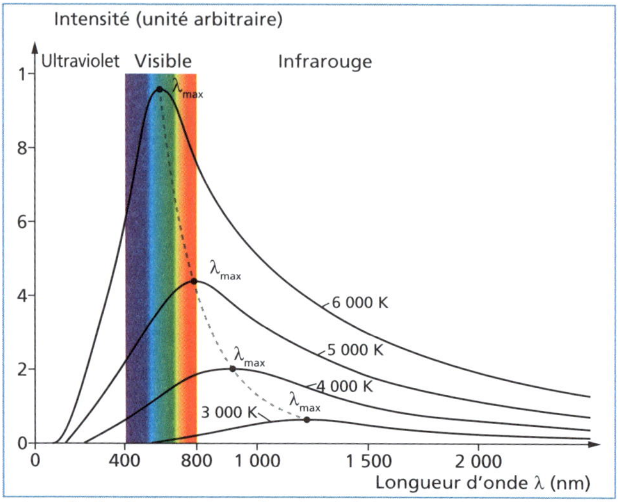

▲ Intensité lumineuse émise en fonction de la longueur d'onde pour des corps de températures différentes.

4 Rayonnement solaire

Comme toutes les étoiles, le Soleil perd de l'énergie par rayonnement. **Le rayonnement solaire est l'ensemble des ondes électromagnétiques émises par le Soleil**. C'est ce rayonnement électromagnétique que la Terre intercepte et qui nous fournit lumière et chaleur.

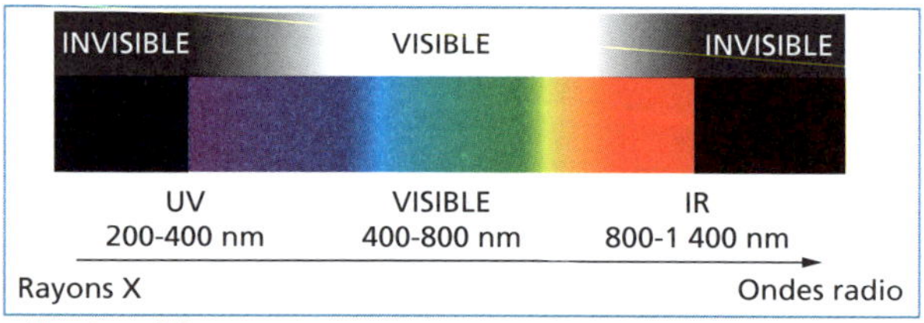

▲ Spectre solaire.

5 Puissance solaire reçue par la Terre

• **La puissance radiative** reçue du Soleil par une surface plane est **proportionnelle à l'aire de la surface éclairée**. Elle dépend aussi de l'angle entre la normale à la surface et la direction des rayons du Soleil.

Rappel
Pour une même surface, la puissance solaire reçue dépend aussi de l'heure, de la saison, de la latitude.

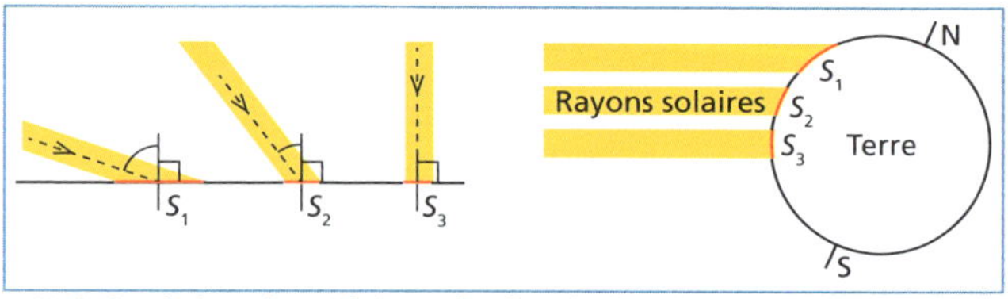

▲ Variation de la surface éclairée selon l'angle d'incidence des rayons solaires.

• **La puissance reçue** est maximale lorsque la surface éclairée est minimale. Ici, $S_1 > S_2 > S_3$, donc $P_1 < P_2 < P_3$.

5 Le bilan radiatif terrestre

La Terre est l'une des planètes du système solaire. Elle reçoit du Soleil l'énergie indispensable à la vie et aux différents phénomènes physiques qui s'y produisent. **Quel est le devenir de l'énergie reçue ?**

1 Caractéristiques du rayonnement solaire reçu par la Terre

• **L'énergie de la fusion nucléaire de l'hydrogène au cœur de notre Soleil** traverse de nombreuses couches jusqu'à sa surface pour y être libérée, en grande partie sous forme de **rayonnement solaire**. Ce **flux de photons** forme des ondes électromagnétiques qui se propagent dans toutes les directions de l'espace, et notamment vers la Terre.

• **Le maximum d'émission lumineuse du Soleil** se situe à une **longueur d'onde d'environ 0,5 µm**. La partie visible du spectre est comprise entre 0,38 et 0,78 µm (du violet au rouge). Le Soleil émet donc la plus grande partie de son rayonnement dans le **visible** (le jaune, plus exactement).

• La puissance émise par le Soleil par unité de surface, E_s, est égale à 6.10^7 W.m^{-2}. La surface du Soleil étant une **sphère**, sa puissance est émise dans toutes les directions de l'espace. Le rayonnement solaire est un **rayonnement électromagnétique**, il ne se dissipe pas pendant sa propagation dans le vide. La puissance totale émise par le Soleil est équivalente à celle émise par la mégasphère qui a pour rayon la distance Terre-Soleil.

$$P_{\text{totale}} = E_s \times \text{(surface solaire)} = E_s \times 4 \times \pi \times r_{\text{Soleil}}^{\ 2}$$

$$P_{\text{totale}} = 6.10^7 \times 4 \times \pi \times (7.10^8)^2 = 3{,}7.10^{26}\ \text{W}.$$

La Terre étant en moyenne à 148 millions de kilomètres du Soleil :

$$C_T = \frac{P_{\text{totale}}}{\text{surface}_{\text{mégasphère}}} = \frac{P_{\text{totale}}}{4 \times \pi \times D^2}$$

$$C_T = \frac{3{,}7.10^{26}}{4 \times \pi \times (1{,}48.10^{11})^2}$$

$$\mathbf{C_T = 1\ 344\ W.m^{-2}.}$$

Cette valeur C_T est la **constante solaire.**

• **La Terre intercepte un disque de rayonnement solaire.** Ce disque est de **rayon égal** à celui de la Terre. À la surface de ce disque, on sait que la puissance reçue du Soleil est C_T (1 344 W.m^{-2}), la puissance totale reçue par la Terre vaut donc C_T multipliée par la surface de ce disque. Cette puissance va être répartie sur la totalité de la surface de la Terre. La valeur de la constante solaire par unité de surface terrestre sera donc :

$$C_V = C_T \times \frac{\text{surface}_{\text{disque}}}{\text{surface}_{\text{Terre}}} = C_T \frac{\pi \times R_T^2}{4 \times \pi \times R_T^2} = \frac{1\ 344}{4} = 336\ \text{W.m}^{-2}$$

La constance solaire par unité de surface terrienne vaut donc 336 W.m^{-2}.

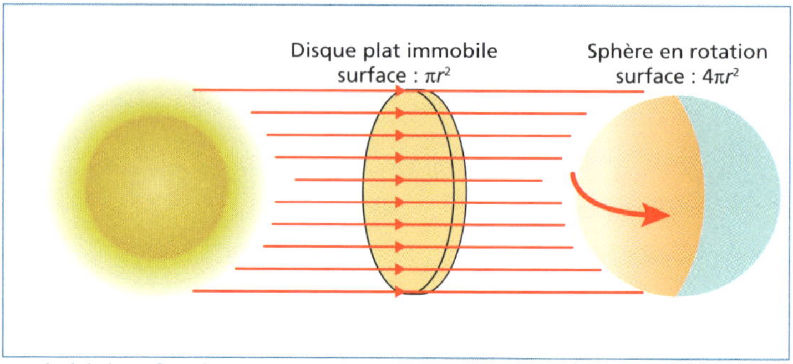

▲ Calcul de la surface de projection du rayonnement solaire.

2 Devenir du rayonnement solaire que reçoit la Terre

• **L'atmosphère terrestre interagit avec le rayonnement solaire** qui n'atteint pas complètement le sol au niveau de la mer. L'essentiel du spectre reçu se trouve ainsi entre 400 et 700 nm, ce qui correspond au domaine de sensibilité de l'œil humain.

• **Les molécules constituant l'air diffusent également le rayonnement solaire.** La lumière bleue est plus diffusée dans l'atmosphère que la lumière rouge. Cela explique la couleur bleue du ciel.

> **Rappel**
> L'air est constitué à 80 % de N_2, 19 % de O_2 et d'autres gaz comme H_2O, l'argon…

• **La fraction du rayonnement solaire incident** réfléchie sans être absorbée est appelée **« albédo ».** Sur Terre, environ 30 % du rayonnement solaire est réfléchi sans être absorbé (20 % par les nuages et 10 % par les surfaces gelées). Le reste est absorbé par l'atmosphère, les continents et les océans. **L'albédo global de la Terre est donc de 0,3.** Le flux de photons réellement absorbé par la Terre est donc de : $340 \times 0{,}7 = 238$ W. m^{-2}.

• **Le rayonnement solaire absorbé par l'atmosphère est réémis** en grande partie sous forme d'un rayonnement infrarouge vers le sol et vers l'espace.

• **Les continents et les océans réémettent également l'énergie absorbée** sous forme d'un **rayonnement électromagnétique** dans le domaine infrarouge. Plus la température de la surface est élevée, plus la puissance réémise par unité de surface est importante.

• Si l'on considère que la Terre est en **équilibre radiatif,** ce qui signifie qu'elle émet autant de rayonnement qu'elle en absorbe, on peut utiliser la **loi de dite de Stefan** pour déterminer sa température de surface. On obtient une température de – 18 °C, soit un écart de plus de 30 °C par rapport à ce qui est mesuré.

• L'absorption des radiations infrarouges par certaines molécules atmosphériques est responsable de cette différence. On nomme ce phénomène **effet de serre.**

• **L'étude des spectres du rayonnement solaire** mesuré au sommet de l'atmosphère (en rouge sur la figure ci-après) et au niveau de la mer (en bleu) permet de déterminer les molécules responsables de cet effet de serre. Ce sont les molécules d'**eau** et de **dioxyde de carbone.**

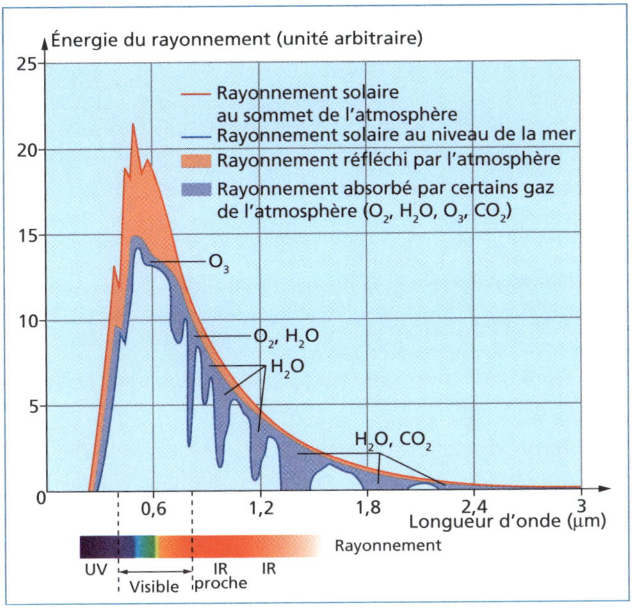

▲ Spectres du rayonnement solaire mesuré au sommet de l'atmosphère (en rouge) et au niveau de la mer (en bleu).

- **La puissance reçue par le sol en un lieu donné** est égale à la somme de la puissance reçue du Soleil et de celle reçue de l'atmosphère. Ces deux dernières sont du même ordre de grandeur.
- **Un équilibre, qualifié de dynamique,** est atteint lorsque le sol reçoit au total une puissance moyenne égale à celle qu'il émet. La température moyenne du sol est alors constante.

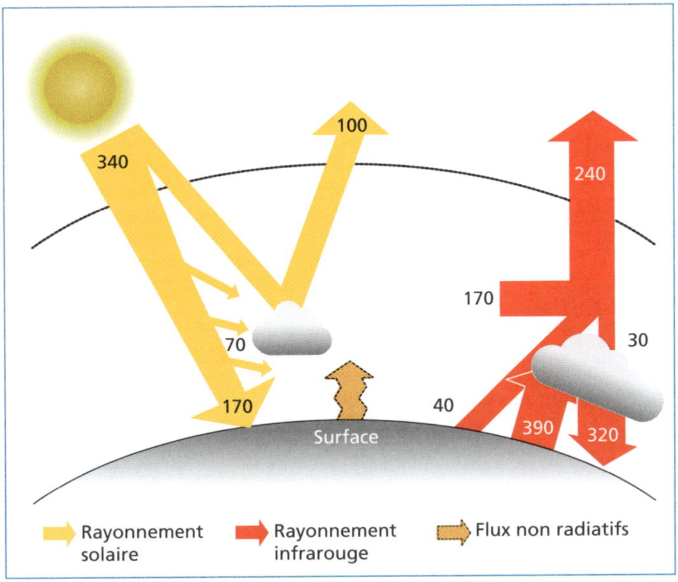

▲ Bilan radiatif de la Terre.

6 Une conversion biologique de l'énergie solaire : la photosynthèse

L'utilisation par la photosynthèse d'une infime partie de l'énergie solaire reçue par la planète fournit l'énergie nécessaire à l'ensemble des êtres vivants. **Quelle place occupe la photosynthèse dans la biosphère ?**

1 La synthèse de matière organique à partir d'énergie lumineuse

- **À la lumière, les végétaux produisent des glucides** à partir de CO_2 et H_2O. Cette production est accompagnée d'un rejet de O_2.
- **Cette synthèse photo-dépendante, appelée « photosynthèse »** a lieu dans des organites particuliers, les **chloroplastes**. Ce processus permet la transformation d'énergie lumineuse en énergie chimique.

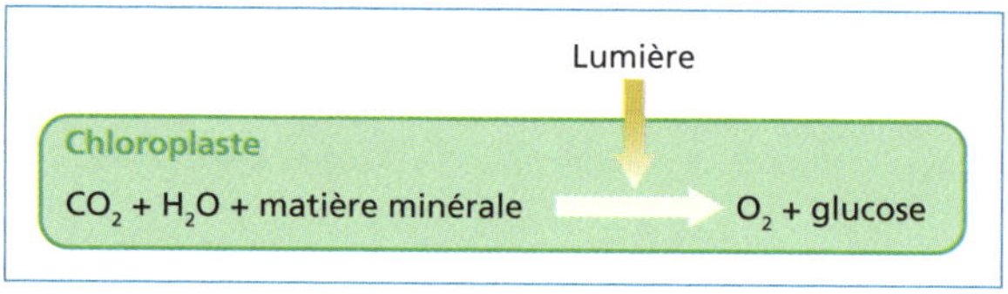

▲ Équation bilan de la photosynthèse.

- **À partir des premiers produits de la photosynthèse,** un végétal fabrique d'autres types de molécules organiques (lipides, protéines, acides nucléiques…).
- La photosynthèse a lieu dans les **parties chlorophylliennes** du végétal. Les feuilles sont les principaux organes chlorophylliens.

2 L'utilisation de l'énergie solaire durant la photosynthèse

- **Lorsque la lumière rencontre la matière,** celle-ci peut la diffuser ou l'absorber. Les substances qui absorbent la lumière visible chez les organismes s'appellent **pigments**. Si un pigment absorbe toutes les longueurs d'onde, il paraît noir.

> **Mot-clé**
> **Pigment :** substance responsable de la couleur d'un milieu dans lequel elle est insoluble.

- **Une feuille nous semble verte** parce que les pigments qu'elle contient absorbent la lumière rouge et la lumière bleue en même temps qu'ils diffusent la lumière verte. Les algues rouges, au contraire, nous paraissent rouges parce que leurs pigments absorbent surtout la lumière verte et la bleue.
- On peut mesurer la **capacité d'un pigment à absorber diverses longueurs** d'onde en utilisant un **spectrophotomètre.** Cet appareil dirige un faisceau lumineux de plusieurs longueurs d'onde à travers une solution du pigment en question et mesure la proportion de lumière transmise selon chaque longueur d'onde. Cela permet de réaliser un **spectre d'absorption** des pigments chlorophylliens.

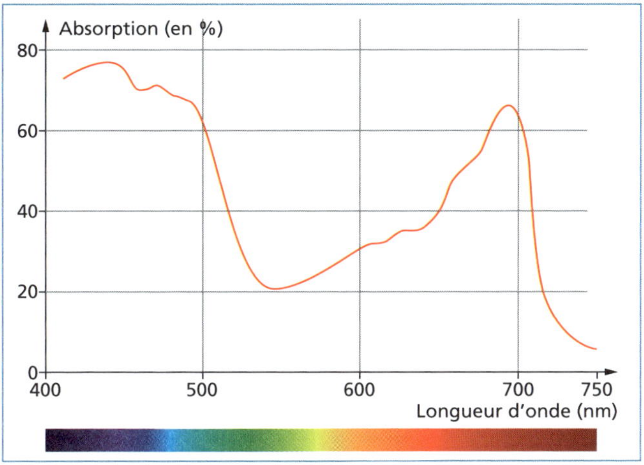

▲ Spectre d'absorption des pigments chlorophylliens.

• Ce spectre permet d'imaginer que la lumière bleu-violet et la lumière rouge sont les plus favorables à la photosynthèse chez les plantes, parce qu'elles sont absorbées, tandis que la lumière verte est la moins favorable.

• **Cette hypothèse a été validée par Theodor W. Engelmann en 1883.** Il a dirigé sur une algue filamenteuse de la lumière qu'il avait préalablement fait passer à travers un prisme. Il a ainsi exposé des segments distincts de l'algue à des longueurs d'onde différentes. Il a utilisé des bactéries pour repérer les segments libérant le plus de dioxygène, ce qui permet de savoir à quels endroits la photosynthèse est la plus productive. Les bactéries se sont agglutinées autour des parties de l'algue exposées à la lumière rouge et à la lumière bleu-violet.

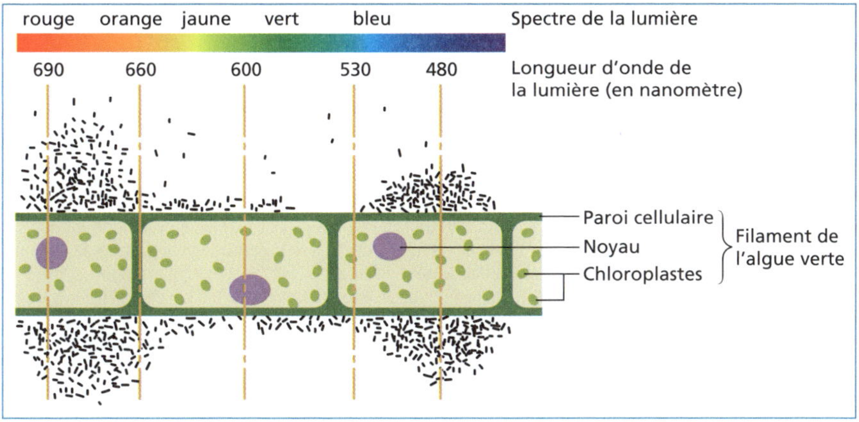

▲ Résultat de l'expérience réalisée par Engelmann.

3 L'importance de la photosynthèse dans la biosphère

• **La biosphère est constituée d'un ensemble d'écosystèmes.** Un écosystème est composé d'êtres vivants, d'un environnement et de l'ensemble des relations entre les êtres vivants et l'environnement.

• **Dans un écosystème, les végétaux occupent une place particulière.** Étant les seuls êtres vivants à pouvoir synthétiser de la matière organique à partir de matière minérale et de lumière, **les végétaux se trouvent à la base des réseaux trophiques** dans les écosystèmes. Ils sont les **producteurs primaires** de la matière organique.

• **À l'échelle de la planète,** la photosynthèse permet l'**entrée d'énergie et de matière minérale dans la biosphère**. L'énergie solaire ayant permis la photosynthèse est stockée sous forme chimique. Ce n'est qu'une infime partie de l'énergie solaire reçue par la planète : environ 0,1 % de la puissance solaire totale disponible.

• **La respiration cellulaire et la fermentation** extraient l'énergie emmagasinée dans les molécules organiques pour produire l'énergie nécessaire au fonctionnement des êtres vivants.

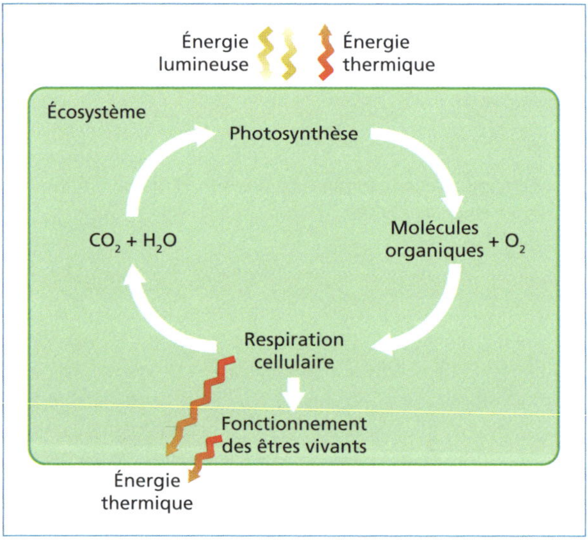

▲ Flux d'énergie et de matières dans un écosystème.

Zoom

L'**étude de gisements** permet d'obtenir des **indices** concernant l'origine des **combustibles fossiles**.
La présence de restes organiques (pollen, bois…) ou de fossiles, leur capacité à être brûlés montrent qu'ils sont issus d'une biomasse qui s'est transformée et fossilisée au cours des temps géologiques. Seule une très **faible proportion** de la matière organique produite peut échapper à l'**action des décomposeurs**. Brûler un combustible fossile, c'est en réalité utiliser une énergie solaire du passé piégée dans des roches depuis longtemps (plusieurs dizaines, voire centaines de millions d'années).

7 Diversité des ressources énergétiques

L'énergie solaire est à l'origine d'une grande diversité de ressources énergétiques qualifiées de renouvelables et de non renouvelables. **Comment les ressources énergétiques sont-elles générées à partir de l'énergie solaire ?**

1 Des énergies ayant pour origine le Soleil

A Des ressources énergétiques d'origine solaire

- **Les panneaux solaires** convertissent l'énergie solaire absorbée en **électricité** utilisable.
- **L'éolien.** L'énergie solaire est inégalement répartie à la surface du globe terrestre. Cela conduit à des mouvements de l'atmosphère. En surface, ces mouvements correspondent aux **vents**. Les éoliennes sont mises en mouvement par ces **flux d'air** et produisent de **l'électricité**.
- **L'hydrolien.** Les vents conduisent à la mise en mouvement des masses d'eau océaniques, les **courants océaniques**. Les hydroliennes convertissent ces **flux d'eau** en **électricité**.
- **L'hydraulique.** L'énergie solaire est le moteur du **cycle de l'eau**. Elle permet l'évaporation de l'eau au niveau des océans. Cette vapeur d'eau est déplacée par les vents au-dessus des continents où elle précipite sous forme de pluies. Les ruissellements d'eau sont canalisés dans les **barrages hydraulique**. Les **flux d'eau** mettent en mouvement des turbines et sont alors convertis en **électricité**.
- **Les combustibles fossiles.** Le Soleil permet la formation des combustibles fossiles (voir paragraphe 2) **source d'énergie thermique** principalement. Ces combustibles constituent un **stock d'énergie**.
- **La biomasse.** Le Soleil permet aussi la formation de la biomasse (voir paragraphe 3) **source d'énergie thermique**. Cette biomasse correspond à un **stock d'énergie**.

B Des énergies ayant des temps de formation différents

- Les différentes énergies évoquées ont des temps nécessaires à leur renouvellement différents.
- **Le Soleil est une source d'énergie gigantesque** qui est directement utilisable par les panneaux photovoltaïques ou indirectement dans les flux d'eau ou d'air. Le renouvellement de ces énergies est plus rapide que leur consommation par l'humanité. Ce sont des **énergies renouvelables** qui ne produisent pas de **gaz à effet de serre**.
- **La production de biomasse est rapide** mais nécessite du temps. Cette ressource énergétique est qualifiée de **renouvelable** dans la mesure où la vitesse de consommation par l'humanité n'excède pas celle de la production.

Énergies	Temps nécessaire au renouvellement
Photovoltaïque	Immédiat
Éolien	Immédiat
Hydrolien	Immédiat
Hydraulique	Immédiat
Combustibles fossiles	Quelques dizaines de millions d'années
Biomasse	De quelques mois à quelques années

▲ Temps de formation des différentes énergies

• **À l'échelle de l'humanité, les combustibles fossiles ne se renouvellent pas** rapidement. Ils constituent une **énergie non renouvelable**.

2 Les combustibles fossiles

A L'origine de ces combustibles

• **Les combustibles fossiles** sont les **charbons**, les **pétroles** et les **gaz** combustibles.

• **On trouve dans ces combustibles des indices d'une origine biologique.** Les charbons contiennent des **fossiles végétaux**. Les pétroles et gaz sont constitués de molécules dont la composition est proche des **molécules organiques**.

• **Les combustibles fossiles se sont formés à partir de la matière organique** produite par **photosynthèse**, il y a plusieurs dizaines à plusieurs centaines de millions d'années. La matière organique a été **conservée** et **transformée** lentement.

B L'utilisation de ces combustibles

• **L'utilisation des combustibles fossiles est incontournable** actuellement. Elle correspond encore à plus de la moitié des différentes énergies utilisées dans le monde.

• **Leurs utilisation est problématique d'un point de vue écologique.** En les utilisant, on restitue dans l'atmosphère des quantités importantes de gaz à effet de serre (CO_2 principalement) qui ont été piégés il y a très longtemps. C'est l'origine du réchauffement climatique actuel.

À noter

– L'utilisation des combustibles fossiles conduit à un épuisement de cette ressource.
– Le rejet de CO_2 est le problème majeur de l'utilisation de ces combustibles.

3 La biomasse source d'énergie

• **La biomasse est constituée de matière organique** utilisable comme source d'énergie.

• **La biomasse produite libère de l'énergie lors de sa combustion.** On utilise ainsi du bois, des granulés de bois.

• **Le bioéthanol provient de la fermentation de glucides** produits par les végétaux tels que la betterave à sucre, la canne à sucre. De l'alcool est obtenu qui est transformé en bioéthanol.

• **Le pouvoir calorifique** d'une matière combustible évalue la quantité d'énergie libérée lors de la combustion d'une même masse de matière. Il diffère selon les différentes biomasses.

Ressources énergies	Pouvoir calorifique ($MJ.kg^{-1}$)
Essence	47,3
Bioéthanol	29,7
Bûche de bois	14,6
Granulés de bois	17,6

▲ Pouvoir calorifique de différents combustibles

• **La biomasse utilisée comme source d'énergie est neutre** d'un point de vue climatique. Les rejets de CO_2 correspondent à du CO_2 qui a été prélevé pour la synthèse de cette biomasse. La situation est plus compliquée, pour fabriquer le bioéthanol, on utilise des combustibles fossiles source de CO_2.

• **La production de biomasse comme source énergétique entre en concurrence** avec la production de biomasse à destination de **l'alimentation**.

8 La forme de la Terre

La Terre est ronde alors que, localement, elle nous apparaît plane dans la plupart des expériences quotidiennes. Pourquoi la Terre est-elle ronde ? Comment peut-on la décrire ? **Comment a-t-on déterminé la longueur du méridien terrestre ?**

1 La forme de la Terre

La forme de la Terre est due à une force appelée **force gravitationnelle**. Cette force a permis à la matière de se rapprocher et de former la Terre primitive. Une fois la planète formée, le centre de la Terre attire la matière avec une force égale dans toutes les directions. Progressivement, la Terre prend alors sa forme : une **sphère.**

Rappel

Attraction gravitationnelle. Deux corps possédant une masse exercent l'un sur l'autre une action attractive, à distance, qui dépend de la masse des corps et de la distance qui les sépare.

2 Se repérer sur la Terre

• **Méridiens et parallèles.** Pour se situer sur la Terre, l'Homme a tracé des lignes imaginaires à sa surface : les méridiens et les parallèles.

Les **méridiens** sont des demi-cercles qui joignent les deux pôles. Le méridien de référence est le **méridien de Greenwich**.

Les **parallèles** sont des cercles imaginaires parallèles à l'équateur. L'**équateur** est le parallèle de référence.

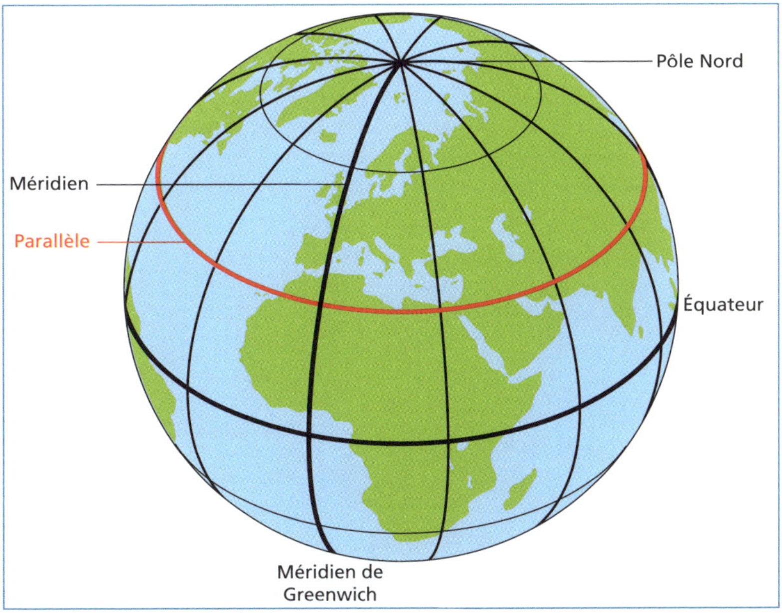

▲ Méridiens et parallèles.

• **Longitude et latitude.** Pour repérer un point à la surface de la Terre, on utilise ses **coordonnées géographiques** (ou coordonnées angulaires) : la longitude et la latitude.

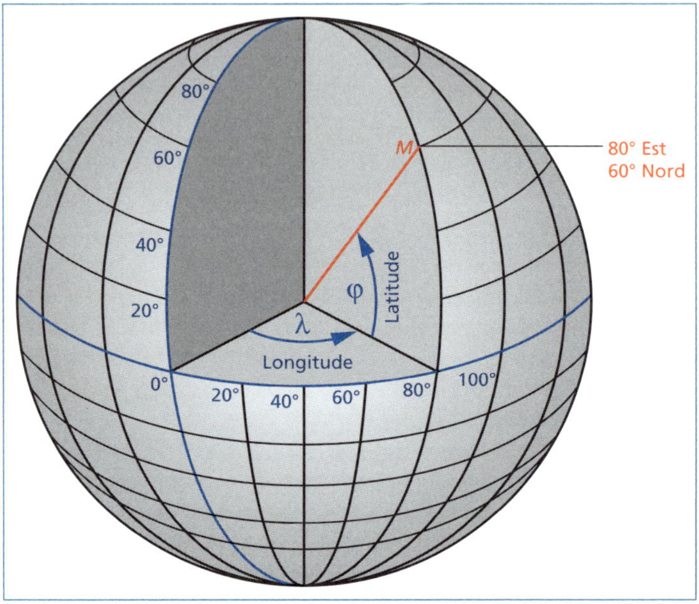

▲ Longitude et latitude.

La longitude λ est l'angle formé entre le méridien de référence (méridien de Greenwich) et le méridien du point *M*. Ici la longitude est 80° Est. **La latitude** φ est l'angle formé entre l'équateur et le parallèle du point *M*. Ici la latitude est 60° Nord.

3 La mesure du méridien par Ératosthène

• **L'expérience d'Ératosthène.** Il fut le premier à mesurer la longueur du méridien terrestre et à en déduire le diamètre de la Terre. À Syène (actuelle Égypte), il observa qu'au solstice d'été, à midi (lorsque le Soleil est à la verticale du sol) les rayons du Soleil éclairaient le fond d'un puits (ils sont donc verticaux). À la même date, à Alexandrie, il observa l'ombre d'un bâton planté verticalement et en mesura l'angle au sommet.

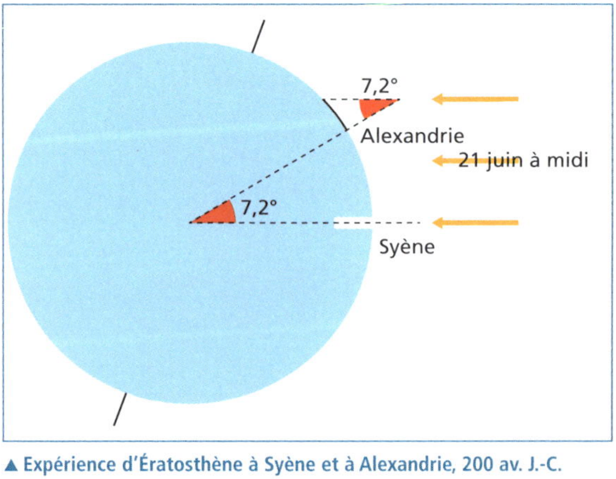

▲ Expérience d'Ératosthène à Syène et à Alexandrie, 200 av. J.-C.

• **Calcul.** En utilisant la propriété des **angles alternes-internes,** Ératosthène détermina l'angle séparant les deux villes : 7,2°. Cet angle correspond à 1/50e de la circonférence d'une sphère, donc de la Terre. Connaissant la distance séparant Syène et Alexandrie, deux villes situées sur le même méridien et distantes de 900 km, il en déduit la circonférence de la Terre. Il trouva, par cette méthode, une circonférence de 39 375 km.

4 La mesure du méridien par Delambre et Méchain

• **La triangulation.** En 1791, Jean-Baptiste Delambre et Pierre Méchain sont chargés par l'Académie des sciences de mesurer la longueur de l'arc de méridien entre Dunkerque et Barcelone. Pour cela, ils utilisent la méthode de la **triangulation**. Grâce à leurs mesures, la **valeur du mètre** a pu être fixée comme le dix millionième du quart du méridien terrestre.

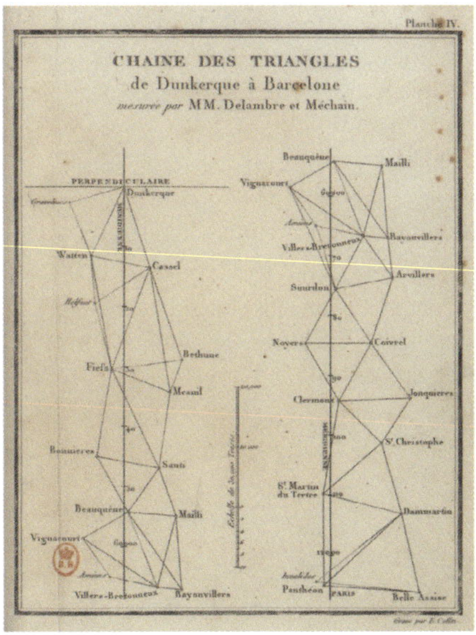

▲ Chaîne des triangles de Dunkerque à Barcelone.

• **Loi des sinus.** Si on connait la mesure de deux angles et la longueur d'un côté du triangle, alors on peut connaître la mesure du troisième angle et la longueur des deux autres cotés.

$$\frac{a}{\sin\widehat{A}} = \frac{b}{\sin\widehat{B}} = \frac{c}{\sin\widehat{C}}$$

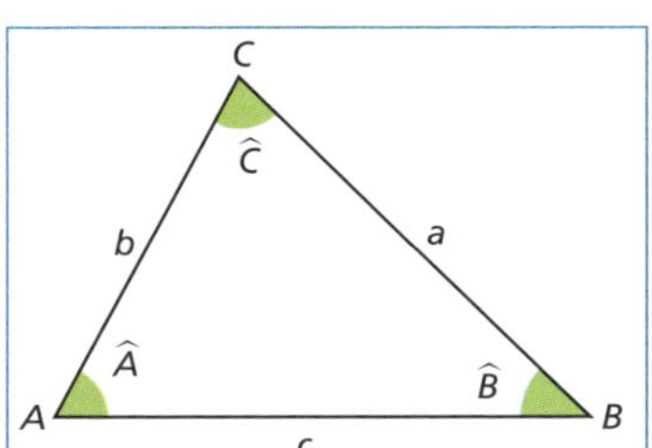

▲ La loi des sinus.

9 L'histoire de l'âge de la Terre

L'âge de la Terre sera estimé à 4 000 ans av. J.-C. au XVIe siècle, quelques dizaines de millions d'années à la fin du XIXe siècle, pour être déterminé aujourd'hui à 4,55 milliards d'années. **Comment les scientifiques ont-ils pu faire vieillir notre planète de plus de 4 milliards d'années en 400 ans ?** La réponse à cette question convoque à peu près toutes les sciences (mathématiques, physique, chimie, biologie, histoire…).

1 L'âge biblique

- Après avoir rejeté toute conception cyclique du temps, les savants de la Renaissance ont évalué l'âge de la Terre d'après une interprétation des récits bibliques.
- **La Bible contient une chronologie détaillée des premières générations :** Adam a vécu 930 ans, il enfanta Seth à l'âge de 130 ans, qui engendra Énoch à 105 ans, etc. Il est alors possible de déduire la date de naissance de Noé (7 générations après Enoch) : 1 056 ans après la Création. Comme Noé avait 600 ans quand arriva le Déluge, ce dernier est daté de 1 656 ans après la Création.
- À l'aide de ces données, l'estimation la plus couramment admise au début du XVIIe siècle était celle du chef de l'Église anglicane irlandaise, **James Ussher (1581-1656),** estimant que la **Terre s'était formée 4 004 ans av. J.-C.**
- **L'existence de différentes versions de la Bible,** ainsi qu'une meilleure connaissance des dynasties impériales chinoises et de la civilisation égyptienne, vont remettre progressivement en cause cette estimation.

2 Le début des temps modernes

- Depuis la seconde moitié du XVIIe siècle, **la stratigraphie** (étude des dépôts successifs de matériaux) permet de réaliser une **datation relative** des événements géologiques. Par exemple, elle permet de déduire la simultanéité ou l'antériorité d'une éruption volcanique avec la mise en place d'une couche sédimentaire.
- **Si l'on est capable de déterminer la vitesse à laquelle se forme un dépôt sédimentaire,** par exemple un millimètre d'argile, il est alors possible de déduire, par proportionnalité, le temps de dépôt d'une couche d'un mètre d'épaisseur d'argile. Le temps de dépôt est de 100 000 ans.
- **En étudiant l'épaisseur des couches sédimentaires dans les Alpes,** **Buffon (1707-1788)** aboutit à un âge estimé de la Terre entre plusieurs millions et plus d'un milliard d'années. Buffon n'osa pas publier ses résultats, ceux-ci venant heurter l'estimation issue de la Bible.

▲ Georges Louis Leclerc, (comte de) Buffon.

• **Buffon chercha à valider ses résultats** en les recoupant par une datation basée sur une autre méthode scientifique. Il fit l'hypothèse que la Terre était au départ une **sphère incandescente** qui ensuite s'est **refroidie**. Dans ses forges de Montbard, il chauffe des sphères de rayons différents, puis en mesure les temps de refroidissement. Il extrapole ses résultats à une sphère aux dimensions terrestres. Ses expériences lui inspirent des durées de l'ordre de 100 000 ans.

• **Les lois de diffusion de la chaleur** ont été établies par **Joseph Fourier (1768-1830)** quelques années après.

• **En s'appuyant sur les travaux de Buffon et de Fourier,** **lord Kelvin (1824-1907)** donne d'abord une fourchette de 20-400 millions d'années, puis la réduit à 20-40 millions en 1897 en datant l'âge du Soleil *« probablement inférieur à 100 millions d'années ».*

• **L'idée que les lois de la physique sont universelles,** applicables non seulement dans le présent, mais aussi dans le passé et le futur, peut sembler évidente aujourd'hui. Cela n'était pas de cas au XVIIIe siècle.

• **Kelvin jouissant d'une autorité immense,** cet âge de la Terre de quelques dizaines de millions d'années sera finalement accepté par une partie de la communauté scientifique. Même l'Église renoncera à son estimation de 4 004 ans établie par James Ussher.

▲ Lord Kelvin.

3 La controverse entre les géologues et les physiciens

• À la fin du XIXe siècle, la plupart des géologues estiment l'âge de la Terre à plusieurs milliards d'années. Pour **Charles Darwin (1809-1882),** cette estimation est plus vraisemblable que celle de Kelvin. **Pour rendre compte de l'évolution de la faune et de la flore,** quelques millions d'années ne se suffisent pas. Des couches géologiques de plusieurs dizaines de millions d'années ne contiennent pas de variations significatives dans l'évolution des fossiles qu'elles ont emprisonnés.

• **Thomas Henry Huxley (1825-1895),** scientifique britannique, dira pour défendre Darwin sur ce point : *« La mathématique peut se comparer à un moulin d'une facture exquise, qui peut moudre de la matière à n'importe quel degré de finesse. Cependant, ce que l'on en tire dépend de ce que l'on y a mis ; et de même que le meilleur moulin du monde n'extraira pas de la farine de blé de cosses de petits pois, ainsi des pages de formules ne fourniront pas un résultat fiable à partir de données imprécises. »* Aujourd'hui, nous connaissons l'origine de l'erreur commise par Kelvin : la Terre ne peut pas être considérée comme un solide homogène.

4 La radioactivité

• **En 1902, Ernest Rutherford (1871-1937) et Frederick Soddy (1877-1956)** établissent la notion de **période d'un élément radioactif**. Pour caractériser la radioactivité d'un élément, ils en mesurent l'activité, c'est-à-dire le nombre de désintégrations qu'il subit par unité de temps. Ils s'aperçoivent que le temps qu'il faut pour que l'activité d'un élément radioactif diminue de moitié est une constante qui ne dépend que du noyau étudié. Ce temps, appelé période T du noyau radioactif, est caractéristique : à chaque intervalle de temps T, la quantité de noyaux radioactifs restante est divisée par deux. Il en résulte que la radioactivité est exponentiellement décroissante.

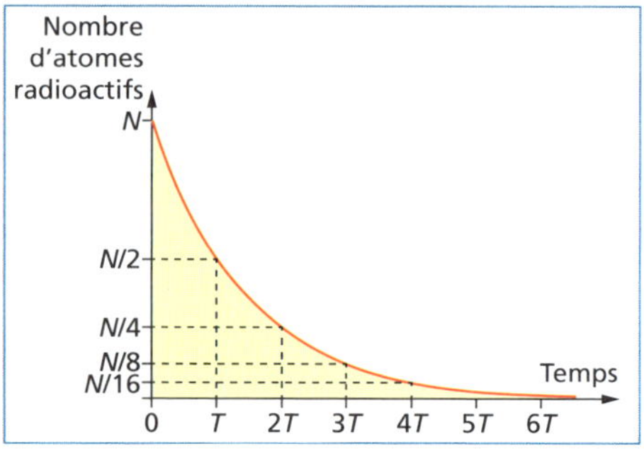

▲ Courbe de décroissance radioactive.

• **C'est cette régularité qui fait de la radioactivité une horloge.** On doit à Rutherford d'avoir exploité cette loi de décroissance pour la datation des roches. Il estime l'âge d'un granite à 497 millions d'années.

• **En 1938, Alfred Nier (1911-1994) propose une approche isotopique** de la datation radiométrique. Il mesure la composition isotopique du plomb (rapport ^{207}Pb / ^{206}Pb) et trouve, pour les plus vieux échantillons de roche, des âges de 2,5 Ga. À la même époque, l'astronome **Edwin Hubble** avait estimé l'âge de l'Univers entre 1,8 et 2 Ga, en utilisant l'**éloignement progressif des galaxies**.

> **À noter**
> Ga = milliard d'années.

• **Au début des années 1950, la spectrométrie de masse** a fait des progrès. **Clair Patterson (1922-1995)** procède à l'analyse de la composition isotopique des météorites et montre que la Terre et les météorites se sont formées à la même époque, il y a 4,55 Ga, à partir d'un même matériau. C'est donc l'âge de formation du système solaire. Cet âge sera confirmé par d'autres méthodes isotopiques. **L'âge de l'Univers sera réévalué par les astronomes et estimé à 14 Ga.**

5 Conclusion

Cette détermination de l'âge de la Terre est exemplaire du **tournant opéré dans le monde savant depuis la Renaissance**. Pour Ussher, la réponse se trouvait dans la Bible, source divine de vérité. La détermination scientifique de l'âge de la Terre a été réalisée en confrontant des données, des théories et des hypothèses. Loin d'une vision statique, la recherche scientifique est faite de **débats**, de **réfutations** et d'**évolutions**. Comme toute question scientifique complexe, elle a été résolue grâce à la participation de nombreux scientifiques : mathématiciens, physiciens, chimistes, biologistes et géologues.

10 La Terre dans l'Univers

D'un point de vue scientifique, l'Univers est l'ensemble de tout ce qui existe. **La place de la Terre dans l'Univers fut l'objet de nombreuses controverses scientifiques** au cours des siècles. Deux systèmes cosmologiques se sont affrontés : le géocentrisme et l'héliocentrisme.

1 Du géocentrisme à l'héliocentrisme

▲ Modèle géocentrique du système solaire de Ptolémée.

A Le modèle géocentrique

• **Le modèle géocentrique** date de l'Antiquité. Il est défendu par **Ptolémée** et par Aristote qui placent la Terre au centre de l'Univers. Dans ce système, la Terre est immobile. Les planètes et le Soleil tournent autour de la Terre sur des orbites circulaires parfaites. Le modèle géocentrique est autant une conception scientifique qu'une conception philosophique.

> **À noter**
> Dans le modèle géocentrique, l'alternance des jours et des nuits, ainsi que les saisons est due au **mouvement du Soleil** autour de la Terre.

• **Défauts du modèle.** Certains astres viennent mettre à mal ce modèle. En effet, l'observation astronomique montre que les planètes semblent faire des allers-retours sur leur trajectoire au fil des mois. Pour expliquer le mouvement de ces « astres errants », les Grecs imaginent les trajectoires des planètes comme des combinaisons de mouvements circulaires complexes.

B Le modèle héliocentrique

• **La théorie de Copernic.** Un nouveau modèle s'oppose à cette vision de l'Univers. Le **modèle héliocentrique,** défendu par **Copernic (1473-1543),** place alors le Soleil au centre de l'Univers. Les planètes (dont la Terre) tournent sur des orbites circulaires. La Terre tourne aussi sur elle-même. Entre la fin du XVIe siècle et le début de XVIIIe siècle, la controverse entre les deux modèles fait rage. L'héliocentrisme est même interdit par le dogme religieux. Il faudra attendre le milieu du XVIIIe siècle pour qu'il soit enfin accepté.

> **À noter**
> C'est l'astronome grec **Aristarque de Samos** qui, dès le IIIe siècle av. J.-C., imagine un système héliocentrique. Copernic s'en inspira pour développer son modèle.

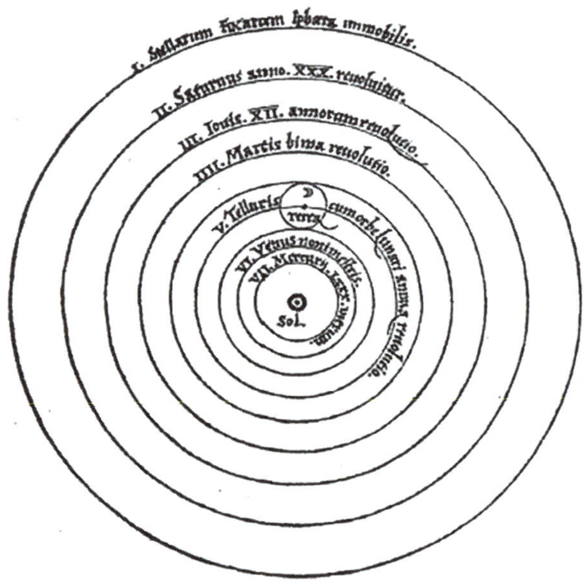

▲ Système héliocentrique de Copernic.

• **Découvertes ultérieures.** L'héliocentrisme sera encore réfuté par de nombreux scientifiques mais, grâce aux travaux de plusieurs autres, ce modèle théorique sera progressivement validé et affiné. Dès la fin du XVIe siècle, les observations de la Lune et des planètes par **Galilée** appuient le modèle héliocentrique. Au XVIIe siècle, les lois de **Kepler** permettent de décrire plus précisément les mouvements des planètes autour du Soleil : elles seront expliquées par la loi de gravitation de **Newton**. Et c'est à **Foucault** et son **pendule** que l'on doit la première expérience prouvant le mouvement de rotation de la Terre (XIXe siècle).

2 La notion de référentiel

• Pour décrire un mouvement, il faut d'abord définir l'objet par rapport auquel on va étudier le mouvement : c'est le **référentiel.**

• Pour étudier le mouvement des planètes, on se place dans le référentiel lié au centre du Soleil : c'est le **référentiel héliocentrique.**

▲ Référentiel héliocentrique.

- Pour étudier le mouvement des satellites de la Terre, on se place dans le référentiel lié au centre de la Terre : c'est le **référentiel géocentrique.**

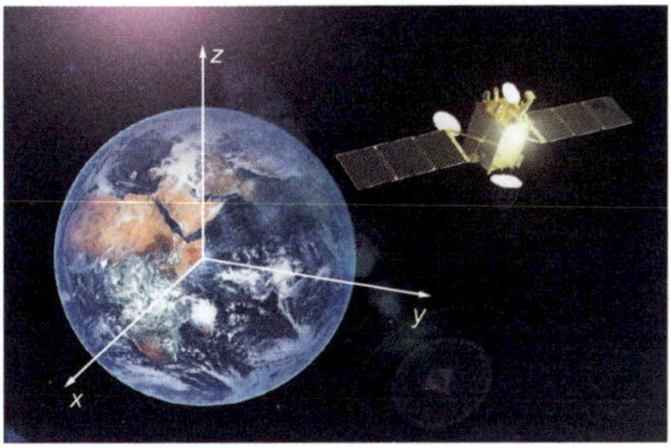

▲ Référentiel géocentrique.

3 La Lune, satellite de la Terre

- **La Lune est le satellite de la Terre.** Dans le référentiel géocentrique, la Lune tourne autour de la Terre sur une orbite quasi circulaire de 384 000 kilomètres de rayon. Sa période de révolution est d'environ 27 jours.

> **À noter**
> La **période de rotation de la Lune** est égale à sa période de révolution. C'est pour cette raison que, vue de la Terre, la Lune nous présente toujours la même face.

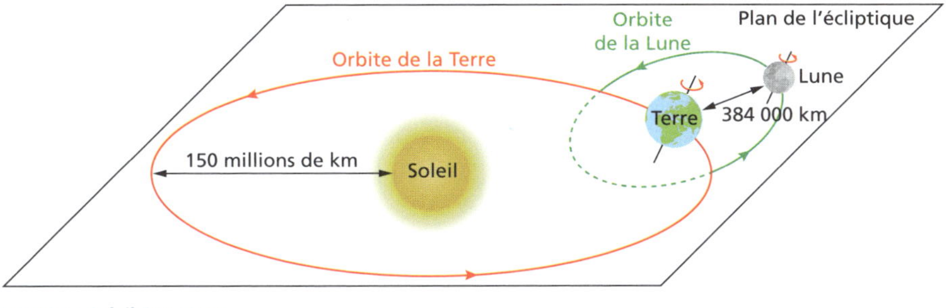

▲ Système Soleil-Terre-Lune.

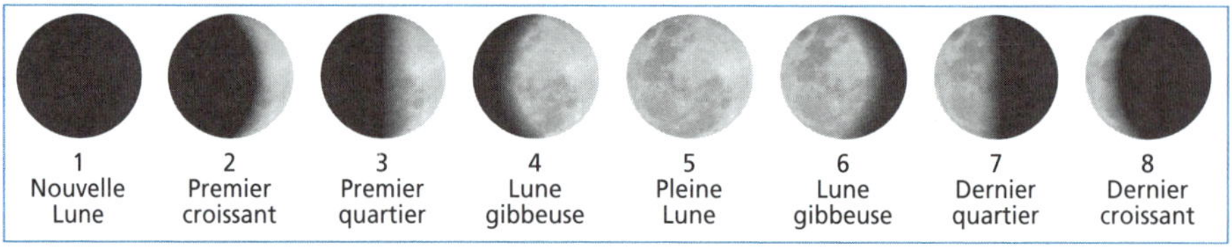

▲ Observation de la Lune vue de la Terre.

• Quelle que soit sa position autour de la Terre, la Lune est toujours à demi éclairée par le Soleil. Vue de la Terre, cette partie éclairée présente **différentes phases.**

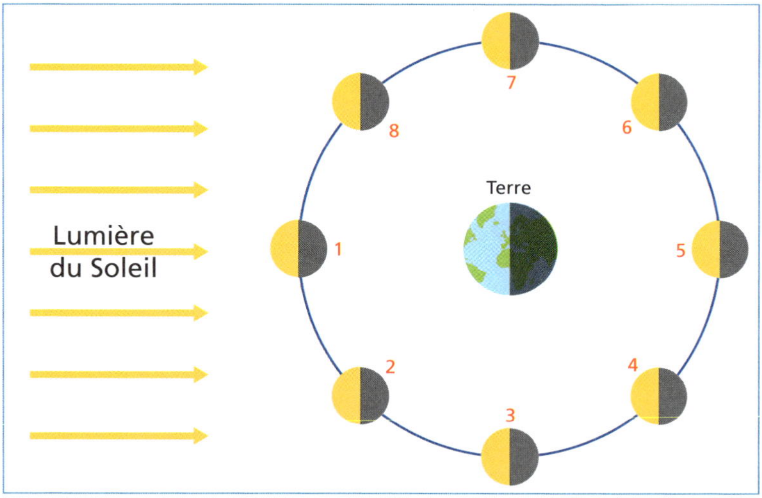

▲ Mouvement de la Lune autour de la Terre.

Le son, phénomène vibratoire

Un son est une onde produite par la vibration mécanique d'un objet (une corde de guitare, par exemple). L'onde sonore produite se propage alors dans un milieu matériel (air, eau…). Un son peut être **pur** ou **complexe.** Le niveau d'intensité sonore permet de déterminer si un son est **faible** ou **fort.**

1 Intensité et niveau d'intensité sonore

• **Intensité sonore.** La sensation auditive perçue par l'oreille humaine dépend de l'**intensité sonore *I*** du son émis. Celle-ci dépend de la puissance acoustique *P* du son ainsi que de la surface *S* du récepteur. L'intensité sonore s'obtient par la formule :

$$I = \frac{P}{S}$$

P en watt (W) ;
S en mètre carré (m^2) ;
I en $W.m^{-2}$.

• **Niveau d'intensité sonore.** La sensation auditive n'étant pas proportionnelle à l'intensité sonore, on définit alors une nouvelle grandeur permettant d'en rendre compte : le **niveau d'intensité sonore *L*.**

$$L = 10 \log \frac{I}{I_0}$$

I : intensité sonore ($W.m^{-2}$) ;
I_0 : seuil d'audibilité égal à 10^{-12} $W.m^{-2}$;
L : niveau d'intensité sonore en décibel (dB).

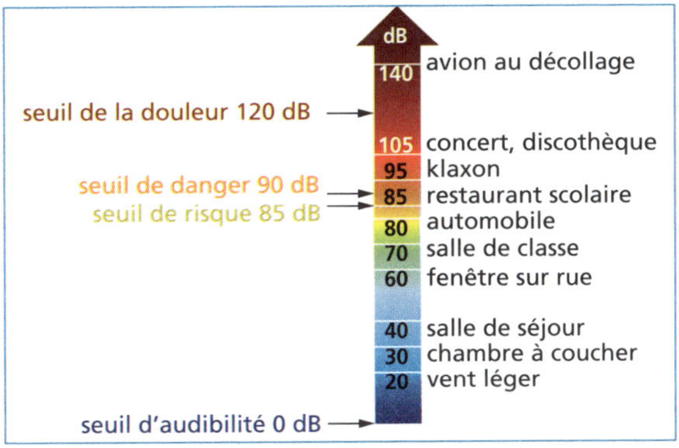

Échelle du bruit en dB. ▸

2 Son pur

Un son pur est caractérisé par une **onde sonore sinusoïdale.** C'est le cas d'un son émis par un diapason.

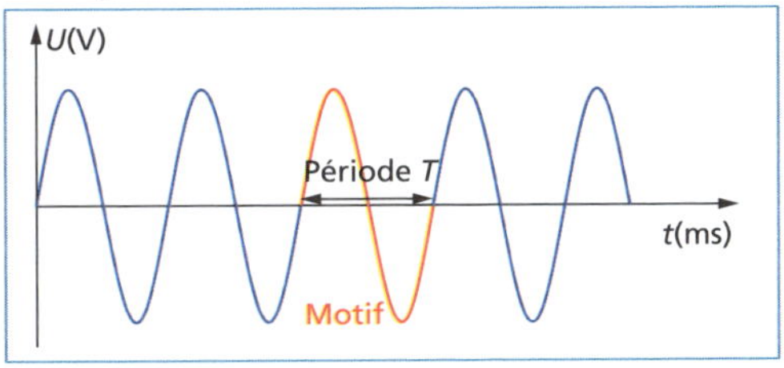

Rappel

La **période temporelle *T*** d'une onde sonore sinusoïdale et sa fréquence *f* sont reliées par la formule :

$$\text{Hz} \rightarrow f = \frac{1}{T} \leftarrow \text{s}$$

◂ Représentation temporelle d'un son pur.

3 Son composé

• **Un son composé est une onde sonore périodique.** Sur sa représentation temporelle, on distingue un motif qui se répète à intervalles de temps identiques. On appelle **fondamental** f_1 la fréquence de cette onde sonore.

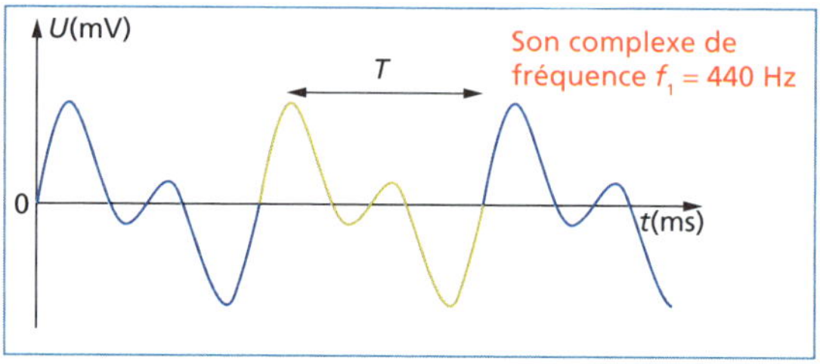

▲ Représentation temporelle d'un son complexe.

• **Décomposition d'un son complexe.** Un son complexe peut être décomposé en une somme de sons purs (ici, deux), appelés **harmoniques**. La fréquence de ces harmoniques est :

$$f_n = n \times f_1$$

f_n : fréquence de l'harmonique de rang n ;
f_1 : fréquence du son fondamental.

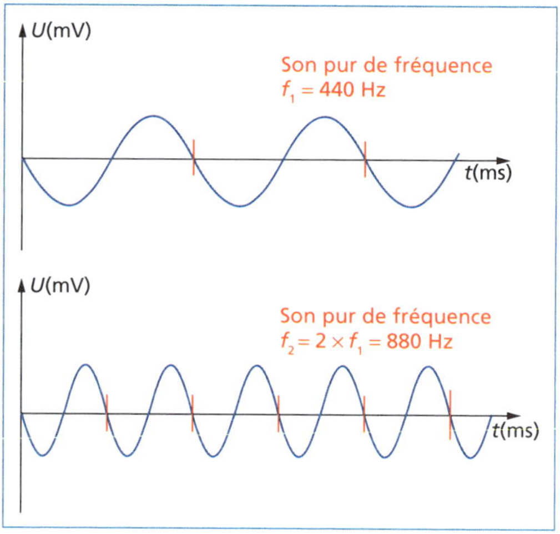

▲ Sons purs composant le son complexe ci-dessus.

À noter

C'est au mathématicien et physicien français **Joseph Fourier** qu'on doit l'étude des propriétés des sons complexes.

4 Analyse spectrale d'un son

Le diagramme en bâtons présentant l'amplitude relative du fondamental et des harmoniques est appelé **spectre d'un son.**

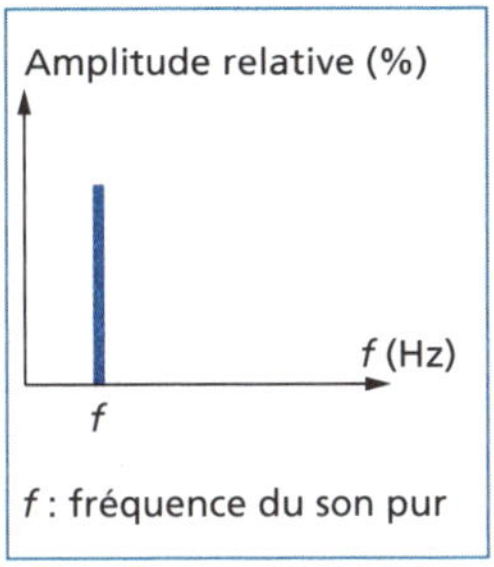

▲ Spectre d'un son pur.

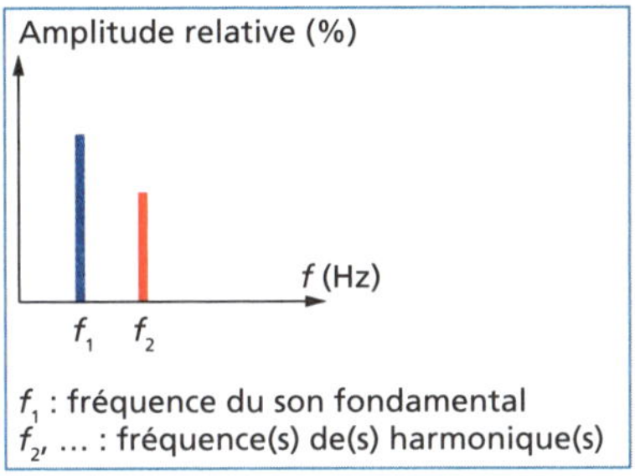

▲ Spectre d'un son composé.

À noter

Deux instruments différents jouant la même note produisent deux sons de même hauteur. La fréquence du son fondamental est donc la même. Les deux instruments n'ont pas le même timbre : leurs spectres sont donc différents.

5 Acoustique musicale

• **Instruments à cordes.** Lorsqu'on fait vibrer la corde d'un instrument à cordes, elle émet un son. La **fréquence fondamentale** du son émis ne dépend que des caractéristiques de la corde (sa longueur, sa tension, sa masse linéique).

• **Une harpe.** Les sons produits par les cordes d'une harpe varient selon la **longueur de la corde**. Les sons les plus aigus sont obtenus avec les cordes les plus courtes. La fréquence fondamentale du son produit par une corde augmente lorsque la longueur de la corde diminue.

Zoom

Lorsqu'on souffle dans un **instrument à vent,** une colonne d'air entre en vibration. Pour modifier la hauteur du son (fréquence), on modifie la longueur de la colonne.

▲ Harpe.

12 La musique ou l'art de faire entendre les nombres

En faisant vibrer une corde et en variant sa longueur, Pythagore montra que la fréquence est inversement proportionnelle à sa longueur. Il constata aussi que certaines associations de sons étaient agréables à l'oreille ; les rapports de leur longueur avaient alors une valeur déterminée.

1 De la fréquence à la note

• **Intervalle.** Chaque note jouée par un instrument de musique peut être identifiée par la fréquence fondamentale. On appelle « **intervalle** » l'écart de hauteur (fréquence) entre deux notes. Il s'obtient par le rapport des fréquences fondamentales des deux notes.

• **Octave.** Deux sons dont les fréquences sont dans le rapport 2 / 1 correspondent à la même note à deux hauteurs différentes. On appelle « **octave** » l'intervalle qui sépare deux notes dont les fréquences sont dans le rapport 2 / 1.

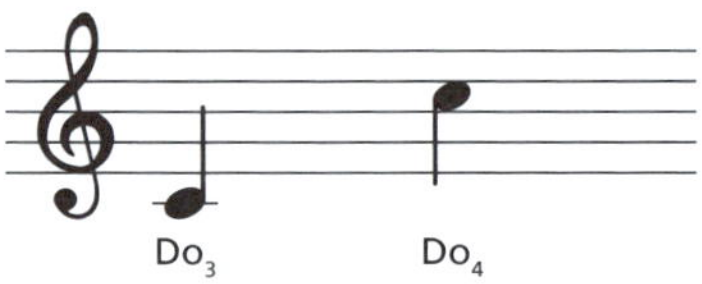

▲ Une octave.

Fréquence Do_3 : 261,63 Hz
Fréquence Do_4 : 523,26 Hz
Le Do_3 et le Do_4 sont séparés par une octave.

$$\frac{f_{Do4}}{f_{Do3}} = 2$$

2 Les gammes

Une **gamme** est une suite de notes réparties sur une octave et ayant entre elles des **propriétés de consonance**. La dernière note répétant la première à l'octave supérieure (pour une gamme ascendante) ou inférieure (pour une gamme descendante). Il existe plusieurs systèmes de gammes.

A Gamme de Pythagore

• **Sons consonants.** Dès l'Antiquité, la construction des gammes est basée sur des fractions simples (2 / 1, 3 / 2, 4 / 3). En effet, deux sons dont les fréquences sont dans des rapports simples sont agréables à l'oreille : ils sont consonants.

• **Les gammes naturelles, dites « de Pythagore »,** sont basées sur le cycle des **quintes**. La gamme est obtenue en prenant les quintes successives d'une note de départ. Les rapports de fréquence seront donc 3 / 2, $(3 / 2)^2$, $(3 / 2)^3$, $(3 / 2)^4$…

À noter

Deux sons de fréquences f_1 et f_2 sont à la **quinte** l'un de l'autre si le rapport de leur fréquence $f_2 / f_1 = 3 / 2$.

Cycle des quintes	Ramenée à l'octave
Note de départ : **Do $_1$**	**Do$_1$**
La quinte du Do$_1$ est le **Sol$_1$** : $f_{sol1} = 3/2 \times f_{Do1}$	soit $f_{Sol1} = 3/2 \times f_{Do1}$ **Sol$_1$**
La quinte du Sol$_1$ est le **Ré$_2$** : $f_{re2} = (3/2)^2 \times f_{Do1} = 9/4 \times f_{Do1}$	soit $f_{Re1} = f_{Re2}/2 = 9/8 \times f_{Do1}$ **Ré$_1$**
La quinte du Ré$_2$ est le **La$_2$** : $f_{la2} = (3/2)^3 \times f_{Do1} = 27/8 \times f_{Do1}$	soit $f_{La1} = f_{La2}/2 = 27/16 \times f_{Do1}$ **La$_1$**
La quinte du La$_2$ est le **Mi$_3$** : $f_{mi3} = (3/2)^4 \times {}_{Do1} = 81/16 \times f_{Do1}$	soit $f_{Mi1} = f_{Mi3}/4 = 81/64 \times f_{Do1}$ **Mi$_1$**
La quinte du Mi$_3$ est le **Si$_3$** : $f_{si3} = (3/2)^5 \times f_{Do1} = 243/32 \times f_{Do1}$	soit $f_{Si1} = f_{Si3}/4 = 243/128 \times f_{Do1}$ **Si$_1$**
L'octave du Do$_1$ est le **Do$_2$** : $f_{Do2} = 2/1 \times f_{Do1}$	**Do$_2$**

▲ Gamme pythagoricienne basée sur un cycle de sept quintes successives, ramenées sur une seule octave.

Note	Do	Ré	Mi	Fa	Sol	La	Si	Do
Rapport	1	9 / 8	81 / 64	4 / 3	3 / 2	27 / 16	243 / 128	2

Le Fa, par exemple, s'obtient en prenant la quinte inférieure (descendante) au Do$_1$.

$f_{Do1} = 3/2 \times f_{Fa0}$ soit $f_{Fa0} = 2/3 \times f_{Do1}$ ramenée à l'octave :
$f_{Fa1} = 4/3 \times f_{Do1}$

Zoom
Le Fa n'est obtenu d'après un cycle de 11 quintes successives. Il est possible de l'obtenir plus simplement en prenant une quinte descendante.

- **Dans une gamme naturelle, l'écart entre deux notes d'une octave n'est pas constant.** Cette variation peut provoquer des **dissonances.** Une nouvelle gamme a donc été créée afin de remédier à tous ces problèmes de dissonances et de modulation.

B Gamme tempérée

- **La gamme tempérée** est constituée de 12 notes séparées par des intervalles de temps égaux : un demi-ton.
Do – Do# – Ré – Ré# – Mi – Fa – Fa# – Sol – Sol# – La – La# – Si.

Zoom
Dans une **gamme tempérée,** l'écart entre deux notes d'une octave est constant.

▲ La gamme tempérée.

- **La gamme chromatique** est constituée de 12 demi-tons. Le rapport des fréquences entre deux demi-tons vaut donc $\varepsilon = \sqrt[12]{2}$.

$f_{Do3\#} / f_{Do3} = 277{,}18 / 261{,}63 = \sqrt[12]{2}$

$f_{Ré3} / f_{Do3\#} = 293{,}67 / 277{,}18 = \sqrt[12]{2}$

Dans cette échelle et sur une même octave, on détermine la fréquence d'une note par la formule :

$f_{note} = f_{Do(de\ l'octave)} \times (\sqrt[12]{2})^{\text{nombre de demi-tons séparant les deux notes}}$.

Par exemple, le Do$_3$ et le Mi$_3$ sont séparés par 4 demi-tons :

$f_{Mi3} = f_{Do3} \times (\sqrt[12]{2})^4 = 261{,}63 \times (\sqrt[12]{2})^4 = 329{,}63$ Hz.

À noter
$\varepsilon = \sqrt[12]{2} = 2^{1/12}$
Ce rapport est un nombre irrationnel.

13 Le son, une information à coder

Le son produit par un instrument de musique peut être capté par un microphone. Pour numériser ce son et obtenir un fichier informatique, il faut passer d'un **signal analogique** à un **signal numérique.** Pour stocker ou envoyer le fichier obtenu, il est parfois nécessaire de le compresser.

1 Signal analogique et signal numérique

- **Le signal analogique est un ensemble continu d'informations.** Il peut prendre une infinité de valeurs. Lorsqu'un microphone capte un son, il apparaît une variation de tension à ses bornes.

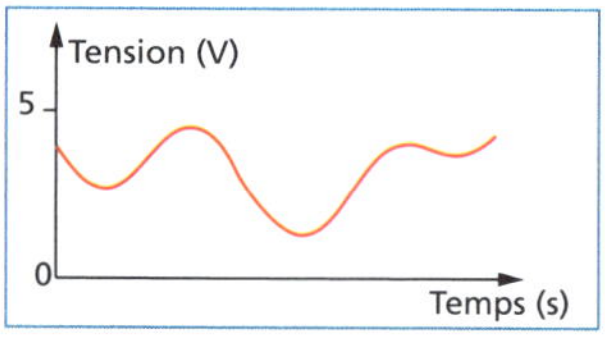

▲ Signal analogique.

- **Le signal numérique est un ensemble discontinu (discret) d'informations.** Il ne peut prendre que deux valeurs : 0 et 1.

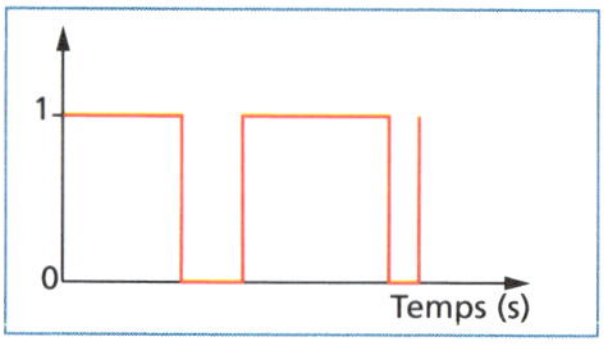

▲ Signal numérique.

2 Numériser un son

- **Passage d'un son analogique à un son numérique.** Pour numériser un son, on procède à la discrétisation du signal analogique. On transforme les **informations continues** dans le temps en **grandeurs discontinues,** qui varient par paliers. Cette opération s'effectue en plusieurs étapes.

> **À noter**
> Pour que la numérisation soit convenable, il faut que la fréquence d'échantillonnage soit au moins deux fois supérieure à la fréquence du son à numériser : c'est le **théorème de Shannon.**

- **L'échantillonnage** consiste à relever à intervalles de temps égaux T_e des échantillons du signal. On appelle **fréquence d'échantillonnage f_e** le nombre d'échantillons mesurés par seconde, avec $f_e = 1 / T_e$. L'échantillonnage couramment utilisé pour numériser un son est de 44,1 kHz car la fréquence maximale audible pour l'oreille humaine est de 20 kHz.

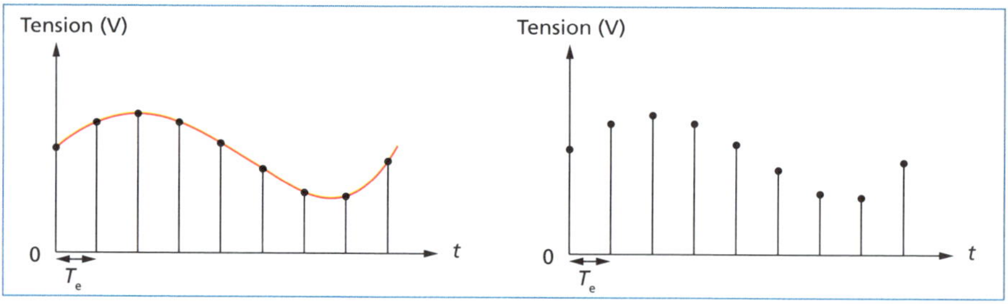

▲ Échantillonnage.

• **La quantification** consiste à **discrétiser l'amplitude du signal.** Chaque échantillon est alors associé à une valeur d'amplitude, exprimée en **bit.** Le bit est un chiffre binaire, il peut prendre la valeur 0 ou 1.

> **Zoom**
> Une quantification en n bits permet de traduire la valeur de l'amplitude de l'échantillon avec une précision de 2^n valeurs.

Une quantification en 2 bits, permet de décrire le signal avec 4 valeurs : 00 ; 01 ; 10 ; 11.
Une quantification en 3 bits est plus précise qu'une quantification en 2 bits car elle permet de décrire le signal avec 8 valeurs : 000 ; 001 ; 010 ; 011 ; 100 ; 101 ; 110 ; 111.

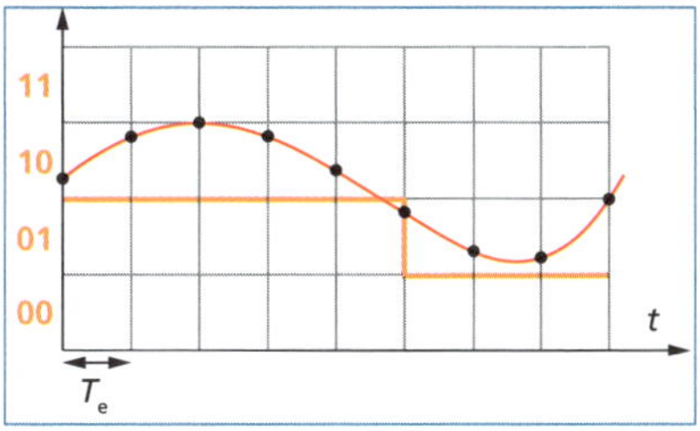

▲ Codage du 2 bits.

Signal numérisé
Signal analogique

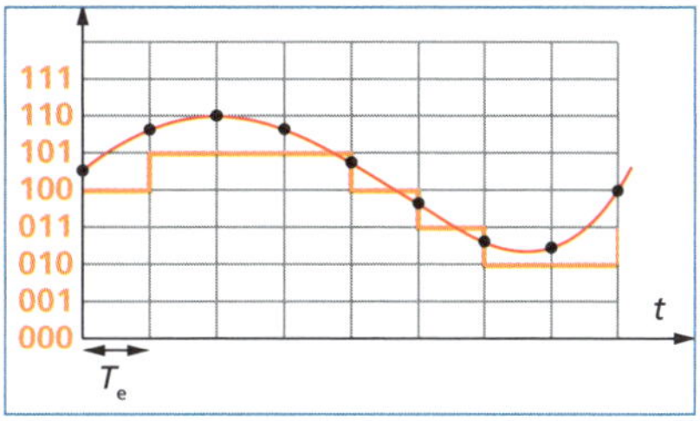

▲ Codage sur 3 bits.

• **La taille d'un fichier audio** varie selon la fréquence d'échantillonnage f_e, la quantification Q, le nombre de voies n (son mono : $n = 1$, son stéréo : $n = 2$) et sa durée t (seconde). Elle s'exprime en **octet** et s'obtient par la formule :

$$N = f_e \times \frac{Q}{8} \times n \times t$$

La taille d'un fichier son d'une minute numérisée en 44,1 kHz, 16 bits stéréo est :
$N = 44,1\ .\ 10^3 \times (16/8) \times 2 \times 60 = 10\ 584\ 000$ octets, soit 10 335 ko, soit environ 10,09 Mo.

> **À noter**
> **1 kilo-octet (ko)** = 1 024 octets.
> **1 mégaoctet (Mo)** = 1 024 ko.

3 Compresser un fichier son

• **Compresser un son** est un traitement numérique qui permet de **réduire la taille du fichier** en dégradant le moins possible la qualité du son à transmettre.

• **Le format** le plus couramment utilisé pour compresser un son est le **format mp3.**

Quantité de données traitées en kilobit par seconde kbps	Format	Ratio de compression	Taille du fichier	Qualité
1411,2	Wav	1 : 1	10,09 Mo	CD audio
192	Mp3	1 : 7	1,44 Mo	CD audio
128	Mp3	1 : 11	0,92 Mo	Proche CD audio
96	Mp3	1 : 15	689 ko	Moyenne
64	Mp3	1 :22	470 ko	Mauvaise

▲ Comparaison de la taille du fichier d'un son de 1 minute selon la nature du format et de la compression.

• **Le ratio ou quotient de compression Q** s'obtient par le rapport volume initial des données sur le volume après compression. Pour un son traité en 192 kbps : $Q = 10,09 / 1,44 \approx 7$.
Le fichier compressé est 7 fois plus petit que le fichier original.

14 Entendre la musique

L'air est le vecteur de la musique, du son. Au niveau d'une source sonore (instrument, enceinte…) l'air est comprimé, décomprimé. Cela génère des ondes sonores qui ne deviennent musique que grâce aux oreilles et au cerveau. **Comment oreilles et cerveau permettent-ils d'entendre la musique ?**

1 L'organisation de l'oreille

L'oreille est sensible aux ondes sonores. Elle est organisée en trois parties.

- Le pavillon et le canal auditif forment l'**oreille externe.**
- **L'oreille moyenne** est une cavité remplie d'air, limitée par deux membranes : le **tympan** vers l'extérieur et l'autre au niveau de la **fenêtre ovale.** Cette cavité contient **trois osselets** qui sont, dans l'ordre, de l'extérieur vers l'intérieur : le marteau, l'enclume et l'étrier.
- **L'oreille interne** et formée du **vestibule,** structure permettant le maintien de l'équilibre et de la **cochlée,** constituée de trois canaux enroulés, contenant les récepteurs de l'audition en lien avec le **nerf auditif.**

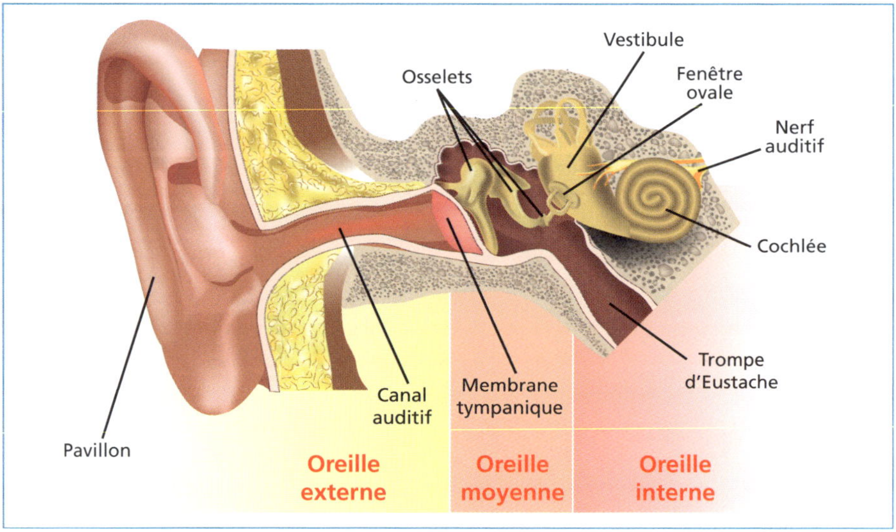

▲ Les trois parties de l'oreille.

2 De l'oreille au cerveau

A Rôles de l'oreille externe et de l'oreille moyenne

- **Le pavillon** a une forme qui permet de **canaliser les ondes sonores** vers le canal auditif puis vers le tympan. Ces ondes font alors vibrer le **tympan** qui entre en résonnance.

• **Cette résonnance** est transmise *via* les **trois osselets** de l'oreille moyenne vers la membrane de la **fenêtre ovale.** La présence des osselets et la taille plus petite de la fenêtre ovale amplifient les vibrations du tympan.

B Rôle de l'oreille interne

• **La cochlée** est un **labyrinthe creux** constitué de trois canaux en spirale contenant chacun un liquide : de la **lymphe**.

• **Au niveau du canal central,** appelé **conduit cochléaire,** on trouve une structure sensible aux vibrations, l'**organe de Corti,** constitué de cellules sensorielles ciliées, liées par des **cils vibratiles** à une structure rigide, la membrane de Corti. On dénombre environ **15 000 cellules ciliées**.

• **Les vibrations de la membrane** de la fenêtre ovale mettent en mouvement le liquide qui lui-même met en mouvement la membrane de Corti.

• **Les cils vibratiles** des cellules ciliées entrent alors en **résonnance.** Les cellules génèrent alors un message nerveux transmis par le **nerf auditif** vers le cerveau

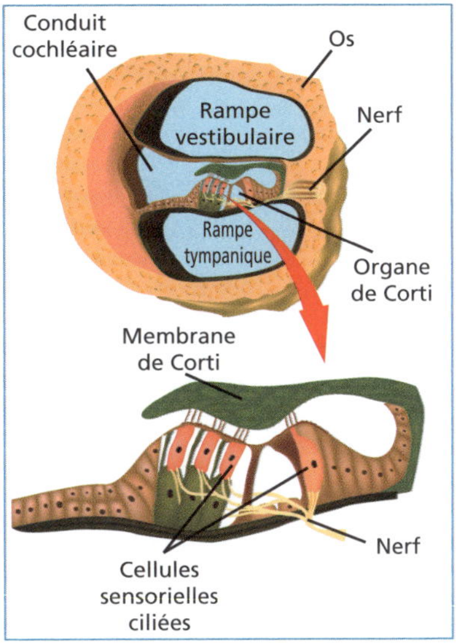

▲ L'organisation de la cochlée.

C Le rôle du cerveau

• **Les messages nerveux élaborés au niveau des cellules ciliées gagnent le cerveau.** Ces informations sont d'abord envoyées vers le **cortex auditif** sur la partie temporale du cerveau. Ce cortex est organisé en deux parties : le cortex primaire et le cortex secondaire, qui reçoivent des informations des deux oreilles.

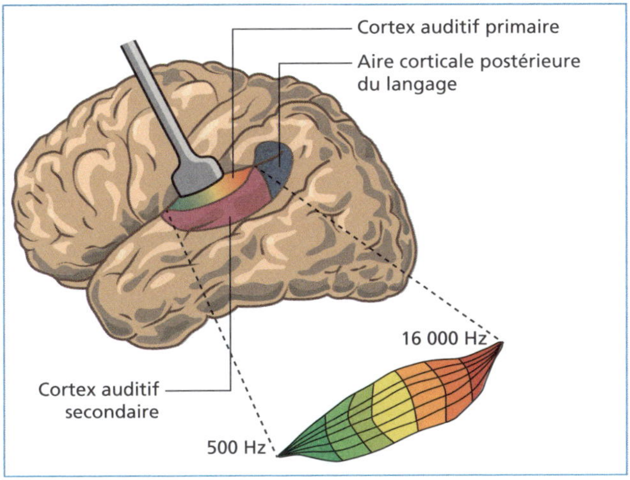

▲ Le cortex auditif.

• **Le cortex auditif primaire** est le **lieu d'un traitement simple des informations auditives,** comme la reconnaissance de la fréquence des sensations auditives.

• **Le cortex auditif secondaire** contient l'**aire du langage.** Il permet une compréhension des sons, de la parole.

• **L'imagerie médicale** permet de comprendre que les informations auditives sont aussi traitées dans d'autres zones du cerveau ayant des fonctions différentes. Si l'écoute fait appel à la mémoire, le cortex dit « **préfrontal** », vers l'avant du cerveau, et une structure profonde, l'« **hippocampe** », sont sollicités. Si le sujet parle en écoutant ou bien bat la mesure sur une musique, c'est le cortex **moteur,** en partie médiane, qui devient actif.

3 Ce que peut entendre l'oreille

• **Le son se propage sous forme d'ondes sonores.** Localement, l'air (ou l'eau) est comprimé(e), décompressé(e). L'amplitude de la variation de pression (ou **intensité**) est mesurée en **décibels** (dB). Les ondes sont caractérisées par la **fréquence** de la répétition de la variation de pression. La fréquence est exprimée en hertz (Hz).

• Un être humain jeune est capable d'entendre des sons dont l'intensité varie à peu près entre **0 et 120 dB.** En dehors de ces valeurs, l'oreille n'est pas sensible. Des sons de plus de 130 dB deviennent douloureux. Les mesures montrent que **l'oreille humaine est sensible à des fréquences comprises entre 20 et 20 000 Hz.**

• **Cette perception diminue avec l'âge** et elle dépend de **l'état de santé auditif** de l'individu.

4 La fragilité du système auditif

• **L'oreille est un dispositif fragile** qui, lorsqu'il est détérioré, diminue sa performance. Tous les éléments de ses différentes parties sont fragiles.

• **Le tympan peut être perforé** par des **infections**, telles les otites, ou bien des **bruits trop intenses,** comme une explosion. Le sujet n'entend plus, ou moins bien. Le tympan peut cicatriser seul. Dans certains cas, une chirurgie réparatrice peut être utile.

• **Les cellules ciliées sont très fragiles** face à des sons de **fortes intensités** émis pendant de **longues périodes.** Une exposition prolongée à des sons d'intensité supérieure à 80 dB conduit à une destruction définitive et non récupérable de cellules ciliées et donc à une diminution des capacités auditives.

• **Des mesures d'atténuation du bruit** ainsi que des **dispositifs individuels de protection** existent. Grâce aux **innovations technologiques**, les appareils auditifs et les dispositifs de protection individuelle ne cessent d'évoluer.

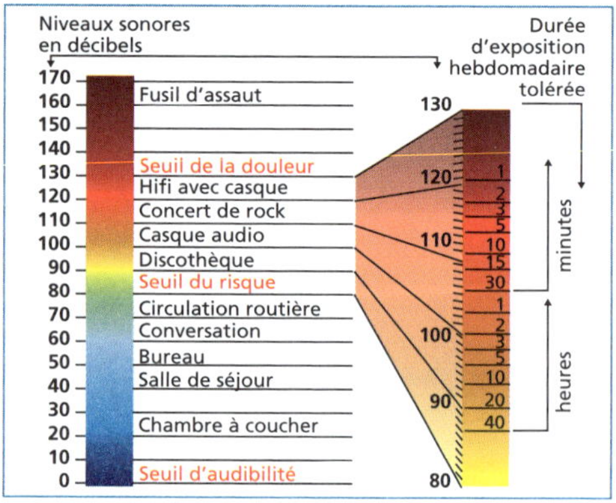

▲ Échelle du son et risque pour la santé.

1 Analyse de l'information chiffrée

1 Cardinal d'une population. Fréquence d'un caractère

A Définitions et notations

On considère une population d'individus E.
Sur cette population E, on étudie deux caractères « A » et « B ».

- Dans une population E :
– l'ensemble des individus qui possèdent le caractère « A » est noté A,
– l'ensemble des individus qui possèdent le caractère « B » est noté B.
Les ensembles A et B sont des sous-populations de E.

- On note :
  Card(E) le nombre total d'individus de la population E. On lit : « cardinal de E ».
  Card(A) le nombre d'individus de la population E qui possèdent le caractère « A ».
  Card(B) le nombre d'individus de la population E qui possèdent le caractère « B ».

- Si le caractère « A » prend des valeurs numériques, on dit qu'il est quantitatif. Sinon, il est qualitatif.

- On note $\overline{A}$ l'ensemble des individus de E qui ne possèdent pas le caractère « A ».

B Propriété

Soit E une population. Soit A l'ensemble des individus de E qui possèdent le caractère « A » et $\overline{A}$ l'ensemble des individus de E qui ne possèdent pas le caractère « A ».

La fréquence du caractère « A » dans la population est le nombre : $f(\text{A}) = \dfrac{\text{Card}(\text{A})}{\text{Card}(\text{E})}$.

On a alors : $f(\overline{\text{A}}) = 1 - f(\text{A})$.

Une fréquence peut s'exprimer sous forme d'une fraction, d'un nombre décimal ou d'un pourcentage.

2 Tableau croisé d'effectifs

Définitions

- Soient A une sous-population de E dont les individus possèdent le caractère « A » et B une sous population de E dont les individus possèdent le caractère « B ».
  $A \cap B$ est l'ensemble des individus de E qui possèdent à la fois le caractère « A » et le caractère « B ».
  $A \cup B$ est l'ensemble des individus de E qui possèdent le caractère « A » ou le caractère « B ».

- On peut dresser un tableau croisé d'effectifs des caractères « A » et « B » dans un tableau à double entrée.

Caractères	B	$\overline{B}$	Total
A	Card(A ∩ B)	Card(A ∩ $\overline{B}$)	Card(A)
$\overline{A}$	Card($\overline{A}$ ∩ B)	Card($\overline{A}$ ∩ $\overline{B}$)	Card($\overline{A}$)
Total	Card(B)	Card($\overline{B}$)	Card(E)

Exemple : Dans les classes de 1re, on a compté les élèves qui viennent au lycée en transports en commun et les élèves qui viennent par leurs propres moyens.
A est le caractère « Être un garçon » et B le caractère « Venir en transports en commun ».

Caractères	Transports en commun	Propres moyens	Total
Garçons	84	76	**160**
Filles	72	56	**128**
Total	**156**	**132**	**288**

On a alors : $\overline{A}$ est le caractère « Être est une fille ».
$\overline{B}$ est le caractère « Venir par ses propres moyens ».
Dans l'ensemble des classes, il y a 288 élèves. Donc : Card(E) = 288.
156 élèves viennent en transports en commun : Card(B) = 156.
132 élèves viennent par leurs propres moyens : Card($\overline{B}$) = 132.
Card($A \cap B$) = 84 signifie que 84 élèves sont des garçons et viennent en transports en commun.
Card($\overline{A} \cap B$) = 72 signifie que 72 élèves sont des filles et viennent en transports en commun.
Card($A \cap \overline{B}$) = 76 signifie que 76 élèves sont des garçons et viennent par leurs propres moyens.
Card($\overline{A} \cap \overline{B}$) = 56 signifie que 56 élèves sont des filles et viennent par leurs propres moyens.

3 Représentations graphiques

A Nuage de points

Lorsqu'une population possède deux caractères quantitatifs, il est parfois utile de représenter ces caractères par un nuage de points.

Taille *x*	1,82	1,72	1,68	1,77	1,65
Âge *y*	17	18	17	16	17
Taille *x*	1,78	1,64	1,76	1,78	1,65
Âge *y*	17	16	18	18	18

Exemple : Soit la taille *x* (en mètre) et l'âge *y* (en année) de 10 élèves d'un lycée.
On place dans un repère, les points de coordonnées (x ; y).

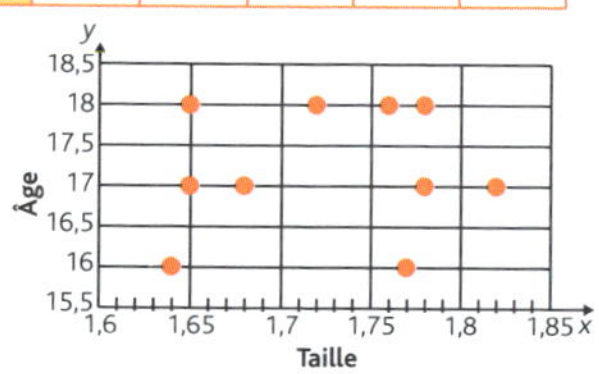

B Diagramme en barres

Pour comparer l'évolution de plusieurs caractères dans une population, il est parfois utile de représenter les caractères dans des diagrammes en barres empilées où apparaissent tous les caractères étudiés.

Exemple : Une caserne de pompiers étudie l'évolution du nombre d'hommes et de femmes engagés entre les années 2018 et 2023.
On représente ces deux caractères dans un diagramme en barres empilées.

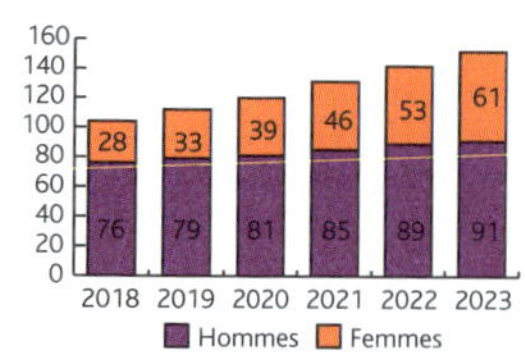

C Diagramme circulaire

Pour visualiser la répartition de caractères dans une population, on peut utiliser un diagramme circulaire.

Exemple : Lors d'une élection municipale, trois candidats se sont présentés.
Le candidat *A* a obtenu 960 voix, le candidat *B* a obtenu 768 voix et le candidat *C* a obtenu 348 voix.
En utilisant un tableur, on représente la répartition des voix obtenues par les différents candidats sous la forme d'un diagramme circulaire.
Les angles de chaque secteur angulaire sont proportionnels aux effectifs.

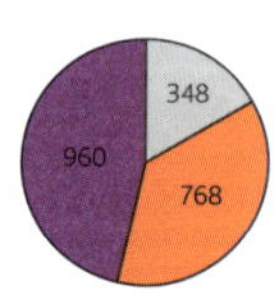

2 Probabilités conditionnelles

1 Fréquences conditionnelles

Définition

On considère une population E dont certains individus possèdent un caractère « A ».
Dans la sous-population A, on considère les individus qui possèdent un caractère « B ».
On appelle fréquence conditionnelle de B parmi A, notée $f_A(B)$ (se lit f de B parmi A), la fréquence du caractère « B » dans la sous-population A.

On a : $$f_A(B) = \frac{\text{Card}(A \cap B)}{\text{Card}(A)}.$$

Exemple : On considère la population des élèves d'un lycée et on s'intéresse aux élèves selon leur genre (fille ou garçon) et le régime scolaire qu'ils possèdent (interne, demi-pensionnaire, externe). Les résultats sont donnés dans le tableau suivant.

	Internes (I)	Demi-pensionnaires (DP)	Externes (Ex)	Total
Filles (F)	100	730	270	**1 100**
Garçons (G)	135	786	279	**1 200**
Total	**235**	**1 516**	**549**	**2 300**

La fréquence conditionnelle $f_G(I) = \frac{\text{Card}(I \cap G)}{\text{Card}(G)} = \frac{135}{1200} = 0{,}1125$. Cela signifie que, parmi la sous-population de référence des garçons G (c'est la condition), 11,25 % sont internes.

La fréquence conditionnelle $f_{DP}(F) = \frac{\text{Card}(F \cap DP)}{\text{Card}(DP)} = \frac{730}{1516} \approx 0{,}4815$. Cela signifie que, parmi la sous-population de référence des élèves demi-pensionnaires DP (c'est la condition), environ 48,15 % sont des filles.

Remarque :
Dans le tableau ci-dessus, les lignes et colonnes intitulées « Total » s'appellent les marges du tableau.

2 Fréquences marginales

Définition

On considère une population E dont certains individus possèdent les caractères « A » et « B ».
On suppose qu'on connaît le tableau croisé d'effectifs des caractères « A » et « B » auquel on ajoute les marges (ligne et colonne «Total »).
On appelle fréquence marginale, le quotient de la somme des effectifs d'une ligne (ou d'une colonne) du tableau par l'effectif total.

Exemple : On considère la population des élèves d'un lycée et on s'intéresse aux élèves selon leur genre (fille ou garçon) et le régime scolaire qu'ils possèdent (interne, demi-pensionnaire, externe).

Les résultats sont donnés dans le tableau suivant.

	Internes (*I*)	Demi-pensionnaires (*DP*)	Externes (*E*)	Total
Filles (*F*)	100	730	270	**1 100**
Garçons (*G*)	135	786	279	**1 200**
Total	**235**	**1 516**	**549**	**2 300**

La fréquence marginale des filles est le nombre : $\frac{1100}{2\,300} \approx 0,478$.

Cela signifie que les filles représentent environ 47,8 % de la population du lycée.

La fréquence marginale des internes est le nombre : $\frac{235}{2\,300} \approx 0,102$.

Cela signifie que les internes représentent environ 10,2 % de la population du lycée.
On peut parfois construire le tableau des fréquences marginales :

	Internes (*I*)	Demi-pensionnaires (*DP*)	Externes (*E*)	Fréquences marginales en %
Filles (*F*)	100	730	270	≈ 47,8
Garçons (*G*)	135	786	279	≈ 52,2
Fréquences marginales en %	≈ 10,2	≈ 65,9	≈ 23,9	100

Remarque : La somme des fréquences marginales en ligne et la somme des fréquences marginales en colonne sont, chacune, égales à 100 %.

Flashez et retrouvez la totalité des cours ici :

- Probabilité de A sachant B
- Utiliser un arbre pondéré
- Modéliser par un arbre pondéré
- Évènements indépendants
- Succession d'épreuves indépendantes

1 Fonctions affines

A Définition d'une fonction affine

Une fonction affine f est une fonction définie pour tout nombre réel x par la relation :

$$\mathbf{f(x) = mx + p}, \text{ où } m \text{ et } p \text{ sont des réels fixés.}$$

On dit que la fonction f est définie sur $\mathbb{R}$, l'ensemble des nombres réels.

- Si $p = 0$, alors la relation devient $f(x) = mx$. La fonction f est une fonction linéaire.
- Si $m = 0$, alors la relation devient $f(x) = p$. La fonction f est une fonction constante.

B Représentation graphique d'une fonction affine

Propriété

La représentation graphique d'une fonction affine est une droite.

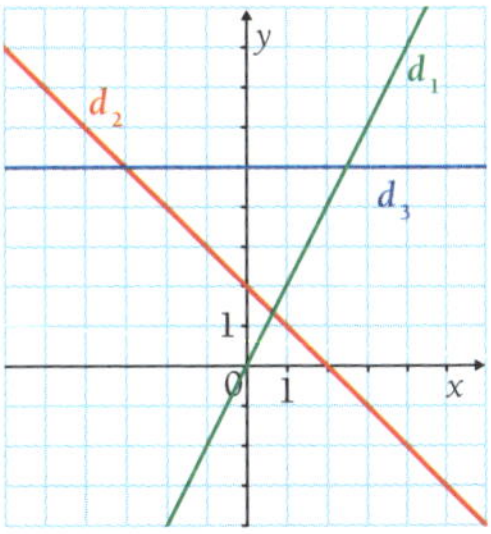

Remarques :

- Lorsque la fonction est **linéaire**, elle est représentée par une droite passant par l'origine du repère.
- Lorsque la fonction est **constante**, elle est représentée par une droite parallèle à l'axe des abscisses.

C Coefficient directeur

Si $f(x) = mx + p$, alors m est le coefficient directeur (appelé aussi « pente ») de la droite représentative de f, et p est l'ordonnée à l'origine.

Propriété : Soient f une fonction affine définie par $f(x) = mx + p$ et d la droite qui la représente dans un repère. Soient $A(x_A\,;\,y_A)$ et $B(x_B\,;\,y_B)$ deux points quelconques de d.

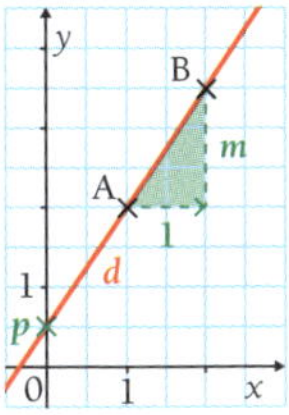

- $m = \dfrac{f(x_B) - f(x_A)}{x_B - x_A} = \dfrac{y_B - y_A}{x_B - x_A} = \dfrac{y_A - y_B}{x_A - x_B}$. Lorsque $x_B - x_A = 1$, alors $y_B - y_A = m$.
- p est l'image de 0 par la fonction f, c'est donc l'ordonnée du point d'intersection de la droite représentative de f avec l'axe des ordonnées.

2 Sens de variation des fonctions affines

A Définition

On considère une fonction affine f définie sur $\mathbb{R}$ et I un intervalle de $\mathbb{R}$.

- On dit que f est croissante sur I lorsque,

pour tous réels a et b de I tels que $\mathbf{a \leqslant b}$, on a : $\mathbf{f(a) \leqslant f(b)}$.

f conserve l'ordre : quand les valeurs de x augmentent, les valeurs de $f(x)$ augmentent également.

• On dit que f est décroissante sur I lorsque,
pour tous réels a et b de I tels que $\boldsymbol{a \leqslant b}$, on a : $\boldsymbol{f(a) \geqslant f(b)}$.

f inverse l'ordre : quand les valeurs de x augmentent, les valeurs de $f(x)$ diminuent.

B Propriété

Soit f une fonction affine définie pour tout réel x par $f(x) = mx + p$.

• Si m est positif : quand les valeurs de x augmentent, les valeurs de $f(x)$ augmentent également. La fonction affine f est croissante sur $\mathbb{R}$.

• Si m est négatif : quand les valeurs de x augmentent, les valeurs de $f(x)$ diminuent. La fonction f est décroissante sur $\mathbb{R}$.

• $m > 0$
$f(x) = 5{,}5x - 3$

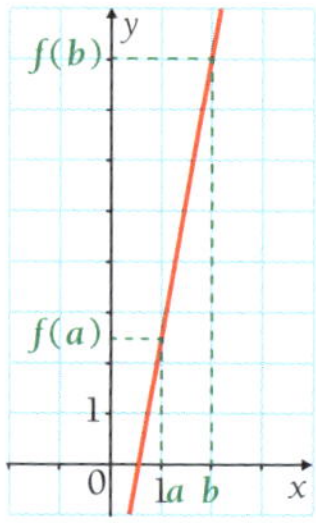

• $m < 0$
$g(x) = 3 - 2x$

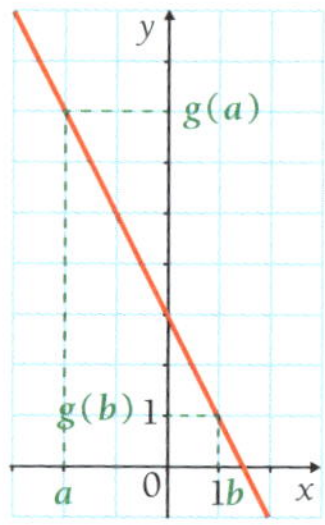

• $m = 0$
$h(x) = 2{,}5$

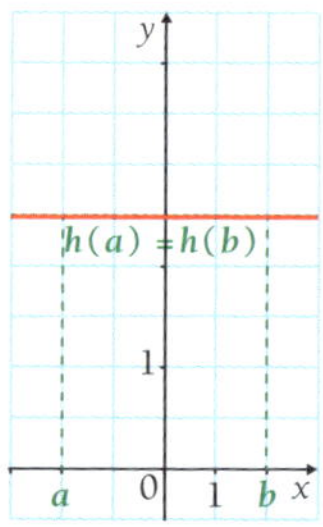

Remarques :

• Cas particulier : si $m = 0$, quelle que soit la valeur de x, $f(x)$ est égal à un même nombre. La fonction f est constante sur $\mathbb{R}$ (elle est à la fois croissante et décroissante).

• Lorsqu'on connaît deux réels différents a et b et leurs images par une fonction affine f, le signe du coefficient directeur $m = \dfrac{f(b) - f(a)}{b - a}$ donne le sens de variation de f.

3 Suite arithmétique définie par une relation de récurrence

Définition

Soit u une suite numérique.
On dit que u est une suite arithmétique s'il existe un nombre réel r tel que, pour tout entier naturel n, on a : $\boldsymbol{u(n+1) = u(n) + r}$ **ou** $\boldsymbol{u_{n+1} = u_n + r}$.

• $u(n+1) = u(n) + r$ ou $u_{n+1} = u_n + r$ est la relation de récurrence de la suite arithmétique.

• Le nombre r est la raison de la suite arithmétique.

Exemple : Soit u la suite définie par $u(0) = -5$ et pour tout entier naturel n par $u(n+1) = u(n) + 4$.
u est une suite arithmétique de premier terme $u(0) = -5$ et de raison $r = 4$.

Remarque : On passe toujours d'un terme à son suivant en ajoutant la raison r :

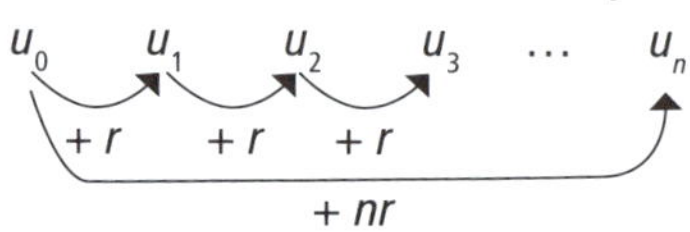

4 Suite arithmétique définie par une formule explicite

A Propriété 1

$(u(n))$ est une suite arithmétique de raison r et de premier terme $u(0)$ si et seulement si, pour tout entier naturel n, on a : $\boldsymbol{u(n)=u(0)+nr}$ **ou** $\boldsymbol{u_n=u_0+nr}$.

$u(n)=u(0)+nr$ ou $u_n=u_0+nr$ est appelée forme explicite de la suite arithmétique.
On dit alors que l'on a exprimé le terme général $u(n)$ en fonction de n.

Exemple : La suite u définie pour tout entier naturel n par $u(n)=7+3n$ est une suite arithmétique de raison $r=3$ et de premier terme $u(0)=7+3\times0=7$.

Remarque : Lorsqu'une suite arithmétique est définie par sa formule explicite, on peut calculer n'importe quel terme de rang n en remplaçant l'entier n par le rang souhaité.

Exemple : La suite u définie pour tout entier naturel n par $u(n)=7+3n$.
Pour calculer le terme de rang 4, on remplace n par 4 dans la formule :

$$u(4)=7+3\times4=7+12=19.$$

B Propriété 2

Soit u une suite arithmétique de raison r et u_p un terme de rang p, avec p entier naturel.
Pour tout entier naturel $n\geqslant p$, on a :

$$\boldsymbol{u(n)=u(p)+(n-p)r} \quad \textbf{ou} \quad \boldsymbol{u_n=u_p+(n-p)r}.$$

5 Variation des suites arithmétiques

A Définitions : suites croissantes ou décroissantes

Soit $u : n \mapsto u(n)$ une suite définie pour tout entier naturel n.

- Quand les valeurs de n augmentent, si les valeurs de $u(n)$, notées u_n, augmentent aussi, on dit que la suite u est croissante. On a alors $u(n+1)\geqslant u(n)$ pour tout entier naturel n.
- Quand les valeurs de n augmentent, si les valeurs de $u(n)$ notées u_n, diminuent, on dit que la suite u est décroissante. On a alors $u(n+1)\leqslant u(n)$ pour tout entier naturel n.

B Variation des suites arithmétiques

Propriété

Soit u une suite arithmétique de premier terme $u(0)$ et de raison r.
On a alors $u(n+1)=u(n)+r$, ce qui s'écrit aussi $u_{n+1}=u_n+r$.

- Si r est positif, alors u est croissante.
- Si r est négatif, alors u est décroissante.

Remarque : Si $r=0$, alors la suite u est constante (à la fois croissante et décroissante).

C Interprétation graphique

On considère une suite arithmétique de premier terme $u(0)$ et de raison r. Pour tout entier naturel n, $u(n)=u(0)+nr$.
Les points $(n\,;u(n))$ représentant la suite appartiennent à la droite d'équation $y=rx+u(0)$.
La suite u et la fonction affine f définie sur $\mathbb{R}$ par $f(x)=rx+u(0)$ ont le même sens de variation.

• Si r $\geqslant$ 0 :
La suite u est croissante.
Pour tout entier naturel n, $u(n+1) \geqslant u(n)$, ce qui s'écrit aussi $u_{n+1} \geqslant u_n$.

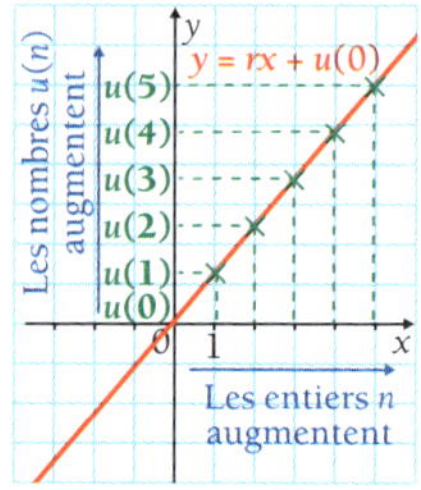

• Si r $\leqslant$ 0 :
La suite u est décroissante.
Pour tout entier naturel n, $u(n+1) \leqslant u(n)$, ce qui s'écrit aussi $u_{n+1} \leqslant u_n$.

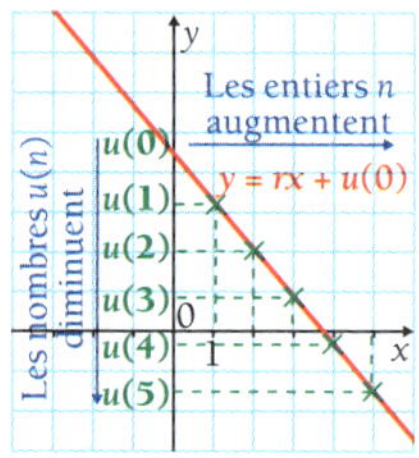

• Cas particulier : Si $r = 0$, la suite est constante.

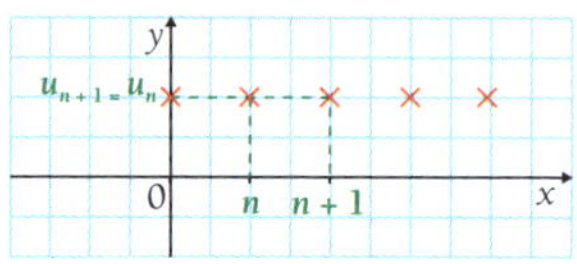

Flashez et retrouvez la totalité des cours ici :

- Modéliser par une fonction affine
- Suites numériques
- Représentation graphique d'une suite arithmétique
- Calculer les termes d'une suite arithmétique avec un tableur
- Modéliser par une suite arithmétique
- Déterminer un seuil

4 Modèles exponentiels

1 Suite géométrique définie par une relation de récurrence

Définition

Soit q un nombre réel strictement positif.
Une suite (u_n) est une suite géométrique si et seulement si, pour tout entier naturel n :

$$\mathbf{u_{n+1} = q \times u_n}.$$

q est appelée la raison de la suite géométrique (u_n).
$u_{n+1} = q \times u_n$ s'appelle la relation de récurrence de la suite géométrique (u_n).

Remarque : On passe toujours d'un terme à son suivant en multipliant par la raison q :

$u_0 \xrightarrow{\times q} u_1 \xrightarrow{\times q} u_2 \xrightarrow{\times q} u_3 \quad \dots \quad u_n$

Pour calculer les termes de la suite (u_n), on doit les calculer les uns après les autres : u_1 puis u_2, puis u_3, etc.

Exemples :

- On considère la suite (u_n) définie par $u_0 = 5$ et pour tout entier naturel n par :

$$u_{n+1} = 1{,}5 \times u_n.$$

La suite (u_n) est une suite géométrique de premier terme $u_0 = 5$ et de raison $q = 1{,}5$.
On a alors : $u_1 = 1{,}5 \times u_0 = 1{,}5 \times 5 = 7{,}5$; $u_2 = 1{,}5 \times u_1 = 1{,}5 \times 7{,}5 = 11{,}25$.

- La suite (v_n) de premier terme $v_0 = 8$ et de raison $q = 0{,}2$ a pour relation de récurrence : pour tout entier naturel n, $v_{n+1} = 0{,}2 v_n$.

On a alors : $v_1 = 0{,}2 \times v_0 = 0{,}2 \times 8 = 1{,}6$; $v_2 = 0{,}2 \times v_1 = 0{,}2 \times 1{,}6 = 0{,}32$.

2 Suite géométrique définie par une formule explicite

A Propriété 1

(u_n) est la suite géométrique de premier terme $u_0 > 0$ et de raison $q > 0$ si et seulement si, pour tout entier naturel n, on a $u_n = u_0 \times q^n$.
$u_n = u_0 \times q^n$ s'appelle la formule explicite de la suite (u_n).

Remarque : Lorsqu'une suite géométrique est définie par sa formule explicite, on peut calculer n'importe quel terme de rang n en remplaçant l'entier n par le rang souhaité.

$u_0 \xrightarrow{\times q} u_1 \xrightarrow{\times q} u_2 \xrightarrow{\times q} u_3 \quad \dots \quad u_n$

$u_0 \xrightarrow{\times q^n} u_n$

Exemple : On considère la suite géométrique (u_n) de premier terme $u_0 = 4$ et de raison $q = 0{,}6$.
La formule explicite de la suite est : $u_n = 4 \times 0{,}6^n$.
Le terme de rang 5 est $u_5 = 4 \times 0{,}6^5 = 0{,}311\,04$.

B Propriété 2

Soit (u_n) une suite géométrique de raison $q>0$. Soit p un entier naturel.
Pour tout entier naturel $n \geqslant p$, on a $u_n = u_p \times q^{n-p}$.

Exemple : On considère la suite géométrique (u_n) telle que $u_6 = 2$ et de raison $q = 1{,}5$.
On a alors $u_9 = u_6 \times q^{9-6} = 2 \times 1{,}5^3 = 6{,}75$.

3 Variation des suites géométriques

Sens de variation des suites géométriques

Propriété

Soit (u_n) une suite géométrique de premier terme $u_0 > 0$ et de raison $q > 0$.

- Si $0 < q < 1$, alors la suite (u_n) est strictement décroissante.
Lorsque les valeurs de n augmentent, les valeurs de u_n diminuent.

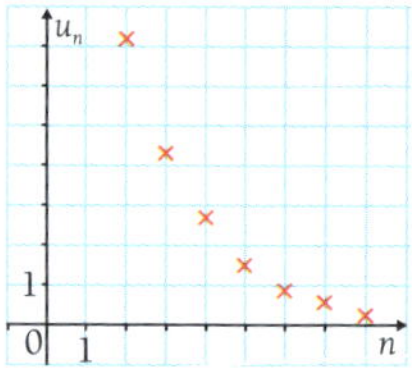

- Si $q = 1$, alors la suite (u_n) est constante.

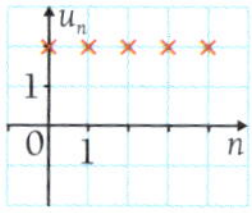

- Si $q > 1$, alors la suite (u_n) est strictement croissante.
Lorsque les valeurs de n augmentent, les valeurs de u_n augmentent.

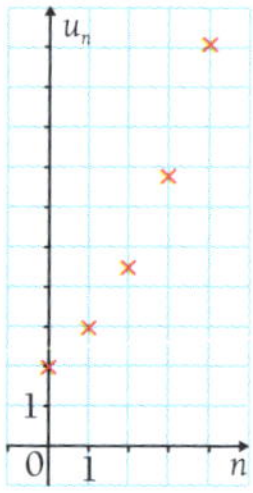

4 Représentation des suites géométriques

A Représentation graphique d'une suite géométrique

Propriété

On considère une suite géométrique (u_n) de premier terme $u_0 > 0$ et de raison $q > 0$.
Pour tout entier naturel n :

$$\boldsymbol{u_n = u_0 q^n}.$$

Une suite géométrique (u_n) se représente dans un repère, par un nuage de points de coordonnées $(n ; u_n)$.

Remarque : Une suite géométrique a une croissance appelée croissance exponentielle.

Exemples :

- $u_0 = 2{,}5$ et $q = 0{,}8$
Pour $n = 0$ les coordonnées sont $(0 ; 2{,}5)$.
Pour $n = 1$ les coordonnées sont $(1 ; 2)$, etc.

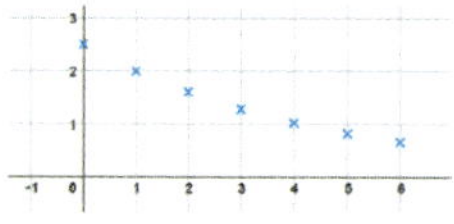

- $u_0 = 0{,}5$ et $q = 1{,}4$
Pour $n = 0$ les coordonnées sont $(0 ; 0{,}5)$.
Pour $n = 1$ les coordonnées sont $(1 ; 0{,}7)$, etc.

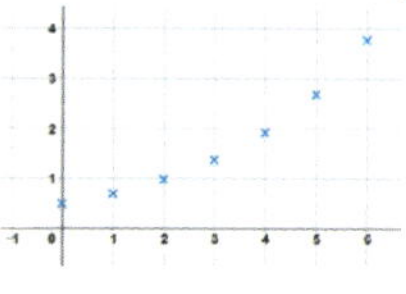

B Représentation graphique d'une suite géométrique avec un tableur

- On considère la suite géométrique (u_n) de premier terme $u_0 = 4$ et de raison $q = 0{,}6$.
- Pour représenter les huit premiers termes de la suite (u_n) avec un tableur :

– on doit calculer les termes de la suite (u_n) pour $n = 0$ à $n = 7$ pour obtenir les huit premiers termes ;
– on sélectionne les deux colonnes des valeurs de n et de u_n ;
– on choisit le menu « Insertion » puis « Nuage de points » ;
– on obtient le nuage de points :

	A	B
1	n	u_n
2	0	4
3	1	2,4
4	2	1,44
5	3	0,864
6	4	0,5184
7	5	0,31104
8	6	0,186624
9	7	0,1119744

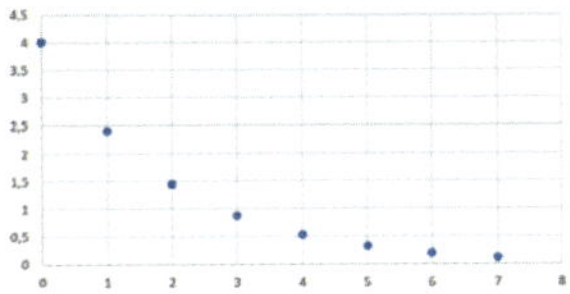

5 Fonctions exponentielles

A Définition de a^x

Soit a un réel strictement positif.
La fonction f définie sur $[0\ ;+\infty[$ par $f(x) = a^x$ est appelée fonction exponentielle de base a.
Cette fonction est le prolongement à tout nombre réel x positif de la suite géométrique (u_n) de premier terme $u_0 = 1$ et de raison a, définie pour tout entier naturel n par $u_n = a^n$.

Remarques :

- Pour tout réel $a > 0$ et tout réel $x \geqslant 0$, on a $a^x > 0$.
- Les valeurs de a^x se calculent en général avec la calculatrice.

B Propriétés algébriques

Pour tout réel $a > 0$, $a^0 = 1$.
Pour tous réels x et y avec $x \geqslant y \geqslant 0$, on a :

$$a^x \times a^y = a^{x+y} \qquad \frac{a^x}{a^y} = a^{x-y} \qquad \left(a^x\right)^y = a^{xy}$$

C Représentation graphique

Propriété

Soit a un réel strictement positif.
La courbe représentative de la fonction f définie pour tout réel positif x par : $f(x) = a^x$ dépend de la valeur du réel a.

Exemples :

$f(x) = 1{,}6^x$
$f(x) = 1^x$
$f(x) = 0{,}3^x$

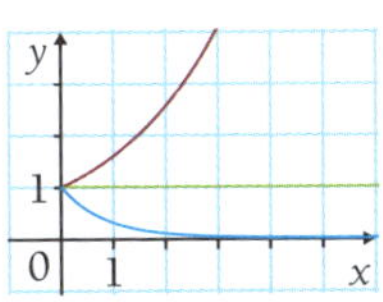

$a = 1{,}6$ $y = a^x$
$a = 1$ $y = a^x$
$a = 0{,}3$ $y = a^x$

6 Variation des fonctions exponentielles

Sens de variation des fonctions exponentielles

Propriété 1

Soit a un réel tel que $a > 0$.

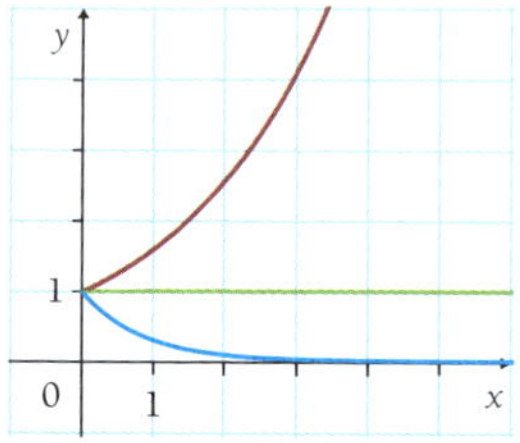

- Si $a > 1$, alors la fonction définie pour tout réel positif x par $f(x) = a^x$ est **strictement croissante** sur $[0 ; +\infty[$.
- Si $0 < a < 1$, alors la fonction définie pour tout réel positif x par $f(x) = a^x$ est **strictement décroissante** sur $[0 ; +\infty[$.
- Si $a = 1$, alors la fonction définie pour tout réel positif x par $f(x) = 1^x = 1$ est **constante** sur $[0 ; +\infty[$ (f est à la fois croissante et décroissante).

Propriété 2

Soit k un réel non nul.

- Si $k > 0$ alors les fonctions f et g définies pour tout réel $x \geq 0$ par $f(x) = a^x$ et $g(x) = ka^x$ ont le même sens de variation.
- Si $k < 0$ alors les fonctions f et g définies pour tout réel $x \geq 0$ par $f(x) = a^x$ et $g(x) = ka^x$ ont des sens de variation contraires.

Flashez et retrouvez la totalité des cours ici :

- Modéliser par une suite géométrique
- Tracer une fonction exponentielle à la calculatrice
- Déterminer un seuil
- Notation $a^{\frac{1}{n}}$
- Modéliser par une fonction exponentielle
- Évolutions successives
- Taux d'évolution moyen

5 Variation instantanée

1 Tangente à une courbe en un point

A Sécante à une courbe en deux points

Définition

Soit f une fonction définie sur un intervalle I, et de courbe représentative $\mathscr{C}_f$.
La droite passant par deux points distincts A et B de la courbe $\mathscr{C}_f$ est appelée sécante à la courbe représentative de f en $A(a\,;f(a))$ et $B(b\,;f(b))$.

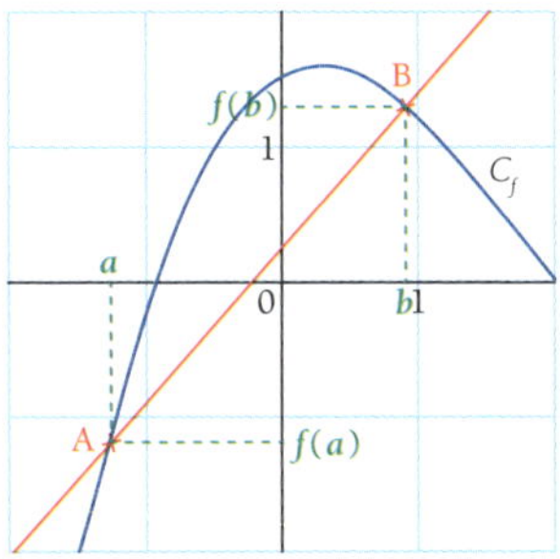

Le coefficient directeur de cette sécante est le quotient :

$$\frac{y_B - y_A}{x_B - x_A} = \frac{y_A - y_B}{x_A - x_B} = \frac{f(b) - f(a)}{b - a}.$$

Remarques :

- Le coefficient directeur s'appelle aussi la pente de la droite (AB).
- En physique par exemple, si $y = f(x)$, on utilise la notation $\frac{\Delta y}{\Delta x} = \frac{f(b) - f(a)}{b - a}$.

B Tangente à une courbe en un point

Définition

Soient f une fonction définie sur un intervalle I et $\mathscr{C}_f$ sa courbe représentative.
Soient $A(a\,;f(a))$ un point de $\mathscr{C}_f$ et $M(x\,;f(x))$ un point mobile de $\mathscr{C}_f$.
Lorsque M se rapproche de plus en plus de A, les sécantes (AM) tendent vers une position limite.
La droite T obtenue lors de cette position limite, est appelée tangente à la courbe $\mathscr{C}_f$ en A.

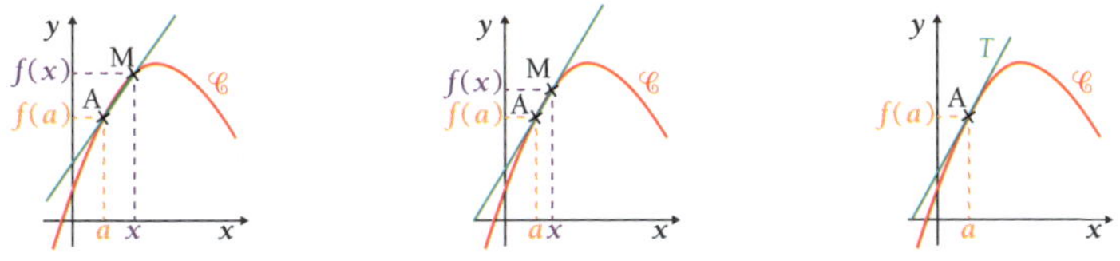

2 Nombre dérivé d'une fonction

A Définition

Soient f une fonction définie sur un intervalle I et $\mathscr{C}_f$ sa courbe représentative.
Soient $A(a\,;f(a))$ un point de $\mathscr{C}_f$. Soit T la tangente à la courbe $\mathscr{C}_f$ en A.
Le coefficient directeur de la tangente T au point A d'abscisse a est appelé nombre dérivé de f en a. Il est noté $f'(a)$.

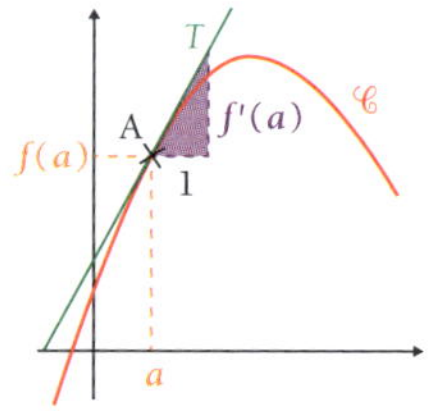

B Interprétation du nombre dérivé d'une fonction

Définition

Soit T la tangente au point $A(a\,;f(a))$ d'une courbe $\mathscr{C}_f$ représentative d'une fonction f.

- La tangente T « monte » équivaut à $f'(a)>0$.
- La tangente T « descend » équivaut à $f'(a)<0$.

Flashez et retrouvez la totalité des cours ici :

- Calculer un nombre dérivé à la calculatrice
- Tracer une tangente à la calculatrice
- Utilisation du nombre dérivé

6 Variation globale

1 Fonction dérivée d'une fonction f

A Définition

Soit f une fonction définie sur un intervalle I qui admet un nombre dérivé $f'(x)$ en tout réel x de I.
On appelle fonction dérivée de f sur I, notée f', la fonction définie sur I par :

$$\boldsymbol{f' : x \mapsto f'(x)}.$$

B Fonction dérivée des fonctions de référence

Propriété

Les fonctions dérivées des fonctions de référence définies sur $\mathbb{R}$ sont les suivantes.

Fonction f	Fonction dérivée f'
Fonction constante : $f(x) = k$ avec k réel	$f'(x) = 0$
Fonction identité : $f(x) = x$	$f'(x) = 1$
Fonction carré : $f(x) = x^2$	$f'(x) = 2x$
Fonction cube : $f(x) = x^3$	$f'(x) = 3x^2$

Exemple : Soit f la fonction carré définie pour tout réel x par :

$$f(x) = x^2.$$

Soit $A(2\,;f(2))$ un point de la courbe représentative de la fonction f.
On a alors : $A(2\,;2^2)$ soit $A(2\,;4)$.
On veut calculer le coefficient directeur de la tangente à la courbe représentative de la fonction f au point A.
La fonction dérivée de la fonction f est définie pour tout réel x par :

$$f'(x) = 2x.$$

On a donc : $f'(2) = 2 \times 2 = 4$.
Le nombre dérivé $f'(2) = 4$ est le coefficient directeur de la tangente à la courbe représentative de la fonction f au point A.

2 Opérations sur les fonctions dérivées

Propriété

Soient u et v deux fonctions qui admettent une fonction dérivée sur un intervalle I.

- La fonction $u+v$ admet une fonction dérivée sur I et :

$$(u+v)' = u' + v'.$$

- Soit k un réel. La fonction $k \times u$ admet une fonction dérivée sur I et :

$$(k \times u)' = k \times u'.$$

Exemples :

- On considère la fonction f définie pour tout réel x par :

$$f(x)=x^2+x.$$

On a pour tout réel x :

$$f(x)=u(x)+v(x) \text{ avec } u(x)=x^2 \text{ et } v(x)=x.$$

On sait que pour tout réel x :

$$u'(x)=2x \text{ et } v'(x)=1.$$

La fonction f admet une fonction dérivée et on a pour tout réel x :

$$f'(x)=u'(x)+v'(x)=2x+1.$$

- On considère la fonction f définie pour tout réel x par $f(x)=6x$.

On a pour tout réel x :

$$f(x)=6\times u(x) \text{ avec } u(x)=x.$$

On sait que pour tout réel x : $u'(x)=1$.
La fonction f admet une fonction dérivée et on a pour tout réel x :

$$f'(x)=6\times u'(x)=6\times 1=6.$$

Flashez et retrouvez la totalité des cours ici :

- Dérivée des polynômes de degré inférieur ou égal à 3
- Calculer une fonction dérivée avec un logiciel de calcul formel
- Signe de la dérivée et sens de variation
- Extremums d'une fonction